Un grand merci à Léonie, Lulu, Marco, Colin, Youenn, Fanny, Loïs, Anaïk, Nicolas, Corinne, Arnaud, Dominique² et Marc E pour votre soutien sans faille et votre merveilleuse gentillesse ☺

Nadeije Rime

DE : TOI
A : MOI
COPIE : PERSONNE
OBJET : PASSIONNEMENT

Editions
La Bauchaille

Juin 2016

Chapitre 1
Touré Bénicité

Ridjka Naya s'effondra sur le canapé.

Trois mois, cela faisait trois mois qu'elle avait quitté son appart pour traîner ses oreilles et ses yeux à Mopti, au Mali. Elle était vannée !

Elle ne s'en était pas rendu compte sur place. Non. Elle pétait même la forme, habitée qu'elle était par son sujet de reportage. Il faut dire que suivre les femmes maliennes dans leur quotidien était tout sauf reposant. Elle se souvenait des longues heures de marche sous un soleil de plomb, pour aller puiser l'eau potable de la journée. Les rigolades qui agrémentaient toujours le trajet quand chacune racontait sa soirée avec son mari, sa belle-mère ou le pépé qui n'avait plus de dents et voulait de la viande ... Elle se souvenait des longues heures passées à piller le mil, des ampoules qu'elle avait eu au début et de la corne qu'elle avait maintenant dans le creux des mains. Elle se souvenait aussi de leurs jeux avec les enfants, les rires qui fusaient partout quand le petit dernier faisait le clown pour amuser ces dames, ou quand le grand n'arrivait plus à descendre du manguier et criait « *au secours* » en agitant ses bras comme deux ailes de moulin à vent ...

Oui, vraiment, ce sujet sur la vie des femmes au Mali, était LE sujet pour lequel elle aurait pu vendre père et mère. Elle avait d'ailleurs dû se battre à la rédac pour l'avoir, à cause de cette empaffée de Jessica. Avec ses airs mielleux et son QI de coccinelle, Jessy avait tout tenté pour le lui piquer ... Mais elle, Ridjka Naya, n'avait pas lâché le morceau et Jack Russel le lui avait finalement confié !

Elle ne s'en était pas rendu compte, non plus, dans le taxi-brousse, bourré à craquer, qui l'avait conduite du Mali au Burkina-Faso. Pourtant à quatre sur la banquette du milieu, elle, coincée entre deux grosses doudous qui riaient de la voir si menue, elle aurait déjà dû s'effondrer. Mais ça fusait tellement dans tous les sens, entre les chacun des douze voyageurs des trois rangées de cette 504 familiale ! Du coup, Ridjka pensait plus à mémoriser ces répliques si truculentes, que de tenter de dormir. Le sujet qui avait retenu l'attention pendant plus d'une heure était bien évidemment l'arrivée sur les marchés des nouveaux boubous à l'effigie de Sarkozy. Les hommes regrettaient bien sûr qu'il n'y en ait pas eu à l'effigie de Carla ... Les femmes, elles, trouvaient qu'elle était trop maigre pour faire un beau boubou ...   Bref, il flottait dans l'air des sujets profonds et d'actualité qui la tenaient en haleine et l'empêchaient de penser à sa fatigue.

Et puis, ça rigolait à gogo et à tout bout de champ là-dedans. L'Afrique quoi ! Ça rigolait dès qu'un nid de poule, plus vache que les autres, les faisait sauter de dix centimètres et retomber lourdement sur les ressorts aiguisés des sièges. Ça rigolait dès que Désiré parlait de ses mésaventures avec sa femme. Ça rigolait dès qu'Eugénie racontait comment elle s'était étalée de tout son long, le nez dans la poussière, en essayant de rattraper ses poules. Ça rigolait de ce beau rire africain plein et entier, qui part du ventre, roule dans la gorge, résonne dans la bouche et fait trembler toute la carcasse. Alors, pas possible d'espérer une once de silence pour piquer un somme ...

Au bout d'une heure de voyage - alors que l'ambiance dans le taxi-brousse commençait à virer au concert improvisé - Ridjka s'était même demandé si, pour ses co-voitureurs, l'habitacle n'était pas devenu comme une sorte de micro-village. *Leur* micro-village, où chacun s'était senti investi du devoir d'y insuffler une atmosphère familiale et bon enfant. Au bout de deux heures, elle en fut sûre. Alors, elle se laissa porter par la vague, renonçant définitivement à se glisser dans les bras de Morphée.

Et puis, de toute façon, l'heureux propriétaire de ce tombeau roulant avait peint en lettres majuscules, sur les portières des deux côtés : « *Dieu ne dort jamais* ». On sentait qu'il y avait mis tout son cœur, ainsi que toutes les couleurs disponibles ce jour-là à Ouagadougou ! Il faut dire que c'était une sacrée bonne précaution de sa part d'interpeller ainsi le Saint des saints. Parce que lorsqu'on conduisait un taxi qui n'avait plus d'amortisseurs, qu'il fallait réalimenter en huile tous les cents kilomètres à cause d'un joint de culasse qui aurait dû être changé depuis quelques centaines de milliers de kilomètres et dont les freins s'activaient uniquement si, au préalable, le passager avant avait frappé comme un malade sur le plancher, alors oui, il valait mieux mettre Dieu de son côté ! Et si Dieu ne dormait jamais, alors comment Ridjka, elle, simple mortelle, aurait-elle pu oser se le permettre ?

Bref, lorsque la 504 s'arrêta miraculeusement pile poil devant l'entrée de l'aéroport de Ouagadougou, c'est totalement sonnée, mais bien éveillée que la journaliste française réussit à s'extraire de la banquette du milieu.

Là, elle avait failli flancher, car les sièges de la salle d'attente semblaient lui tendre les bras. Ils ne paraissaient pas autrement confortables, ni foncièrement en bon état, mais du moins pouvait-elle en avoir un pour elle seule !

Seulement, tous les marteaux-piqueurs, perceuses et autres instruments stridents du pays en avaient décidé autrement. Tous s'étaient donné rendez-vous là, pour participer à la construction du nouvel aéroport Burkinabè. Il faut dire qu'il en avait bien besoin, puisqu'il datait maintenant de 1960, année de l'indépendance de la Haute-Volta. Ceci-dit, force était de constater que les bras qui tenaient ses instruments de torture acoustique, mettaient du cœur à l'ouvrage : ça frappait, ça perçait et ça vibrait dans tous les coins ...

Un mal de tête lancinant s'infiltra dans son crâne. Elle décida de le chasser en s'octroyant une Amstel Beer qu'elle venait de repérer dans le plateau que portait sur sa tête une belle burkinabée d'une vingtaine d'années.

Depuis toujours, Ridjka avait attribué toute sorte de propriétés bénéfiques aux bulles de la bière. Aujourd'hui, c'était le côté analgésique sur lequel elle comptait. Elle en était persuadée, les bulles du blond breuvage ne manqueraient pas de faire un petit tour par son cerveau et d'y distiller fraîcheur et légèreté. Elle héla donc la jeune-fille et paya sa boisson avec les derniers francs CFA qui lui restaient.

Quand la bière fut ouverte en émettant le si doux petit « *pschitt* » - gage d'un maximum de bulles - Ridjka se cala avec délice dans son siège, pour elle toute seule, et but au goulot sa première gorgée. Elle ferma les yeux de plaisir.

A ce moment là aussi, elle aurait pu s'endormir. Mais le destin en avait encore décidé autrement : un jeune-homme habillé aux couleurs de l'aéroport allait de l'un à l'autre pour s'enquérir de qui partait pour Paris.

Et merde ! se contenta-t-elle de penser en observant les gesticulations empruntées du malheureux employé aéroportuaire chaque fois qu'il recevait une réponse affirmative.

Quand elle vit que celui-ci offrait ensuite son plus beau sourire à son interlocuteur, Ridjka passa à l'oral avec un second « *merde ...* » discret, mais néanmoins remarqué. Elle le savait, un si beau sourire était toujours annonciateur de tuiles. Et là, elle pressentait qu'elle ne serait pas à Paris ce soir ...

- Faut pas vous en faire, ma petite dame, il va bien décoller un jour notre avion !!! Le tout c'est d'attendre ... Y a qu'à attendre !!! C'est assez simple en fait. Regardez, moi, par exemple : j'ai attendu toute ma vie ... Et je suis encore là, à attendre !

Et le sémillant vieillard, à la peau d'ébène et aux cheveux blanchis par les ans, qui venait de lui parler, éclata d'un rire qui emplit tout le hall. C'était un rire spécial. Un rire, dont il semblait vouloir lui faire cadeau à elle, ainsi qu'à tous les passagers du vol pour Paris. Un rire franc et généreux, qui apaise et réconforte. Un rire qui vous enveloppe et vous guide tranquillement vers la légèreté de la vie.

Ridjka fut hypnotisée par les belles dents blanches que ses lèvres découvraient. Elles aussi semblaient vouloir lui signifier de lâcher prise. Elle leva les yeux vers son philosophe de voisin et découvrit toute la bienveillance de son regard. Elle se laissa alors emporter par son hilarité et fondit à son tour.

C'est ainsi que Touré Bénicité et Ridjka Naya lièrent connaissance.

Touré était bavard.

En plus, il avait eu une vie si bien remplie qu'il ne demandait qu'à en partager le récit. Cela leur permit de traverser, sans s'en rendre compte, les douze heures de retard que prit leur avion. Et, pendant que toute une horde de techniciens s'affairaient pour essayer de réparer le mécanisme de commande du train d'atterrissage, Touré racontait à Ridjka ses mariages, ses divorces, ses remariages, ses re-divorces ....

Il commençait toujours par le délice de la rencontre de la nouvelle élue. L'étonnement de trouver l'âme sœur, le désir de la voir, de la toucher, les balbutiements de leurs premiers regards, puis sourires, puis mots. Ensuite, leurs retrouvailles en cachette dans les lieux les plus divers, choisis en fonction de leurs points communs. Arrivait alors irrémédiablement pour Touré le moment où il savait qu'il voulait vivre avec cette femme-là. Moment qui conduisait inévitablement à la séparation d'avec la précédente femme de sa vie et le mariage avec la nouvelle. Mariage qui durait jusqu'à l'arrivée d'un autre nouvel amour ...

Touré en était au récit de sa cinquième union quand les passagers du vol pour Paris furent invités à monter à bord. Il appréciait l'écoute de cette femme aux longs cheveux blond vénitien dont la légère ondulation la faisait ressembler à une lionne insoumise. Il adorait le pétillant de ses yeux mordorés quand elle l'écoutait. Sans doute était-elle sa cadette de vingt ou trente ans, mais, elle dégageait tant d'énergie, qu'elle en paraissait encore plus jeune. Une gamine presque.

Alors, comme il avait encore six épousailles en réserve, Touré lui proposa de s'asseoir côte à côte. Ridjka accepta et Touré lui offrit la place près du hublot. Il lui expliqua d'un haussement d'épaules, qui se voulait détaché, « *qu'il préférait le siège côté couloir, car il ne voulait pas voir l'Afrique partir sous lui. Il n'aimait pas l'idée de s'éloigner de la terre qui lui avait donné le jour ...* ».

Ridjka, accepta avec plaisir, car elle, au contraire, adorait coller le nez contre la vitre. A chaque fois, elle tombait dans un état de contemplation totale en observant ce qui se passait aussi bien sur terre que dans les cieux.

A chaque fois, elle avait le souffle coupé par la beauté du monde vu à l'échelle macroscopique.

A chaque fois, elle était submergée par la force de la nature dont elle pouvait visualiser l'ampleur grâce à l'altitude. Ce qui la troublait le plus était de pouvoir embrasser du regard une chaîne de montagne dans son entier. Si grande fut-elle. Elle aimait en suivre les sillons tortueux qui couraient dans tous les sens. Elle y recherchait systématiquement des habitations, qu'elle trouvait rarement. Elle adorait s'imaginer qu'il s'agissait là, de la colonne vertébrale géante d'un monstre assoupi et frissonnait toujours en espérant qu'il ne se réveille pas ...

A chaque fois, elle était apaisée à la vue des déserts qui s'étalaient sur des milles et des milles, ocres, noirs, blancs, plats ou au relief chaotique, mais toujours si irrémédiablement vides, vu de si haut.

A chaque fois, elle était éblouie par la couleur du ciel. En plus de vingt ans de carrière, elle en avait visité des pays au gré de ses reportages. Partout, dans le monde entier. Et ce en toute saison. Mais jamais le bleu n'y avait pris cette profondeur, cette intensité, cette densité. Sûr que les Dieux se cachaient derrière ces rideaux azur ...

En attendant, Ridjka jeta un œil humide vers Ouaga qui disparaissait à vue d'œil, au fur et à mesure que l'avion prenait de l'altitude.

Pour revenir en France, elle aurait pu prendre un vol depuis Bamako, au Mali. Mais le Burkina-Faso en général, et sa capitale en particulier, tenaient une place singulière dans son cœur. Elle n'aurait su dire précisément pourquoi. Sans doute la somme de tous les bons souvenirs qu'elle y avait accumulés. Sûrement aussi la jovialité des Burkinabés. Allez savoir ... Mais elle aimait ce pays et Ouagadougou quasi viscéralement. De cela, elle en était sûre !

Touré l'avait sûrement deviné, car il l'avait laissée tranquillement dire adieu à l'Afrique. A son Afrique.

Ceci dit, la pause fut courte car le vol ne durait que cinq heures trente, or il lui fallait bien une heure par épouse. Etant donné qu'il en restait six, Touré pensa que cela ferait un peu court ... Heureusement les numéros huit et neuf avaient moins marqué le vénérable ancien, ainsi, la côte méditerranéenne française s'était offerte à leurs yeux quand il terminait son récit.

Mille questions avaient alors assailli Ridjka : Pourquoi tant de femmes ? Pourquoi se marier à chaque fois ? Pourquoi aller voir ailleurs à chaque fois, alors qu'il croyait avoir trouvé la bonne ? Pensait-il, un jour, trouver la véritable femme de sa vie, la seule l'unique, la dernière ?

Toutes ces questions s'étaient bousculées dans sa tête et l'avaient brassée profondément.

Touré lui sourit et, avant même qu'elle n'ait ouvert la bouche, répondit à son interrogation muette :

- J'ai aimé toutes ces femmes profondément. Je les ai aimées chacune pour leur personnalité particulière. Mais, à chaque fois elles n'étaient qu'une petite partie de celle que je cherchais ...

- Et cette femme, vous pensez la trouver un jour ?

- En fait, je l'avais trouvée, lorsque je n'étais encore qu'un enfant. Mais je ne le savais pas encore. On ne voit pas le bonheur quand on est petit ... Maintenant, je sais. Je sais et je vais à Paris pour la retrouver ...

- Elle le sait ?

- Oui, elle m'attend. Elle m'attend depuis soixante ans ...

Ridjka aurait pu s'endormir aussi dans le taxi qui l'avait conduite d'Orly jusque chez elle. L'aube commençait à peine à pointer le bout de son nez sur Paris et la ville était encore somnolente. Mais son chauffeur, lui, avait décidé de lui faire un résumé de toutes les catastrophes que le monde avait essuyé depuis qu'elle avait quitté l'Europe. Afin, lui avait-il expliqué, « *qu'elle se ré-ancre bien dans le présent* ».

Lui aussi était bavard. Mais un bavard d'un autre genre que Touré. Un bavard passé maître dans l'art de vous raconter tous les drames, les misères et autre noirceurs qui peuplent les journaux télévisés, hertziens, webiens et papiers ...

Très vite Ridjka renonça à l'écouter.

De temps en temps, elle lançait un « *Hum, hum ...* » ou un « *ah bon ?* » qui encourageaient le taximan dans sa diatribe. Mais pour être honnête, elle n'était plus là : elle flottait aux côtés de la future douzième femme de Touré. Elle essayait de se l'imaginer. Et surtout d'imaginer leur retrouvaille, puis leurs sentiments, lorsqu'ils seraient tous deux face à l'être aimé, soixante années après s'être quittés.

Sauraient-ils faire abstraction des outrages du temps ? Aimeraient-ils les rides que la vie avait creusées dans le visage de l'autre ? Adoreraient-ils la forme du corps de l'adoré devenue moins précise ? Et la voix devenue plus grave, par les peines rencontrées ?

Jusqu'à présent, la plus âgée des épouses du sémillant vieillard avait trente ans. Là, son Emeline tutoyait allégrement les soixante-dix printemps. Sacré delta ...

Mais Ridjka n'eut pas le loisir de s'interroger plus avant : le chauffeur de taxi venait de se garer devant chez elle et lui tendait son reçu. Elle le prit et paya. Puis, elle entreprit une sortie de la grosse compacte, avec la lenteur des gens au bout du rouleau. Là, elle attendit que le bavard vêtu de noir porte ses valises jusqu'au pas de sa porte, lui donna un pourboire conséquent, chercha ses clefs sans grande conviction dans son sac à main, tomba dessus par hasard, essaya de les enfourner dans le trou de la serrure sans tomber. Quand le clic annonciateur d'ouverture se fit entendre, elle sourit de satisfaction, poussa les valises du pied à l'intérieur de sa maison, referma la porte en bois bleu marine et fonça vers son canapé orange si moelleux.

Ah, ce bon vieux canapé, ami de toujours, complice des meilleurs moments ! Comme des moins bons d'ailleurs ... Il était là !

Le reste de son mobilier aussi constata-t-elle : le masque du pays Dogon était toujours accroché au mur du fond, les lances et pagaies Mahoraises toujours à droite et le miroir de Rabat toujours à gauche. Elle n'avait pas été cambriolée pendant son absence, elle le nota dans un coin de sa tête avec un profond sentiment de satisfaction. Ridjka n'était pas matérialiste, mais elle aimait son univers, il était son cocon, sa protection, sa carapace contre le monde extérieur. Elle souriait de le voir identique chaque matin en se levant : au moins, il y avait quelque chose de stable dans sa vie.

Elle s'affala donc sur son canapé et soupira d'aise : on y était vraiment bien ... Il n'y avait pas à dire, il resterait toujours pour elle une valeur sûre !

Bien plus sûre que chacune des onze femmes de Touré, pensa-t-elle en souriant.

D'un geste machinal, elle attrapa la couverture bigarrée de Fez qui trônait sur le dossier, s'y lova et s'endormit instantanément d'un sommeil profond et sans rêves. Sans rêves, mais pas sans quelques ronflements ...

- Tu sais que tu as un lit, Ridj ? la sermonnait la voix de son rêve.

Ridjka lui répondit par un grognement. Si c'était sa conscience qui lui parlait, elle devait bien savoir qu'elle préférait son canapé à son lit quand elle avait besoin de récupérer ...

- Eh, oh, Ridj, si tu crois que je ne vais pas te secouer comme un prunier pour te faire émerger, grosse larve que tu es, tu te goures !

- Non ... Pas me secouer ... Pas me secouer, pitié ..., réussit-elle à gémir.

Sa conscience était bien belliqueuse aujourd'hui ! pensa-t-elle. Pourtant, elle n'avait pas souvenir d'avoir fait de grosses conneries dernièrement ...

- OK, mais ouvre les yeux, tout de suite, Ridj !

- OK, OK ..., répondit-elle pour faire taire la voix.

Cette voix qui vrillait son crâne lourd, si lourd de sommeil. Pourquoi la voix voulait-elle qu'elle se réveille ? Elle n'avait pas assez dormi, elle le savait ! Et la voix aussi devait le savoir. Ça devait bien se remarquer tout de même ! Elle devait ressembler à une loque ... Mais la voix insistait et insistait, si bien que de guerre lasse, Ridjka souleva une paupière.

Dans le très faible champ visuel que lui offrit cette semi-ouverture, elle distingua un pantalon à petits carreaux blancs et noirs. Elle connaissait ces carreaux, ils avaient quelque chose de rassurant. Elle décida donc qu'il n'y avait pas d'urgence et qu'il n'était pas encore l'heure de se lever. Satisfaite de cette déduction, elle se retourna pour s'étendre sur l'autre flanc et faire dos aux carreaux qui heurtaient sa rétine. Elle se cala encore un peu plus confortablement dans son canapé chéri et se rendormit avec le sourire des bienheureux dessiné sur les lèvres.

Une odeur de thé au jasmin vint lui chatouiller les narines. Pourtant dans ses songes personne ne buvait de thé au jasmin ! Vous imaginez, vous, que Touré ait prévu du thé au jasmin au buffet de son mariage avec Emeline ? Non, bien sûr que non, il n'y aurait pas de thé au jasmin au mariage de Touré ! Ou alors, c'est qu'il avait neigé à Ouaga ! Il y aurait surement du vin rouge, du blanc et du rosé, des bières de toutes les couleurs, des jus de papayes, de mangues et de fruits de la passion, il y aurait même de l'alcool de coco. Mais pas de thé au jasmin. Non, aucune chance !

D'où provenait cette odeur, alors?

Ridjka se retourna une nouvelle fois dans son canapé, pour se retrouver côté pantalon à petits carreaux blancs et noirs. Elle souleva une nouvelle fois la paupière droite, mais ce qu'elle vit lui parut flou. Elle se risqua donc à soulever la gauche. Quand elle réussit à faire la mise au point, elle découvrit sa propre théière en fonte d'où s'échappait une fumée indisciplinée. Elle fixa son regard et nota que de part et d'autre de la théière trônaient deux tasses de son service. Elle se redressa avec lenteur et vit qu'au-dessus du pantalon à carreaux se trouvait un polo rose, puis un cou court et large et enfin une tête ronde, bienveillante et souriante. Elle reconnut ensuite ces oreilles uniques dont les lobes semblaient vouloir venir vous toucher, puisque parfaitement horizontaux.

- Momo ! fit-elle en reconnaissant l'heureux propriétaire de cette tenue et de ces oreilles extravagantes. Tu n'as pas honte de me réveiller de si bonne heure ?

Le Momo en question, de son véritable patronyme, Maurice Hebel, haussa les épaules et se contenta de répondre que quatre heures de l'après-midi n'était pas précisément « de si bonne heure ».

- Quatre heures ? Putain, il est quatre heures ? De l'aprèm ?

- Eh ouais, Ridj, voilà ce qui arrive quand on fait des folies de son corps la nuit !!!

- Je n'ai pas fait de folie de mon corps toute la nuit, affreux libidineux que tu es ! Mais, je suis restée quarante-huit heures sans dormir, dans des conditions atroces. Alors, neuf heures de sommeil en compensation, ce n'est pas trop demander ...

- Pour Jack, si ! Il veut te voir en urgence   aujourd'hui ...
- Comment ça, *en urgence aujourd'hui* ? Il a pété un câble ou il a perdu sa grande bringue de Jessica adorée ?

- Jessica est au lit avec quarante de fièvre ...

- Ah, OK ... Et comme d'habitude, elle tombe malade pile poil le jour où elle doit partir en reportage à l'autre bout du monde, pour un sujet moyen-moyen ?

- Je pense qu'il doit y avoir de ça, oui ..., fit-il en leur servant du thé à tous les deux.

- Merde ! Et c'est toujours sur moi que ça tombe ... Tu n'es pas dispo, toi ?

- Non, ma biche : Rififi dans la ZUP et c'est pour ma pomme. Enquête en sous-marin, de nuit et tout le toutim ...

- Je compatis ...

- Merci ! Je t'aurais bien apporté des croissants, si j'avais su que tu te réveillais juste, reprit-il pour changer de sujet, mais là je n'ai rien et c'est le vide sidéral dans tes placards.

- Une petite boîte de Raviolis froids, ça te tente ? lui proposa-t-elle d'une voix gourmande.

- Des Raviolis froids, à quatre heures de l'aprèm, avec du thé au jasmin ? Non merci, très peu pour moi ...

- Moi, je pense au contraire, que tout ça va se marier divinement bien ... Bouge pas, je reviens ...

Poussée par la faim, elle réussit à s'extirper du sofa pour se glisser jusqu'à la cuisine.

- A propos, Ridj, comment va le beau Guido ? lança Momo en buvant une gorgée du breuvage encore fumant.

- Fini Guido ! Exit Guido ! Trop pas drôle du tout le beau Guido ! lui répondit-elle en revenant avec sa boîte de Raviolis ouverte à la main.

Elle avait déjà commencé à lui jeter un sort : elle piquait les carrés dentelés, luisant de sauce orangée-rouge, d'une fourchette sûre, puis les croquait avec avidité.

- Explique, la relança-t-il, tout en grimaçant de la voir se bâfrer comme ça.

- Vraiment, je t'assure, il n'y a rien à raconter ...

- Allez, Ridj, ne te fais pas prier !

Ridjka chercha pourquoi cela n'avait pas collé avec Guido non plus.

C'était pourtant vrai que sur le papier, toutes les conditions étaient réunies pour que leur histoire dure plus que les autres. Il était beau, avait un sex-appeal à tomber à la renverse, il était fou d'elle, il avait déjà passé le cap des six mois sans devenir dingue ... En plus, elle l'avait piqué à Jessica Bergen ! Oui, vraiment, cela aurait dû coller entre eux. Alors pourquoi, avait-elle éprouvé le besoin de retrouver sa liberté ? Elle ne s'était pas posé la question pendant le reportage qu'ils couvraient ensemble. C'était venu tout seul. Ces trois semaines au Mali avaient suffi pour qu'elle commence à s'éloigner de lui, lentement, mais très sûrement.

- Il met une telle beauté dans ses photos, lâcha-t-elle finalement, qu'il ne lui reste plus rien à mettre dans sa vie. Du coup, il en devient le mec le plus mortel de la terre ... Mortel de chez mortel, tu peux me croire !

- Ouais, mortel, mais beau comme un dieu tout de même. Et d'une patience avec toi ...

- C'est vrai, Momo, tu as raison. Mais tu vois, c'est avant-hier que j'ai compris que c'était fini. On se préparait pour le départ, sagement, en silence, on était côte à côte et on faisait nos petites valises à l'hôtel. Et soudain, je ne me suis pas vue dans l'avion, pendant toutes ses longues heures de vol, assise à côté de lui, sans avoir aucun sujet de discussion à partager. Non, ça m'aurait plombé le retour. Déjà que je n'avais pas plus que ça envie de quitter l'Afrique ... Alors, j'ai utilisé mon tact habituel pour lui apprendre que je rentrais de mon côté et il a compris.

- Ton tact habituel ? Et qui donc les ramasse à la petite cuillère tes mecs, une fois que tu as utilisé « *ton tact habituel* ? ».

- C'est toi, mon gros. Et c'est pour ça qu'on forme un duo d'enfer ! Bref, lui est parti hier. Il a pris un vol depuis Bamako. Tu ne l'as pas vu à la rédac ?

- Eh non, pas vu ... Je pensais qu'il était avec toi ...

- C'est pour ça que tu es entré chez moi pendant mon sommeil ?

- Non, ma biche, je suis entré chez toi pendant ton sommeil, parce que Jack m'a menacé de toutes sortes de sévices orientaux si je ne te ramenais pas dans son bureau avant 18 heures pétantes.

- Marrant ça, moi, il ne me menace jamais de sévices orientaux. Il me montre juste la porte.

- C'est qu'il t'aime, Ridj ... Bon, maintenant, tu la finis ta boîte de conserve, oui ou zut ? On a encore une demi-heure de trajet devant nous ...

- Oui, plus une demi-heure de douche : ça va être short ... Il a un avion à prendre le Jack ou quoi ?

- Ouais, maman lui a donné rendez-vous à Washington DC ...

- Il va être à cran ... Je me grouille ...

- Enfin, une parole sensée !

Elle hocha la tête en signe d'assentiment, posa sa boîte de conserve à côté de la théière et effectua un demi-tour gracieux en direction de la salle de bains.

Quand elle fut dans le couloir, Momo ajouta :

- N'oublie pas les dents ! Les Raviolis froids, ça donne mauvaise haleine ...

Ceci dit, dès qu'elle fut hors de son champ visuel, il se dépêcha de finir la boîte !

- Jack, plaidait Ridjka, je reviens juste du Mali. J'ai encore la fatigue du voyage qui me paralyse. Tu ne peux pas me laisser le temps de souffler un peu ?

Jack Russel, son boss, était un homme au sourire débordant d'une empathie innée, qui lui obtenait immédiatement la confiance de ses contemporains. Le look de français moyen du patron de Come Com - cheveux poivre mêlés de juste ce qu'il faut de sel, visage carré, taille neutre - devait y contribuer aussi. Mais c'était aussi un patron redoutable en affaire.

Et là, il faisait les cents pas derrière son bureau, les mains jointes dans le dos. Mauvais signe ... En grandes enjambées, il traçait une belle ligne, dans un sens, puis dans l'autre, respectant les limites imposées à droite par le porte-manteau et à gauche par l'armoire métallique. Son bureau empire en acajou, se transforma en une sorte de ligne Maginot virtuelle, un mur de Berlin avant sa chute, ou la grande muraille de Chine, que Ridjka n'osa franchir. Même si elle mourrait d'envie d'aller lui taper amicalement sur l'épaule pour tenter de l'amadouer.

Jack marchait et, de temps à autre, la scrutait d'un regard inexpressif. Juste pour évaluer où en était son curseur de résistance. C'était vraiment mauvais signe, car cette marotte galvanisait sa détermination. Nombre de ses journalistes récalcitrants, dont Ridjka Naya, en avait pu en tester l'efficacité ...

- Non, Ridj, pas cette fois.
Le ton était aimable, mais sans concession.

- Ecoute, j'ai tous les mots de mon papier qui se bousculent dans ma tête en criant qu'ils veulent sortir !

- Ils seront toujours là à ton retour. C'est à ça qu'on reconnait un bon journaliste ...

Ridjka regimba :

- Mais, Jack, toi, tu comprends ce que c'est quand on sent son sujet. Quand il vous traverse, vous habite. Tu sais qu'il ne nous laisse jamais en paix avant que nous n'ayons tapé le point final ! Tu nous l'assènes assez souvent que c'est comme ça que sort le grandiose, le sublime, l'unique ... Et là, je te le dis, ça va être une bombe !!! Toutes ces femmes sont en moi, elles me supplient de les laisser parler. Elles me hantent ... Donne-moi juste quinze jours. Quinze tous petits jours ...

Russel la regarda à nouveau, elle avait ses yeux de cockers suppliant, elle allait craquer. Ce n'était pas le moment de lui céder juste parce qu'elle titillait sa corde sensible.

Il enfonça le clou :

- Ridj, je crois que tu ne comprends pas bien, nous parlons du congrès DES RADIOLOGUES DU MONDE ENTIER ! Et c'est après-demain et les trois jours suivants. Ce n'est pas dans quinze jours. Ni même quand tu es dispo ...

- Jessica sera sûrement remise demain. Je ne veux pas la priver du plaisir de se faire mousser en compagnie « *des radiologues du monde entier ...* »

Jack s'arrêta deux secondes dans sa course pour afficher une moue entendue :

- Sûr que Jessy aurait adoré accrocher un ou deux toubibs à son tableau de chasse ... Mais elle est HS, se reprit-il aussitôt. Elle ne sera pas remise demain, ni d'ici au reste de la semaine d'ailleurs ... Donc Ridj, tes billets sont réservés : fly tomorrow à 10 heures 40 du mat et ça ne se discute même pas ! Pour faire taire tes maliennes, tu n'auras qu'à commencer ton papier dans l'avion.

Devant la moue accablée de sa journaliste, Jack ajouta plus conciliant :

- Après, je te donnerais trois semaines pour l'écrire, promis ...

- Un mois ? tenta-t-elle.

- Un mois. Mais, je veux le papier sur le congrès des radiologues, sur mon bureau, la semaine prochaine !!!

- Sans rire, Jack, réattaqua-t-elle, on ne s'est jamais intéressé au milieu médical, alors pourquoi commencer précisément aujourd'hui ? Il y aura bien un autre congrès de radiologie l'année prochaine ...

- Ouais et il en aura aussi l'année d'après et encore celle d'après. Mais c'est *cette* année qu'ils débattent sur l'usage de la radiologie numérique, ma grande.

- La radiologie numérique ?

- Ouais : la radiologie numérique. Je ne te parle pas de Chérie FM, Ridj, je te parle de rayons X. Au lieu d'imprimer la radio de tes poumons d'ex-tabagique forcenée sur un film argentique comme actuellement, elle est directement numérisée et transférable sur n'importe quel PC de notre jolie planète. Tu imagines les conséquences ? Les toubibs du globe entier peuvent partager leurs données, s'enrichir mutuellement, voire même envisager des opérations à distance ... Et c'est quoi notre fond de commerce, ma grande ? C'est quoi l'objet même de notre journal ?

- La com ...

- Oui, Ridj, la com ! Alors, je te laisse imaginer le papier que tu peux faire avec cet objet de communication interplanétaire, que peuvent désormais utiliser tous les hommes qui tiennent la vie des autres entre leurs mains ...

- Tu n'en fais pas un peu trop, là, Jack Russel ?

- Non, je t'assure. Si toi tu sens tes maliennes, moi, je la sens la radiologie numérique.

- Et tu n'as pas envie de le couvrir ce sujet ? Je suis sûre que ça te plairait de retourner au charbon. Et puis, il n'y a que toi pour comprendre aussi bien les nouvelles technologies ...

- N'essaye pas de me flatter, je suis pris ailleurs. Mais, si tu y réfléchis bien, que ce soit entre des femmes en pleine brousse, ou entre des médecins à la pointe du progrès, la com reste de la com. Tu vas ouvrir ton esprit avec ce papier. Il faut que tu cesses de vivre dans le passé, Ridj. Le présent a des qualités. Et les moyens de com d'aujourd'hui aussi ...

- Arrête, Jack, on dirait Momo !

- Il est souvent de bons conseils Maurice ...

Ridjka grommela entre ses dents quelque chose de bien senti sur les bons conseils de Momo, mais réattaqua :

- Un mois pour mes maliennes, promis ?

- Un mois promis !

- Bon, dans ce cas, je vais voir ce que je peux faire avec « *ta com d'aujourd'hui* », lâcha-t-elle de guerre lasse.

- A la bonne heure !

Jack jubilait.

- Et il se déroule où, ce congrès des radiologues du futur ?

- A San Francisco, la plus pittoresque des villes de la côte ouest des States.

- Ouais et celle qui a le plus gros décalage horaire avec nous aussi !

- Toujours à râler, Ridj.

- Ouais, toujours ! C'est ce qui fait mon charme ...

Jack grommela pour la forme, mais arrêta de tourner : il avait gagné !

Ridjka, furax, fila vers le bureau de Maurice Hebel, à deux pas de celui du chef.

Il l'attendait, dévoré de curiosité : Jack avait été quelque peu sibyllin sur la raison pour laquelle il voulait voir Ridj. Donc, quand elle s'assit à côté de lui, il ouvrit la bouche pour la questionner, mais elle le coupa dans son élan pour grogner entre ses dents :

- Momo, une soirée bière-pizza à deux pour fêter mon retour et mon départ en moins de quarante-huit heures, ça te tente ?

- Il t'a eue ?

- Ouaip !!!

- C'est pour ça qu'il est le boss !

- Ouaip.

- Tu pars où ?

- SF, congrès sur la radiologie numérique ...

Momo comprit l'abattement de sa consœur et amie, pas vraiment branchée nouvelles technologies. Alors il lui sourit :

- Chez toi ou chez moi, Ridj ?

- Chez moi, je compte bien picoler ce soir et après je n'aurai plus la force de repartir de ton bouge ...

- Tu sais que j'ai un excellent canapé, moi aussi ...

- Tu rigoles ? On sent les ressorts dès qu'on remue une fesse !

- Que tu es cruelle, Ridj : un canapé en cuir brossé, qui n'a pas encore dix ans.

- Et que tu as acheté d'occase dans une brocante, je te le rappelle.

- Mouais ...

- C'est moi qui paye ! offrit-elle pour emporter l'affaire.

- OK. Et on reparlera de Guido. Au fait, il vient de m'appeler. Il voudrait de tes nouvelles ...

- Tant mieux s'il t'a appelé, c'est qu'il est en vie. Mais on a tout dit sur lui. Je t'assure qu'on mourrait d'ennui si on continuait à épiloguer là-dessus. Par contre, j'ai beaucoup mieux que Guido, j'ai Touré.

- Tu es une fille impossible, Ridjka Naya !

Nonobstant, il se saisit de sa veste suspendue au porte manteau de son bureau et la suivit à travers les couloirs Herman Miller de la salle de rédac, direction la sortie.

Chapitre 4
La pyramide

Deux cartons de pizza, huileux et totalement vides, gisaient déjà sur le sol carrelé blanc, à droite du sofa de Ridjka. En gros sur les couvercles, une main pressée, armée d'un feutre indélébile noir, avait été inscrit respectivement : « *Campagnarde* » et « *Chorizo* ».

A côté, commençait à se former une pyramide à deux étages, actuellement constituée de trois cannettes de bières vides. Deux en bas et une centrée juste au-dessus. Momo finit la sienne d'un trait, puis déposa, avec application, son contenant à côté de ceux du premier niveau.

Ridjka l'observait avec amusement. Elle savait qu'en fin de soirée, il shooterait dedans avec un sentiment d'immense satisfaction. Elle savait aussi que cela répandrait de la bière collante partout et qu'elle en baverait demain pour nettoyer. Mais c'était un rituel et on ne sacrifie pas aux rituels ...

D'un geste sûr, son comparse extrait deux autres Heineken du pack et les ouvrit sans attendre.

Ridjka, elle, se concentra pour essayer de séparer les parts de la pizza du troisième carton. Une Quattro Stagioni cette fois. Mais comme d'habitude, celle-ci avait été mal prédécoupée, donc Naya procédait plutôt à de l'arrachage de pâte à pain, qu'à une division propre et nette.

- C'est de la boucherie que tu nous fais là, Ridj, commenta Momo.

- Je sais, mais c'est meilleur comme ça, répliqua-t-elle parfaitement consciente de sa mauvaise foi.

- C'est vrai, approuva-t-il avant de croquer dedans.

Momo et Ridjka étaient comme frère et sœur depuis le jour où ils s'étaient retrouvés dans le même bureau à « *Come Com* ».

Le journal venait de se créer, Jack Russel avait besoin de jeunes talents et c'était tombé sur eux. Cela faisait déjà plus de vingt ans maintenant et rien n'avait pu égratigner leur amitié. Pourtant, de nombreuses fois, ils avaient été en concurrence sur tel ou tel sujet brûlant. Mais ils avaient vite compris qu'ils étaient essentiels à l'équilibre l'un de l'autre et qu'il était beaucoup plus satisfaisant d'avoir un confident pour la vie, qu'un sujet d'un jour.

Une telle harmonie était si peu courante dans leur milieu, que certaines mauvaises langues, dont Jessica Bergen, faisaient courir le bruit qu'ils avaient dû être siamois un jour !

Au tout début, ils avaient habité ensemble : Ridjka arrivait de Bordeaux et ne trouvait pas de logement décent dans la grande capitale. Ce qui était couru, compte tenu du salaire de misère qu'elle gagnait à l'époque. En plus de l'appartement, ils avaient alors tout partagé : les plans galères pour boucler les fins de mois, la même voiture pourrie qui tombait en panne dès qu'ils la sortaient du garage, les soirées trop arrosées qui laissent un furieux mal de tête pendant deux jours de rang. Même leurs petits amis étaient sujets à partage. Momo trouvant plus simple et plus rassurant de s'énamourer du genre qu'il connaissait, à savoir le genre masculin.

Était-ce dû à cette amitié, qui ne laissait de place à personne, qu'ils étaient encore tous deux célibataires ? Qui sait ? Leur amitié suffisait-elle à remplir tout le vide de leur vie affective ? Eux seuls le savaient. Mais, à partir du moment où la période dont ils raffolaient le plus, dans une rencontre amoureuse, était lorsqu'ils se retrouvaient seuls et déliraient toute la nuit sur la cause du nouvel échec sentimental de l'un ou de l'autre, on pouvait se poser la question.

Toujours est-il que pendant presque un quart de siècle, ils avaient flotté d'une conquête à l'autre sans vivre de véritable grande histoire d'amour. Et surtout sans vraiment réussir s'attacher à quelqu'un.

Pourtant ce soir, l'épisode Guido ne les occupa pas plus d'une demi d'heure. Ridjka trouvait qu'il n'y avait rien à en dire. Or Momo, bien que la bombardant de questions avec opiniâtreté, savait qu'il n'en tirerait pas plus que ses laconiques « *oui* » et « *non* » circonstanciés.

Ils passèrent donc à sa rencontre ouagadienne. A la passion que Ridjka mit dans son récit Momo, sut que sa collègue s'était déjà totalement investie dans l'histoire de Touré Bénicité.

Elle était comme ça, Ridjka : elle rencontrait quelqu'un, l'écoutait parler, s'imprégnait de lui ou elle, de ses sentiments, de ses aspirations, de ses joies et de ses craintes et finissait par devenir une sorte d'émanation de ce quelqu'un-là. C'était l'une des qualités qui faisait que Momo l'aimait tant. Cette capacité qu'elle avait à s'investir dans les autres et à faire émerger le meilleur, le laissait baba. Lui, il prenait toujours du recul. Pas elle.

- Gros, tu te rends compte qu'à soixante-dix ans passés, il va chercher une nana qu'il n'a connue que jusqu'à ses douze ans !
- C'est beau d'y croire, ma puce, mais perso, j'y réfléchirais à deux fois avant de m'embringuer dans une telle aventure.
- Pourquoi, puisqu'il est sûr que c'est la bonne ?
- Oui, comme il était sûr que chacune des onze autres étaient les bonnes …
- C'est vrai.

Ridjka fut perturbée par cette réponse.

Elle ferma les yeux pour se repasser le récit de Touré en tête. Elle rechercha les émotions qui l'avaient traversée à chaque nouvelle histoire. Elle fut à nouveau envahie d'un immense sentiment de fraîcheur en repensant à la rencontre de la première de ses épouses, d'émerveillement en pensant à la seconde, de communion autour de leur passion pour la musique pour la suivante, et de gourmandise pour la dernière ...

Mais, quand elle repensa à Emeline, elle visualisa un bateau rentrant au port. Un port calme, où le ciel était d'un bleu sans nuage, où le soleil brillait de tous ses feux pour vous réchauffer, où la mer était accueillante et où le paysage alentour promettait mille aventures merveilleuses.

Elle se sentit tout à la fois terriblement excitée et rassérénée. Oui, le terme exact était « *rassérénée* ».

Elle essaya d'expliquer tout cela à Momo, mais ses mots arrivaient en vrac. Ils étaient imprécis. Sans doute à cause des effets conjugués de la fatigue et des bières ...

Bref, ils ne reçurent pas l'écho qu'elle en attendait :

- Ouais, je vois ce que tu veux dire. Mais tu aurais rencontré Touré lorsqu'il venait juste de tomber amoureux de chacune de ses nouvelles épouses, tu aurais été tout aussi convaincue que ça allait marcher, cette fois-là. Ce type *aime tomber amoureux*. C'est son truc, sa drogue, sa façon à lui de traverser la vie. Alors, pour se rassurer et éviter de comprendre qu'il n'est en fait qu'un dangereux psychopathe de la relation amoureuse, à chaque fois ton Touré se persuade que c'est la bonne.

- Tu crois, Momo ?

- Oui, je crois, Ridj.

Tous deux se turent pour méditer sur cette certitude. Et surtout pour attaquer leur part de pizza déchiquetée, poussée par une gorgée de bière.

Pendant qu'ils mâchouillaient et buvotaient tranquillement, la vie, les amours et les certitudes de Touré envahirent le silence du salon surchauffé de Ridjka.

Ils commencèrent aussi à s'infiltrer sournoisement dans le cerveau de Momo :

- Tu sais Ridj, ton Touré, il a idéalisé cette femme. Il l'a imaginée telle qu'elle était il y a soixante ans. Voire telle *qu'il la voyait,* il y a soixante ans. Ils étaient gamins à l'époque, ils n'avaient aucun souci, à part peut-être des chicaneries avec les copains de classe. Ce qui est sûr, c'est qu'à cette période-là, ils avaient la vie devant eux. Il était jeune et insouciant. Elle idem. Mais, tu crois, toi, qu'elle a pu garder son âme d'enfant soixante ans plus tard ?

- Et pourquoi pas ? lui répondit-elle du tac au tac. Moi, par exemple, j'ai bien la même tête à conneries qu'à dix-huit ans.

- Ça, je te confirme !

- Tu n'es guère mieux, Momo. Pour s'en persuader, il suffit de regarder ta pyramide de cadavres de bières ...

Et ils éclatèrent de rire comme deux garnements heureux de ne pas avoir vieilli. Et encore plus heureux d'avoir trouvé un témoin pour le leur confirmer !

Ils trinquèrent à cette bonne nouvelle et s'emparèrent de deux nouvelles parts de Quattro Stagioni.

- Ceci dit, reprit Momo entre deux bouchées, toi, tu es restée jeune et belle parce que tu n'as pas traversé ce que cette femme ...

- ... Emeline

- Oui, ce que cette *Emeline* a traversé. Mais pour elle, c'est différent ...

Ridjka savait très bien ce qu'il sous-entendait.

Elle avait suffisamment écouté ses amies demandeuses d'asile, Armelia, Hélène, Marwa, Leila, ..., pour le savoir. Toutes lui racontaient la même histoire. Toutes parlaient de cette violence émotionnelle atroce qu'avait provoqué leur déracinement. Et toutes parlaient de ces insidieux bouleversements qui les avaient transformées. Mais ce soir, Ridjka n'avait pas envie de l'entendre. Non, ce soir, elle

29

voulait croire au succès de l'histoire d'amour de jeunesse de Touré et Emeline.

Elle chassa ces idées de sa tête en la secouant de droite à gauche.

- Tu es dans le déni, ma biche ..., commenta Momo qui la connaissait bien.

- Peut-être ... Sûrement même ... Mais j'ai tellement envie d'y croire ...

- Pourquoi, parce que ça ressemble à un conte de fées et que ça rassure ton côté fleur bleue ?

- Sais pas ...

Ils se turent.

- Non, sortit-elle cinq minutes plus tard. J'ai envie d'y croire à cause de la sérénité que dégageait Touré quand il me disait avoir enfin trouvé *SA* femme ...

- Ton gars m'a l'air intelligent, Ridj. Il va vivre avec elle pendant quelques mois, ils feront un beau mariage. Son douzième mariage. Et puis un matin, il se réveillera et il se rendra compte de lui-même qu'un océan les sépare ... Alors, il la laissera repartir et cherchera sa treizième femme.

- Non, je ne crois pas, résista-t-elle. Tu sais, Momo, ils se sont énormément écrit avant qu'il ne se décide à venir la chercher ici. Il m'a fait lire quelques-unes de ces lettres. Il y avait tant de passion dans leurs mots, tant de confiance, tant de ...

- Cherche pas, Ridj ...

- Quoi ? Cherche pas quoi ?

Les yeux de Maurice Hebel se plissèrent alors de ce sourire gourmant annonciateur d'évidences.

- Tu es amoureuse de leur histoire !

Ridjka se laissa retomber contre les coussins de son canapé moelleux. Comme pour absorber le choc de cette info.

- Ouais, c'est pas impossible, concéda-t-elle finalement.

Il la laissa errer dans ses pensées, un peu, mais pas trop. Il attendait juste le signal annonciateur qu'elle était prête.

Quand elle mordit avec détermination dans sa Quattro Stagioni, il sut que c'était le moment, alors lui susurra :

- Tu sais que c'est comme ça que tu nous ponds les meilleurs papiers ...

- Ah ?

- Ouais, Ridj ! Alors, vas-y fonce !

Elle en resta interdite.

Oui, bien sûr qu'il avait raison, elle devait faire un reportage sur Touré et Emeline ! Après tout, l'amour était un moyen de communication comme un autre. Evidemment, cela n'avait rien de numérique, ni d'interplanétaire. Quoique, deux continents étaient concernés ... Mais l'histoire d'Emeline et de Touré, était avant tout une histoire de langage du cœur, de langage du corps, de langage entre deux civilisations. Jack ne pourrait pas le lui refuser.

- Tu me donnes ton reste de pizza, Ridj ? Je vois que tu cales ...

Il savait que, sans son intervention, elle aurait fini sa part : elle était aussi goinfre que lui. Mais il savait aussi que, quand son esprit vagabondait vers les autres, lui pouvait obtenir d'elle à peu près tout ce qu'il désirait.

Là, en l'occurrence, il s'agissait de l'artichaut qui trônait sur le bout restant. Ce bel artichaut fondant-craquant qui semblait l'appeler pour être englouti par un connaisseur.

Momo ne s'était pas trompé, Ridjka lui tendit sa part machinalement.

Il la savoura comme s'il n'avait pas mangé depuis dix jours. Pourtant son ventre avait déjà crié un « *stop* » autoritaire dès la fin de la deuxième pizza. Mais, en morfal patenté qu'il était, il avait mis ça sur le compte du chorizo trop épicé à son goût.

A peine eut-il fini la dernière bouchée que Momo secoua leurs cannettes : elles étaient vides.

Il ajouta donc les deux nouveaux cadavres à sa pyramide, ce qui lui permit de monter le troisième étage. Or, il le savait bien, quand Ridj et lui attaquaient le troisième étage, ils se mettaient à délirer ferme. Il était déjà une heure du mat et elle allait reprendre l'avion dans une poignée d'heures. Alors qu'elle n'avait pas pu récupérer de son retour d'Afrique. Bref, était-ce bien raisonnable ?

Ceci dit, sa pyramide serait affreusement asymétrique s'ils s'arrêtaient là ...

- Si j'ouvre celles-ci, tu me laisses ton canapé ?

Ridjka eut du mal à revenir dans le monde réel. Touré et Emeline l'avaient emportée quelque part entre Paris et Bobo.

Momo reposa sa question. Le mot « *canapé* » percuta alors l'esprit de sa consœur, aussi sûrement que le claquement d'un fouet :

- Mon canapé ? Sûrement pas, mon gros ! Mais mon lit, tant que tu veux.

- Et je les ouvre ? demanda-t-il dans un excès de bonne conscience.

- Oui, il fait soif ! Dis-moi, tu ne m'en as jamais parlé, mais tu as eu un amour de jeunesse, toi ? Enfin, un vrai ? Un comme celui d'Emeline et de Touré.

- Tu sais, Ridj, petit je ne savais pas trop si j'aimais les filles ou les garçons. Ou plutôt, je savais que ça ne se faisait pas d'aimer les garçons, quand on en était un soi-même. Il s'en est donc suivi une longue période d'évitement de tous sentiments de type amoureux.

- Ouais, pas facile ...

- Non, pas facile. Plus tard, à la fac, je ne dis pas ...

- Ah oui ? Vas-y, raconte.

- Il s'appelait Lucas et il a été *the* premier. Il était beau comme un soleil de printemps et gai comme un pinson.

- Tu pourrais retomber amoureux de lui ?

- Je ne crois pas, non.

- Pourquoi ?

- Il est marié, il a six enfants et il doit rester couché tant il est devenu obèse !

- Ouah ! Sacré frein à l'amour ...

- Ouais, comme tu dis ... Mais et toi, sale petite curieuse, il s'appelait comment celui auquel tu penses depuis que tu as croisé Touré ?

Ridjka lui sourit, mais se contenta de se lover dans sa couverture de Fez en fermant les yeux de bonheur.

Elle rentrait dans sa coquille. Momo sut que c'était pour s'enfoncer avec délice dans le monde onirique de ses souvenirs de jeunesse. Ils n'en avaient jamais parlé ensemble et aujourd'hui elle y partait seule, sans lui raconter. Il en eut un petit pincement au cœur. Le premier de leur longue amitié.

Ridjka Naya, elle, ne mit pas longtemps à retrouver l'image, l'odeur, le toucher, de celui qui avait compté plus que tous dans sa vie.

Cela aussi Momo le devina.

Mais, comme il ne pouvait rien faire de mieux, il but à la santé de cet inconnu qui, cette nuit, peuplerait les rêves de *son* amie.

Chapitre 5
Jeff is in the air

- Oh, ma tête, gémit Ridjka.

Le clong-clong lancinant de son réveil résonnait dans ses tempes à la même fréquence que son pouls.

Elle tâtonna du plat de la main à la recherche du malfaisant, le trouva et le fit taire d'un coup sec sur le nez.

Elle ouvrit lentement les yeux, porta son regard vers le sol et y compta les canettes gisantes :

- Deux, quatre, six, huit, dix ! Oh, putain ! Il a réussi à nous pousser au quatrième étage de sa foutue pyramide à la noix ! A chaque fois, je me laisse faire et à chaque fois j'ai de plus en plus mal aux cheveux le lendemain.

Elle allait interpeller Momo pour qu'il lance le thé - la chambre étant plus près de la cuisine que le salon - mais à peine le premier « Mo » émis, que son crâne se mit à tambouriner qu'il lui fallait encore du silence. Beaucoup de silence. Enormément de silence.

Pour essayer de dissiper la douleur, elle se massa la racine des cheveux avec lenteur, dans un sens puis dans l'autre. Rien n'y faisait. Elle décida alors, qu'il serait plus sage de prendre dans l'ordre : une Aspirine, puis une douche glacée et enfin, le petit-déj. Mais pour cela, il fallait se lever ...

Elle venait de réussir à poser un pied au sol, quand la porte d'entrée claqua.

Anxieuse, elle se demanda si Jack Russel avait décidé de passer à l'improviste, pour lui confier un second sujet aussi merdique que le premier.

Elle se redressa, tout en tentant de remettre de l'ordre dans sa coiffure et ses vêtements. Mais ce fut une tête hirsute qui apparut devant elle, or Russel faisait hyper attention à son look.

- Momo, tu es déjà debout ? réussit-elle à articuler.

- Ouais : debout, frais et dispo même ! lança-t-il joyeusement.

- Moins fort et assieds-toi : tu me donnes le tournis.

- Je t'avais laissé le choix pour la dernière. C'est toi qui as insisté pour la boire.

- Tu me disais que ta pile n'aurait pas de tête sinon, j'ai eu pitié ...

- Ah, oui, merci ! Et tu as vu, que grâce à ta coopération, nous avons monté une pile impériale ! Je crois que ça faisait longtemps qu'on ne s'en était pas fait une aussi haute.

- Ça remonte à quand tu as largué Jeff. C'était entre Noël et le jour de l'an, il y a six mois.

- Ah, oui, Jeff. Je crois que j'ai fait une connerie ce jour-là Il avait pourtant des tonnes de qualités, Jeff. En plus, je ne me rappelle même plus pourquoi je l'ai largué ...

Ridjka revit le visage de Jean-François Muller. Il lui faisait penser à la tête d'un petit oiseau malicieux, vissée sur un corps aussi musclé qu'élancé. Elle se souvint aussi de son rire qui emportait tout le monde sur son passage.

- Rappelle-le, fit-elle.

- Qui ?

- Ben, Jeff, couillon ! Il était bien, Jeff ...

- Tu crois, Ridj ?

- Oui, je crois Momo ! En attendant, et si tu étais un amour, tu lancerais le thé et une aspirine.

- L'aspirine est là et l'eau est déjà chaude divine princesse. Par ailleurs, je suis allé t'acheter des sachets à la mure, car tu n'avais plus rien dans tes placards.

- Tu sais que je préfère le thé en vrac.

- Dans ce cas, tu devrais t'installer à côté d'un torréfacteur, ce serait plus pratique pour moi !

- Promis, dès que je reviens de ce congrès à la gomme, je cherche.

Une fois Maurice reparti de son pas alerte en cuisine, les pensées de Ridjka se concentrèrent sur le verre d'aspirine trônant sur la table basse. Il était si proche et pourtant, il lui semblait tellement hors d'atteinte.

Chapítre 6
Gâteau chínois

Quand elle s'installa dans le fauteuil côté hublot, du 747 d'Air France qui la menait à San Francisco, Naya soupira de soulagement d'être arrivée à temps. Jack Russel ne lui aurait sûrement pas pardonné de louper son avion pour une bête histoire de pyramide de canettes de bières ...

Momo avait slalomé comme un fou dans tout Paris, pour leur éviter de rester coincé dans les bouchons. Malgré ses prouesses automobile, Ridjka était quand même arrivée limite, limite, à la porte d'embarquement.

A peine sa ceinture bouclée, elle s'endormit profondément. Ce n'était pas aujourd'hui qu'elle admirerait le paysage vu du ciel.

Au-dessus de Flagstaff, l'avion traversa une zone de turbulences. Le désert de l'Arizona s'étendait sous leurs pieds. La chaleur y était telle qu'elle ne manquait jamais de provoquer des courants ascensionnels. Courants qui se révélaient toujours être un véritable supplice pour les voyageurs.

En tout cas, ces yoyos intempestifs eurent raison de son sommeil : Ridjka se réveilla en sursaut. Elle rechercha Touré à ses côtés. Puis elle se rappela que le sémillant vieillard était bien au calme, en France, auprès de son Emeline, tandis qu'elle faisait la guignole, à des kilomètres au-dessus du plancher des vaches, en direction de l'Amérique du Nord ! Tout ça pour aller s'imprégner de l'esprit de la radiologie numérique interplanétaire.

Elle porta alors son regard vers l'extérieur et laissa son esprit dériver à travers le désert, parfait miroir du vide sentimental de sa propre existence.

Quand elle gagna enfin sa chambre d'hôtel, en plein downtown de San Francisco, elle poussa un soupir de soulagement : elle pouvait enfin faire les cents pas. Elle ne s'en priva pas. Elle ajouta même la jouissance absolue de crocheter ses doigts de pieds, libres de toutes chaussures et chaussettes, dans l'épaisse moquette moelleuse. Un délice ! Quand elle s'affala dans son lit, elle s'offrit le luxe d'étirer ses jambes à l'infini. Onze heures d'avion sans quasiment bouger, coincée par le siège de devant et la voisine d'à côté, musculairement parlant, c'était mortel !

Une fois la totale maîtrise de ses membres inférieurs retrouvée, elle entreprit de défaire sa valise pour défroisser ses habits. Elle avait le souvenir confus que ce serait utile.
Et effectivement, comme elle l'avait remplie en catastrophe, le matin même, alors qu'elle avait à peine les yeux en face des trous, tout était en tapon.
En plus, elle avait fait du grand n'importe quoi dans ses choix logistiques. Par exemple : elle avait pris une douzaine de petites culottes, mais pas une seule paire de collant. En tailleur c'est pratique ! Elle avait pris le haut de son ensemble rose et le bas du bleu turquoise. Heureusement les teintes, presque pastel, s'harmonisaient plutôt bien. Mais le plus grave était qu'elle avait pris son PC et en avait oublié le cordon d'alimentation US. Bref, elle se morigéna d'abord sans concession et remercia Dieu ensuite, quand elle se rappela que le congrès ne commençait que le lendemain. Elle avait donc le temps de se réapprovisionner en pièces manquantes d'ici là.

Ridjka allait refermer sa valise, quand son œil fut attiré par un journal. Elle reconnut l'hebdomadaire Burkinabé qu'elle avait pris dans l'avion de Ouaga.

Elle sourit de voir qu'un bout de l'Afrique l'avait accompagnée jusque-là.

Rassérénée par ce hasard bienvenu, elle chercha, en première page « *La pensée de la semaine* ». Cette minuscule rubrique était son petit plaisir de lecteur, son moment de détente, sa drogue presque, tant elle la trouvait toujours pleine de bon sens. Cette fois-ci encore, elle ne fut pas déçue : dans le petit encadré était écrit :

« *Il n'est point de vent favorable pour celui qui ne sait où il va.* ».

Cette toute petite phrase résonna en elle à l'infini.

Elle prit soudain conscience qu'elle-même n'avait jamais vraiment su où elle voulait aller. Elle ne s'était même pas posé la question ! Elle s'était volontiers laissée porter par les vents. Mais ces vents avaient souvent été contraires. Et effectivement, ils ne l'avaient pas menée bien loin. A part aux quatre coins du monde, dans des endroits qui ne seraient jamais des chez elle, buvant des verres avec des amis d'un jour qui ne seraient jamais des amis de toujours, partageant des repas avec des familles qui ne seraient jamais la sienne.

Cela entendu, elle se trouva quand même un peu dure avec elle-même, puisqu'elle avait tout de même réussi à se faire un nom dans le monde du journalisme. Qu'elle avait l'irremplaçable Momo, ami fidèle et dévoué. Et que, même si elle n'avait pas sa famille à elle, elle apportait son aide aux demandeurs d'asile, qui lui en offraient plusieurs de cœur.

- Bon, allez, Ridj, assez tergiversé, allons à la chasse aux collants et au chargeur de PC ! s'houspilla-t-elle tout haut.

Qu'est-ce que je fais, j'y vais tout de suite ou je fais un somme d'abord ? continua-t-elle en pensée.

- Voyons, voyons, se répondit-elle, deux heures de l'aprèm ici, ce qui fait onze heures du soir à Paris. Si je tombe maintenant, je suis partie pour un tour du cadran et je serais en pleine forme à deux heures du mat d'ici. Non, non : pas bon ça. Il faut que je m'occupe jusqu'à la tombée de la nuit.

C'est ainsi, qu'elle partit sillonner la ville à la recherche de ses collants, de sa prise de PC et de sa fuite du sommeil.

Elle décida de commencer par la Marina du Pier 39. Il y avait beaucoup de boutiques, là-bas. De plus, elle savait qu'elle y trouverait le meilleur et le plus énorme hamburger made in USA. Il déborderait de cette délicieuse sauce jaune canari. Celle que bizarrement les américains appellent French Mustard et que tout aussi bizarrement, les français appellent Moutarde américaine. Allez comprendre !

De toute façon que la moutarde fut française ou américaine, une chose était sûre : Ridjka avait faim, très faim ! Et, elle avait très envie de cette nourriture, que ses collègues écolos traitaient de malbouffe, mais qu'elle adorait. Surtout accompagnée d'un énorme Coca Cola, pas light du tout.

En plus, dévorer ces délices en traînant sur les pontons en bois et ensoleillés du Pier, il n'y avait pas mieux ! Ridjka avait testé le concept à chacun de ses passages à Frisco.

Et qui sait, se convainquit-elle en souriant, comme je sais désormais ce que je cherche, peut-être qu'un vent favorable me conduira jusqu'à un magasin vendant à la fois des collants et des prises pour PC ?

Sans doute ne devait-elle pas les désirer assez fort, car quand la nuit tomba sur le Golden Gate Bridge, elle était toujours bredouille. Non seulement, elle n'avait toujours rien trouvé, mais, en plus, elle commençait à frissonner ferme. Il ne faisait jamais bien chaud à San Francisco, elle s'en souvenait maintenant.

Elle décida de remonter dare-dare vers Chinatown. Là, elle trouverait son bonheur, plus un pull bien chaud, c'était sûr ! Et effectivement, dans une immense boutique, plus proche du musée d'art asiatique que d'une échoppe, sa quête fut enfin couronnée de succès.

Sur le trottoir, les bras chargés de ses emplettes, des effluves ensorcelantes vinrent chatouiller ses narines. Ridjka se laissa guider par son odorat et poussa la porte du restaurant attenant. Elle se retrouva promptement installée à table, dans une salle au décor chinois tel qu'il vous faisait espérer l'arrivée de la cour de la dynastie Ming pour le dessert.

Une heure plus tard, elle sirotait un thé, quand le serveur lui apporta un gâteau surprise. Elle sourit, cela faisait des siècles qu'elle n'en n'avait pas ouvert. Et pourtant, elle avait un côté crédule qui faisait toujours rire Momo. En un mot comme en cent, Ridjka adorait tout ce qui pouvait lui révéler son avenir. Elle cassa fébrilement le gâteau en son milieu, désenroula le petit bout de papier caché en son cœur et lut :

« *Le passé rattrapera le présent* ».

Elle se cala sur son dossier, fixa ses quelques mots à s'en abîmer les yeux et sourit :

- Touré et Emeline, pourquoi me poursuivre jusqu'ici, puisque je vais écrire sur vous ?

Mais alors qu'elle chuchotait cette phrase, son esprit indiscipliné vagabonda bien au-delà de Touré et Emeline. Très loin de Bobo ou de Paris

Il vogua vers Bordeaux …

Chapitre 7
Tom Getway

Ridjka était éveillée.

Elle avait pourtant marché jusqu'à l'épuisement. Et, à San Francisco, les rues sont sacrément en pente ! Ça use !!! Elle avait aussi attendu minuit pour se plonger sous la couette de son lit moelleux. Elle avait même lu la totalité des actus du journal de Ouaga. Bref, elle avait pris toutes les précautions d'usage pour échapper à la nuit blanche promise par le décalage horaire dans ce sens-là. Seulement voilà, Naya était complètement éveillée ! Assise dans son lit, avec une furieuse envie de toasts grillés et de thé chaud chevillée au creux de l'estomac.

Elle fonça vers le minibar et s'empara d'un Snickers qui n'eut pas le temps de dire ouf, avant d'être englouti. En prit un second, qui eut droit à à peine plus d'égards avant de disparaitre à son tour. La faim la laissa tranquille.

Malgré tout, le sommeil refusait de venir lui rendre visite.

Elle tenta de se raisonner, car elle serait carpette demain si elle ne s'endormait pas très vite. Or être carpette quand vous devez traiter d'un sujet qui ne vous botte pas plus que ça, il n'y avait pas mieux pour aller direct au ratage complet. Ridjka en avait parfaitement conscience. Malgré tout, au bout d'une demi-heure d'efforts surhumains pour se détendre, le seul résultat qu'elle obtint était qu'elle pétait la forme ! Alors, elle se tourna et se retourna nerveusement dans son lit. L'objectif étant de trouver la position la plus confortable. Celle qui permet de lâcher prise sans vous en rendre compte et vous plonge dans un sommeil vertigineux. Toujours rien n'y faisait. Elle tendit l'oreille pour deviner, au peu de bruits de voitures dehors, que l'aube était encore loin.

- Je dois absolument, impérativement, dormir un peu. Au moins jusqu'au lever du jour, se gourmanda-t-elle.

Mais le sommeil la fuyait et c'était tout !

Elle se concentra alors sur ce qu'elle avait appris aux cours de yoga de ce bon maître Dang : la respiration de la vague pour libérer les énergies bloquées et retrouver calme et apaisement.

- Ce n'est pas bien dur, Ridj, tu peux y arriver.

- Allez ma petite, se motiva-t-elle après trois échecs d'affilé, on respire lentement du nez : l'inspiration vient de la pointe des pieds, parcourt tout le corps, sans oublier les bras, et remonte jusqu'au sommet du crâne. Une, deux, trois secondes d'attente et l'expiration part de la tête et retourne à la terre. N'oublie pas les bras dans ce sens-là, non plus.

A la dixième « *non-vague* », elle s'assit sur le bord du lit pour chercher son portable à tâtons. Surtout, ne pas allumer la lumière qui heurterait ses pupilles fatiguées.

Quand elle l'eut en main, elle regarda l'heure :

- Putain, trois heures ! Tu vas être fraîche demain, ma biche, ronchonna-t-elle.

Ses pensées volèrent alors vers Momo, sûrement en train de ronfler sans vergogne dans son lit parisien.

- Mais non, il est midi en France ! Il doit être en train de manger à la brasserie du journal !

Elle l'appela dans la seconde : sa chaude voix la calmait toujours.

Mais son collègue était en interview, il eut juste le temps de lui conseiller de lire le programme du congrès, pour au moins savoir à quelle heure elle devrait se lever.

- Excellente idée, Momo ! approuva-t-elle avant de raccrocher.

Elle alluma la lumière, se leva et alla chercher sa sacoche de travail.

Elle l'avait achetée en Italie, il y avait de cela bien dix ans, mais elle l'adorait encore comme au premier jour ! Elle appréciait le toucher du daim souple qu'elle avait choisi. Le caresser l'apaisa. Elle craquait pour sa couleur turquoise profond, si douce. La regarder l'apaisa. Elle savourait son odeur de peau tannée. La respirer l'apaisa.

- Bon, eh bien, pas la peine de regarder à l'intérieur de toi, petite pochette, si tu m'endors d'un simple regard, sourit-elle.

Mais un éclair de bon sens lui frappa l'esprit : si elle n'examinait pas maintenant ce fichu programme, il était couru qu'elle ne trouverait pas le sommeil. Elle devait planifier sa journée, maintenant. Toute sa journée ! Elle ouvrit donc sa précieuse sacoche, en sortit toute une pile de documents et en commença la lecture. Finalement, elle eut l'agréable surprise de constater que seules trois conférences l'intéresseraient. Et que toutes se tenaient l'après-midi. Elle remercia mentalement Maurice de lui avoir offert une grasse-mat sans le savoir. Rassérénée, elle décida de garder pour le petit-déj l'examen du programme des jours suivants. Elle éteignit alors sa lampe de chevet et s'endormit du sommeil du juste.

Dans le Palais des Congrès de San Francisco, c'était l'effervescence. L'évènement avait attiré les foules par-delà les mers et océans. Tout ce petit monde s'agitait dans le mouvement désordonné du premier jour. Celui où chacun cherche ses repères.

L'accueil était pris d'assaut. Ridjka ne tenta même pas de s'en approcher.

Elle repéra très vite les auditeurs : ils avançaient d'un pas rapide, mais cependant tranquille, vers la salle où ils s'abreuveraient de nouvelles connaissances.

En revanche, les conférenciers qui présentaient un papier aujourd'hui, avaient le regard angoissé de ceux qui soudain ne savent plus où se trouve leur amphi, leur notes, ni même la première phrase de leur introduction.

Quant aux thésards, ils étaient tous cachés dans chaque recoin du Palais, bien à l'abri de la foule et du bourdonnement ambiant. Ils répétaient sans relâche leur présentation, en jurant d'impuissance quand leur langue avait buté sur un mot.

Elle sourit, elle aussi était passée par là ...

Par chance et esprit d'observation conjugués, elle trouva son auditorium, y pénétra, s'y installa et se prépara mentalement à faire un bond en avant sur sa maîtrise de la radiologie numérique.

- Comment as-tu trouvé le Docteur Yen, Ridj ? l'interpella, dans son dos, une grosse voix à l'accent new-yorkais prononcé.

La grosse voix appartenait à Tom Getway, une espèce de grande baraque souriante et, accessoirement, un collègue de Ridjka de longue date. Il était américain pur souche. Cependant, l'intensification de la politique mondiale de son pays ces dernières années, lui avait permis de pas mal bourlinguer à travers le monde. C'est ainsi que leurs routes s'étaient souvent croisées. A chaque fois avec plaisir, bien que l'angle de leurs reportages fût toujours radicalement différent :

Tom, lui était une réplique de Russel version State. Tout comme Jack, il éprouvait une véritable fascination pour les Nouvelles Technologies de l'Information et de la Communication (NTIC). Il couvrait à peu près tous les sujets concernés. Il réussissait même à en parler quand personne n'y aurait songé.

Ridjka, elle, préférait largement les utiliser, que de disserter dessus. Elle, ce qu'elle aimait faire ressortir dans ses reportages, c'était la complexité des rapports humains.

Bref, bien que très différents, ces deux-là s'entendaient à merveille. Elle fonça donc vers le géant, en arborant un large sourire.

- Tom, tu es là ! Quelle chance ! Tu restes longtemps ?

- Non, malheureusement, je pars demain aprèm : visite chez Bill ...

A son sourire Ridjka tenta :

- ... Gates ?

- Yes, baby !!!

- Alors, là, je dis : *MONSIEUR* Tom Getway !!! Raconte !

- Je te paye une bière, pour que tu aies la patience de m'écouter ?

- Tu te souviens de mes points faibles, dangereux Yankee !

- Je me souviens de *TOUS* tes points faibles, Darling ! lui sourit-il charmeur.

Et bras dessus, bras dessous, ils se dirigèrent vers le bar du grand hall.

En expliquant son programme chez Microsoft, Getway s'excitait tout seul sur sa chaise. Tout cela lui prit bien une demi-heure. Alors que la rencontre n'avait même pas encore eu lieu ! Ridjka eut pitié de tous ceux qui devraient se taper son récit au retour.

Ceci dit, une fois qu'il eut épuisé toutes les joies que lui promettait sa visite au temple de l'informatique moderne, il l'interrogea sur ses activités du moment. Elle lui raconta avec tout autant de passion le Mali, Touré et Emeline. Il l'écouta avec un intérêt sincère.

Ils papotèrent ensuite longtemps de tout et de rien. Puis, Ridjka sachant qu'elle avait trouvé en Tom le conseiller idéal, lui demanda quelles étaient les conférences les plus percutantes pour étayer son article du moment. Au moins, ça lui éviterait de décortiquer toute la suite du programme. Il y avait tellement de sessions parallèles, que ça en devenait carrément confus.

- Demain, il y a pas mal de trucs pour toi. Viens voir sur le panneau là-bas.

Elle le suivit et une fois sur place, regarda le doigt de Getway se déplacer sûr de lui, sur le planning géant. Elle nota tout ce qu'il lui conseillait avec application. « *Monitoring à distance lors d'une intervention chirurgicale* », « *Avancées majeures dans la détection de tumeurs* », ...

Finalement Jack Russel avait raison, ça a l'air pas mal tout ça, pensa-t-elle surprise.

Elle se piqua alors au jeu et se mit à chercher d'elle-même les conférences auxquelles elle voulait assister. Elle notait, elle notait, elle notait. Et ce avec un engouement dont elle ne se serait pas crue capable seulement quelques minutes auparavant.

Tom la calma :

- Tu ne pourras jamais assister à tout ça, plusieurs se déroulent en même temps.

- Mouaif, répondit-elle absente, toute absorbée qu'elle était à découvrir la suite.

Pourtant, à un moment, son regard se figea. Elle bloqua sur trois mots. Trois tous petits mots. Elle ne bougeait plus, ne respirait plus, ses yeux regardaient ces trois mots à s'en faire exploser la rétine.

Ces trois mots la tétanisaient.

- Ridj ! Eh, oh, Ridj, qu'est-ce que tu as ? s'alarma Getway.

- Hein ?

Mais, elle n'écoutait pas ! Elle ne pouvait pas ! Elle relisait : « *Professeur Sacha Berry* ».

- Ridj !!! ???

- Hein ? Oui, je suis là Tom, se réveilla-t-elle.

- On ne dirait pas ...

- Dis-moi, fit-elle absente, tu connais le Professeur Sacha Berry ?

- Non. Ceci dit, c'est sûrement l'un de tes compatriotes, regarde, ce papier a été écrit avec le CHU de Bordeaux. Tu n'es pas de là-bas, toi ?

- Si ..., éluda-t-elle. Il est en deuxième auteur, regarde. Un deuxième auteur présente rarement un papier, non ?

Elle lui posait la question comme s'il s'agissait du premier congrès auquel elle assistait. Or, elle en avait couvert des dizaines, des centaines presque, en vingt ans de carrière. Nonobstant, Tom fit comme si de rien n'était et lui répondit ce qu'elle avait envie d'entendre :

- Oui, effectivement. Mais il sera sûrement dans la salle, on ne laisse pas passer comme ça une conférence dans la plus belle ville de la côte Ouest des États-Unis.

- Oui ..., souffla-t-elle déjà ailleurs.

- Tu le connais, Ridj ?

Tom n'avait jamais vu sa consœur dans cet état. Non, jamais !

Elle était plutôt du genre boule de vie, incapable de rester en place. Or là, même un bulldozer spécial travaux pharaoniques, serait sous dimensionné pour la déplacer. Ne serait-ce que d'un millimètre.

Tom était inquiet, il réitéra donc sa question.

Ceci dit, il n'eut pas plus de réponse que la première fois.

L'esprit de Ridjka était en effervescence. Une effervescence bien supérieure à celle qui régnait autour d'eux, dans ce grand hall du Palais des Congrès de San Francisco.

Bien sûr que oui, elle connaissait le Professeur Sacha Berry, mais elle n'arrivait plus à parler. Bien sûr que oui, elle connaissait le Professeur Sacha Berry, mais elle n'avait pas *envie* d'en parler ...

Tout son corps venait de réveiller, comme sorti d'un long sommeil. Chacune des plus infimes molécules de son être s'étaient unies dans une volonté commune. Et elles se concentraient pour inviter ce Professeur Sacha Berry à venir la retrouver, ici, à des milliers de kilomètres de la France, de Bordeaux ou de Paris.

Voilà pourquoi, elle ne pouvait plus parler ...

Oui, Tom, Ridjka Naya connaissait ce Professeur Sacha Berry...,

..., elle le connaissait et elle l'attendait !

- Bonjour mademoiselle. Pourriez-vous me dire si le Professeur Berry est arrivé ? Il présente un papier demain après-midi.

Ridjka était si fébrile qu'elle venait de parler - plus exactement de balbutier - dans sa langue maternelle. Or l'hôtesse d'accueil maîtrisait peu le français.

Elle lui offrit donc une moue pour le moins dubitative.

- Could you repeat in English, please ? lui répondit-elle finalement en affichant son plus beau sourire.

- Oui, heu, yes.

Ridjka était totalement bilingue. Mais là, l'émotion lui serrait tellement la gorge qu'elle n'arrivait plus à aligner deux mots. Quelle que fut la langue choisie.

Tom eut pitié de sa consœur et reformula la question pour elle. La jeune hôtesse répondit à son nouvel interlocuteur avec un sourire beaucoup plus significatif. Tom avait du charme et les femmes y étaient sensibles.

- Il devrait arriver demain, ma puce, décida-t-il de lui traduire, au cas où ses oreilles fussent aussi paralysées.

- Sûr ?

- Oui, sûr. Son badge est toujours là, mais il a confirmé qu'il venait.

Le cœur de Ridjka se mit à battre à tout rompre : Sacha venait, Sacha venait ! Il venait et il serait là demain ! Une petite nuit à attendre et elle le reverrait !

A cette idée, son cœur accéléra la cadence à lui faire exploser le torse. Mais c'était de la bonne douleur, de la douleur de joie et de désir, de la douleur de vie qui reprend ses droits !

- Ridj, tu as vu Dieu, ou quoi ???

Tom flippait.

- Pas encore, Tom ! Pas encore. Mais ça ne va pas tarder. Air France s'en occupe ..., lui répondit-elle énigmatique.

Et une vague de confiance en l'aéronautique française, ainsi qu'en l'avenir la submergea.

- Je croyais que c'était moi ton Dieu ?, ronchonna-t-il pour la forme et surtout pour tenter de la faire revenir dans le présent.

- Oui, c'est toi, presque tout le temps, mon Yankee d'amour. Mais là, tu as de la concurrence. Une sacrée concurrence ! Désolée ...

- Dis-moi, Darling, qui est ce Professeur Sacha Berry ?

Rien que d'entendre son nom, d'émotion tous les poils de Ridjka se dressèrent comme un seul homme.

- Tu n'as pas besoin de le savoir, puisque tu n'assisteras pas à sa conf. Rappelle-toi, tu seras en train de papoter avec Billy, à ce moment-là, répondit-elle néanmoins le plus normalement du monde. En attendant, pourrais-tu demander son numéro de portable, pour moi, à mademoiselle-les-yeux-doux ?

- Jalouse ?

- Très ...

- Bonne réponse. Cependant, je ne sais pas si je vais accéder à votre demande, mademoiselle Ridjka Naya.

- Pourquoi ça, monsieur Tom Getway?

- Parce je sens que ce toubib à la noix pourrait te faire du mal, baby.

- Qu'est-ce que tu racontes ? blagua-t-elle.

Pourtant, cette toute petite phrase la fit redescendre sur terre. Tom semblait si sérieux. Pour la première fois de sa vie, il était sérieux. Et il fallait que ce soit précisément le jour où elle ne voulait pas l'être !

- Pourquoi dis-tu qu'il pourrait me faire du mal ?

- Tu es accroc, baby. Je te connais, je sais comment tu es quand un mec te plait. Et je peux te dire que ne t'ai jamais vue dans un tel état d'excitation.

Ridjka refusa de l'écouter. Elle n'en n'avait pas envie. Ce dont elle rêvait, en ce moment précis, était d'avoir le numéro de portable de Sacha, pas de savoir s'il lui ferait du mal. D'ailleurs Sacha ne lui ferait jamais de mal !

- Si je te promets de faire gaffe, tu demandes son numéro à ta conquête ?

- OK, mais tu m'appelles pour me donner de tes nouvelles, baby ?

- Tu les auras, daddy !

- Te fous pas de moi, Ridj ! Je veux des nouvelles. Bonnes ou pas!

- Yes, bonnes ou pas, c'est juré Tom. Allez, maintenant négocie avec miss-beaux-yeux et je te paye le resto de ton choix, trépigna-t-elle.

Et Getway s'exécuta : il était gourmand.

Chapitre 9
Costume à rayures vertes

- Allo, Ridj ?
- Ooouuiiiii ...
- Ridj, ça va ???
- Ooouuiiiii ...
- Ridj, arrête de déconner, tu es tombée amoureuse ou quoi ?
- Je ne sais pas encore, Momo. Je te dirais ça demain. Enfin, *peut-être* que je te dirais ça demain. Si tu es sage.
- Pas la peine, je sais que tu es amoureuse. Tu débloques toujours quand tu tombes amoureuse. Et, au ton idiot de ta voix, je peux même te dire que tu es même sacrément accroc ! Qui est-ce ?

Et de deux dans la journée à lui dire qu'elle était « *accroc* » ! Etait-elle devenue si transparente que ça pour ses amis ? Cela l'inquiéta un peu.

- Amour de jeunesse, lui répondit-elle laconique.
- Touré sort de ce corps ! lança Momo sentencieux depuis l'autre côté de l'Atlantique.
- Touré ? Je l'avais oublié.

Ridjka se demanda comment cela avait pu arriver si vite. Elle en resta comme deux ronds de flan. Touré et Emeline tournaient dans sa tête sans discontinuer depuis deux jours entiers. Elle n'avait pas cessé d'imaginer leurs retrouvailles, les émotions qu'ils auraient pu ressentir en se revoyant, puis leur envol pour le Burkina-Faso, main dans la main, le retour au pays pour Emeline, avec tout ce que cela impliquait. Et, là, d'un coup d'un seul, elle les avait oubliés !

Tom et Momo avaient raison, elle devait être accroc.

Elle aurait pu paniquer à cette idée, mais là non, cela était et puis voilà. Il n'y avait rien à faire, rien à en dire. Il suffisait de le vivre et c'était tout. Et elle sourit à cette idée : il suffisait de le vivre !

- Putain, Ridj, raconte, s'excitait son interlocuteur à l'autre bout du fil.

- Il n'y a rien à raconter pour l'instant, mon gros.

Elle savait que Momo serait au bord de l'hystérie avec une telle réponse. Elle en adorait l'idée.

Ceci dit, il eut beau insister, utiliser tous ses stratagèmes les plus éprouvés pour la faire ployer, elle ne lâcha rien. Cette histoire lui appartenait et elle n'avait pas envie d'en parler.

Par contre, mettre son pote en boule, ça oui, ça lui convenait parfaitement. Elle joua donc avec ses nerfs jusqu'à ce qu'il se lasse.

- Attends de rentrer en France, Ridjka Naya et je m'occuperai personnellement de ton cas.

- Pas de souci poussinou, sourit-elle. Au fait, tu m'appelais pourquoi ?

- Pour entendre ta douce voix, voyons.

- Ouais, mais encore.

- Je ne sais pas si je peux t'en parler, vu qu'on vient de passer en mode secret ...

- Toi, tu as appelé Jeff !

- Ouais, je l'ai appelé !

La voix de Momo transpirait le bonheur et elle en fut contente avec lui.

- Comment tu as deviné ? s'inquiéta-t-il aussitôt après.

- On est comme les deux doigts de la main, tu le sais bien. Ce que l'un vit, l'autre le ressent.

- Ouais, sourit-il.

- Alors, raconte ! s'impatienta Ridjka.

- On a rendez-vous ce soir ...

- Génial ! Où ?

- Au nouveau Pub Irlandais. Tu sais, celui qu'on avait découvert la veille de ton départ au Mali.

- Bien, très bien ça. Jeff adore les bières rousses.

- Tu t'en souviens ?

- Tu parles que je m'en souviens : tu m'as fait acheter je ne sais combien de packs d'Adelscott et de Killian's, du temps de vos jours heureux. Mes bras et mon dos s'en rappellent aussi. Bon, là n'est pas la question, c'est quoi ton problème ?

- Je mets quoi, moi ce soir comme tenue ?

- Momo, c'est pas vrai ! Tu viens de fêter tes quarante-huit printemps et tu ne sais toujours pas comment te fringuer ???

- Non ! Je suis tétanisé ...

- Bienvenu au club, ronronna-t-elle de manière quasi inaudible.

De toute façon Momo était tout à son Jeff, il ne releva même pas :

- Imagine qu'il n'aime pas ce que je porte, s'angoissait-il.

- Tu n'en fais pas un peu trop, là ?

- Non, se défendit-il.

- Moi, je crois que si. Tu sais très bien qu'il t'adorait dans toutes tes tenues ! Même dans ton épouvantable costume à rayures vertes !!! Il doit quand même être un peu neunœil, ton Jeff, si on y réfléchit bien.

- Il n'est pas épouvantable du tout mon costume à rayures vertes, affreuse de pissouse ! se rebella Momo.

Ceci dit, il fonça quand même vers son armoire pour aller vérifier si son costume était si horrible que ça. Quand il l'isola des autres, il grimaça :

- Bon, OK, pas le costume à rayures vertes, concéda-t-il. Celui en lin beige, il est bien non ? Neutre, clair, gai. C'est parfait ?

- Ouais Momo, c'est celui qui te va le mieux ! Mais, dis-moi, tu ne bosses pas, là ?

- Heu ... Je te laisse. J'ai encore l'appart à ranger. Tu comprends ?

Et il raccrocha sans plus de manières.

Ridjka, elle, se cala dans son lit, d'une part pour digérer le T-Bone qu'elle avait englouti en compagnie de Tom sur le

Piers 39 et d'autre part, pour être parfaitement détendue pour envoyer un SMS à Sacha :

Seras-tu à la conf de San Francisco, demain ? Bises, Ridji

Quand elle cliqua sur « *Envoyer* », son cœur partit aux côtés de sa missive. Il volait, filait, s'échappait.

Elle n'essaya même pas de le retenir ...

Chapitre 10
« Let the music play »

Une fois son SMS libéré, Ridjka s'était endormie d'un sommeil tranquille.

Non pas qu'il fut sans songes. Loin de là ! Mais tout son être avait sombré dans le sommeil, doux et léger, des gens qui ont une confiance absolue dans le lendemain.

Quant à ses rêves, bien sûr qu'ils avaient été peuplés de Sacha. Sacha hantant les couloirs de la cité U à la recherche de partenaires pour une partie de belote coinché. Sacha attendant LA vague sur son surf les jours de houle. Sacha s'éclatant sur scène en jouant de la basse au concert du Pitt Bull ...

Ridjka avait rêvé de Sacha, de son sourire, de ses yeux malicieux, bien sûr. Mais elle avait aussi rêvé de Touré, d'Emeline, de Momo et de Tom. Curieusement, même Jessica était de la partie. Jessica et elle-même, évidemment.

Tout ce petit monde se mélangeait, s'aimait, se désaimait et se ré-aimait, dans un charivari des plus folkloriques. Le tout, orchestré par une chorale de onze africaines qui se trémoussaient en chantant du Barry White pour un oui, pour un non.

Quand elle se réveilla, elle avait encore en tête l'air de « *Let the music play* ». Inconsciemment, elle se mit à le fredonner et se sentit en pleine forme.

Elle sourit en se demandant pourquoi elle avait imaginé les ex-femmes de Touré rassemblées dans un chœur. Mais elle ne chercha pas plus avant : elle était bien. Elle était si bien qu'elle décida de commander son petit-déjeuner en chambre. Juste histoire de rester dans l'atmosphère de sa nuit.

Ensuite, elle s'était souvenue de ce qui la mettait tant en joie de si bon matin, alors que le décalage horaire aurait dû la laisser HS.

Cela tenait en peu de mots, mais des mots qui promettaient tant :

Si les dieux de l'amour étaient en forme, elle retrouverait Sacha aujourd'hui !

Et elle pressentit qu'ils étaient en forme !!!

Dès lors, elle avait regardé dix fois, cent fois son téléphone, en priant silencieusement pour qu'un message apparaisse.

Il était resté de marbre !

Elle lui avait alors chanté des incantations. Elle l'avait ensuite flatté. Elle l'avait supplié même !

Mais que tchi. Toujours pas de SMS. Ni d'appels manqués.

Rien ne s'affichait sur son foutu écran !

Et pire que tout : ce n'était pas dû à un problème réseau, puisqu'elle n'avait jamais vu autant de rectangles affichés, là, tout en haut, dans la barre du menu.

Il n'y avait donc pas de raison qu'un appel ne lui parvienne pas !

Et pourtant, si, rien ne lui parvenait.

L'allégresse laissa alors place à la plus folle des angoisses : et si Sacha l'avait oubliée ?

Après tout c'était possible. Tout était possible quand on savait que cela faisait presqu'un quart de siècle qu'ils ne s'étaient pas revus.

A cette pensée, sa poitrine se serra à lui arracher le cœur, sa respiration devint saccadée, difficile.

Elle s'assit sur son lit défait, histoire de reprendre ses esprits :

- Ma petite, des Ridji, il n'y en a pas mille sur terre, se raisonna-t-elle à voix haute, histoire de bien s'auto-convaincre de ses propos. S'il y en a dix, ce serait même une bonne nouvelle : je serais moins seule. En attendant, Sacha, lui saura tout de suite de laquelle il s'agit et il va appeler. Et puis, ajouta-t-elle pour continuer de se rassurer, « *Sacha et Ridjka* » c'était quelque chose de si fou, si passionnel, si magique … Il ne peut pas avoir oublié. Il n'a pas oublié ! Il va appeler !

Et, elle s'allongea tranquillement, les mains sous la tête, les jambes croisées, le sourire aux lèvres, pour attendre l'appel, sûre qu'il ne tarderait plus.

- *Oui, mais lui est sûrement marié maintenant,* lui chuchota à l'oreille son moi pessimiste. *Tout le monde n'est pas aussi sauvage que toi Ridj. Tout le monde ne fuit pas en entendant le mot « mariage ». Tout le monde ne part pas en courant à la seule vue d'une bague de fiançailles poindre à l'horizon.*

- *Oui, il est sûrement marié, beau comme il était.* Le contraire serait même étonnant, ne put qu'approuver Ridjka. *Donc, il mène sûrement une vie bien rangée et il n'aura sûrement pas envie de s'embarrasser d'une ex à moitié frapadingue.*

Et la mélancolie s'empara d'elle sans vergogne.

Heureusement le garçon d'étage choisit ce moment-là, pour s'annoncer et frapper à la porte de la chambre 205.

Ridjka se leva de bonne grâce pour aller lui ouvrir. Alors, après l'échange rituel des civilités du matin, il poussa son chariot, vers l'intérieur. Celui-ci était couvert de viennoiseries de toutes sortes, de bacons frits, de scrambled eggs et d'une foultitude d'autres choses comestibles. Toutes protégées du refroidissement par des cloches d'argent.

Ridjka, rappelée à la vraie vie par son estomac, sortit définitivement de son état morose. Elle remercia le garçon d'un généreux pourboire, ferma la porte et s'installa face à la fenêtre pour profiter du soleil généreux de ce mois de mai.

Comme une bonne chose n'arrive jamais seule, son portable vibra.

Elle croisa les doigts mentalement pour que ce soit Sacha.

Puis, lentement, très lentement, elle en souleva le clapet. Là, elle vit son si émotionnant prénom s'afficher. Elle sourit comme une enfant qui découvre que le sapin de Noël regorge de cadeaux multicolores.

Il fallait appuyer sur le bouton vert pour prendre la communication, alors elle appuya.

- Allo, Ridji ?

Putain, sa voix n'avait pas changé ! Douce, chaleureuse, enveloppante, un brin espiègle. En vingt-cinq ans, elle n'avait pas changé !

Ridjka fondit.

- Oui, Sacha, réussit-elle à prononcer relativement normalement.

- J'ai eu ton message. Je suis encore à Los Angeles, mais j'arrive pour assister à la conf. On se voit après ?

- Génial !

- Et on mange ensemble ?

- Encore plus génial !!!

- A tout à l'heure, alors ?

- A toute à l'heure, Sacha !!!

Et sans même prendre le temps de fixer où et quand, elle raccrocha.

Il l'avait appelée !

Sacha l'avait appelée et ils allaient manger ensemble ! La vie était donc aussi simple que cela ? On se quitte à vingt-trois ans et on se retrouve à quarante-huit et rien n'a changé ? C'était magique !

Le pauvre muffin à la framboise, qui fit la bêtise de se trouver sous la main de Ridjka à ce moment-là, lui, ne trouva rien de magique à se faire dévorer en une seule bouchée. Comme quoi, tout est relatif...

Le tapis qui reçut les miettes du malheureux muffin à la framboise, quand Ridjka s'entraîna à prononcer « *Sacha* » la bouche pleine, lui non plus ne trouva pas l'instant magique.

Mais Ridjka, elle, adorait le son de ses deux syllabes accolées l'une à l'autre. Elle les répétait encore et encore, en oubliant d'avaler sa pâtisserie.

Elle reverrait Sacha ce soir et ils s'aimeraient comme toujours. Oui ce soir, ils seraient à nouveau l'un avec l'autre, l'un contre l'autre, l'un tout contre l'autre. Elle se blottirait dans ses bras et y serait bien ! Si bien !!!

Si un spectateur avait partagé sa chambre à ce moment-là, il n'aurait pas été déçu de voir son air niais : un sourire jusqu'aux oreilles, des paillettes dans les yeux, une totale absence de conscience du monde extérieur. Le légume comblé dans toute sa splendeur, quoi.

Mais Ridjka n'en n'avait pas conscience. Elle savait juste qu'elle était heureuse ! Heureuse à la limite de la béatitude ...

Ça, par contre, elle le sentait bien qu'elle virait sur le béat. Mais elle adorait !

Ce mec avait toujours eu cet effet là sur elle : sans rien faire, il la transportait dans une autre dimension. Un monde parallèle où la vie est simple et lumineuse. Un monde où tout est permis, surtout déconner. Bref, un monde où elle se sentait bien.

Ce soir, elle était sûre qu'elle retrouverait ce monde. Elle était sûre qu'ils feraient les quatre cents coups ensemble et elle s'en réjouissait à l'avance.

Chapitre 11
Fais gaffe baby

Ridjka Naya avait englouti à peu près tout ce qui se trouvait sur le plateau de son petit-déjeuner. Elle avait faim ! Au sens propre bien sûr. D'ailleurs, cet hôtel venait de gagner sa fidélité à vie, par la qualité de son breakfast. Mais elle avait faim de vivre aussi !

Depuis la fenêtre de son deuxième étage, elle voyait la vie s'agiter en bas. Elle dévorait le spectacle.

Il y avait le marchand de journaux au coin de la rue, qui plaisantait avec tous les passants. Ce faisant, il réussissait une fois sur deux à vendre son quotidien ! Il y avait le vendeur de hot-dog qui faisait déjà son beurre, alors qu'on n'était qu'au petit matin. Il y avait tous ses gens pressés, habillés du même costume, portant le même attaché case, agitant nerveusement leurs trousseaux de clefs pour déverrouiller leur énorme voiture rutilante qui les conduirait à leur bureau, une fois encore. Il y avait les mères de famille qui s'arrêtaient chez Cookies, pour se remettre de l'émotion d'avoir laissé leurs chérubins à l'école, en s'offrant une pâtisserie bien colorée. Bref, ça grouillait de partout et Ridjka dévorait tout des yeux.

Heureusement qu'elle avait prévu un second réveil et qu'il choisit ce moment précis pour se rappeler à son bon souvenir, sinon elle serait restée la journée entière, là, à rêvasser.

Elle sursauta.

Ce bruit, absolument anti-mélodique et si bêtement répétitif, la sortit de son état de grâce aussi sûrement qu'un PV sur le pare-brise, un soir de fête. Elle rassembla ses esprits et se rappela le congrès des radiologues du monde entier.

Elle sourit en repensant à l'enthousiasme de Jack Russel pour cet évènement.

Elle sourit en pensant au sien, maintenant qu'elle savait qu'elle y retrouverait un certain Professeur Sacha Berry ...

- Putain, se laver, s'habiller, se faire belle, résuma-t-elle encore hagarde. Oh, je suis à la bourre complète, moi.

Malgré tout, elle prit tout son temps de se préparer : « *ce soir elle serait la plus belle pour aller danser, hé, hé ...* » ♪♫

Quand elle retrouva Tom Getway à l'entrée du grand auditorium, il n'eut rien besoin de lui demander. Il savait, à son air triomphant, qu'elle avait eu des nouvelles de son précieux Professeur Sacha Berry. Ce crétin dont elle lui avait rebattu les oreilles la veille pendant le moment sacré du T-Bonne.

Il savait qu'elle avait eu des nouvelles et qu'en plus, elles étaient bonnes.

D'ailleurs, tous les autres participants auraient probablement pu remarquer aussi que cette française affichait un sourire trop plein pour être honnête. Mais pour cela, il aurait fallu qu'ils fussent attentifs à leurs congénères. Or, dans cette ruche qu'était devenu le Palais des Congrès de San Francisco, chacun était à sa pensée : pour trouver sa salle, puis pour trouver une place dans la dite salle et enfin pour l'atteindre à temps, c'est-à-dire avant que les lumières ne s'éteignent. Tout cela, bien sûr, en jouant des coudes dans la densité de la foule des autres congressistes.

Ridjka n'aurait donc que le regard scrutateur de son collègue américain à affronter. Elle en fut rassurée.

- Comment va notre bon Professeur Berry, Ridj ?

- Bien, bien ..., répondit-elle volontairement énigmatique.

Tom et elle avaient eu des moments de faiblesse ensemble. D'agréables moments de faiblesse, d'ailleurs. L'un comme l'autre ne savait jamais trop où ils en étaient. Ce qui était sûr, en revanche, c'était qu'hier soir Tom n'avait rien tenté pour finir la nuit avec elle.

Ceci dit, il avait ce rendez-vous avec Bill Gates aujourd'hui et elle le soupçonnait de vouloir être en forme. Elle s'étonna même de le trouver encore à Frisco, ce matin, alors qu'il devrait être à Redmond dans l'état de Washington, tout au nord, dans quelques heures à peine.

- Aurons-nous, la chance de voir le bon Professeur Berry cet après-midi, darling ?

Ridjka sourit sans répondre, ce qui amusa son inquisiteur ami.

- A ta tête, je pencherais pour un oui, franc et massif.

- Moi, je le verrai, c'est sûr, jubila-t-elle. Mais toi, tu vas louper l'événement, tu seras avec ton Billou d'amour.

- Tu sais, que tu me ferais presque regretter d'y aller. Je ne sais pas si je peux te laisser seule affronter les griffes de cet homme.

A la moue sceptique qu'elle lui renvoya, il éclat de rire :

- J'ai dit « *presque* », Ridj. Une visite chez Bill, ça ne se loupe pas, bien sûr ! Allez viens, ça va commencer, trouvons-nous deux places côte à côte, notre amphi n'est pas loin.

Elle approuva du chef et le suivit comme un poisson pilote suit son requin. Et il valait mieux, car Getway avait pris la pleine procession du temple de la radiologie numérique, elle pas du tout : trop grand, trop de monde, trop de bruit.

En plus, elle, elle planait !

Au moment de la pause du matin, Getway prit congé de Ridjka :

- Le devoir m'appelle, baby ! Je file.

- Appelle-moi pour me raconter comment ça s'est passé, avec Bill.

- Promis ! Je t'appelle, dès que mon papier est ficelé et envoyé.

C'était une vieille plaisanterie entre eux : chacun s'était fait piquer un article le même jour. Et pour la même raison : ils avaient raconté la teneur de leur reportage à un confrère, *avant* de l'avoir posté. Le hasard avait voulu qu'ils se retrouvassent seuls devant une bière, dans le même Pub, pour essayer d'étouffer leur rage. Au troisième bock, ils avaient décidé de faire table commune.

- J'attendrai, sourit Ridjka.

Getway lui fit un signe de la main et commença à s'éloigner. Elle se rapprocha d'un jus d'orange pressé qui lui faisait les yeux doux. Mais à peine avait-elle saisi le verre, que Tom se ravisa et amorça un demi-tour. Ce n'était pas dans ses habitudes. Ridjka se demanda ce qui lui prenait. Chose encore plus inhabituelle, quand il fut tout près d'elle, il la saisit par le bras et l'éloigna de la foule.

- Fais attention à toi, baby, lui chuchota-t-il à l'oreille. Tu es accroc. Alors, fais attention à ce toubib dont tu ne sais fichtre plus rien. Tu ne l'as pas vu depuis vingt-cinq ans. Il s'en passe des choses en vingt-cinq ans ... Je tiens à toi, ma puce et je ne voudrais pas qu'il te brise le cœur.

- Mais Tom, n'aies pas peur : je le connais *ce toubib*, comme tu dis. Je sais qui il est. Je sais qu'il ne fera pas de mal. Pas le moindre mal.

Elle semblait convaincue, alors tom lui sourit :

- Ok, baby, c'est toi qui sais ...

Mais au long baiser qu'il lui plaqua sur le front, elle sut qu'il continuait de s'inquiéter pour elle.

Elle le regarda s'éloigner d'une démarche moins souple que la première fois et cela la troubla. Cela la troubla même profondément.

C'était ce petit bout de phrase : « *ce toubib dont tu ne sais fichtre plus rien* » qui l'avait chavirée.

Tom avait raison : qu'était devenu Sacha depuis tout ce temps ? Qu'avait-il fait de sa vie ? Bon, ce qui était sûr, était qu'il avait fini sa spécialité de médecine. Il y a pire comme danger.

Et s'il était devenu sérieux ? s'angoissa-t-elle soudain. Et s'il était devenu un homme sérieux, marié et *fidèle* ? Elle s'imagina la scène et frémit.

- Non, le pire serait quand même qu'il soit devenu sérieux, se reprit-elle.

Fidèle, elle pouvait le comprendre, elle pouvait même l'apprécier. Enfin, peut-être ... Mais sérieux.

- Ah, putain de Tom ! Avec ses bons sentiments à la noix, il m'a pourri mon groove ! grogna-t-elle entre ses dents.

Elle fonça à la deuxième présentation, mais toutes les notes qu'elle y prit n'avaient ni queue ni tête.

- J'ai l'esprit ailleurs, j'ai l'esprit ailleurs, un point c'est tout ! s'énerva-telle toute seule.

Son papier serait mou et puis c'était comme ça ! Jack Russel devrait faire avec de toute façon, parce qu'elle n'arriverait à rien tant que toutes les questions, que Tom venait de réveiller en elle, tourneraient dans sa tête.

Et pour tourner, elles avaient tourné ferme. Ça oui !

Et puis, mystérieusement, il y avait eu un moment où ce furieux tourbillon neuronal s'était arrêté. C'était pendant le break de midi. Elle avait fui la foule du congrès pour aller s'acheter un hot dog, chez le vendeur du bas de son hôtel. Le voir, lui avait rappelé son état d'esprit matinal, lorsqu'elle prenait son petit-déjeuner, du haut de son deuxième étage et qu'elle l'observait en train de préparer des sandwiches pour ses clients. A ce moment-là, elle était bien. Elle était gaie. Elle était sûre de sa soirée. Elle avait confiance.

Et du coup, tous ses doutes s'étaient envolés.

Elle ne savait pas comment se l'expliquer, puisque franchement rien de nouveau ne s'était produit depuis.

Mais c'était comme ça, elle avait repris confiance. Elle savait, elle sentait, que ces retrouvailles seraient un pur moment de bonheur. Un pur moment de bonheur hors du temps, hors de toute réalité ! Et surtout, elle désirait tellement plus que tout qu'il en fut ainsi, qu'il en serait ainsi ! Il suffisait juste qu'elle envoie les ondes appropriées. Une bonne pelletée d'ondes positives.

Quand elle pénétra à nouveau dans le Palais des Congrès, la voix suave de l'hôtesse d'accueil invitait tout le monde à gagner sa salle. Les conférences allaient reprendre, chouette ! C'est à ce moment-là que Ridjka sut ce qui la poussait à tant d'optimisme : c'était la voix de Sacha qui lui avait redonné confiance.

Sa si douce voix.

Elle se rappelait maintenant de leur furtif échange vocal :

Quand on a encore de tels accents espiègles, on ne peut pas être devenu totalement sérieux. Non, ce n'est pas possible, sourit-elle intérieurement. *Et puis, quand on met tant de douceur dans son intonation, c'est qu'on n'a pas totalement oublié l'autre. Non, ce n'est pas possible. Et surtout quand on met tant de caresses cachées dans son phrasé, on ne peut pas être devenu insensible à l'autre. Non, ce n'est pas possible ... Et puis de toute façon, il va bientôt arriver, il n'y a plus qu'à attendre, sans se mettre la rate au court-bouillon,* se convainquit-elle.

C'est donc rayonnante et attentive qu'elle entra dans l'après-midi de ce deuxième jour de radiologie numérique, au Palais des Congrès de San Francisco.

Elle consulta sa monte et fut à nouveau excitée comme une gamine : l'heure de LA conférence approchait à grandes avancées de secondes !

Touré avait été ravi de voyager au côté de cette jeunesse, dans l'avion qui le conduisait vers Paris. Il avait apprécié de pouvoir lui raconter sa vie.

Il avait été étonné qu'elle l'écouta avec autant d'attention d'ailleurs, parce qu'il le savait, il avait été long, long, long.

Mais d'un autre côté, c'était le seul moyen qu'il avait trouvé pour éloigner cette saleté de boule au ventre qui s'était emparée de lui, si sournoisement.

Cette fichue boule lui avait signifié sa présence au moment même où il avait poussé la porte de l'aéroport de Ouagadougou.

Ceci dit, tant qu'il était encore sur la terre de ses ancêtres, elle se faisait encore petite. Discrète. Bref, il réussissait à la contenir. En plus, cette pétillante Ridjka buvait ses paroles et cela l'avait détendu. Il adorait raconter, il adorait être écouté, il adorait rire et surtout il adorait provoquer le rire de son auditoire. Avec elle, il avait joué sur du velours !

Non, là où ça s'était gâté, c'est quand ils avaient décollé. Là, la boule était devenue énorme. Gigantesquement énorme. Astronomiquement énorme !

Elle lui tenait le ventre et en faisait ce qu'elle voulait. C'était arrivé pile au moment où il s'était mis à parler de Caroline : il s'en souvenait parfaitement. Caroline n'avait pas été son meilleur souvenir marital. Ah, ça non ! Et, au fur et à mesure qu'il parlait d'elle, la boule grossissait, grossissait. Puis, elle avait continué à prendre du volume au fur et à mesure qu'ils s'éloignaient de Ouagadougou. Et qu'ils se rapprochaient de la France ... Cela, Touré le savait bien. Juste, il n'était pas encore prêt à l'admettre.

Ceci dit, il était quand même assez content de lui, car la petite française, elle, ne semblait s'être aperçue de rien. Elle le badait tout simplement.

Si elle avait su ...

Maintenant qu'il était dans ce grand aéroport français, dans l'attente de l'apparition d'Emeline, la boule avait pris tout son ventre. Elle commençait même à s'attaquer à sa gorge !

Quelle idée il avait eue aussi de se mettre en tête d'aller retrouver Emeline Jardin !

Emeline, il l'aimait quand il était si petit qu'il pouvait encore courir trois jours dans la brousse sans s'arrêter ! Or aujourd'hui, il arrivait à peine à faire le tour du village sans au moins deux grosses pauses : une chez Amédée, l'autre chez Batiste. Et Emeline, il s'en souvenait, elle adorait courir. Tous les deux, ils galopaient des heures, main dans la main. Ils gambadaient jusqu'au bout de l'horizon pour découvrir où le soleil allait se cacher la nuit ! Qu'allait-elle dire en constatant que son prince charmant était devenu un vieux grabataire tout rouillé ?

Et puis, Emeline, il l'aimait quand il était si petit qu'il pouvait encore casser la coque d'une noix de cajou d'un seul claquement de mâchoire ! Aujourd'hui, il était assez fier d'avoir encore toutes ses dents de devant, mais il ne pouvait pas en dire autant de celles de derrière ... Or Emeline adorait qu'il lui décortique les noix de cajou du marché. Qu'allait-elle penser, s'il n'était plus capable de la nourrir ?

Mais plus que tout, Emeline, il l'aimait quand il était si petit qu'il avait le muscle saillant, des cheveux noirs de geai, la peau tendue et luisante et les traits fermes de la jeunesse. Aujourd'hui, il était encore bel homme et avait gardé une bonne partie de ses muscles d'antan. Mais ses cheveux avaient pris la blancheur des sages, sa peau commençait à se parcheminer et son visage avait pris de nouvelles rides à chaque nouvelle épouse. Or, Emeline adorait son visage lisse de statue d'ébène. Elle le lui avait répété si souvent ... Elle passait des heures à le regarder. Que dirait-elle en voyant le désastre ?

Touré se mit à frissonner en y pensant. A frissonner, mais d'un frisson salvateur. De ceux qui vous ramènent à la réalité. Or là, il était en train de se lamenter sur son sort, comme un pauvre imbécile, alors qu'il allait vivre le moment le plus extraordinaire de sa toute sa longue existence.

Touré réveille-toi ! se tança-t-il. Regarde, il va bientôt faire jour dehors. Le sol est ferme sous tes pieds. Tu es à Paris. Et tout le village t'envie rien que pour cela ! Regarde le monde autour de toi et souris !

Alors, il se mit à regarder le monde autour de lui, en souriant de ses belles dents blanches. Enfin, celles de devant, bien sûr.

Il commença par s'intéresser aux gens autour de lui.

Amédée lui avait dit :

- Tu verras Touré, ils sont toujours à courir partout dans tous les sens et on a l'impression pourtant qu'ils ne sont pas ni dans leur marche, ni dans leur tête. Non, on dirait qu'ils sont quelque part ailleurs, déjà dans l'instant d'après, ou même celui d'après après !

Amédée était l'un des sages les plus respectés de Bobo-Dioulasso. Il avait vécu longtemps à Marseille, puis à Paris. Et ce durant une bonne partie de sa vie. Mais, quand il y avait eu cet hiver si froid en France, il avait préféré rentrer. Ses os s'étaient figés à l'intérieur même de son corps, avait-il raconté à la veillée. Il avait compris que cette terre ne voulait plus de lui, alors, il était rentré. Il avait ramené avec lui deux baluchons et toute sa sagesse. Depuis, il la partageait avec qui en voulait.

Touré était allé le consulter, bien évidemment !

Il lui avait rendu visite une première fois, pour savoir si Amédée pensait que lui, Touré, était réellement amoureux d'Emeline. Amédée lui avait demandé s'il pensait à elle souvent. Touré n'avait pas eu besoin de réfléchir pour lui répondre par l'affirmative. Amédée lui avait alors demandé s'il avait déjà pensé à elle par le passé. Touré se rappela qu'Emeline avait toujours été à ses côtés, par la pensée, quand il vivait quelque chose de fort. Songer à elle lui redonnait toujours le sourire. Il expliqua tout ceci à Amédée. Amédée répondit donc à Touré qu'il devait essayer de retrouver Emeline et de correspondre avec elle pour voir si, par hasard, elle aussi pensait toujours à lui.

Touré avait alors cherché Emeline Jardin pendant deux ans, avec constance, patience et opiniâtreté. Et puis un jour, toujours grâce à Amédée et ses connaissances en France, il avait retrouvé sa trace à Paris.

Touré, toujours suivant les conseils d'Amédée, avait écrit à Emeline. Mais il n'avait pas eu besoin d'Amédée pour trouver les mots de sa première lettre, les mots s'étaient imposés à lui !

Par contre, c'était Amédée qui lui avait tenu la main pour glisser l'enveloppe dans la boîte aux lettres.

Touré avait reçu une réponse moins d'une semaine après. Ensuite, il n'avait pas cessé de lui écrire. Et elle n'avait pas cessé de lui répondre. Ils s'étaient tout dit, tout expliqué, envoyé des dizaines de photos. Tout ceci avait bien duré un an.

Et puis un jour, Touré était retourné voir Amédée. Il s'était rendu compte que ce n'était pas le papier qu'avait tenu Emeline qu'il voulait sentir sous ses doigts, mais Emeline elle-même ! Alors, Touré avait demandé à Amédée s'il devait partir à Paris pour aller la chercher. Amédée lui avait répondu que s'il n'y allait pas, il passerait le reste de sa vie à tourner en rond à ressasser cette idée de savoir s'il devait y aller ou pas. Et qu'en fin de compte, il ferait plus de kilomètres à pieds en restant à Bobo-Dioulasso, qu'il n'en aurait fait en avion pour aller retrouver Emeline à Paris. De fait, il en mourrait sûrement d'épuisement. Et ce sans même avoir eu la réponse à sa question. Alors, Touré était allé acheter ses billets.

Présentement Amédée manquait terriblement à Touré. Amédée et tous ses amis de Bobo-Dioulasso. Touré pensa à eux, tout seul sur son banc de l'aéroport de Paris. Enfin sur son banc de *l'un* des aéroports de Paris, mais il ne savait plus trop lequel. Ce n'était pas grave, ça lui reviendrait.

Il chassa cette idée de son esprit d'un revers de main et essaya de regarder les gens comme son ami l'aurait fait.

Très vite, il fut pris au jeu. Oui les gens avançaient bizarrement. Il n'aurait su dire s'ils étaient ou pas dans leur marche, car ils ne les connaissaient pas assez pour le déterminer. Mais ce qui était sûr était qu'ils répondaient rarement à Touré quand il leur lançait un « *bonjour* !». Ce qu'il lui apparut aussi, était que certains étaient ailleurs. Même carrément ailleurs : ils ne cessaient de parler au téléphone et passaient d'un correspondant à l'autre sans s'accorder la moindre minute de répit. Il repensa à Batiste qui, lui, passait d'une cigarette à l'autre - parfois même avant d'avoir terminé la précédente - juste pour ne jamais se retrouver les mains vides. D'autres ne parlaient pas dans leur téléphone, mais ils semblaient jouer avec : leurs pouces s'excitaient sur l'écran nerveusement et semblaient vouloir faire monter cette nervosité jusqu'à leur cœur.

Cela aussi Touré le remarqua et s'en étonna.

- Momo, je dois te laisser, la conf du Professeur Berry commence ...

Ridjka Naya trépignait.

Elle y était : Sacha se trouvait là, quelque part, dans l'amphi, à quelques mètres d'elle sûrement ! Et il fallait que Momo choisisse précisément ce moment crucial, pour lui raconter, en long, en large et en travers, ses retrouvailles avec Jeff !!!

En temps normal, elle aurait tout plaqué pour l'écouter, le conseiller, le rassurer. Et ce d'autant plus facilement, qu'elle pensait sérieusement que Jean-François et lui étaient faits l'un pour l'autre.

Comme il s'agissait d'une relation en reconstruction, donc fragile, il fallait que Momo joue serré. Or, elle savait parfaitement que lorsqu'il était sous pression émotionnelle, il partait tout de suite en mode panique. Il était plus qu'évident qu'il avait besoin d'elle.

Seulement, là, tout de suite, présentement, comme l'aurait dit Touré lui-même, ce n'était pas possible !

Elle n'était pas disponible et un point c'était tout !

Depuis un quart d'heure qu'il la saoulait avec Jeff ceci et Jeff cela, elle avait bien tenté, à plusieurs reprises, de lui expliquer qu'elle n'avait pas le temps. Mais Momo était dans son histoire et ne l'écoutait pas du tout.

Sourd !

Momo était devenu sourd !

Lui, si intuitif d'ordinaire, ne semblait absolument pas se rendre compte qu'il tombait mal. Précisément aujourd'hui. Et précisément à cette heure.

Pour Ridjka, qu'il raccroche s'apparentait maintenant à une question de vie ou de mort.

En tout cas, pour son cœur cela devenait une question de vie ou de mort. Il s'excitait comme un fou dans sa poitrine, à cause du stress d'être encore pendue au téléphone avec ce crétin de Momo amoureux. Mais aussi et surtout, à cause de la peur panique de louper Sacha.

- Momo, je raccroche !!! le prévint-elle d'un ton qui n'admettait pas de répliques.

Mais ce fut lui qui raccrocha le premier. Après, tout de même, avoir lâché un « *Ridj, tu es une femme sans cœur* » qui la fit sourire.

Quand elle pénétra dans l'auditorium, tout le monde était assis. La conférence avait déjà commencé.

- Momo, je t'aurais un jour, je te le promets ! marmonna-t-elle tout bas, en levant un poing rageur vers un point cardinal où elle estimait que la France devait se situer.

Les lumières réduites au strict minimum, plongeaient les congressistes dans une douce semi-pénombre. Ridjka dû se contenter d'une place au dernier rang, sous peine de se casser la figure en avançant à l'aveuglette, dans le noir, à la recherche d'une hypothétique place plus près. Le couloir était en pente et assorti de marches. Elle maudit à nouveau Momo.

Quand elle se fut assise, elle fixa l'estrade de toute son attention : un spot éclairait l'orateur.

L'orateur, putain, il est tout seul ! s'affola-t-elle intérieurement. *Sacha n'est pas sur scène avec lui ! Où est-il ? Il n'a pas pu venir, c'est sûr ! Il a eu un empêchement de dernière minute ! Il est reparti sur Paris !!!*

Et elle s'effondra.

Cela dit, elle se reprit aussitôt : s'il avait dit qu'il venait, c'est qu'il viendrait.

Cherche-le ma fille, il est quelque part dans cette salle. Cherche ! s'houspilla-t-elle.

Alors, elle se redressa le plus qu'elle le put sur son siège. Seulement, c'était sans compter sur la grosse tête hirsute, juste devant elle, qui lui cachait quasi la moitié du premier rang d'auditeurs. Pour gagner encore quelques millimètres de vision en hauteur, elle tendit au maximum ses bras sur ses accoudoirs. Mais cela non plus, n'était pas encore suffisant. Alors, elle étira son cou à se décrocher les cervicales et put enfin examiner un à un, chacun des congressistes. Elle venait de finir l'exploration visuelle de la première rangée, mais n'y avait pas trouvé de Sacha.

Elle pencha alors son buste vers la gauche pour attaquer la seconde rangée en visibilité optimale.

- Tu devrais écouter, c'est pas mal ..., lui susurra une voix espiègle à côté d'elle.

Elle tourna la tête à droite en direction de la voix.

Mentalement, elle pria, pour que celle-ci soit bien celle qu'elle espérait avoir reconnue.

Quand son cœur se mit à battre la chamade, elle sut, avant de l'avoir totalement dans son champ de vision, que Sacha était là, assis dans le fauteuil juste accolé au sien. Ses boucles châtain, son beau visage taillé à la serpe, ses yeux malicieux, oui Sacha était là !

- Sacha ...

- Chuuutttt ! se rebiffèrent instantanément tous leurs voisins immédiats.

- Eh oui ! répondit-il enjoué.

- Chhhhuuuuuuuttttttttt ! sifflèrent les auditeurs de la totalité des deux rangées les plus proches, afin de leur signifier leur désapprobation pleine et entière.

Mais Ridjka s'en moquait. Elle se pencha vers Sacha et lui plaqua deux bises retentissantes sur les joues.

- Il y a des endroits spéciaux pour ça, les tança le collatéral de Sacha, dans un anglais aux curieux accents asiatiques.

- On y songe, on y songe ..., lui répondit ce dernier tout sourire.

Ridjka sourit à son tour. Rien n'avait changé ! Ils avaient toujours la même tête à conneries tous les deux !

C'était fou, c'était impensable, c'était incroyable, mais cela était !!!

La soirée s'annonçait divine. Et elle en remercia secrètement les Dieux de l'amour qui avaient fait très fort : Sacha était, là, assis à côté d'elle !

Elle ne réussissait toujours pas à en revenir ! Elle savourait, mais elle en restait ébaubie. Elle sentit sa présence rassurante qui pourtant enflammait tout son être. Elle sentit sa force qui la fit trembler.

Elle se laissa alors aller à la quiétude de cet instant si impensable. Si improbable. Mais qui était.

Quand elle fut totalement convaincue que Sacha se trouvait bien là, juste à côté d'elle, à une portée de main. De doigts même. Et surtout, qu'il ne pourrait partir qu'une fois la conférence terminée, elle tenta d'écouter sérieusement le confrère du si resplendissant Professeur Berry.

Après tout, à la base, elle était venue pour ça ...

L'orateur, lui, semblait croire à fond à son discours. De plus, il parlait d'une manière fluide et agréable. La salle était silencieuse et captivée. Ce qui, Ridjka le savait d'expérience, était gage qu'effectivement son papier devait être « *pas mal* ».

Elle resta sage pendant deux grosses minutes. Mais dès la troisième, son sérieux partit en sucette.

En fait, dès qu'elle tournait la tête vers Sacha et que leurs regards se croisaient, ils partaient tous deux d'un fou-rire aussi incontrôlable que peu discret. Fou-rire exacerbé par le fait qu'à chaque fois leurs voisins grognaient, tempêtaient ou les gratifiaient d'un signe de la main peu amical. Juste histoire de les rappeler à l'ordre.

Quand toutes les questions eurent été posées et que la lumière revint, Sacha et Ridjka eurent droit à quelques remarques. Bien que dispensées en des langues aussi diverses que variées, elles avaient toutes en commun de ne pas être aimables. Cela les mit au comble de la joie !

Ensuite, a contrario du reste de l'auditoire qui quittait l'amphithéâtre dans une effervescence besogneuse, ils soupirèrent de bonheur et se calèrent un peu plus profondément dans leurs fauteuils respectifs. Ils étaient trop bien, là, assis dans la proximité l'un de l'autre. Ils n'avaient nulle envie de bouger.

- Il n'y a plus de conférence ici, Professeur Berry, annonça respectueusement l'orateur en s'approchant de lui.

La salle était vide maintenant. Il ne restait plus qu'eux trois.

Ridjka observa le nouveau venu et le trouva beaucoup plus jeune de près que tout à l'heure sur son estrade. Un chérubin presque.

- Ah bon ? Tu en es sûr Robin ?

Sacha était redevenu sérieux et très professionnel.

- Oui, tout à fait sûr, Professeur.

- Bien, bien. Robin, laisse-moi te présenter Ridjka Naya, l'une des plus grandes journalistes qui couvrent cet événement ! Elle venue pour t'écouter.

Ridjka tiqua : comment Sacha savait-il qu'elle était journaliste ?

Elle en fut estomaquée. Avait-il suivi sa carrière ?

Un peu ?

Beaucoup ?

Passionnément ?

Qu'elle l'ait fait n'avait rien d'étonnant : son métier était de s'intéresser à tout et à tout le monde. Mais lui, rien ne le prédisposait à l'enquête. Ou alors, avait-il simplement lu son badge ? Elle n'osa baisser les yeux pour vérifier si sa profession était indiquée dessus. Pourtant ça la démangeait.

De toute façon, le Robin en question lui tendait maintenant une belle main blanche. Il aurait été impoli de la laisser dans le vide. Elle prit la dextre offerte et la serra chaleureusement :

- Votre présentation était remarquable, Docteur Robin. Les applaudissements nourris qui l'ont saluée en sont la meilleure preuve !

Sacha pouffa et précisa :

- Ridjka, en fait, je te présente Robin *Martin*, l'interne le plus prometteur de mon service.

- Appelez-moi Robin, madame Naya, proposa le jeune-homme diplomate.

- Va pour Robin, alors. Mais, sachez que tout le monde m'appelle Ridjka. C'est plus court que « *Madame Naya* ». Et moins pompeux.

-OK ! Peut-être pourrions-nous aller à l'amphithéâtre des Espadons ? Il y a une très belle conférence du MIT.

Au son d'« *espadons* », sortant de la bouche de ce garçon apparemment si sérieux, ce fut Ridjka qui pouffa.

Elle n'y était pour rien, c'était cela l'effet Sacha-Ridjka : absolument tout et n'importe quoi était prétexte à rire. Même le très neutre mot d'« *espadons* », qui ne faisait de mal à personne !

Le pire était qu'aucun des deux n'avait jamais essayé de lutter contre cet étrange et perturbant phénomène. C'était ainsi ... Et au grand soulagement de Ridjka, il semblait qu'il en serait toujours de même ! Les yeux de Sacha aussi s'étaient plissés malicieusement au son d'« *espadons* ». C'est néanmoins tout à fait sérieusement qu'il expliqua au jeune interne qu'il préférait rester là :

- Ridjka a besoin d'approfondissements pour parfaire son article. Notamment sur certains points techniques de nos travaux.

Que ce fut par tact, ou par désir d'obtenir un article flatteur - ou peut-être tout simplement parce que Robin Martin avait véritablement envie d'aller écouter la conférence donnée dans l'amphithéâtre des Espadons - toujours est-il que l'interne n'épilogua pas. Il prit congé, avant de les quitter grâce à un habile demi-tour en direction de la sortie.

Sacha et Ridjka se retrouvèrent alors tout seuls, dans cet immense auditorium silencieux, maintenant éclairé comme s'il allait y avoir bal. Sans se concerter, ils prirent, l'un comme l'autre, le temps d'une profonde respiration. L'une de celles qui chassent tous les tumultes. Une respiration pleine et sereine. L'une de celles qui veulent dire : *Ça y est, j'y suis ! Tout le reste peut s'effondrer, cela n'a plus d'importance : j'y suis et j'y suis bien !*

Une fois l'air salvateur inspiré, Ridjka plongea son regard dans les yeux de Sacha.

Ils souriaient !

Ils *lui* souriaient !

Ils avaient le même bleu qu'autrefois. Ils avaient la même profondeur qu'autrefois. Ils avaient la même malice qu'autrefois. Et ils avaient la même joie de vivre qu'autrefois. Et puis, surtout, ils lui souriaient, encore et encore ! Eux aussi cherchaient un signe de reconnaissance dans les siens. Eux aussi venaient de le trouver, car ils sourirent un peu plus encore !

Sacha et elle pouvaient maintenant commencer à parler, leurs yeux s'étaient reconnus.

Ceci dit, attention : pour discourir des sujets importants, comme de leur vie, leur œuvre et tout le tralala, il était encore un peu tôt. OK, leurs yeux avaient donné leur consentement pour qu'ils se parlent, mais avant de passer aux choses sérieuses, ils devaient d'abord se retrouver. C'est-à-dire donner des couleurs inoubliables à chaque secondes du temps présent.

Alors, ils se mirent à parler fébrilement de leur programme immédiat : fugue ou pas fugue du congrès ?

Leurs mains s'agitaient en parlant, tels deux papillons éblouis par la lumière. Elles se frôlaient, s'éloignaient, se frôlaient à nouveau, en décrivant de petits cercles légers.

Ridjka avait toujours eu tendance à parler avec les mains. Sacha aussi. L'héritage de leur culture commune du sud de la France, sans doute. Mais là, Ridjka ne les contrôlait plus. Ni ses doigts, d'ailleurs ... Ils avaient décidé, tout comme ses yeux tout à l'heure, de prendre leur autonomie et ils la prenaient. Du coup, le temps de décision de rester ou de partir s'en trouva allongé, car ni leurs mains, ni leurs doigts ne leurs donnaient l'autorisation de cesser de se parler.

Un agent d'entretien pénétra sur l'estrade, armé de son chariot, de ses balais à poils longs et de ses détergents multicolores. Alors, sans qu'elle ne puisse les contrôler, les mains se Ridjka choisirent ce moment précis, pour se poser sur celles de Sacha : ses papillons avaient trouvé leurs fleurs.

Sacha sourit. Elle aussi. Et probablement que leurs mains aussi.

- Et si nous allions à la recherche de cette putain de maison bleue accrochée à la colline ?

- Excellente idée, Ridji ! Allons rechercher de cette putain de maison bleue accrochée à la colline !

Ils se levèrent, lentement, quittèrent de leur rangée de sièges et gravirent les derniers mètres qui les séparaient de la sortie, collés l'un à l'autre. Collés l'un tout contre l'autre.

Main dans la main.

- Me raccrocher comme ça au nez, alors que je suis en pleine détresse morale !!!

Momo fulminait tout seul dans son salon !

Cela faisait un quart d'heure qu'il tournait en rond en tempêtant contre Ridjka. Tout son vocabulaire le plus fleuri y était passé. Pour la première fois de sa vie elle l'avait laissé en plan, alors qu'il était au bord de la crise de nerf ! Jamais elle n'avait fait ça auparavant ! Elle n'aurait pas osé ! Non, jamais elle n'aurait osé lui raccrocher au nez sans raison, auparavant ! Ça, c'était sûr !

Momo s'arrêta et s'assit dans son vieux canapé en cuir tout râpé. Il était en sueur ! Il se releva de mauvaise grâce pour se diriger vers la cuisine. Il avait besoin d'un Sopalin pour s'éponger et d'une bière pour achever de se saouler.

Il s'épongea le front, prit un second Sopalin qu'il glissa dans sa poche - juste au cas où - et retourna au salon en décapsulant sa bouteille sans enthousiasme. Arrivé sur le seuil, il contempla cette grande pièce vide. Son salon sans Jeff. Et il tempêta encore contre Ridjka qui n'était pas là pour le consoler.

Il n'aimait pas son mobilier. Il n'aimait pas sa déco, non plus. Il avait demandé à un copain de s'en charger et d'y insuffler une atmosphère virile, histoire de sauver les apparences. Mais il ne s'y sentait pas bien. Tout y était noir ou blanc - majoritairement noir d'ailleurs - ce qui lui coupait court à toute velléité de gaîté. Et ce soir, encore plus intensément que d'habitude, tout ce noir lui foutait le bourdon. Il s'en rendait dramatiquement compte. En plus, tout y était carré ou rectangulaire, avec des angles saillants, nets, agressifs. Bref tout manquait de rondeur. Or Momo adorait la rondeur ! Lui-même travaillait son corps en ce sens. Il s'avança lentement, sans envie, sans désir et finit par aller se lover dans son canapé, seul rescapé de son ancienne déco.

Pourquoi Jeff n'avait-il pas voulu monter ? Pourquoi Jeff l'avait-il laissé seul, sur le noir pavé parisien, par cette nuit si glaciale ? En fait de glaciale, la température devait avoisiner les vingt degrés Celsius, alors qu'ils s'étaient quittés à cinq heures du mat, ce qui, vous en conviendrez, est quand même assez exceptionnel pour un mois de mai. Mais quand Momo déprimait, il avait toujours froid. Il pouvait faire des trente ou des quarante degrés à l'ombre, s'il déprimait, il avait froid. C'était une constante.

- N'empêche que si Ridj était là, elle saurait me dire pourquoi Jeff n'a pas voulu monter, ressassait-il à voix haute. C'est tout simplement incompréhensible : on a passé une soirée de rêve, pourquoi Jeff n'a-t-il pas voulu monter ? Tout y était pourtant : le ciel qui s'était mis au beau. Le Pub où l'ambiance était tout simplement magique. Nos retrouvailles, qui se sont passées au petit poil. Pas de reproches, pas de rancœurs, juste le plaisir d'être ensemble. La soirée parfaite par excellence, quoi ! Pourquoi n'a-t-il pas voulu monter ?

Momo s'empara de son téléphone qui gisait à côté de lui et grogna :

- Et toi, Ridj, pourquoi me laisses-tu tout seul dans un moment pareil ?

Il but une rasade de bière, mais grimaça : elle n'était pas bonne. En tout cas, pas comme celles qu'il avait bues au Pub, ce soir, avec Jeff !!!

- Jeff, où es-tu ? hurla-t-il comme un loup qui appelle la mort.

Il rebut un gorgée et regrimaça.

- Ridj, où es-tu ? hurla-t-il à nouveau.

Il se sentait seul. Si seul.

- Ridj, tu ne m'aurais jamais fait ça avant ! Alors pourquoi choisir aujourd'hui ? Tu l'as bien senti que je n'allais pas bien ! Alors, pourquoi ? Pourquoi ? Pourquoi ?

Au dernier « *pourquoi* », Momo sortit comme par miracle de sa bulle nombrilistique.

- Oui, pourquoi aujourd'hui Ridj n'a-t-elle pas répondu à mon appel ? se demanda-t-il en se redressant. Va-t-elle mal ? Enfin plus mal que moi ? Elle ne m'a jamais laissé en plan. Il lui est arrivé quelque chose. Quelque chose de grave sûrement. Et moi, pauvre crétin que je suis, je n'ai parlé que de moi. Ouais Momo, tu n'as pensé qu'à toi. Bon à moi et à Jeff, d'accord. Mais, pas à elle ! Il s'en souvenait maintenant, il n'avait même pas posé une seule question à Ridj sur son voyage, son hôtel ou même sur ce foutu congrès à la noix. Momo n'en revenait pas. Lui non plus ne lui avait jamais fait ça auparavant.

- Oui, mais moi, j'ai une excuse, se reprit-il à voix haute. Moi je suis amoureux !!!

Les engrenages de son cerveau se mirent en branle avec lenteur certes, mais néanmoins avec efficacité :

- Peut-être que Ridjka est amoureuse aussi? fit-il à nouveau tout haut, tant l'idée lui parut lumineuse.

Il tenta de se rappeler les échanges de leurs deux derniers coups de fils. Mais oui, bien sûr, il se souvenait qu'hier il l'avait déjà trouvée bizarre. Elle semblait totalement azimutée. Il avait même pensé qu'il se couvait quelque chose de sérieux. Du style, une histoire comme celle qu'elle avait vécu avec Vincent. Celle qui l'avait laissée carpette pendant presqu'un an. Oui, c'était donc ça. Elle n'était pas fâchée contre lui, elle était simplement amoureuse.

Amoureuse de qui ? fut la question suivante qui explosa dans son crâne alcoolisé.

Il se concentra à nouveau sur ce qu'elle lui avait raconté aujourd'hui, avant de lui raccrocher au nez.

Momo et la mauvaise foi allait de paire : il avait déjà totalement rayé de son esprit que c'était lui qui avait raccroché. Oubli qui, d'ailleurs, avait largement contribué à amplifier sa colère contre Ridjka ...

- Un professeur, elle voulait aller voir un professeur, se rappela-t-il. Merde, elle a dit son nom ! C'était quoi déjà ? Un truc bien français : Poitou ? Non ..., ... Charente ? Non ..., ... Paris ? Non plus ...

Et c'est en recherchant avec opiniâtreté le nom de toutes les provinces françaises ressemblant au nom de ce putain de professeur à la gomme, que Maurice Hebel trouva le sommeil.

- Berry ! se réveilla-t-il en sursaut. Le professeur Berry ! Je le tiens !!!

Il se saisit de son portable et appela Ridjka.

- Elle parlera sous la torture s'il le faut, mais elle parlera, se promit-il.

Le seul problème pour lui, fut que Ridjka - effectivement en compagnie du professeur Berry - avait coupé son téléphone. Il était hors de question pour elle, en ce moment unique, que le monde extérieur vînt perturber sa soirée ! Momo rumina de plus belle qu'il était seul et abandonné de tous. Mais il prit, néanmoins, la sage décision de regagner sa chambre. A peine fut-il allongé sur son lit, qu'il s'endormit à nouveau. Ces rêves furent agités, peuplés de Jeff, de Ridjka et d'un professeur à lunettes, portant la bible sous le bras.

Quand il se réveilla le lendemain, il avait la bouche pâteuse. La bouche pâteuse certes, mais les idées claires : Jeff n'avait pas voulu monter à cause de sa déco à chier ! Oui, c'était sûrement ça ! Aujourd'hui, il l'appellerait et lui proposerait de l'aider à la refaire !

Et il se rendormit du sommeil du juste, un sourire affligeant dessiné sur les lèvres.

Touré se remit à frissonner.

Cette fois-ci ce n'était plus de trac. Non, car ces gens évoluant autour de lui l'intriguaient si fort qu'il savait qu'il pourrait rester là, des heures, à les observer sans s'ennuyer. Mais il frissonnait, car il faisait froid dans ce grand hall d'aéroport bétonné. Terriblement froid ...

Il repensa à la petite Ridjka. Il se souvenait qu'elle lui avait assuré que mai était un mois chaud en France. Eh bien, si c'était ça un mois chaud, il ferait mieux de repartir tout de suite. Sinon Emeline le retrouverait tout glacé. Et pleurerait d'être devenue veuve avant d'avoir été mariée ! L'idée de retourner à Bobo-Dioulasso se fraya alors, lentement, mais sournoisement, un chemin dans son esprit.

- Oui ! s'exclama-t-il. Oui, repartir tout de suite !

Fuir, sans avoir eu le temps de revoir Emeline ! Oui, c'était ça la solution : il devait repartir avant d'avoir eu de temps de lui faire de la peine. Il souriait, il trouvait son idée lumineuse ! Elle était si simple et si géniale ! Il n'avait qu'à retourner au guichet pour avancer la date de son retour sur son billet et hop : retour à Ouaga dans la journée !!! Il se mit à chercher fébrilement le salvateur bout de papier dans sa poche.

Seulement dans la seconde qui suivit, il vit le visage de cette journaliste française. Il la vit quand elle l'écoutait parler d'Emeline. Elle semblait si bouleversée à l'idée de leurs retrouvailles. Il l'avait senti, elle avait été réellement touchée par leur histoire. Elle y croyait, elle, à Touré et Emeline qui finissaient leur vie ensemble à Bobo-Dioulasso.

- Alors, si la petite y croit, je dois y croire aussi ! se convainquit-il à haute voix.

- Tu dois croire à quoi, garnement ! chanta une voix derrière lui.

Le cœur de Touré Bénicité se mit à battre à cent mille à l'heure.

Bien sûr, la voix s'était épaissie. Bien sûr, elle avait pris un drôle d'accent qu'il ne reconnaissait pas. Mais ce timbre, cette chaleur, cette façon de prononcer les « r », ils les reconnaissaient, eux ! Même entre mille, il reconnaissait cette voix ! C'était la plus belle, la plus douce des voix. C'était la voix d'Emeline Jardin ! Son Emeline !!!

Il devait pivoter, il ne pouvait pas rester comme ça immobile, à lui tourner le dos ! Mais que se passerait-il si elle ne ressemblait pas aux photos ? Et si lui aussi ne lui plaisait plus ? Que faire s'ils s'étaient trompés ? Que dire ?

Toutes ces questions et cent autres tournaient dans sa tête à lui en donner le vertige, mais la voix le guida :

- Touré Bénicité, retourne-toi tout de suite, je veux voir si tu as toujours les yeux bleus !

Furieux, il se retourna d'un bloc :

- Je n'ai jamais eu les yeux bleus Emeline Jardin ! Tu dois me confondre avec un autre !!!

Il était fou de rage et de désespoir. Il avait recherché la trace d'Emeline à travers le monde entier. Pendant deux ans, il n'avait pas ménagé ses efforts ! Ça non !!! Et quand il y était parvenu, il lui avait tout écrit : qu'elle était la femme de sa vie, qu'il ne pouvait plus vivre sans elle, qu'il voulait finir sa vie avec elle, qu'il voulait l'épouser. Tout quoi ! Et, elle ... ! Elle ... ! Elle avait oublié jusqu'à la couleur de ses yeux !!!

- Je ne te confonds avec personne Touré Bénicité, mais si je ne t'avais pas agacé, tu serais toujours là, à me tourner le dos !

Et elle éclata d'un rire bon enfant. Celui qu'elle avait déjà petite. Celui qui avait fait fondre Touré jeune. Et qui, actuellement, faisait fondre Touré senior.

Il éclata de rire à son tour et lui ouvrit ses bras. Emeline fonça s'y blottir, avec la ferme intention de ne plus en partir.

Ils restèrent là longtemps, dans les bras l'un de l'autre, en plein milieu de l'aéroport Charles de Gaule. Sous le regard amusé des passants qui pour le coup lâchaient leurs portables deux minutes.

Ils restaient là, parce qu'ils avaient toute une vie à se raconter et que c'était dans les bras l'un de l'autre qu'ils étaient le mieux pour le faire. Ce qui était autour d'eux importait peu. Ils se buvaient, se sentaient, se respiraient. C'était ça l'essentiel !

Quand ils furent tous deux pleinement rassurés, ils se décollèrent un peu. Pas trop. Mais un peu tout de même et ils s'assirent, parce qu'à soixante-dix ans passés, il faut bien avoir un peu pitié de ses articulations. Ils se posèrent côte à côte, sur le banc où Touré s'était senti si seul tout à l'heure. Mais, ils n'étaient plus seuls, ni l'un, ni l'autre désormais, car ils étaient ensemble.

Emeline re-raconta alors à Touré tout ce qu'elle lui avait déjà décrit dans ses lettres. Elle avait besoin de passer par l'oral, alors elle le faisait ! Elle lui parla de son quotidien, ses amis, ses enfants. Elle en avait neuf, de trois mariages différents. Touré était content qu'elle ait eu plusieurs maris, au moins elle avait pu se frotter à des caractères différents et accepterait peut-être mieux le sien. Et puis, il se sentait flatté aussi du succès qu'elle avait eu après des hommes, cela prouvait bien qu'elle avait du charme !

Ils évoquèrent le jour où leur progéniture respective se rencontrerait et ils se mirent à rire en pensant à la longueur de la table qu'il faudrait pour tous les accueillir ! Pensez donc, neuf plus seize, sans parler que beaucoup étaient mariés et avaient eux-mêmes des enfants !

Le Sacré-Cœur n'y suffirait pas, avait conclu Emeline.

- Le Sacré-Cœur ? s'étonna-t-il.

Emeline le regarda avec sa tête à bêtises et Touré sourit : là, il la retrouvait. Il savait qu'il pouvait s'attendre à tout avec elle et il adorait.

- Touré Bénicité, viens. Je t'emmène voir mon pays ! lui roucoula-t-elle finalement. Je t'emmène voir où je vis. Je t'emmène voir mes enfants. Je t'emmène voir mes amis. Tu es prêt ?

- Je suis prêt, Emeline Jardin ! lui sourit-il.

Il lui offrit son bras.

Et elle lut dans son regard qu'il était effectivement prêt.

Cependant, s'il était prêt, Touré n'en n'était pas pour autant rassuré. Tout ce qu'il voyait, pendant que sa douce le conduisait vers sa voiture - au troisième sous-sol du parking - l'étonnait. Le questionnait. Le perturbait même. Tout était si différent de la vie à Bobo ... Emeline perçut très vite son trouble. Loin de s'en affoler, elle le comprit.

Elle se remémora avec nostalgie le jour de son arrivée en France. Le jour tout avait basculé. Celui où elle avait perdu ses repères. Elle se remémora aussi le temps qui lui avait fallu pour assimiler toutes les nouveautés qui s'offraient à elle, chaque jour nouveau que Dieu faisait. Elle avait eu peur. Un peu. Beaucoup même, car ses parents ne comprenaient pas mieux qu'elle ce qui se passait. Et puis, un matin, elle avait ouvert les yeux, elle avait observé, elle avait questionné et finalement elle avait saisi. Depuis lors, elle aimait ce pays et avait décidé de vivre avec.

Alors elle, Emeline Jardin, ne laisserait pas son Touré dans le désarroi. Elle prendrait le temps de tout lui expliquer, de tout lui montrer, de faire disparaître la moindre de ses appréhensions ou de ses inquiétudes. Et dès aujourd'hui, il aimerait sa ville. Il aimerait son pays. Il aimerait sa vie !

Touré se laissa faire confiant, il l'écouta, il regarda et il comprit.

Chapitre 16
C'est une maison bleue

Ridjka ne prit même pas le temps de refermer la porte de sa chambre. Non, elle la claqua en la poussant du pied, sans ménagement. Sacha et elle s'étaient donnés cinq minutes pour se débarrasser de leurs affaires de parfaits conférenciers, se changer et se retrouver en bas de son hôtel à elle.

Cinq minutes c'était peu. Surtout qu'il fallait qu'elle réussisse à s'extraire de son tailleur rose et bleu - qui finalement n'avait choqué personne - ainsi que de ses collants, très, très collants. Mais, si court que cela pusse paraître, ces cinq minutes étaient déjà de trop. De trop, loin l'un de l'autre, loin des yeux riants de Sacha, loin de ses mains chaudes, loin de ses bras enveloppants.

Pour Ridjka en tout cas, cela s'apparentait fort à de la torture. Elle était en manque. Tout son corps le lui exprimait.

Et pourtant, Sacha venait juste de la quitter.

Qu'est-ce que cela serait quand ils devraient se séparer pour de bon ? A cette pensée, le visage tracassé de Tom Getway s'imposa à elle. Elle secoua la tête pour le chasser avant qu'il n'ait eu le temps de la remettre en garde. Elle souffrait de ces quelques minutes loin de Sacha ? Bon, et alors ? Au moins se sentait-elle vivre ! A cette pensée, l'image de Tom se désintégra, dans une effroyable grimace de déception.

Une fois libérée de sa tenue professionnelle, Ridjka enfila avec délice un jean, un t-shirt blanc, celui avec la petite étoile en diamant sur le cœur, et sa chemise bleu marine. Elle ne la boutonna pas. Il faisait encore chaud dehors, puisque l'après-midi était à peine entamé et que le soleil avait décidé d'être de la fête. Et puis, si elle avait froid, il y avait toujours les bras de Sacha ! Elle ronronna de plaisir à cette idée. Elle fonça ensuite dans sa salle de bain, s'examina dans la glace en souriant, parce qu'elle se trouvait plutôt en forme, rajouta un peu de noir à ses yeux et quatre minutes et trente-sept secondes plus tard, elle poussait la porte tournante la conduisant vers le bonheur.

Sacha l'attendait radieux. Son hôtel étant mitoyen, il n'avait pas eu beaucoup de distance à parcourir pour être à l'heure au rendez-vous. Lui aussi avait tablé sur le bleu marine pour son polo côtelé et une ambiance beige safari pour le pantalon. L'ensemble laissait deviner qu'il n'avait rien perdu de sa musculature d'antan.

Miam ! pensa Ridjka gourmande.

Elle sourit ensuite de satisfaction, en se représentant l'image qu'ils donnaient tous les deux, côte à côte, sur ce trottoir quasi désert. Au moins, d'un point de vue purement chromatique, ils étaient assortis !

Sacha lui aussi souriait.

Alors tout naturellement, dès qu'ils se furent rassasiés de la vision de l'autre, leurs corps vinrent se coller, se serrer, se scotcher. Même la plus légère des brises marine n'aurait pu se glisser entre eux. Cet amarrage s'était produit en douceur, un peu comme si leurs êtres tout entiers s'étaient transformés soudainement en deux aimants géants, flottant sur une mer d'huile.

Ridjka se demanda quand elle pourrait reprendre possession d'elle-même. Mais elle se laissa quand même porter par la vague. C'était si bon ...

Et c'est tout aussi incontrôlablement, qu'à peine une seconde plus tard, leurs lèvres vinrent se poser les unes sur les autres. Ce fut un baiser long, passionné, plein de fougue et de douceur mêlée. Ce fut incontestablement un baiser d'amour, comme ils en avaient échangés des milliers, un quart de siècle plus tôt. Ce fut aussi LE baiser qui scellait le bonheur de leurs retrouvailles et annonçait une soirée inoubliable en perspective.

Dès cet instant, ils n'arrivèrent plus à se rassasier l'un de l'autre. Un peu comme s'ils sortaient d'une longue période de famine et que soudain des chouquettes rondes à souhait, d'une parfaite couleur miel et croulant sous les pépites de sucre blanc, étaient disponibles à volonté. Ils s'embrassaient, se caressaient, se dévoraient sans retenue. Ils avaient faim de l'autre et cela semblait être sans limites ! Sacha et Ridjka restèrent un temps infini, devant le White Inn, dans ce torrent de passion. Sachant que la liberté d'expression corporelle aux Etats Unis est assez limitée, il était évident qu'ils dépassaient joyeusement les bornes et prenaient de sérieux risques. Heureusement pour eux, il n'y avait pas foule à cette heure. De plus, cette rue était peu passante le soir. En conséquence, personne ne leur jeta de seaux d'eau froide. Et c'était tant mieux. Ils avaient besoin de ce temps de fusion pour reprendre contact, se reconnaître, se retrouver.

Et puis, quand ils furent sûrs que l'autre était bien l'autre, ils se sentirent prêts à s'accorder une pause. Ils avancèrent donc confiants, collés-serrés, dans les artères longilignes et pentues de San Francisco, à recherche de cette « *putain de maison bleue* ».

Bon, évidemment, ils durent s'arrêter à de nombreuses reprises. Non que le taux de déclivité des rues ait eu raison de leur force physique. Quoique ... Non, ils devaient s'arrêter surtout parce que, quand ils ne s'embrassaient pas, ils avaient l'impression d'être en apnée. Proches de la crise cardiaque par manque d'air. Comme coupés de tout accès à du bon oxygène frais. Ils se sentaient exactement comme deux poissons maintenus hors de l'eau, contre leur gré.

Certains ont besoin de s'arrêter pour reprendre leur souffle. Ils procèdent alors à de grandes et bruyantes inspirations. Mais Sacha et Ridjka, eux, reprenaient leur souffle dans les baisers de l'autre. L'air chaud et presque pur de Frisco ne pouvait rien pour eux, car c'était en l'autre que se trouvait le souffle vital. Un peu comme s'ils venaient de transmuter – soudainement - en une espèce spéciale, dont les congénères ne sauraient inhaler seuls et devaient partager leur système respiratoire avec l'être aimé. Pas facile pour se déplacer sur de longues distances. Alors, bien sûr, ils s'arrêtaient et s'embrassaient, se caressaient, se redécouvraient, encore et encore. C'est le minimum pour compenser le manque qu'ils avaient accumulé en eux, durant toutes ses années de séparation.

C'est ainsi qu'ils mirent plus d'une heure pour atteindre une maison bleue. Était celle de la chanson ? Seul Maxime Le Forestier aurait su le dire. De toute façon, ce n'était pas grave, ils étaient devant une maison bleue fort ravissante au demeurant. Elle était entourée de toute une rangée de bâtisses quasi identiques, vertes, roses, jaunes ou blanches. Et, pour Ridjka, qui était daltonienne et aimait les couleurs vives, c'était tout simplement splendide. Comble de bonheur, un banc juste en face semblait leur tendre les bras. Ils y foncèrent : cela faisait longtemps - environ deux minutes - qu'ils n'avaient pas repris leur souffle à leur façon. Et ils venaient, sans conteste, de dépasser leur seuil de tolérance.

- Tu vois, Sacha, quand on sera vieux, on vivra dans une maison comme celle-là, lâcha-t-elle une fois ravitaillée.

Elle n'avait pas réfléchi à ce qu'elle venait de dire. Pas plus qu'à ses conséquences. Cette image s'était imposée à elle tout simplement et elle n'avait pu faire autrement que de la montrer à Sacha. Elle les avait vus, tous les deux, heureux dans cette maison bleue et dans sa tête rien ne s'y opposait.

- Quand on sera vieux et libres, Ridji ...

Sacha avait prononcé cette toute petite phrase en souriant, de son beau sourire confiant. Mais Ridjka fut frappée de plein fouet par cette réalité qui venait d'exploser leur bulle de sérénité. Elle était libre, mais lui pas ? Elle se rappela alors ce que lui avait soufflé son moi pessimiste : « *Il est sûrement marié ...* ».

Elle ne put s'empêcher de baisser les yeux vers ses annulaires. A chaque fois, qu'elle trouvait un mec bien, elle vérifiait toujours les deux annulaires. Principe de précaution qui l'avait sauvée bien des fois. Il l'avait sauvée parce que, d'une part, elle se plantait toujours entre la droite et la gauche. Elle avait essayé dix mille trucs pour tenter d'ancrer en elle cette notion aussi simple qu'essentielle. Mais rien n'y avait fait. En fait, la gauche était à droite pour elle et le resterait sans doute jusqu'à sa mort. Allez comprendre ... La seconde raison de cette double vérification tenait au fait qu'impératifs de religion obligent, on pouvait porter son alliance d'un côté comme de l'autre. Elle se concentra pour se rappeler avec quelle main elle écrivait. Eh oui, pas facile de s'en souvenir quand on est toujours sur un ordinateur ... Ceci dit, pas de doute, Sacha portait bel et bien une alliance à l'annulaire gauche. Le cœur de Ridjka se vrilla à lui faire exploser la poitrine :

- Tu es donc marié ? lui demanda-t-elle plus pour verbaliser cette effroyable constatation que pour obtenir une réponse.

Mais Sacha la lui donna quand même, en l'enveloppant de sa plus douce voix :

- Oui, depuis quinze ans, Ridji. Et avant que tu ne me le demandes, j'ai un enfant : une fille de treize ans. Et Anna a aussi une fille d'un précédent mariage. Et toi ?

- Moi ? Pas mariée, pas d'enfants, le vrai courant d'air quoi ...

Ridjka se sentit terriblement seule en cet instant. Sacha caressa ses mains avec une intensité rare et lui susurra au creux de l'oreille :

- Tu m'attendais sûrement pour te marier. Belle comme tu es. Je ne vois pas d'autre explication possible !

Elle chercha alors dans le regard de Sacha la signification profonde de ce qu'il venait de lui dire. Ses yeux bleus souriaient de malice. Elle leur répondit avec la même malice, mais ne proféra aucune réponse. Elle avait bien trop à faire en cette seconde. Il fallait qu'elle assimile la pire info de la journée. Il caressa ses boucles blond vénitien avec une tendresse toute nouvelle. Elle fondit et alla à la source de ses lèvres rechercher un peu d'oxygène frais.

- Tu es heureux ? lui demanda-t-elle quand elle fut rassasiée.

- Heureux ? Je ne sais pas, ça dépend des jours.

Comme il hésitait à continuer, elle l'encouragea du regard. Il lui sourit et reprit :

- Anna, ma femme, souffre d'un Alzheimer précoce. Un Alzheimer à progression fulgurante.

- Merde !

- Ouais : merde !

- Ton papier, c'est pour ça ?

- Mes recherches toutes entières sont pour ça. Pour trouver une solution. Ou du moins, pour tenter de trouver une solution qui permettrait de sauver les parties de sa mémoire qui peuvent l'être encore.

- Et tu avances ?

- Oui ! J'avance ! sourit-il. Le « *Docteur Robin* » avance bien aussi, ajouta-t-il malicieux. Il est très intelligent ce petit, fais-lui un bon article, Ridji.

Naya saisit au vol la perche qu'il lui tendait pour changer de sujet et fit mine de se rebiffer :

- Je n'ai jamais accepté de dessous de table, ni même de paiement en nature, pour changer la teneur de mes papiers, Professeur Berry !

- Oui, mais est-ce que tes soudoyers savaient embrasser comme ça ?

Et il l'enveloppa d'un bain de douceur et de tendresse tel, qu'elle fondit sous ses lèvres, oubliant d'un coup d'un seul, alliance, Anna, Alzheimer et tout le reste.

Quand ils quittèrent le banc de la maison bleue, ils étaient rassurés : les choses avaient été dites, assimilées et digérées. La soirée était maintenant passionnément à eux ! Collés l'un à l'autre, s'oxygénant à chaque minutes, ils descendirent alors de l'autre côté de la colline et avançaient confiants, vers la sérénité toute orientale du Chineese Garden. Une fois dans le parc, ils ne mirent pas bien longtemps à dénicher un autre banc. Sis sous un érable du japon pleureur, ils se sentaient bien à l'abri des regards indiscrets. L'endroit idéal pour se caresser de nouveau. Se sourire de nouveau. Se boire de nouveau. Quand ils furent rassasiés l'un de l'autre - du moins jusqu'à la prochaine phase de manque - ils se levèrent comme un seul homme, main solidement ancrée dans celle de l'autre, s'embrassèrent encore un peu, beaucoup, passionnément, pour la route et partirent en exploration.

L'exploration, cela aussi, ça avait été l'un de leurs bonheurs communs. Ils avaient vécu peu de temps ensemble. Même pas un an, semblait se rappeler Ridjka. Mais, à chaque vacance, ils partaient en vadrouille dans les pays les moins sûrs du monde. Ils en avaient eu des galères ensemble ... Mais rien de bien grave, juste des ennuis qui font que tel ou tel voyage est inoubliable. Là, évidemment, ils étaient loin de risquer leurs vies. N'empêche qu'ils retrouvaient le plaisir de découvrir encore quelque chose ensemble. Plaisir rare, s'il en est.

Ils s'arrêtent sur le petit pont qui enjambait un ruisseau chantant, y jetèrent une pièce d'une même main et firent un vœu en fermant les yeux. Un vœu qui bien que muet, devait sûrement être le même ...

Quand ils eurent arpenté tous les chemins du Chineese Garden, l'estomac de Ridjka se rappela à son bon souvenir.

- Sacha, mon ventre a faim !
- Ne le faisons pas attendre, alors, Ridji. Un indien, lui conviendrait-il ?
- Hummm, il en salive d'avance !

L'inconvénient du restaurant quand vous êtes deux - et Sacha et Ridjka s'en rendirent compte aussitôt - c'est que l'on vous place toujours face à face. Or comment rester collés, quand on est face à face ? Ah ! Voilà une bonne question ! La réponse est simple : ce n'est pas possible !

Fort de ce constat, les mains de Sacha et Ridjka reprirent les commandes et repassèrent en mode papillons fébriles. Leurs jambes aussi décidèrent d'être de la partie. Elles se cherchèrent, se trouvèrent, s'imbriquèrent et ne bougèrent plus. Le contact entre leurs deux corps était maintenu, ils pouvaient maintenant se sustenter sereinement. Et ça tombait plutôt bien, parce les rues de San Francisco à pied, ça creuse !

Ils commandèrent un agneau au curry et un poulet tandoori. Quand ils furent servis, ils disposèrent les plats au milieu de la table, afin de pouvoir les partager. Ils picoraient joyeusement indifféremment dans une assiette ou l'autre. Entre deux bouchées, ils échangeaient sur mille événements de leur vie appartenant au passé proche. Il ne fut plus question d'Anna, ni de Lili la fille de Sacha, ni de Julia sa belle-fille. Il fut à peine question de Guido. Et encore, Guido en tant que photographe professionnel.

La réalité, leurs vraies vies, ils les retrouveraient quand ils ne seraient plus ensemble. Ce soir, ils étaient dans une bulle, un moment hors de l'espace-temps, ils étaient ensemble et avaient pris le droit de faire ce qui leur plaisait. Alors, la vraie vie ce n'était pas la peine d'en parler, elle reprendrait ses droits bien trop tôt.

Quand ils sortirent de l'indien, ils s'offrirent une grande bouffée d'oxygène façon Sacha-Ridjka. Puis, quand ils eurent repris leurs forces, ils avancèrent au hasard de la beauté des rues, des lumières qui éclairaient la nuit noire et de leurs envies. Le seul impératif, en cet instant, étant de ne pas se quitter.

Pourtant, alors qu'ils s'approchaient du Golden Gate, le corps de Sacha se décolla subrepticement de celui de Ridjka. Il cherchait quelque chose dans sa poche, quelque chose qu'il trouva très vite. Il s'agissait de son porte-monnaie. Ridjka se demanda bien ce qu'il comptait en faire, dans cet endroit au milieu de nulle-part. Mais elle avait confiance en lui, alors elle attendit. Sacha ouvrit l'étui en cuir sombre et se saisit d'un billet de cinq dollars. Ridjka se demanda à nouveau ce qu'il comptait en faire. Mais sa confiance en lui ne faillit toujours pas, alors elle attendit encore. Sacha sourit à un clochard Afro-Américain, assit juste derrière eux, dans l'ombre d'une porte. Ridjka ne l'avait même pas remarqué. Sacha tendit le billet à ce grand noir voûté. Il le lui tendit discrètement, simplement, naturellement. Puis, il échangea quelques mots avec lui, comme s'il s'agissait d'un vieil ami de route. Quand ils n'eurent plus rien à se dire, Sacha prit congé, avec un sourire empli de chaleur et de sincérité. Et Ridjka était sur le cul ! Tant d'ouverture aux autres, tant d'empathie, tant de générosité, tant de ..., elle ne trouvait plus de qualificatifs.
Elle n'en revenait pas ! Eh oui, l'homme idéal existait ! Et en plus, elle, Ridjka Naya, était dans ses bras et était aimée de lui ! Elle souriait aux anges, parfaitement consciente qu'à cet instant précis Sacha Berry venait de lui attraper le cœur et l'âme pour la vie. D'une simple main tendue, il venait de s'offrir la plus fidèle des amitiés, des tendresses, des passions.

Le plus drôle étant que Sacha ne s'en était même pas rendu compte.

Il était sept heures du matin à San Francisco. Sur un dernier baiser fleuve, Sacha venait de s'engouffrer dans un taxi. Et maintenant, il partait.

Ridjka regardait ce véhicule quelconque s'éloigner d'elle. Il emportait dans ses entrailles, son réservoir d'oxygène frais personnel.
Curieusement, elle n'était pas triste. Pas triste du tout ! Pourquoi ?
Elle n'avait pas envie de se poser la question. Pas aujourd'hui et pas maintenant. Non, là, elle était bien, elle voyait le taxi qui gravissait Jackson Street, elle savait que Sacha était dedans et elle souriait sans même s'en rendre compte.

Quand il disparut de sa vue, elle resta là, immobile dans le petit matin. Elle aimait bien cette heure-là, c'était l'instant où tout commençait. Elle sourit un peu plus. Elle caressa ses vêtements. Ceux que Sacha avait étreints mille fois cette nuit, parce qu'elle était dedans. Et il lui sembla qu'il était à nouveau à côté d'elle. Contre elle, même. Elle sourit à nouveau.

Quand un petit vent la fit frissonner, elle entama un demi-tour, toujours en souriant et se dirigea d'un pas nonchalant vers la camionnette du vendeur de hot dog. Celui du bas de son hôtel. Elle s'assit sur l'une des chaises de bar qui faisaient face à son comptoir. Elle commanda un hamburger French Mustard avec oignons. Elle mourrait de faim. Elle n'était pas la première cliente de la journée de ce petit homme replet, aux yeux rieurs, mais tous deux se retrouvaient seuls en cet instant, alors ils bavardèrent. Ils discutèrent de tout, de rien. De la conférence par exemple, puis des progrès de la science, de la difficulté de vivre seul, du plaisir de tomber amoureux, ... Ils parlèrent librement, comme s'ils se connaissaient depuis toujours. Ils papotèrent longtemps, comme s'ils étaient de vieux amis. Sans tabou. Sans doute parce qu'après-demain, ils ne se reverraient plus jamais et que leurs paroles s'évanouiraient en même temps que le souvenir de cette matinée naissante.

Et puis, quand l'église de San José sonna la demi de huit heures, Ridjka quitta John et se dirigea lentement vers le bas de la colline, c'est-à-dire, vers le Palais des Congrès. Antre éphémère des conférences sur la radiologie numérique, où Sacha n'était plus, mais où Sacha avait été.

Elle n'était pas montée se changer, non, elle voulait garder avec elle son odeur et celle de Sacha mêlées. Elle ne s'était pas recoiffée, ni remaquillée, non plus. Elle faisait confiance au regard approbateur que lui avait jeté John lorsqu'elle était arrivée à sa camionnette. Jamais elle n'avait fait cela auparavant. En même temps, jamais elle n'avait vécu une telle nuit. Pour tout dire, Ridjka avait beaucoup de mal à redescendre sur terre. A se ré-ancrer dans la réalité. A se réintégrer au temps présent. Mais peut-être était-ce tout simplement, parce qu'elle n'en n'avait pas envie ?

Pendant toute la descente de la colline, Naya continua de sourire. Elle repensait à chaque seconde passée avec Sacha, à chaque baiser échangé, à chaque caresse donnée. Et son corps tout entier souriait, lui aussi, à ces souvenirs.

Devant le parvis du palais, tout de poutres d'acier aux courbes accueillantes, Ridjka se laissa porter par le flux humain. Elle confia son emploi du temps au bon vouloir des autres congressistes, en suivant le plus grand nombre pour assister à la première présentation. Elle n'avait pas pris connaissance de l'objet de celle-ci, mais il y avait foule, donc ce devait être intéressant.

De toute façon, elle n'avait pas envie de se retrouver dans une petite salle confinée, où chacun observerait ses voisins. Non, elle avait besoin, ce matin, de se fondre dans l'anonymat de la masse. De la grande masse. Elle voulait pouvoir continuer à planer éveillée, sans être dérangée. Jack Russel ne serait sûrement pas content qu'elle traite son sujet fétiche par-dessus la jambe, mais tant pis ! De toute façon, elle ne savait pas comment faire autrement ... Tout son corps était envoûté et chaque circonvolution de son cerveau embrumée : elle faisait au mieux et puis voilà.

Elle sortit de l'auditorium en ayant capté environ un mot sur deux. Ce qu'elle trouva, au vu des circonstances, plus que satisfaisant. Elle se dirigea ensuite comme une zombie souriante vers le buffet. Elle n'avait pas dormi de la nuit, l'arabica de John était de la pisse d'âne, alors, si elle voulait ne pas s'écrouler sur place, il fallait qu'elle trouve un expresso serré et vite !

Quand elle posa la question au serveur de savoir s'il avait du café français, celui-ci sourcilla sans bien comprendre. Elle lui demanda alors un café italien, ce ne fut pas mieux. Quand elle opta finalement pour un café grec, la lumière sembla se faire dans l'esprit lent de son interlocuteur. Malheureusement pour elle d'ailleurs, car elle eut le café, les dix kilos de sucre et la tonne de marc qui allaient avec. Elle faillit s'étouffer avec les grains moulus qui annexèrent son palais. Mais le café était chaud et fort, et au moins son esprit reprit une activité quasi normale.

Elle nota alors que le jeune Robin Martin se tenait à quelques mètres d'elle. Il la regardait avec insistance. Elle le rejoignit sans se poser de questions. Elle était contente de le voir. En fait, il lui apparut un peu comme une émanation de Sacha, laissée là pour que son absence lui paraisse moins cruelle. Robin était gai et intéressant. Ils passèrent le reste de la journée et toute la matinée suivante ensemble. Pendant ces deux jours, ils écoutèrent les mêmes conférences. De toute façon Ridjka lui avait passé le lead sur le sujet. Elle, elle, avait perdu le programme ...

Ils mangèrent chaque repas ensemble. Là, c'était elle qui le pilotait, car il ne s'était jamais rendu à San Francisco auparavant. Pas plus qu'aux Etats Unis d'ailleurs.

Ils rédigèrent même le papier de Ridjka ensemble !

Ce jeune-homme était effectivement très prometteur.

Et puis de toute façon, elle continuait à être l'ombre d'elle-même.

Ces deux jours passèrent comme un éclair. La nuit aussi. Ridjka s'était enroulée dans sa couette et, avant de dire ouf, s'était écroulée d'un sommeil profond et réparateur. Sommeil qui bien sûr avait été peuplé de Sacha et Ridjka, riant de tout et n'importe quoi, se prenant la main comme s'il s'était agi de la chose la plus précieuse au monde, marchant sur les collines de Frisco, serrés-collés l'un tout contre l'autre et, bien évidemment, s'embrassant pour reprendre leur souffle à chaque instant.

Le hasard fit que Robin et elle fussent dans le même avion de retour vers Paris. Lui ayant une correspondance par Charles De Gaulle obligatoire pour rallier Bordeaux. Alors, ils en avaient profité pour peaufiner les derniers détails de l'article. A peine arrivée en surplomb de la Côte Est des Etats-Unis, que celui-ci était définitivement bouclé. Ridjka poussa un « *ouf* » de soulagement non feint.

Robin, lui, se demanda s'il ne s'était pas trompé de carrière.

Quand ils descendirent de l'appareil, ils se promirent de rester en contact et échangèrent leurs mails.

A la sortie de l'aéroport, Ridjka tomba sur le même chauffeur que quelques jours plutôt. Celui de son retour de Ouagadougou. Pourtant, une bonne centaine de taxis attendaient les voyageurs. La probabilité qu'elle retomba sur lui était pouiémesque. Mais la vie a ses caprices ...

Quand elle le reconnut, elle posa toute suite ses conditions :

- Je monte, si vous ne m'annoncez que les bonnes nouvelles !

Il avait acquiescé du chef. Mais comme il n'en n'avait retenues aucune - parce qu'inintéressantes à ses yeux - il s'était tu pendant tout le trajet. Ridjka laissa son regard flotter avec plaisir sur Paris. Bien sûr, elle n'était pas à Bordeaux. Mais du moins, était-elle en France. Et s'était donc rapprochée de Sacha ...

Elle sourit à cette idée et s'enveloppa de ses bras.

Arrivée chez elle, elle retrouva le masque du pays Dogon toujours accroché au mur du fond, les lances et pagaies Mahoraises toujours à droite et le miroir de Rabat toujours à gauche. Elle soupira de satisfaction : la vie était parfaite. La seconde suivante la vit indécise : qu'allait-elle faire maintenant ? L'article sur la conférence de radiologie numérique était terminé. Elle n'avait pas envie de se lancer dans celui du Mali. Elle n'avait pas le courage de supporter le babille de Momo, lui expliquant en long, en large et en travers, les aventures amoureuses de «*Jeff et Momo*». La question était donc d'une pertinence rare : qu'allait-elle faire maintenant ?

Son esprit hésita un peu. Mais à peine.

Pas plus de dix secondes, en tout cas. Elle décida qu'il était grand temps de remettre son appart en ordre ! Depuis quand n'avait-elle pas fait le ménage à fond ? Avait-elle-même déjà fait le ménage à fond depuis qu'elle avait emménagé ? Rien n'était moins sûr ... Si peut-être une fois il y a dix ans, quand ses parents étaient venus lui rendre visite pour une semaine entière.

Elle examina son séjour d'un œil critique. Les immenses baies vitrées de la véranda, celles qui illuminaient la pièce, étaient sales.

- Elles ne sont pas sales, elles sont carrément opaques ! se persuada-t-elle.

Ceci dit, un œil impartial les aurait sans doute trouvées d'une propreté honorable. Seulement, Ridjka n'était plus tout à fait dans le rationnel. Elle voulait que ça soit propre, que ça sente bon, bref que tout soit nickel ! Elle posa ses valises au sol et partit en cuisine chercher le matériel nécessaire au parfait accomplissement de sa mission.

Chapítre 18
Hyperactívíté

- Ridjka, mais tu me fais quoi, là ?

Décidément Maurice Hebel ne reconnaissait plus sa collègue et amie : elle était perchée à trois mètres du sol, un pied sur son échelle, l'autre sur rebord du toit de sa véranda. Elle était armée d'un balai à carrelage et frottait comme une malade les vitres qui avaient le malheur de se trouver à la portée de son arme fatale de type ménager.

- Ah, mon gros, tu tombes bien ! Passe-moi le seau d'eau propre. Ça m'évitera de redescendre, lui répondit-elle d'un ton qui montrait bien que sa seule préoccupation de l'instant était la netteté de ses vitres.

- Non, mais tu n'es pas un peu fêlée, Ridj ? Imagine, un instant, que l'échelle bascule ! A ton avis, il se passe quoi, avec toi n'ayant plus qu'un seul appui, sur une seule jambe, sur le toit en VERRE de ta véranda ???

Momo était furieux ! Vraiment furieux !

Ridjka était une vraie casse-cou, ce n'était pas une nouveauté et il le savait de longue date. Jack Russel le savait aussi d'ailleurs, c'est pour ça qu'il l'avait envoyée sur tous les reportages un peu « *out of the box* » de son journal. Nonobstant, elle prenait toujours des risques calculés. Et si l'impondérable devenait trop prévisible, elle se faisait toujours accompagner. Juste histoire de disposer d'une assistance sûre en cas de grosse galère. Or aujourd'hui, alors qu'elle venait à peine de descendre de l'avion et qu'elle devait être épuisée par le voyage et sonnée par le décalage horaire, il la retrouvait à jouer les filles de l'air, seule et sans assurance, sur un toit en verre !!!

- Au lieu de ronchonner, passe-moi plutôt le seau d'eau, j'ai presque fini le haut, répéta-t-elle en contemplant son œuvre.

- Ridj, tu ne m'as pas écouté un seul instant, hein ? s'exaspéra-t-il.

- Si, si Momo. Je suis fêlée, je prends des risques insensés et mon échelle va tomber. En attendant, grouille, je suis en équilibre instable.

Momo n'en revenait pas de son absence totale de prise de conscience du danger qu'elle encourait. Mais il céda. Parce qu'effectivement Ridjka était en mauvaise posture ... Il lui tendit le seau et une fois les mains libres, cramponna le bas de l'échelle pour faire contrepoids. Ridjka balança le seau en direction des endroits qu'elle venait de nettoyer. Bon, bien sûr, une fois que l'eau avait atterri sur la pente vitrée, elle redescendait en cascade, plus ou moins claire, vers le sol. Et évidemment, vu leur position respectives, quasi entièrement sur Momo.

- Ridjka Naya ! hurla-t-il hors de lui. Mon costume en lin ! Le costume que j'avais lorsque je suis sorti avec Jeff, avant avant-hier soir !!! Tu as pété un câble ou quoi ?

Mais ses paroles glissèrent sur elle, comme l'eau sur son toit désormais propre. Elle contempla le résultat d'un œil satisfait, sourit et entreprit de redescendre. Pas encore dans le monde réel, non, il était encore beaucoup trop tôt pour cela. Mais de son échelle, oui.

- Ridj, allo la lune, ici Momo Hebel, depuis la terre ? Il y a-t-il quelqu'un dans ce cerveau ?

Il était sidéré : Ridjka venait sans doute de bousiller à vie son costume désormais fétiche et elle descendait de sa putain d'échelle en souriant aux oiseaux.

Pas sûr qu'il y ait quelqu'un dans ce cerveau, sourit-elle intérieurement. Mais, elle posa quand-même le pied sur la terre ferme.

- Momo, enlève ta veste, lui répondit-elle en lui plaquant une bise retentissante sur chaque joue.

Et Momo, pendant l'espace d'un instant, retrouva son amie : attentive, charitable, disponible, pragmatique. C'est à la seconde suivante qu'il comprit qu'il s'était enthousiasmé un peu vite.

Ce fut très précisément quand elle finit sa phrase par :

- Si tu m'aides, dans même pas une heure, on aura fini le bas !

Elle était sérieuse !

Elle souriait, mais elle était sérieuse !! Ils ne s'étaient pas vus depuis cinq longs jours. Ils avaient des tonnes de choses à se raconter. Et, au lieu de rentrer s'asseoir pour discuter des sujets les plus importants de leurs vies respectives. C'est-à-dire eux. Ridjka lui proposait de l'aider à nettoyer *SES* vitres !

Ouais, il lui est arrivé un truc pas net pendant son voyage aux States, en conclut Momo. *C'est l'évidence même. Et ouais, je dois procéder un interrogatoire serré de toute urgence, pour la sortir de cet état d'hyperactivité ulcérante !!!*

Sans un mot, il prit le balai des mains de Ridjka, le posa en équilibre sur les barreaux de l'échelle et la poussa en direction de l'intérieur de sa maison. Il devait prendre les choses en main. Et le plus urgent actuellement étant de l'éloigner de ses putains de vitres.

Ridjka le regarda ravie :

- Tu as raison, gros, je vais aller chercher un autre balai pour moi !

- Là, on a touché le fond ! commenta-t-il totalement épuisé.

Il s'assit sur le banc en pierre de la cour et attendit qu'elle revienne avec ses nouvelles armes. De toute façon, il n'y avait que cela à faire pour l'instant, il le savait.

- Ça y est, c'est nickel ! jubilla-t-elle, quand une heure plus tard, ils s'installèrent dans son canapé pour contempler leur travail.

Enfin, plutôt, ils s'installèrent dans le canapé pour *qu'elle* puisse contempler *leur* travail. Momo, lui, n'en avait pas grand-chose à faire. Lui, en était plutôt à contempler ses ampoules ! Ridjka cala confortablement son dos dans le moelleux des coussins, la tête en arrière pour regarder en l'air et soupira d'aise : la lumière pouvait à nouveau rentrer à flots !

- Momo, on a bien bossé ! Que puis-je t'offrir pour fêter l'événement ?

- Fêter quoi, Ridj ? bougonna-t-il. Fêter, mon attente inutile à l'aéroport, alors que je t'avais envoyé un SMS pour te prévenir que je venais te chercher ? Fêter, ton accueil avec balais, serpillières et seaux d'eau sale glacée ? Fêter, les ampoules que je viens de me faire à cause de tes vitres à la noix ? Des ampoules sur ces si belles mains qui ne demandaient rien d'autre que s'occuper de celles de Jeff ?

Elle éclata de rire, puis partit faire chauffer du thé sans attendre d'autre réponse. Mais quand elle revint, elle s'assit à côté de Momo et plongea ses yeux dans les siens. Il sut à la douceur de ce regard que, maintenant, elle était prête à l'écouter. Il en profita à fond ...

... avant qu'elle ne lui demande de faire le sol ou la poussière.

- Tu te rends compte, Ridj, c'était une soirée divine, absolument divine ! conclut-il son quasi monologue, plus de deux heures plus tard.

- Oui, c'est vrai, approuva-t-elle sincère.

Ridjka avait eu droit à la soirée de Jeff et Momo, minutes par minutes. Presque secondes par secondes. Elle s'y était vue, tant son pote avait mis de l'enthousiasme à lui décrire chaque détails du cadre autour d'eux, chaque boissons ingurgitées, chacun des événements qui avaient émaillés ces quelques heures passées aux cotés de Jeff.

Effectivement leur soirée a été parfaite. Exactement comme celle que j'ai vécue avec Sacha, pensa-t-elle avec tendresse.

Elle sourit à la coïncidence.

- Et il n'a pas voulu monter chez moi. Même pour prendre un simple verre. Il n'a pas voulu, termina Maurice dans un trémolo non feint.

Il semblait toujours sous le choc. L'événement commençait à dater maintenant, mais il ne l'avait toujours pas digéré, c'était évident.

- C'est parce que Jeff t'aime sincèrement, qu'il n'est pas monté ! lui répondit-elle attendrie.

- Non, non, tu racontes n'importe quoi, Ridj ! Quand on aime, on ne laisse pas son soi-disant amour, tout seul, abandonné, dans le froid, sur les pavés glacés du petit matin parisien.

- Tu n'en fais pas trop, là, Momo ? Il ne t'a pas abandonné, tout seul : tu étais au bas de chez toi. Et je te le dis et je te le répète, s'il n'a pas voulu monter, c'est très bon signe ! Crois-moi, je m'y connais.

- Non, je suis sûr que c'est à cause de la déco de chez moi. Il me l'avait dit, dans notre première vie, que mon appart lui faisait l'effet d'une douche glacée. Je m'en souviens parfaitement ! Je vais tout faire changer et je vais lui demander de tout choisir avec moi.

- Excellente idée ! Peut-être même que je viendrais plus souvent chez toi, une fois que ce sera fini !

- C'est si terrible que ça, actuellement ?

- Totalement flippant ...

- Merde !

- Ouais ! Jeff ou pas Jeff, il est temps que tu changes tout. Et le plus vite sera le mieux !

- C'est donc à ce point-là ...

Momo n'attendait pas de réponse, il savait que Ridjka avait raison. Elle n'épilogua donc pas sur le sujet, mais lui proposa de rester à sa façon :

- Chinois-rosé ?

- Chinois-rosé : Jeff est absent pour une semaine.

- Dis donc, maintenant il faudra que je réserve mes soirées avec toi ? Tu as investi dans un carnet de bal pour gérer ton planning nocturne, au moins ?

Mais avant qu'il ne la frappe, Ridj se saisit du téléphone et commanda nems, rouleaux de printemps, poulet à l'ananas, bœuf aux cinq épices, riz blanc, nougatines dures et rosé frais. Un quart d'heure plus tard, ils s'emparaient de leurs baguettes et attaquaient tous les plats, sans ordre particulier.

Momo repu et rassuré sur son avenir avec Jeff, tarabusta Ridjka pour savoir ce qui lui était arrivée lors du congrès.

- Rien dont je n'ai envie de te parler aujourd'hui. Et pour une fois, je vais même te demander de ne pas insister. Mais sache juste, Momo, que moi non plus, je n'ai pas voulu monter. J'ai préféré aller écouter du blues avec lui, dans la boîte de nuit à côté de nos hôtels.

- Mais pourquoi Ridj ? Pourquoi ???

Elle réfléchit longuement et finit par sourire :
- Pour garder toute la magie de cette soirée sublissime ...

Touré était scotché !

Tout était comme Amédée le lui avait décrit. Exactement pareil.

Mais en mieux, car lui, en plus avait Emeline à ses côtés !

Dès que, bras dessus, bras dessous, ils s'étaient décidés à quitter le grand hall de l'aéroport, Touré avait mis tous ses sens en éveil. Depuis, cela ne le quittait plus. Il voulait pouvoir se souvenir des odeurs, des couleurs, de la chaleur ou du froid, de sa surprise en voyant telle ou telle chose, ou pas. Touré voulait pouvoir tout raconter à Amédée. Il voulait pouvoir lui dire si son monde avait changé en cinq ans, ou s'il était resté tel quel.

Depuis, une semaine qu'il était à Paris, il retrouvait tout. Par exemple, la sensation de froid dans les bâtiments, même quand le soleil pointait le bout de son nez. C'est bien ce que lui avait dit Amédée :

- La première chose que tu ressentiras, Touré, ce sera le froid qui te pénètre de partout ! Attention, pas le froid de dehors, mais le froid de dedans ! Le froid qu'ils font souffler dans tous les bâtiments. Un peu comme s'ils avaient peur de fondre.

Pourtant, Amédée avait la climatisation chez lui, à Bobo-Dioulasso. Un modèle français même ! Il l'avait commandé dès la première semaine de son retour en Afrique de l'ouest. Mais Amédée ne mettait jamais la puissance à fond. Pour que jamais vous n'ayez la sensation que plus jamais vous n'aurez chaud. Malgré les réticences exprimées de son sage ami, Touré se mit à apprécier ce froid artificiel : il vidait la tête de la tâche de devoir rafraîchir son grand corps. Et cela lui laissait plus de temps pour observer.

Touré retrouva aussi l'automatisation d'à peu près tout ce dont lui avait parlé Amédée :

- Tu verras, Touré, lui avait-il dit, tout est automatique là-bas. Un peu comme si les hommes de ce pays n'avaient plus la force de faire les choses tous seuls. Pourtant, dans l'ensemble, ils sont costauds.

Et c'est vrai qu'ils avaient l'air costaud, avait noté Touré. Et c'était vrai que tout était automatique, aussi. Mais Touré avait bien apprécié que toutes les portes qu'il avait croisées aient eu la bonne idée de s'ouvrir sans qu'il n'ait eu à poser ses bagages, tourner une poignée, reprendre ses bagages en bloquant la porte du pied, passer, reposer ses bagages, refermer la porte derrière lui, reprendre ses bagages et avancer jusqu'à la porte suivante. Oui, il avait trouvé ça bien, l'automatisation ! Même la voiture d'Emeline s'ouvrait toute seule quand elle s'en approchait ! Et ça, Amédée, il ne lui en avait jamais parlé !!! Touré s'était senti si fier de l'amour de sa vie quand, d'un simple commandement de son beau pouce, la voiture avait fait « bip-bip », que les phares avaient clignoté comme pour lui dire bonjour. Et surtout, quand il avait pu ouvrir sa portière pourtant fermée à clef, une seconde plus tôt !

Et les routes ! Les routes ! Touré n'en revenait pas ! Il y en avait partout, dans tous les sens. Et les voitures y roulaient si vite !!! Emeline, en plus, avait un énorme modèle. Celui qui dépasse tous les autres d'une tête en largeur, longueur et hauteur. Un monospace sept places, lui avait-elle expliqué. Elle y était obligée, à cause de tous ses enfants et petits-enfants. Et encore, ses deux aînés en avait chacun un autre, pour transporter le reste de la tribu. Eh bien, Emeline n'avait pas peur des autres véhicules ! Non, elle se faufilait d'une file à l'autre, pour essayer d'avancer encore plus vite et ça passait à chaque fois ! Bien sûr, de temps à autre, Touré fermait les yeux et priait un peu, parce qu'il était persuadé que leur dernière heure était arrivée.

Mais Emeline, elle, continuait de tout détailler de sa belle voix gaie et enthousiaste. Alors, il rouvrait les yeux et constatait que le danger était passé. Donc ravi, il observait à nouveau tout ce qu'elle lui décrivait.

Elle lui avait expliqué la banlieue, le périphérique, Paris Intra-muros. Elle lui avait même montré toutes les fonctions de son GPS, en lâchant son volant à maintes reprises. Du coup, garder le cap droit était devenu une priorité de seconde zone pour Emeline. Et un nombre certain de voitures était passées tout près de la leur. Mais Touré, même s'il avait encore eu quelques sueurs froides, avait écouté, regardé et avait tout enregistré. Maintenant, il dévorait des yeux le petit écran pour découvrir la topographie des lieux avant d'y être et ainsi pouvoir se repérer dans ces si impressionnants dédales routiers. Il aimait cela. Un GPS de série, dans la voiture, tiens encore un truc qu'il ne connaissait pas Amédée !

Ah, Touré était aux anges, pensez-donc : son Emeline l'aimait toujours, son pays était beau et lui aurait plein de choses incroyables à raconter à leur retour à Bobo-Dioulasso !

Le premier soir, après avoir quitté l'aéroport, ils avaient roulé jusqu'au lever du jour. La ville et ses lumières avaient fasciné Touré. Au petit matin, ivres de bonheurs partagés, ils s'étaient garés dans Paris Intra-muros. C'est qu'elle avait une idée en tête, la Emeline. Elle voulait que la première expérience parisienne de son «*cœur d'amour*» commença par un petit-déjeuner à la française. Touré était épuisé, il rêvait du lit qu'il partagerait avec sa bien-aimée. Mais, elle avait l'air si heureuse de son plan, qu'il l'avait suivie docilement. Ils s'étaient assis chacun sur une chaise cannelée, tout tassés l'un contre l'autre, parce qu'à Paris le mètre carré vaut de l'or. Cela aussi Amédée l'avait dit à Touré. Mais Touré en était ravi, car il pouvait respirer les cheveux d'Emeline, la toucher, la caresser tendrement, sans se démettre un membre. Alors, ils s'étaient retrouvés là, heureux, à la terrasse d'une brasserie, au bord de ce qui semblait être un grand boulevard. Il en émanait une odeur de pâtisseries toutes chaudes, qui ouvrit l'appétit de Touré. Emeline commanda des croissants, des pains au chocolat, des pains aux raisins et deux cafés allongés. Ils se régalèrent, sous un soleil de plomb, malgré l'heure matinale.

La petite Ridjka a raison, nota le Burkinabé satisfait, *Mai est finalement un mois chaud en France.*

Il jubilait. Ce qui décuplait l'inventivité d'Emeline. Et puis, il sentait qu'elle voulait qu'il aime ce pays. Alors, instinctivement, il l'aima.

C'est pour cela que, pendant toute la semaine, elle l'avait conduit dans tous les plus beaux quartiers, devant tous plus les somptueux monuments et lui avait fait parcourir les plus remarquables avenues de Paris. Elle ne voulait prendre aucun risque que sa ville lui déplaise, alors elle mettait le paquet : tout le sublime, l'insolite, le magique y passait !

Pourquoi me direz-vous ?

Eh bien, tout simplement, parce qu'au plus profond d'elle-même, Emeline n'aspirait qu'à une seule et unique chose : elle voulait que Touré accepte de rester un peu, ici, avec elle. Enfin, elle voulait qu'il reste un peu plus que la dizaine de jours qu'il avait prévu au départ. Elle ne souhaitait pas forcément qu'il reste là pour la vie entière. Non ! Quoique ... Mais, au moins pour un bon petit bout de chemin. Parce que si elle était honnête, Emeline devait bien reconnaitre que repartir à Bobo-Dioulasso pour la vie, lui faisait un peu peur. Et quand elle était *vraiment* honnête, elle ressentait que repartir à Bobo définitivement, l'effrayait carrément.

Emeline avait construit toute sa vie ici. Soixante années d'une existence bien remplie.

Au départ, cela avait été très dur. C'est bien simple, elle avait tout perdu. Elle croyait même qu'elle avait perdu le rire, pour vous dire !

Mais quand elle avait compris les règles de ce si étrange et si différent pays, elle avait fini par s'y soustraire. Et finalement, cela lui avait plu !

Elle avait maintenant son propre commerce, qui marchait fort bien, grâce à Dieu et sa sueur à elle. Bien sûr, c'était désormais, Amandine, sa fille aînée qui tenait la caisse, elle lui avait passé le relais. Mais Emeline y retournait quand même souvent, lorsque le contact avec les clients lui manquait trop. Ou quand sa grande avait besoin d'aide. Elle s'y trouvait encore bien utile et y prenait toujours un plaisir indicible.

Et puis, elle était adjointe de mairie : conseillère déléguée à la prévention et à la tranquillité publique, s'il vous plait. Ce n'était pas rien adjointe de mairie, quand on avait eu tant de difficulté à obtenir la nationalité française ! Et Monsieur le Maire comptait sur elle pour maintenir l'harmonie sociale dans son arrondissement. Il le lui avait dit et répété. Maintes et maintes fois ! Elle ne pouvait pas le planter comme ça. Comment ferait le XVIIIème sans elle ?

Et puis, il y avait sa famille. Toute sa famille vivait ici. Et toute sa famille, elle ne la reverrait plus si elle repartait au Burkina-Faso définitivement. Ils étaient tout le temps fourrés les uns chez les autres : comment pourrait-elle vivre sans eux ? Elle avait besoin de les voir, de les toucher, de les sentir. Tous les jours. Tous les soirs. Elle le savait, elle avait quelques gènes de mère poule : il ne fallait pas toucher à ses petits. Il ne fallait pas l'en éloigner non plus. Les retrouver uniquement pendant les grandes vacances ne serait jamais suffisant !

Et puis, il y avait les copines : Marie-Jo, Bernadette, Astrid et toutes les autres. Ce n'est pas facile de se refaire des copines à soixante-dix ans. Surtout des rigolotes comme celles-là. Et puis, des fidèles comme celles-là. Dans la joie comme dans la peine ! Là, c'était couru, Emeline n'en retrouverait jamais des pareilles.

Et puis, il y avait son appartement. Son bel appartement qu'elle aimait tant ! Son appartement à elle toute seule. Celui qu'elle avait gagné, avec les sous de son commerce. Il était si bien : il y avait une chambre pour presque tout le monde. Et le salon ! Il était si grand, que toute la famille pouvait s'y réunir pour manger et danser, sans avoir besoin de déplacer les tables. Vous imaginez un peu ?

Et puis ..., et puis ..., et puis ... Depuis que Touré lui avait écrit qu'il venait la chercher pour la ramener au pays, Emeline avait ressassé des dizaines, des centaines, des milliers de « *et puis* ». Pourtant, elle avait lu avec amour toutes les lettres qu'il lui avait envoyées. Elle avait frémi quand elle avait reçu la première. Et cela ne l'avait plus jamais quittée ensuite. Elle avait caressé, pendant des heures, chaque enveloppe, chaque timbre, de chacune de ses missives, avant même de se résoudre à les ouvrir. Quand elle ne trouvait pas le sommeil, elle les rouvrait toutes, les disposait sur son lit par ordre chronologique et en sentait le papier à en perdre l'odorat. Il sentait Touré. Il sentait l'Afrique. Il sentait l'aventure ... Elle était sûre qu'elle voulait finir sa vie avec lui. Il était si profondément présent dans tout son être, qu'elle ne voyait même pas comment il pourrait en être autrement. Seulement, il y avait tous ces « *et puis* » qui trottaient dans sa tête encore et encore. Et elle avait bien dû se résoudre à l'admettre, ils étaient insidieux et tenaces. Elle ne réussirait pas à les chasser comme ça.

C'était Marie-Jo qui lui avait offert la solution :

- Et si ton Touré, tu te le gardais ici ? A te le coconner, dans ton bel appartement, bien au chaud. Ou bien au frais, comme tu veux. Mais ici, à Paris ?

Emeline, qui pourtant n'avait jamais eu sa langue dans sa poche, en resta muette de surprise. La solution lui apparut si claire, si limpide et tellement à portée de main, qu'elle ne sut quoi répondre. Seulement, quand le visage de son frétillant amoureux s'imposa dans son esprit, elle se ravisa :

- Comment veux-tu qu'à soixante-dix ans passés, Touré accepte de quitter son pays, celui où il a passé toute son existence, où il a toute sa vie, pour suivre une vieille femme comme moi ? Voyons, Marie-Jo ! Des fois, tu débloques !!!

- Emeline, ton Touré ne va pas quitter son pays pour *UNE* vieille femme comme toi. Il va quitter son pays pour toi. *SA* femme. *LA* femme de sa vie. Il te l'a bien écrit dans quelques-unes de ses lettres que tu étais *LA* femme de sa vie, non ?

- Si ... Oui ...

Elle se repassa en tête tous ses écrits et sourit comme une petite fille comblée :

- Oui, Marie-Jo, il me l'a même répété dans chacune de ses lettres.

- Alors l'affaire est réglée. Tu vas lui faire voir le vrai Paris ! Et il va tellement en tomber amoureux, qu'il ne voudra plus repartir.

- Tu crois, Marie-Jo ?

- Je crois, Emeline !

C'est ainsi que, toutes deux avaient passé des journées entières - parfois jusqu'à très tard dans la nuit - à concocter pour Touré un programme de visite digne d'un chef d'état. Tout y était : le beau, le magnifique, l'exaltant, l'étonnant, le culturel et le festif ! En résumé, tout ce qui pouvait faire regretter à homme de ne pas être venu vivre là plus tôt !

Que Touré ait deviné ou pas le dessein caché de sa douce Emeline, nul ne saurait le dire. Mais, au fur et à mesure que les journées s'écoulaient, il était évident qu'il prenait un plaisir croissant à leurs excursions. Il posait de plus en plus de questions. Demandait à revoir tel ou tel monument ou musée. Faisait faire cent détours à Emeline, qu'ils fussent à pieds ou en voiture, pour retourner voir ceci ou cela.

115

La tour Eiffel, par exemple, ils l'avaient gravie cinq fois ! Cinq fois, jusqu'en haut, dont quatre sans prendre l'ascenseur parce que Touré n'avait pas trop aimé les guili-guilis dans le ventre que ça lui avait fait la première fois. Emeline commença même à éprouver un certain ressenti pour ce monsieur Eiffel qui avait construit une tour aussi haute !

Mais si Touré aimait, alors, elle aimait aussi.

Quand, à l'issue de leur premier petit-déjeuner commun, elle l'avait finalement conduit dans son Barbes-Rochechouart, elle avait eu peur qu'il n'apprécie pas son quartier. Il y avait le métro extérieur qui faisait du bruit à chaque passage de trames. Il y avait peu de vert. A part, bien sûr, les arbres des boulevards et la bute Montmartre. Mais surtout, il y avait la faune la nuit, qui y était plus dangereuse qu'à Bobo. Mais Touré avait trouvé ça beau. C'était là où vivait son Emeline, donc c'était beau, tout simplement ! Elle avait craqué quand il le lui avait dit. Elle avait lâché le volant et l'avait serré dans ses bras. L'étouffant presque de sa poitrine généreuse ! Heureusement, il n'y avait pas eu de voitures en face à ce moment-là ...

Quoiqu'il en soit, plus la semaine s'écoulait, plus Touré retrouvait l'Emeline intrépide, décidée et débrouillarde qu'elle était petite. Et plus Emeline retrouvait le Touré enthousiaste, rassurant et risque-tout qu'elle connaissait lorsqu'il était petit. Alors, plus ils se reconnaissaient, plus ils étaient sûrs qu'ils finiraient leur vie ensemble.

La seule véritable question finalement était : *où ?*

Chaque nouveau matin, l'estomac d'Emeline se tordait un peu plus à l'idée de devoir proposer à Touré de rester un peu plus. Un peu plus du genre une toute petite année entière.

Pourtant, chaque matin, en allant chercher son courrier, quand elle croisait Marie-Jo dans la cage d'escalier, celle-ci l'encourageait à se lancer.

Elle était au top au niveau coaching, Marie-Jo !

Seulement voilà : Emeline n'y arrivait pas.
Bien trop au-dessus de ses forces ...

L'épisode nettoyage dura sept jours.

Ridjka alternait, papotage avec Momo, vélo durant des heures entières le long des quais de l'Ourcq, écriture forcenée de son article sur les maliennes, rencontres avec Emeline et Touré. Mais les activités « *ménage en grand* » dépassaient de loin toutes les autres dans son planning.

Ridjka se lança dans cette période d'hyperactivité sans même s'en rendre compte. Il fallait qu'elle bouge, qu'elle fasse, qu'elle s'occupe. Bref, elle ne tenait plus en place. Pendant cette période bénie, son sourire ne la quittait pas. Même quand Jack l'avait tannée pour qu'elle finisse plus vite, elle ne s'était pas départie de son sourire !

Momo, lui, était de plus en plus inquiet. Elle semblait ailleurs, hors de portée. Comme retranchée dans un monde où nul n'avait accès. Lui compris ! Quand il lui avait reproché cette frénésie d'activité et ce sourire idiot, Ridjka avait encore plus souri. Il avait frémi.

Mais ce soir-là, quand elle se retrouva seule dans son grand canapé orange, elle se mit à y réfléchir.

C'est vrai ça, pourquoi je me mets à tout ranger, à tout nettoyer, à faire des balades à vélo qui durent dix fois plus longtemps que d'habitude ? se demanda-t-elle. *Et cet article sur mes maliennes : il devait faire deux pages et il va finir en roman, pourquoi ? Bon, le sourire, je sais, ce sont les yeux de Sacha qui me l'ont laissé en gage. Mais tout ce mouvement, pourquoi ?*

Elle s'allongea, inspira profondément, calmement, longuement pour tenter de faire le vide dans sa tête. C'était son truc à elle pour que ses idées refassent surface en ordre rangé. D'ordinaire, elle pouvait rester ainsi des heures, jusqu'à que le tumulte de son esprit se calme et laisse l'essentiel émerger du chaos. Mais là, ses mains refusaient de rester sagement allongées le long de son corps. Elles s'agitaient, comme des abeilles à la recherche de nectar d'acacia en fleurs.

Il n'y a pas de nectar d'acacia en fleur dans cette maison, les sermonna-t-elle. *Et vous n'êtes pas des abeilles ! Ça y est je débloque ! Il aura fallu que j'attende mes quarante-huit printemps pour débloquer !!!*

Elle se redressa, s'assit sur le bord de son canapé et approcha ses mains rebelles du téléphone. Il fallait qu'elle appelle Momo de toute urgence. Mais lorsqu'elle eut le combiné en main, elle ne sut qu'en faire. Elle le regarda dubitative. Inquiète presque. Mais non décidément, il ne lui disait rien. Pire, elle ne savait vraiment pas quoi en faire ! Elle s'attacha alors une l'observation scrupuleuse de l'objet, pour tenter de le dompter. Elle en apprécia la forme ergonomique qui se calait parfaitement bien dans le creux de sa main droite. Il était ni trop lourd, ni trop léger, ce qui faisait de lui, en temps normal, un compagnon de communication des plus agréables. Elle regarda ses touches ovales comme des ballons de rugby et qui n'étaient pas sans lui rappeler son sud-ouest natal. Elle apprécia qu'elles aient cette forme. Elle s'attarda sur celle de prise de ligne qui, elle, ressemblait à bouche ouverte sur un sourire. Elle lui sourit. Elle contempla la petite touche orange sertie de l'esperluette qui ajoutait un peu plus de couleur à ce combiné bleu marine. Elle visualisa enfin la touche 1, où le numéro de Momo était stocké en mémoire.

Mais, malgré cette tentative de domptage, elle n'arrivait pas se décider à appuyer dessus. Non, ce n'était pas appeler Momo dont elle avait envie. En plus, ses mains refusaient d'appuyer sur cette maudite touche ! Elles n'en avaient pas envie ces andouilles ! Et elle, Ridjka, n'avait aucune prise sur elles ! Elle soupira et se rallongea en attendant que ça passe. Ça passait toujours, à un moment ou un autre. Un moment plus ou moins lointain, certes, mais il lui suffisait juste d'attendre, elle le savait. Alors elle attendit en fermant les yeux.

Et c'est à ce moment-là que la lumière réussit à se frayer un chemin dans son esprit nébuleux. Elle vit, dans sa tête, des images défiler à une vitesse vertigineuse. Elles se succédaient dans un désordre des plus absolus. Et puis, lentement, mais sûrement, elles commencèrent à s'organiser. Peu à peu, elles prirent un sens. Petit à petit, elles s'agglomérèrent avec logique. Et quand elles cessèrent définitivement de s'agiter de façon désordonnée, Ridjka comprit enfin ce qui rendait ses mains si fébriles. Elle sourit. Ce n'était pas du tout l'absence de Momo. Non. C'était celle de Sacha. Plus précisément celle des mains de Sacha. Celle du corps de Sacha ! Durant toute leur soirée à San Francisco, ils n'avaient cessé de se tenir collé l'un contre l'autre, de se toucher, de se caresser. Alors, ses mains étaient en manque ! En totale et flagrante addiction même ! Et le pire était qu'elle ne savait pas du tout comment y remédier !

L'appart est nickel, mon article quasi fini : je ne sais pas ce que je vais faire pour vous occuper mes petites ..., leur dit-elle sincèrement navrée.

Elle contempla ses dextres et il lui sembla qu'elles se mirent à frémir au diapason. Comme pour lui intimer l'ordre de trouver une solution.

Ridjka soupira, s'allongea et ferma les yeux, pour plonger avec délice dans le souvenir de la soirée qu'elle avait passée, seulement quelques jours plus tôt, avec Sacha. Elle se remémora que, dès la première seconde de leur rencontre, leurs mains à tous les deux ne leur obéissaient déjà plus. C'était elles qui avaient pris le contrôle. Pour dire les choses plus prosaïquement, c'était elles qui avaient pris les choses en main. Eh oui ! Elles les avaient hypnotisés avec leur ballet incessant de papillons amoureux. Elles avaient établi le premier contact physique, en se posant en douceur sur celles de l'autre. Elles avaient effacé ces vingt-cinq années d'absence, en les envahissant d'un sentiment de confiance inébranlable, quand elles étaient restées blotties dans celles de l'autre. Oui, c'était elles qui avaient balayé ce quart de siècle, d'un simple revers ...,

,... de main.

Et maintenant, bien évidement conscientes de leur pouvoir, celles de Ridjka lui réclamaient celles de Sacha. C'était pour cela qu'elles l'avaient plongée dans l'hyperactivité. Elles n'en n'avaient rien à faire que les carreaux fussent propres, que les armoires soient rangées ou que la poussière soit bannie de chez leur maîtresse. Non, elles, elles voulaient que Ridjka reprenne contact avec Sacha !!!

- Mes biches, leur répondit-elle, je ne peux rien faire : une rencontre d'un jour, c'est une chose, mais de là à se lancer dans du plus. Quel plus, d'ailleurs ? Je ne sais même pas ce que vous voulez !

Quand elle eut fini sa phrase, elle fut sûre que sa santé mentale n'était plus. Elle soupira d'impuissance. Mais sourit en même temps, à l'idée de toutes les perspectives qui s'ouvraient alors à elle. Elle regarda ses mains une dernière fois et se dit qu'elles avaient bien raison d'exprimer leur manque. Après tout elle-même était en apnée depuis que le taxi de Sacha avait disparu derrière la colline. Béate, active et gaie, l'apnée. Mais en apnée tout de même.

- Que faire ? se demanda-t-elle alors, toujours à haute voix.

Et le doute s'empara d'elle.

Elle revisita tous les instants que Sacha et elle avaient vécus ensemble. Que ce fusse hier ou aujourd'hui. Il y avait toujours eu cette magie tactile entre eux. Leurs mains, déjà il y a vingt-cinq ans, avaient pris le pouvoir, ils ne passaient guère plus d'une minute sans se toucher. Leurs yeux aussi étaient de l'affaire. Ils se cherchaient, se souriaient et quand ils se trouvaient, les poussaient à l'éclat de rire du simple bonheur d'être ensemble. Leur corps tout entier ne supportait guère l'éloignement. Si bien qu'avec une telle prise de pouvoir physique, ils n'avaient jamais oralisé ce qu'ils éprouvaient réellement l'un pour l'autre.

C'était d'ailleurs pour cela que Ridjka n'avait pas réagi quand Sacha lui avait expliqué partait à Paris pour achever sa spécialité en neurologie. Partir, en la laissant plantée là, sans lui, sans ses mains, sans son sourire, sans son souffle si plein de vie. Tout bêtement, elle n'avait pas osé lui dire qu'elle l'aimait. Et tout bêtement, elle n'avait pas osé lui demander s'il l'aimait. Elle n'était pas sûre de sa réponse. En plus, elle n'avait pas envie de l'entendre, si par malheur elle n'avait pas été positive.

- Faut-il être tarte !!! se morigénera-t-elle à l'évocation de ses doutes de jeune-fille.

Et pourtant, un quart de siècle plus tard, elle était strictement dans le même état d'esprit. Complètement sous l'emprise de ses sens. Et complètement incapable de savoir si Sacha l'aimait. En plus, juste un minuscule paramètre venait encore complexifier l'affaire : Sacha était marié ! Alors, ça c'était un sacré gros caillou dans sa chaussure d'amour ! Elle n'avait pas du tout envie d'éclater leur couple. Surtout avec la maladie de sa femme. Et puis, connaissant son caractère fidèle, elle était à peu près sûre qu'il était au diapason. Et puis, une liaison pathétiquement sans issue aurait tué toute magie. Et pourtant, elle avait furieusement envie de lui. Vraiment furieusement !

- Les filles, conclut-elle en s'adressant à ses mains, on est dans la panade ...

Et ses mains s'agitèrent en signe de désaccord profond. Ridjka se leva et fonça vers son ordinateur. Ecrire la délasserait et la distrairait de la réalité. Elle irait donc finir son article sur les maliennes. Puis, elle enverrait un mail à Emeline pour savoir comment, elle et Touré allaient. Voilà, c'était ça la solution du moment ! Elle sourit, elle allait déjà mieux.

Ceci dit, c'était encore une fois, sans compter sur le dictat de ses mains volubiles. Celles-ci se laissèrent conduire jusqu'au PC sans regimber. Mais une fois arrivées sur le spot, elles prirent à nouveau le pouvoir. Ridjka n'eut pas le droit de finir son article sur les maliennes. Pas plus que d'envoyer un mail à Emeline, d'ailleurs. Non, en fait, ses mains ouvrirent sa messagerie, presque sans son consentement, tapèrent l'adresse du docteur Berry au CHU de Bordeaux et inscrivirent un texte très court, mais bien suffisant pour épuiser le restant des forces de Ridjka.

Ce texte tenait en trois lignes.

Cinq mots au total.

L'exploit en quelque sorte pour une journaliste qui n'écrivait jamais un article de moins de deux pages ! Mais ces trois lignes contenaient toute l'émotion que Ridjka éprouvait en cet instant. Elles étaient porteuses du bonheur passé, de l'inconnu du présent et des promesses de l'avenir ...

Ces trois lignes, si simples, étaient :

Tu es là ?
Bisous
Ridji

Et, c'est à partir du moment où ses mains cliquèrent sur l'icône « *envoyer* » que le cœur de Ridjka entra en action. Il s'envola vers le CHU de Bordeaux sans qu'elle ne puisse le retenir. Quand il fut sûr que le mail était bien arrivé, il se mit à battre si vite et si fort dans sa poitrine qu'elle dû rendre à l'évidence : lui aussi était passé en mode autonome. Au même titre que ses mains, ses yeux, sa bouche et tout son corps. Elle comprit que lui aussi était pour quelque chose dans cette bien curieuse affaire.

Alors, elle se laissa faire parce qu'elle était bien.

Ridjka et ses yeux, surveillèrent l'écran du PC pendant deux heures.

Tous trois le couvaient du regard. L'incitaient mentalement à bouger. Le sommaient impétueusement de leur afficher un retour mailistique bordelais. Mais rien ne venait. Hormis, bien sûr, tout un florilège de SPAMs classiques, pour de la vente par correspondance, des promotions avant les soldes et des propositions de rencontres inoubliables de sites dédiés.

Ridjka jetait chacun de ces parasites fébrilement dans la poubelle. Ces putains de parasites qui mettaient tous ses sens en ébullition dès qu'ils agitaient la sonnette annonciatrice de nouveaux messages et la laissaient pantelante la seconde d'après quand elle prenait connaissance de leur teneur. Ceci étant, cela ne les empêchaient nullement de revenir aussitôt, dans un flux incessant. Comme pour la narguer. Ou pour tester sa résistance au stress, peut-être ?

Par contre, rien en provenance de Bordeaux ne daignait vouloir franchir son firewall. La capitale du vin vieilli en fût de chêne avait-elle essuyé un ouragan qui aurait détruit la totalité de son réseau de communication ? Ridjka s'était coupée du monde depuis son retour de San Francisco, elle avait peut-être loupé l'info ? Elle fonça sur le site de Come Com : si quelque chose de tel s'était produit, Jack Russel aurait envoyé un gars pour couvrir l'évènement.

Rien ! Ouf ! Elle googlelisa quand même sa requête, par acquis de conscience. Mais rien non plus depuis la seconde guerre mondiale.

- Patience, patience, s'assena-t-elle alors.

Et reprit aussitôt sa quête *DU* mail.

- Patience, patience, se répétait-elle ensuite à chaque nouvelle retombée d'adrénaline après la réception d'un nouveau SPAM.

Au bout de ces deux heures, ses yeux commençaient à pleurer de fatigue. Ils la piquaient si intensément qu'elle se ressaisit.

- Ma biche, tu ne vas pas rester là, à te morfondre pour un mail qui ne vient pas, alors qu'il fait si beau dehors ! Bouge tes fesses, c'est l'heure d'un méga tour à bycicle !!!

Elle sourit. Oui, c'était ça la solution : s'occuper jusqu'à ce que sa messagerie se remplisse toute seule et d'autres choses que de ces putains de spams. Elle se leva, se dirigea vers sa chaîne Hi-fi. Là, elle poussa le volume à fond et la voix sensuelle d'Océana emplit tout son appartement :

« *It's the first of May, I don't feel the same. Love is in the air ...* »

Ridjka sourit.

Elle n'avait pas choisi cette chanson plutôt qu'une autre. C'était le plus pur effet du hasard qu'elle tombe dessus. Mais elle trouva qu'il avait, encore une fois, bien fait les choses, tant ces paroles traduisait son état d'esprit. Elle resta là, devant sa chaîne, à fredonner et à onduler sur l'apologie du 1er mai et de l'amour qui planait dans l'air. Quand le titre se termina, elle le relança et partit en continuant d'onduler jusqu'à sa chambre. Il fallait qu'elle choisisse sa tenue de vélo. Qu'elle la choisisse avec application ! Elle voulait du gai, de la couleur, du moulant pour mettre tout son être en valeur.

Brassière turquoise ou rose fuchsia ? La question était cruciale, en cet instant. Turquoise, pour faire écho au bleu sans nuage du ciel.

Short blanc ou rose ? Blanc ? Non, pas assez flashi. Rose ? Oui, rose comme la tournure que prenait sa vie. Rose ce serait très bien.

Socquettes roses, elles aussi, c'était évident !

Ah, il lui fallait un chouchou pour attacher ses cheveux longs : elle avait horreur de les avoir dans la figure quand elle roulait. Vert cru le chouchou. Vert cru c'était parfait : ça se marierait parfaitement avec la nature en plein renouveau.

Elle retourna dans le salon, laissa Christophe Willem lui expliquer la chance qu'on avait d'être en vie. Puis, quand il eut fini, elle relança la chanson d'Océana. Elle se remit à onduler en fredonnant, puis regarda son reflet dans le miroir. Il lui plut. Elle était fin prête ! Et pourtant, il lui manquait encore quelque chose. Sacha ? Non, il était trop loin pour venir faire un tour à vélo avec elle ! Elle sourit, car tout ce qu'elle attendait de lui aujourd'hui était qu'il réponde à son mail. Elle ne désirait rien de plus en cet instant. Juste un message de Sacha suffirait à remplir tout l'espace vide qu'il avait laissé en montant dans ce taxi, en haut de la colline. Et Ridjka était sereine, elle savait qu'il répondrait. Elle avait confiance. Il lui suffisait juste d'attendre et travailler sa patience.

Néanmoins, elle fonça fébrile vers son ordinateur, pour vérifier si rien n'était arrivé pendant qu'elle s'était préparée ...

La messagerie se montra toujours aussi désespérément pleine de spams et vide du mail attendu. Cela plomba un peu sa belle énergie. Elle soupira pour chasser sa déception. Puis, en fredonnant elle retourna au salon pour éteindre la musique et sortir s'enivrer d'air frais. L'air frais et rouler jusqu'à ce que la tête lui tourne, voilà ce qu'il lui fallait.

Le téléphone gisant sur le canapé lui adressa un clin d'œil muet. Il n'était plus l'étranger qu'il avait été quelques heures auparavant. Il était même redevenu son ami, sa porte ouverte vers les autres. Elle s'en saisit, appuya sans se poser de questions sur la touche « *1* » et dès qu'elle l'eut en ligne, intima Momo de la retrouver dans dix minutes, en tenue de sport, à l'écluse du canal de l'Ourcq. Momo lui expliqua que les tours de vélo ce n'était plus de son âge et que, de toute façon, il faisait bien trop chaud, aujourd'hui, pour se risquer à faire du sport. Ceci dit, quand Ridjka lui annonça qu'elle avait besoin de parler avec quelqu'un, il lui lança un « *j'arrive !!!* » plein de promesses.

Il raccrocha et fonça à la recherche d'un t-shirt sans trou et de son vieux short suranné. Il se souvenait vaguement de l'avoir planqué quelque part, au fin fond de son armoire, pour être sûr de ne plus jamais s'en resservir. La dernière fois qu'il avait fait de l'exercice, c'était un footing avec Jeff. Il avait cru y rester. Il tempêta contre Ridjka de lui forcer la main ainsi. Mais se ravisa la seconde suivante, en pensant qu'il allait peut-être enfin savoir pourquoi elle affichait ce sourire crétin depuis son retour des States. Il se frotta les mains d'impatience et s'habilla presque enthousiaste.

- Bon, alors, Ridj, de quoi as-tu besoin de parler ?
- En roulant, Momo. Je ne parlerai qu'en roulant.
- En roulant ? Mais tu es malade ou quoi ? Tu veux ma mort ?
- Momo, il faut que je bouge, sinon, je vais exploser ! Alors on y va ?

Maurice lui opposa un « *non* » catégorique de la tête. Lui, se trouvait très bien, appuyé à la rambarde de l'écluse. Il était un peu à l'ombre en plus, ce qui lui convenait parfaitement, car la chaleur n'avait jamais été son amie. Les quais de l'Ourcq qui s'étalaient droit devant, eux, étaient en plein cagnard, à cette heure-ci, il le voyait bien ! Il grimaça rien qu'à l'idée d'y mettre la pointe d'un seul de ses pieds ! Il savait qu'au bout de deux cents mètres à peine, il serait ruisselant de sueur. Il détestait ça. Le goût salé des gouttes perlant sur ses lèvres, d'abord. L'acidité de l'humidité s'accumulant dans ses yeux, ensuite. Et l'odeur qu'il ne manquerait pas de dégager assez vite, enfin. Tout, il détestait tout !

Il savait aussi qu'il n'avait jamais réussi à pédaler et parler en même temps. Question de concentration sans doute ... A moins que ce ne soit un problème de coordination entre ses deux hémisphères cérébraux ? En tout cas, comment relancer Ridj quand elle se refermerait, s'il ne pouvait parler en roulant ? Car, il en était sûr, à un moment ou un autre, elle se refermerait ...

Ridjka put lire dans les pensées contradictoires de Momo, comme dans un livre ouvert. Son visage était si expressif quand il était tenaillé, qu'elle n'y avait aucun mérite. Elle en déduisit qu'il lui serait dur de le faire avancer. Mais là, aujourd'hui, en cette seconde, elle avait besoin de bouger. Elle avait besoin de dépenser toute cette énergie qui l'avait submergée quand *LE* mail était parti. Elle avait aussi besoin de refréner ses espérances ...

Quoique ? sourit-elle

Bref, c'était la pagaille là-haut : il fallait qu'elle en cause et vite ! Momo était son oreille. Une sacrément bonne oreille même ! Il trouvait toujours les mots qu'il fallait quand elle avait une baisse de régime. Seulement voilà, aujourd'hui, elle ne pouvait pas parler en restant là, immobile à côté de lui, sur cette écluse. Les mots se bousculeraient dans sa tête, arriveraient dans n'importe quel ordre et finalement, lui feraient dire des conneries ... Il fallait qu'elle bouge ! Et il fallait que Momo bouge à ses côtés ! Elle fit donc vibrer la corde Jeff et sa mono-mania des footings, assortie d'une remarque sur l'autonomie qu'avaient prises ses poignées d'amour. C'est ainsi que la massive carcasse de son ami s'ébranla, son deux-roues couinant sous lui.

- On va commencer dolce-dolce, pour que tu reprennes le rythme tranquillement. Et puis, quand tu le sentiras, on pourra aller plus vite. Alors et seulement alors, je pourrai te raconter ma vie, mon œuvre et mes doutes ...

- On ne peut pas commencer de suite par ta vie, ton œuvre et tes doutes ? Ça nous éviterait de faire un second tour.

- Un second ? Tu rigoles, gros ? On ne s'arrête pas avant trois tours complets. J'en ai besoin !

- Ouais, mais moi, je ne tiendrai pas ! C'est sûr !!! Je suis tout à fait conscient de mes limites. Mes faibles limites de pauvre mortel ... Et celles-ci exploseront dès le premier tour de pédale du second tour de ton putain de canal !

Ridjka le regarda avec compassion. C'était vrai qu'il n'avait jamais été sportif. A part pour lever le coude dans les bars, tavernes et pubs du monde entier, bien sûr. Pourtant, jusqu'à présent, sa passivité corporelle n'avait jamais été un souci entre eux. Ils pouvaient discuter et s'écouter en toutes circonstances, que ce fut dans l'action ou l'immobilité. Que lui arrivait-elle alors, pour exiger tant de lui aujourd'hui ? Elle renonça à chercher un début de réponse, car sa tête était au bord de l'explosion. Elle ne cessait de lui répéter : « *Où es-tu ? Bisous, Ridji* », à l'infini. Pour la faire taire au plus vite, elle préféra accéder à la demande de Momo.

Ils commencèrent donc leur premier et probablement unique tour du canal de l'Ourcq, en pédalant lentement. Très lentement. Quasi au pas de marche. La ritournelle « *Où es-tu ? Bisous, Ridji* », loin de se calmer, s'immisça un peu plus dans le flot des pensées erratiques de Ridjka. Elle aurait pu s'en énerver, mais non, au contraire. C'était un peu comme si elle envoyait à Sacha le sourire contenu dans ces cinq mots, à chaque fois qu'elle les entendait résonner dans sa tête.

Ceci dit, Momo, sans doute à cause de la perspective de se remettre en forme pour Jeff, se sentit en confiance assez vite. Il accéléra alors le mouvement de lui-même. Et cette initiative fut on ne peut plus bénéfique pour sa curiosité, car les idées de Ridjka suivaient la même dynamique que leurs tours de roues : tant qu'ils pédalotaient, elles pédalotaient dans sa tête. Hormis la ritournelle, qui suivait son propre rythme, bien sûr. Mais quand, ils passèrent les boulistes, Momo accéléra franchement, alors les idées de Ridjka se disciplinèrent.

- Ridj, tu attends que je sois totalement liquéfié pour commencer ? Je croyais que tu avais besoin de parler ...

- Ouais, je sais Momo, mais ce n'est pas facile ...

De surprise, il s'emmêla les pieds et faillit s'étaler de tout son long, sur les pavés brillants :

- Comment ça : pas facile ? éructa-t-il. Comment ça : pas facile ? Tu te fous de moi, là ? Ça fait des siècles qu'on se raconte tout ! Absolument tout ! Et là, d'abord *MADAME* a besoin de faire trois tours de vélo, sous un soleil de plomb, pour commencer à parler. Et ensuite, malgré toute l'abnégation dont je fais preuve en souffrant comme un bœuf à la suivre, *MADAME* trouve *« pas facile »* de me raconter ce qui la tracasse ! Ridj, je ne te reconnais plus !!!

- Moi non plus, je ne me reconnais plus Momo, lui sourit-elle.

- Alors vas-y : déballe ! Et je réussirai peut-être à faire le tri ...

- Quand on sera sur l'autre rive, ça te va ?

- Non, ça ne me va pas ! Bien sûr que ça ne me va pas !!!

- Sois patient, je me concentre.

- Eh bien concentre-toi vite, sinon tu finis ton petit tour toute seule ...

Il parla dans le vide, car Ridjka ne l'entendait déjà plus : la petite voix venait de lui chanter *« Où es-tu ? Bisous, Ridji »* et la plongea dans un sourire câlin.

Chapitre 22
Marie-Jo aux commandes

- Emeline, il retourne à Bobo après-après-demain ton Touré Bénicité. Tu es censée partir avec lui pour le reste de tes jours. Tu es au courant ?

- Oui, Marie-Jo, je sais tout ça .., gémit l'interpelée en se prenant la tête dans les mains.

Elles étaient toutes les deux dans le salon d'Emeline Jardin et Marie-Jo ne cessait de la bombarder de questions. Questions auxquelles l'esprit torturé d'Emeline se refusait à répondre.

L'interrogatoire avait commencé depuis plus d'une heure. Emeline savait qu'il en serait ainsi quand elle avait ouvert à Marie-Jo : sa voisine avait la tronche en biais en lui disant bonjour. Ce n'était jamais bon quand Marie-Jo avait la tronche en biais. Tout le monde, dans le quartier, et même au-delà, le savait. Mais Marie-Jo était de bons conseils. Et Emeline était persuadée que son amie l'aiderait à faire le tri dans ses pensées contradictoires. Alors, elle l'avait laissée entrer. Et, maintenant, alors qu'elle était au bord de l'épuisement mental, elle la laissait continuer à la tarabuster. Bien-sûr qu'il fallait qu'elle réponde à ses questions. Emeline le savait bien, mais elle n'y arrivait pas !

- Et donc, tu en es où ? réattaqua Marie-Jo sans faiblir.

- Où, avec quoi ?

- Ne te fous pas de moi Emeline, je sens que tu vas m'énerver !

- Excuse-moi, Marie-Jo. Tu vois bien que je ne sais pas où j'en suis ... Pourquoi tu me presses comme ça ?

- Je te presse, Emeline, parce que c'est le temps qui nous presse. Deux jours, il te reste deux jours.

- Aïe ...

- Ouais : aïe !!!

- Un petit thé à la menthe ? tenta la mama noire pour détourner la conversation.

- Ecoute, si t'occuper t'aide à réfléchir, va pour un thé à la menthe. Ils me manqueront d'ailleurs tes thés à la menthe. Mais ne crois pas que cela va m'empêcher de te demander où tu en es avec Touré.

- Aïe ...

- Arrête de dire aïe toutes les deux minutes, Emeline, tu m'énerves !

- Aïe ...

- Emeline !!!

- Oui, pardon, Marie-Jo.

- Ecoute, on va faire simple : je te pose une question, là, tout de suite et tu n'y réponds pas.

- Ah, là, ça me va ! s'illumina son hôtesse.

- Attends la fin de ma proposition, avant de te réjouir.

- Aïe ...

- Emeline !

- Oui, pardon Marie-Jo ...

- Humm ... Bon, ensuite, on va dans ta cuisine. Tu prépares ton thé tranquillement.

- Oh, ouiiiii...

- Tu prépares ton thé tranquillement, disais-je et tu réfléchis en même temps ! rugit presque Marie-Jo.

- Oui, Marie-Jo.

- Et quand le thé sera prêt, ta réponse le sera aussi.

- Tu crois ?

- J'en suis sûre !

L'assurance de son amie regonfla le moral d'Emeline Jardin au point qu'elle lui demanda quelle était cette question.

- Elle est simple. Très simple, tu vas voir. Quand comptes-tu demander à Touré de rester un peu plus ?

- Aïe ...

- Emeline, file dans ta cuisine avant que je ne t'assomme !!!

Et Emeline souleva sa ronde anatomie pour se diriger en traînant les pieds jusqu'à sa cuisine. Bien sûr Marie-Jo était sur ses talons. Arrivée au niveau de la porte, elle s'appuya sur le chambranle. Elle ne pouvait pas faire un pas de plus. Sa cuisine lui venait de lui sauter à la gorge ! Bon, ce n'était pas vraiment la cuisine qui lui avait sauté à la gorge, d'accord. Mais c'était tous les repas qu'elle y avait préparé, toutes les bougies de gâteaux d'anniversaire qu'elle y avait allumées, tous les plats qu'elle y avait mitonnés pour les jours de fête en famille, tous les fou-rires qui y avaient fusés. Et les disputes aussi parfois ... Un Pitbull des souvenirs qui lui sauta à la gorge, comme pour l'exhorter à rester. Elle vacilla.

- Eh, oh, Emeline, tu ne vas pas me faire un malaise, hein ? Une grande et grosse doudou comme toi, c'est du résistant, hein ?

Mais pour plus de sûreté, la frêle Marie-Jo saisit son amie sous les aisselles pour la guider jusqu'à la première chaise qui se trouvait sur leur passage. Emeline s'y effondra de tout son poids et le bois de sa sise en gémit de mécontentement.

- Ma belle, tu n'aurais pas quelques cornes de gazelles à se mettre sous la dent ? Tu as besoin de reprendre des forces.

D'un geste las, Emeline lui indiqua le placard du fond. Marie-Jo y fonça et y découvrit un trésor pâtissier. Les fameuses cornes de gazelles, mais aussi des baklaouas, et des loukoums à la rose ! Ses yeux brillèrent et sa gorge émit un râle de plaisir, dont elle n'eut même pas conscience. Elle questionna Emeline du regard pour savoir si elle pouvait tout apporter, mais celle-ci était plongée dans une apathie telle, qu'elle ne s'en rendit même pas compte. Marie-Jo, gourmande comme un chien jaune, s'empara du plateau et le déposa, victorieuse, sur la table.

- Tu es allée chez Nasser les acheter ?

Emeline opina du chef.

- Tu as raison, c'est là que les pâtisseries orientales sont les meilleures !

Emeline opina du chef. Elle aurait bien voulu esquisser un sourire, mais il ne vint pas. Il restait coincé dans sa gorge. Peut-être même au fond du creux de son estomac.

- Je peux ? quémanda Marie-Jo en salivant d'avance.

Emeline opina du chef.

- Oh, la vache ! s'extasia-t-elle à la première bouchée. Humm, mais que c'est bon. Que c'est bon !!! Humm !!! Tu en veux ?

Emeline dédaigna la proposition de la main.

- Tu as tort, ça donne des forces ...

Emeline haussa les épaules.

- Au fait, c'est quoi la spécialité de Bobo, Emeline ? lança Marie-Jo toute à la joie de sentir une deuxième corne de gazelles sous ses doigts longilignes.

En posant sa question, elle ne s'attendait pas du tout à la réaction de sa copine. De stupeur, elle en laissa même tomber sa gourmandise. Emeline Jardin venait de s'effondrer sur la table. La tête dans les bras, elle était agitée de violents soubresauts provoqués par le torrent de larmes qu'elle versait. Et surtout, elle hoquetait en boucle :

- Il n'y a pas de spécialités, à Bobo ! Il n'y a pas de pâtisseries orientales, à Bobo ! Il y a juste des sauterelles grillées, à Bobo ! Des sauterelles grillées et des vers de terre séchés !!!!

Marie-Jo ne sut que faire. Ce fut à son tour d'être apathique. Elle n'avait jamais vu son amie dans cet état. Du coup, elle ne savait pas du tout comment réagir. En plus de ça, à chaque fois qu'Emeline prononçait : «*Des sauterelles grillées et des vers de terre séchés !!!! »*, Marie-Jo avait un peu plus l'estomac au bord des lèvres. Bref, la tendance était à l'apocalypse dans la cuisine. Cela dura bien un quart d'heure. Et puis, n'y tenant plus, Marie-Jo se leva en annonçant qu'elle allait se charger elle-même du thé à la menthe. Bien lui en prit car personne chez Emeline n'avait le droit de préparer le thé à menthe. En dehors d'elle-même bien sûr ! Même Amandine, l'aînée de ses filles, s'y était jamais risquée. Pourtant Amandine gazait en cuisine. Mais le thé à la menthe était quelque chose de sacré pour Emeline. Elle l'avait appris de bédouins qui s'étaient aventurés à Bobo-Dioulasso lorsqu'elle était haute comme trois pommes. Ils lui avaient transmis leur rituel. Depuis, elle le gardait comme un trésor au fond de son cœur. Ainsi donc, ce n'était pas cette peau grattée de Marie-Jo, toute meilleure copine qu'elle soit, qui allait faire le thé à la menthe, à *sa* place, dans *son* appartement, dans *sa* cuisine ! Alors, Emeline Jardin sécha ses larmes, ébranla son grand corps tout en rondeur et traîna ses savates jusqu'à la plaque de cuisson. Dès cet instant, solennel entre tous, un silence religieux envahit la pièce, à peine troublé par les bruits de mandibules Marie-Joesque gloutonnant les loukoums.

Dès qu'il fut prêt, Emeline apporta avec cérémonie la théière sur la table. Elle la posa sur un dessous de plat, pour ne pas abîmer la toile cirée rouge. Puis, elle alla chercher deux petits verres marocains dans le buffet du salon. Elle revint avec, vérifiant au passage, qu'ils étaient exempts de toute trace. Rassurée, elle les disposa devant chacune d'elles.

Une fois satisfaite du résultat visuel que lui renvoyait sa table, sa théière, ses deux verres et le plateau de pâtisseries orientales, elle commença à baisser ses belles grosses fesses fermes en direction de la chaise qui l'avait soutenue tout à l'heure. Elle était à nouveau installée face à Marie-Jo. Elle se remua sur son siège, afin de trouver le point de confort maximal. Puis, quand elle sentit qu'elle était bien assise, elle remplit les verres l'un après l'autre, en levant le plus haut possible et baissant le plus bas possible, sa théière. Un peu comme s'il s'agissait d'un yo-yo. Une fois les verres pleins, elle se saisit du sien et invita du menton Marie-Jo à en faire autant.

Elles burent juste une petite lampée de concert : le thé était bouillant et elles ne voulaient pas se brûler. Alors, en attendant que le divin breuvage refroidisse, Emeline prit la parole :

- Je parlerai à Touré ce soir, Marie-Jo. Donc tu n'as plus droit qu'à une seule corne de gazelle et zéro loukoum, car je vais en avoir besoin pour calmer ses sens !

Marie-Jo fut soulagée que son amie prenne enfin son destin en main. Mais regretta amèrement la restriction culinaire qui en découlait !

Ridjka Naya était en nage et furieuse !

Quand Momo et elle avaient amorcé le virage au niveau du pont du Centre National de la Danse qui enjambait le canal de l'Ourcq, elle avait enfin réussi à se décider à se confier. Elle était prête ! En plus, elle savait de quoi elle voulait lui parler en premier, alors elle se lança:
- Que penses-tu quand tu reçois un mail qui te dit « *Où es-tu ? Bisous, Jeff* ».
A ce moment-là, elle savait qu'elle déballerait tout à Momo : Sacha, marié, avec deux filles à charge, vivant à Bordeaux, elle à Paris. Bref, la perplexité dans laquelle tout ceci la plongeait. Elle avait tout prévu. Tout était clair maintenant. Mais voilà, la vie ne se déroule pas toujours comme on l'avait prévu au départ ...
Là, en l'occurrence, l'émissaire du « *je te fous tous tes plans à plat* » avait pris les traits de Jean-François Muller. Eh oui : Jeff ! Le mono-maniaque des footings, l'obsédé de la course à pied, mais surtout la passion actuelle de Momo, avait fait son entrée dans leur sphère. Il était arrivé d'on ne sait où, les avait rejoints dans le virage de retour et bien sûr Momo avait, dans la seconde, perdu tout intérêt pour la vie, l'œuvre et les doutes de Ridjka.
Exit Ridjka !
Elle ne lui en voulait pas. Elle aurait probablement fait la même chose si Sacha était apparu en lieu et place de Jeff ... Mais lorsqu'à peine deux minutes plus tard, les deux hommes lui avaient proposé de s'asseoir sur un banc pour discuter, elle avait fui. Ne pas pouvoir parler de Sacha était déjà dur. Mais les entendre roucouler juste à côté d'elle, cela lui apparut tout simplement insupportable. Elle avait

marmonné qu'elle devait finir ses deux tours et repartit sans attendre de réponse. Elle pédala, pédala, pédala, jusqu'à l'épuisement. Elle ne savait pas trop combien elle en avait fait au total, mais ce ne devait pas être très loin de quinze. Trente kilomètres, quoi.

Maintenant, elle le regrettait. Elle était sur le chemin de retour vers son appart - son appart et sa messagerie ! - et elle avait à peine la force d'appuyer sur une pédale, puis sur l'autre. Pourtant, Dieu sait si l'idée de découvrir une éventuelle réponse de Sacha la tenait debout ! Dans le même temps, peut-être aussi que la crainte de rien avoir reçu la freinait un peu ... Toujours est-il qu'elle se traînait comme un escargot. Qu'elle en avait conscience. Que ça la désespérait. Mais que de toute façon, elle ne pouvait pas faire mieux ...

Glisser la clef dans la serrure, fut pour elle un grand moment de délivrance. Une fois à l'intérieur, elle éjecta ses tennis sans ménagement. Puis d'un mouvement lent et économe, glissa en chaussettes sur le carrelage jusqu'à son bureau. Là, elle dut abandonner le pas de patineur, car sur la moquette, ça coince ... Elle se força à lever un pied après l'autre jusqu'au fauteuil de son PC, le fit pivoter pour qu'il lui offre son assise et s'effondra dedans. Elle prit plusieurs inspirations pour recapitaliser ses forces. Elle allait réveiller son écran et il lui fallait du courage pour l'affronter. L'énergie de son souffle se répandit d'abord dans ses mains. Elles se remirent à papillonner à la recherche de la souris. Ridjka s'amusa de les voir s'agiter, alors qu'elle-même était proche du légume. Mais elle n'en était pas étonnée. Elle réussit tout de même à les canaliser un instant. Juste le temps de se rappeler que ce n'était pas grave si elle n'avait pas de réponse aujourd'hui : Sacha travaillait beaucoup et avait sans doute peu de temps pour lire sa correspondance. Son corps sembla se détendre à cette idée. Alors Ridjka força sa respiration consciente, encore un peu. Plus profondément. Plus sereinement. Son corps se détendit tout à fait. Elle attrapa la souris et la cala entre le pouce et l'auriculaire de sa main droite. Ceci dit elle ne l'agita pas tout de suite. Non, elle ne voulait surtout pas que son écran se réveille instantanément. Savourer encore un peu plus ce moment d'espoir fou, voilà ce qui lui importait en cette seconde. Un moment magique entre tous, où même un mail de Sacha peut arriver ...

Mais ses mains ne l'entendaient pas de cette oreille et reprirent les commandes. Elles furent très vite agitées de convulsions. Bien évidemment, le PC revint à la vie et la messagerie, que Ridjka avait laissée ouverte en partant, apparut. Cinquante nouveaux messages ! Cinquante nouveaux messages en deux heures d'absence seulement !! Il faudrait qu'elle se décide à classer certains expéditeurs en « *courrier indésirable* ». Elle allait devenir chèvre, si chaque jours, elle devait extraire celui, ou ceux, de Sacha, de tout ce merdier spamique ... Cinquante mails, ça ne paraît pas grand-chose, mais lorsque votre écran ne peut en afficher que vingt par pages, cela devient un sacré générateur d'impatience ! Surtout si rien en provenance du CHU de bordeaux n'apparaît sur la fichue première page !

Ridjka se résolut à commencer à *indésirer* les premiers spam. Elle arrêta vite, car la manœuvre - bien plus longue qu'un simple « *destroy* », puisque nécessitant plusieurs clics - augmentait d'autant le temps nécessaire pour découvrir celui du professeur Berry. S'il lui avait répondu ... En tant que grande utilisatrice des NTICS, si chers à Tom et Jack, Ridjka savait parfaitement qu'en faisant rouler la roulette de scroll sous son index, elle pourrait arriver en bas de sa pile de messages en moins de deux secondes. Mais l'heure n'était pas à la logique : il fallait que le mail de Sacha arrive en haut de page. En haut d'une page vierge ! En cet instant, c'était important !

Entre deux spams, elle découvrit une missive de Jack justement.

- Merde, eh oui, bien sûr qu'il s'impatiente pour l'article sur les maliennes, fit-elle tout haut.

Elle allait lui répondre « *ça vient mon bichon ...* », mais se ravisa. Là, tout de suite, elle n'avait pas le temps ! Et puis, peut-être que tout à l'heure ou demain, elle trouverait une formule plus adaptée ... Elle le déplaça dans le dossier Come Com et continua son exploration d'Outlook avec toute la concentration dont elle était capable.

A chaque fois qu'elle détruisait un mail, un nouveau apparaissait en bas de page. Elle s'était promis de ne pas regarder, mais on ne perd pas de vieilles habitudes de lecture en diagonale comme cela. Elle savait donc, sans en être absolument sûre, qu'il n'y avait rien en provenance de Sacha dans les vingt suivants. Or, il ne lui en restait plus que trente à dépiler. Son cœur commença à se serrer ferme. Au journal, tout le monde répondait dans les dix minutes à une missive. Sinon cela voulait dire qu'on était en reportage sans connexion internet. Cela pouvait aussi signifier qu'on ne voulait pas répondre à Jack, car on était en retard sur la rédac. Comme elle tout à l'heure, d'ailleurs ...

Les pensées erratiques de Ridjka la forcèrent à lâcher la souris pour prendre le temps de la réflexion.

Un : « *Donc, si Sacha ne répond pas, c'est qu'il ne pense plus à toi ...* », explosa dans sa tête.

- Non, ce n'est pas possible, on s'est tellement caressés, se raisonna-t-elle.

Il ne l'aimait plus, alors ? Avait-elle jamais été sûre qu'il l'ait aimée, d'ailleurs ?

- Si, sûrement, tenta-t-elle de se rassurer.

Leur complicité, leur fusion corporelle, tout indiquait qu'il l'aimait. Mais encore une fois, ils n'en avaient jamais parlé. Donc, elle n'en n'avait jamais été sûre ...

- Tais-toi, oiseau de mauvais augure ! Il t'aime ! Il t'a répondu, c'est sûr ! C'est juste dans les mails qui restent.

Dépêche-toi de dépiler au lieu de ruminer comme une vieille fille que tu es ! Et fous-moi tout ce merdier en indésirable. La prochaine fois tu gagneras du temps et tu épargneras tes nerfs !!!

C'est ainsi que la souris reprit sa place dans la main droite de Ridjka, qu'elle classa les vingt-neuf mails suivants dans la rubrique indésirable et qu'elle ouvrit celui de Tom qui s'inquiétait de ne pas avoir de ses nouvelles.

- Oh, mon pauvre Tom si tu savais ..., oralisa-t-elle pour tuer le silence de son appartement et de sa messagerie purgée et vide. Tu avais raison de me mettre en garde ! Je suis devenue une vraie midinette ! Le total chamallow au-dessus d'un feu de bois. Un vrai légume, quoi !

Elle n'eut pas le temps de finir sa phrase car la sonnette d'Outlook lui annonça l'arrivée d'une nouvelle missive d'un « *cling-clong* » bienvenu. Elle acheva le tour sur lui-même qu'elle avait imposé à son fauteuil pour se défouler et se retrouva face à son écran. Pendant ce demi-tour, elle avait fermé les yeux, juste pour jouer. Pour éprouver sa résistance à la l'impondérable aussi. Et surtout, pour tester sa patience. Elle inspira, souffla avec une énergie nouvelle et en ouvrit un, timidement. Il lui sembla que « Berry » était contenu dans le nom du destinataire. Mais c'était flou. Imprécis ... Pas improbable, elle connaissait Sacha. Mais imprécis, ça oui ... Elle ouvrit donc les deux yeux pour en avoir le cœur net. Oui, il y avait Berry dans l'adresse ! Sacha, aussi d'ailleurs ! Putain, il lui répondait ! Il lui répondait !!! Il y avait un Dieu sur terre !!! Que pour les canailles, s'accorda-t-elle magnanime, mais il y en avait un !

Elle approcha son nez de l'écran, alors qu'elle y voyait parfaitement à la distance à laquelle elle se tenait. Seulement, elle voulait juste se rapprocher de Sacha. Le toucher du regard. Pour le sentir à travers le contraste des lettres en « *Times new Roman* ». Le raccourci d'affichage de la fenêtre du bas, lui donna les premiers mots que Sacha avait écrits, sans qu'elle ait besoin d'ouvrir le mail.

Elle les lut et relut :

Je suis là …

Il fallait qu'elle clique pour connaître la suite, mais elle était fébrile. Même ses mains, ses mains si tyranniques, tremblaient !

- Eh, ma cocotte, se morigéna-t-elle, tu attends ce mail depuis le début de l'aprèm, alors maintenant que tu l'as, tu fais quoi ? Tu prends un thé, ou tu cliques dessus ?

- Je clique dessus, se répondit-elle consciente de monologuer.

Alors, elle cliqua.

Je suis là, Ridji. En plein boulot, mais je suis là ☺
Bisous
Sacha

- Putain, il est là !!! Il est là ! Il me répond ! Il m'aime ! La vie est belle !!! Tom tu vois bien qu'il n'y avait pas de raisons de s'inquiéter …, conclut-elle en affichant un sourire de félicité absolue.

Ridjka décida même de faire part de sa forme olympique à Getway, avant de passer à quoi que soit d'autre. Quand le mail à son américain de confrère fut envoyé, elle lut et relut celui de Sacha à s'en faire exploser le cœur. Chaque mot la mettait en transe. Ce smiley souriait jusqu'au plus profond de son âme. Ces bisous arrivaient jusqu'à ses lèvres en douceur et s'y déposaient à l'infini.

- Putain que la vie est belle !!! se répéta-t-elle pour savourer encore plus l'instant.

Quand elle se fut gavée du bonheur de cette lecture proche du divin, elle retourna dans son salon, ralluma sa

chaîne Hi-fi, pointa sur Océana, et appuya sur la touche
« *repeat* », afin que le titre tourne en boucle.

Ridjka attendit que la musique envahisse sa maison
toute entière, alors elle s'allongea sur son canapé, ferma les
yeux et s'imprégna de la beauté du mois de mai, en
fredonnant avec la chanteuse.

Momo était aux anges.

Jeff et lui s'étaient définitivement retrouvés. Ils s'aimaient à nouveau, comme au premier jour, de leur première rencontre. Plus même ! Bref, tout baignait !!!

Ils avaient parlé, parlé, parlé, pendant tout le reste de l'après-midi, là, sur ce banal banc en bois. L'eau du canal de l'Ourcq les avait charmés de ses reflets changeants. Le pas des promeneurs et des coureurs avait cadencé leurs échanges. Le vert des feuilles des arbres les avait abrités du soleil, d'une couleur chargée d'espoir. Momo avait enfin osé demander à Jeff ce qu'il pensait de la déco de son appart. La réponse avait été prompte, nette et sans ambages :

- Sinistrissime, Maurice !

Momo avait accusé le choc. Jean-François avait senti le malaise et avait affirmé que rien n'était irrécupérable. Encouragé par le regard demandeur que lui avait lancé Momo, Jeff s'était alors lancé dans la description de ce que lui verrait en lieu et place de son glacial musée d'art contemporain.

A partir de cet instant, tout le reste de l'après-midi avait été consacré à la déglaciation de l'appart de Maurice Hebel. Ils avaient tout imaginé ensemble : des cloisons abattues, d'autres ajoutées, des papiers peints sans fleurs, des tentures murales gaies, des peintures écologiques, des carrelages lumineux, des rideaux soyeux, des meubles patinés par le temps. Ils avaient terminé par le plus important : la place de chacun de ces meubles aussi gais que confortables, dans chacune de ces pièces revisitées version colorisée. Ils avaient passé l'après-midi à construire leur nid. Ils l'avaient construit ensemble. Ils l'avaient construit à deux. Et, magie par-delà la magie, ils avaient exactement la même vision de ce nid !

- Ah, le pied ! s'enthousiasma Momo tout seul dans la rue.

Mémère Verronière, qui promenait son chien, en sursauta de surprise.

- Tu as l'air bien en forme aujourd'hui, mon grand ! l'apostropha-t-elle.

Mémère Verronière était sa voisine du haut. Plus exactement, celle de tout en haut, au sixième et dernier étage, sans ascenseur. Lui, parfaitement conscient de ses propres aptitudes, ou plutôt inaptitudes physiques, avait prudemment choisi le rez-de-chaussée.

Momo entretenait de bons rapports avec Mémère Verronière. Elle relevait son courrier quand il partait en mission longue durée. Il lui montait les courses quand elle revenait du marché le samedi. Quand, en liquéfaction totale et soufflant comme un bœuf, à cause de ces maudits six étages, il déposait les cabas de Mémère Verronière sur la table de sa cuisine, elle lui offrait toujours une petite prune de sa fabrication. Ce, même si, la plupart du temps, il n'avait pas encore déjeuné ... De fils en aiguilles, il n'était pas rare qu'elle l'invite ensuite à partager son frugal repas. Et comme il ne voyait pas comment redescendre les six étages à jeun, avec l'effet de la prune qui faisait flageoler ses jambes, Momo acceptait le plus souvent.

Oui, Maurice entretenait de bons rapports avec Mémère Verronière ...,

,... mais, aujourd'hui, il avait la tête dans les chiffons, le Placoplatre et son nid douillet pour Jeff et lui. Alors il n'avait pas trop envie de se farcir la grimpette des six étages, ni de discuter de Toutounet, le chien de sa gentille voisine.

- Oui, je vais bien Mémère Verronière. Je vais même très bien, avec ce printemps lumineux qui s'annonce.

- Ah, tu es amoureux mon grand ! Ça se voit comme le nez au milieu de la figure.

- Moi ? rougit-il, mal à l'aise.

- Oui, toi ! J'ai été jeune avant toi, tu sais ...

Les yeux de sa voisine se plissèrent de malice.

- Vous êtes toujours jeune Mémère Verronière !

C'était vrai qu'elle avait l'air jeune. Elle venait de souffler ses soixante-seize bougies et en paraissait soixante, maximum. D'abord, elle avait gardé le blond des blés dans ses cheveux. Ensuite, elle portait des vêtements qui, sans être excentriques, faisaient jeune. Enfin, elle avait encore son allure svelte de petite fille. Sans doute grâce à ses six étages de malheur, qu'elle descendait et gravissait plusieurs fois par jour. Et ce, tous les jours de l'année. Ne serait-ce que pour sortir Toutounet ... Mais ce qui lui conférait sa jeunesse, c'était surtout ce petit sourire mutin dont elle ne se départait jamais.

Et là, elle avait un franc sourire mutin dessiné sur les lèvres. Et, plus elle regardait Momo, plus il s'accentuait !

- Viens, flatteur que tu es, tu vas tout me raconter autour d'une petite prune !

- Oh, non, Mémère Verronière, je viens de faire du vélo pendant trois heures et je suis sur les rotules.

La blonde Mamie observa son vis-à-vis des pieds à la tête et sourit encore plus :

- Tu n'as pas beaucoup transpiré pendant ces trois heures de vélo, mon grand. Tu transpires plus quand tu montes mes courses. Il s'appelle comment ?

Et son sourire mutin se mua en sourire narquois.

- Bon, OK, pour la petite prune, capitula Momo qui ne souhaitait pas du tout voir sa vie sentimentale étalée sur la place publique. Mais pas plus d'une heure. Après j'ai un rendez-vous.

- Galant ?

- Non, avec Ridjka. En fait, quand Jeff est arrivé, je l'ai plantée en plein milieu de notre course.

- Jeff ? Celui de l'année dernière ?

Momo, au lieu de lui répondre, orienta en douceur la mamie vers la porte cochère de leur immeuble commun, en lui intimant de ne plus le questionner tant qu'ils ne seraient pas assis devant une petite prune. Mémère Verronière se laissa faire, elle adorait les cancans. Et plus que tout, elle adorait sa petite prune !

Quand Momo sonna à la porte de Ridjka, il était dans un état second. Quand Ridjka lui ouvrit, elle éclata de rire : chaque pore de sa peau empestait l'alcool et ses yeux liquides imploraient de l'aide.

- Elle va bien Mémère Verronière ? le chambra-t-elle.

- Oh, putain, Ridj, tu n'aurais pas de l'aspirine ?

- A cinq heures de l'après-midi à peine, se mettre minable à la prune, Momo, tu m'avais habituée à mieux ...

- C'est de ta faute, je n'avais même pas pris mon petit-déj quand tu m'as appelé pour ton tour à vélo à la noix ! Et ensuite, on a tellement parlé avec Jeff que j'en ai oublié de manger.

- Et Mémère Verronière, elle n'avait pas un bon sauss ou un bon petit pâté à te proposer avec sa prune ?

- Oh, ouais, un pâté, j'en rêve ...

- Alors rentre ! Je dois avoir ça dans mes placards.

- Parle moins fort, s'il te plait ...

- Mouaif, tu t'es quand même mis minable.

- Elle a une sacrée descente Mémère Verronière ...

- Allez viens, compatit Ridjka, mon canapé t'attend.

- Ouais, le canapé ... C'est bon ça, le canapé ... Et du pâté sur canapé, c'est bon aussi ...

Ridjka le poussa doucement vers l'intérieur. Alors, d'un pas chancelant, il tituba vers le salon et le fameux canapé et s'y affala de tout son long, à plat ventre.

- Momo, mets-toi sur le dos, sinon dans deux secondes tu ronfles. Et moi, j'ai envie de savoir pourquoi tu t'es empétoulé avec Mémère Verronière, en plein aprèm, un jour de semaine.

- Humm, répondit-il déjà dans les limbes.

- Momo, on reste éveillé !!! lui cria-t-elle pour le forcer à la conscience.

Momo prit sa tête dans ses mains pour faire baisser le son.

Alors, elle fonça vers la cuisine pour aller chercher de quoi le remettre en selle, tout en lui assénant un « *on reste éveillé* » des plus impératifs.

- Gruuummphhh ... Oui, oui, je reste éveillé, Ridj.

Mais son ton était si lancinant et peu présent que Ridjka sut qu'il était en train de sombrer. Depuis, la cuisine, elle entreprit de lui poser des questions fermées. Des questions simples, qui n'attendaient qu'un « *oui* » ou un « *non* » en réponse. De toute façon dans son état, plus compliqué n'arriverait jamais jusqu'à son cerveau. Elle hurlait presque, juste histoire de le maintenir en semi-conscience. Et mit le turbo pour lui préparer un café, une aspirine et un sandwich au pâté. Momo lui répondait par borborygmes. Mais il répondait tout de même. A chaque nouvelle réponse, l'espoir de Ridjka de le faire remonter à un niveau de d'éveil acceptable pour avoir une conversation intelligible, s'amplifiait.

Le café, elle le fit très, très serré pour mettre toutes les chances de son côté. Le pâté, elle le découpa très, très épais, pour éponger le surplus éthylique de son visiteur de l'après-midi. Elle hésita à mettre deux comprimés d'aspirine dans le verre, mais comme c'était déjà du 1000mg, elle se retint. Quand elle revint dans le salon, Momo était allongé sur le dos, les yeux fermés, les mains croisées sur son ventre rebondi, un sourire niais au coin des lèvres.

Ridjka reconnut ce sourire, elle avait le même depuis San Francisco ...

Au moins, ça c'est bien passé avec Jeff, se convainquit-elle en admirant le spectacle.

Son collègue légumineux commença à émettre un début de ronflement.

- Momo !!! tempêta-t-elle. Redresse-toi ! Tu n'es pas là pour roupiller. Tu as des choses à me raconter et j'ai des choses à te raconter !

- Humm ... raconter ... trop fatiguant ...

Et il se tourna sur le côté, le nez dans le dossier du canapé. Là, il se trouva bien et soupira de satisfaction.

Mais Ridjka ne l'entendait pas du tout de cette oreille. Il fallait qu'elle lui parle de ses mains. Il fallait qu'elle lui raconte leur dictature. Et surtout, il fallait qu'elle lui raconte ce qu'elles avaient obtenu lorsqu'elle leur avait cédé ! Alors, elle se saisit du sandwich et l'agita sous le nez du ronfleur. C'était du pâté de campagne aux cèpes. Le truc que tu sais avoir dans ton frigo dès que tu l'ouvres tellement il sent fort ... Les narines de Momo se mirent à frémir sous le charme olfactif. Il opéra alors une rotation en sens inverse, afin de suivre du nez l'objet de ses désirs gustatifs. Les ailes de son appendice nasal s'agitèrent pour être sûr de bien garder le cap. Comme Ridjka éloignait la cible de son détecteur d'odeur, Momo entreprit d'ouvrir les yeux pour la localiser à nouveau.

- C'est bien mon gros, l'encouragea-t-elle. Maintenant, tu t'assieds.

Momo obtempéra sans un mot. Elle lui tendit l'aspirine, en faisant bien attention de la lui présenter dans son champ visuel :

- Tiens, commence par ça.

Il but le verre d'une traite. Elle attendit qu'il ait tout fini pour lui proposer d'une voix suave :

- Sandwich au pâté ?

Momo se redressa définitivement à ces mots.

- Ouais, sandwich pâté, réussit-il à prononcer à presque haute et intelligible voix.

C'est néanmoins mollement qu'il tendit un bras pour l'atteindre. Quand il l'eut bien en main, il le renifla juste pour être sûr : Ridjka pouvait être farceuse ... Quand il fut convaincu qu'il n'y avait pas de piège, il mordit dedans et fut au bord de l'extase. Alors, il l'enfourna, bouchées après bouchées, sans piper mot. Une fois qu'il eut finit, il expliqua à Ridjka que c'était exactement ce dont il avait besoin.

- Et il n'a pas un petit frère ton sandwich, des fois ? ajouta-t-il ragaillardi.

Ridjka sourit, quand la faim le tenait, c'était que son pote était de nouveau opérationnel. Elle lui remplit une tasse de café brûlant et la lui tendit avant de repartir en cuisine pour prendre carrément deux baguettes et tout ce qui lui restait en charcuterie. Momo lui avait donné envie à se régaler comme ça !

Quand, ils eurent tout dévoré, Ridjka connaissait les moindres détails du futur appartement de Momo. Et Momo sut que son amie débloquait, en se croyant pilotée par son corps. Pire, il flippa en découvrant l'ampleur du problème que générait l'aventure amoureuse par laquelle sa collègue était en train de se laisser submerger. Parce que lui, en était bien conscient : elle était totalement en train de se laisser submerger. Même, si elle n'en n'avait pas conscience, c'était évident ! Il tenta de la raisonner. Mais allez donc raisonner une passionaria comme Ridjka !

- Ridj, Ridj, redescends, l'exhorta-t-il une dernière fois. Tu très sais bien qu'il n'y pas plus dévastateur qu'une passion !

- Mais là, je ne suis pas dévastée du tout, Momo. Je suis transcendée ! Toute mon âme est transcendée ! Tout mon corps est transcendé ! Tout mon être est transcendé ! Et dis-moi honnêtement ce qu'il peut y avoir de plus beau dans la vie que de sentir transcendée ?

- Rien, c'est sûr.

- Tu ne te rends pas compte : il m'a dit qu'il était là, bien là ! Il pense à moi ! Il ne m'a pas oubliée !

Et ses yeux sourirent au-delà de sa véranda.

- Personne ne peut t'oublier, Ridj. Tu as tellement d'énergie positive en toi ! Qui pourrait t'oublier ?

- Tu crois ?

- Bien sûr, que je le crois !

- Ah ?

- Ce qui m'épate, c'est que tu en doutes.

- Je suis comme ça, Momo. Séquelles de jeunesse, ou vie trop vide de sens, va savoir ...

- Faut que tu travailles dessus ma poulette.

- Je suis à fond sur le sujet !

- Je ne t'ai pas dit de travailler ça à travers l'amour d'un autre, Ridj. Non, c'est en toi que tu dois le travailler.

Ridjka regarda Momo pour comprendre le sens profond de ses paroles. Mais aussitôt, la nouvelle rengaine :

« Je suis là, Ridji. En plein boulot, mais je suis là ☺
Bisous

Sacha », se remit à chanter dans son cerveau.

Elle se lova dans son fauteuil et sourit. Elle affichait un sourire si plein et si radieux ! Un sourire qui diffusait sa confiance en la vie bien au-delà des limites de la pièce, de son appartement. Et même des limites de Paris intra-muros et de sa grande couronne réunis.

Alors Momo sourit lui aussi.

Mais ses pensées partirent vers Jeff et leur nid en devenir ...

Le départ de Maurice avait légèrement plombé le groove de Ridjka.

En plus, elle se rappela que Jack Russel exigeait d'elle son papier sur les maliennes pour la fin de la semaine. Les termes de son mail avaient été plus qu'impérieux. Alors, elle se résolut à l'appeler pour le calmer, voire même reculer l'échéance.

- Jack, pour cet article tu m'avais promis de me donner trois semaines. Un mois même, si je me souviens bien. Déjà, je t'ai rendu celui sur la radiologie numérique presqu'à la descente de l'avion !

- La vie est injuste parfois, ma grande ...

Ridjka pensa que, non, la vie n'était pas injuste puisqu'elle lui avait envoyé Sacha. Mais elle le garda pour elle.

- Pourquoi, ce soudain changement de timing ? Il n'y a pas le feu. En plus, tu vas adorer.

Russel sentit que du louche, version Naya, allait tomber. Il haussa le ton :

- Quoi, qu'est-ce que je vais adorer, *en plus* ?

- Jack, il me faut min cinq pages, photos non incluses, pour ce papier. C'est une bombe !

- Cinq pages ??? éructa son interlocuteur à l'autre bout du fil.

Ridjka l'imagina en train de fulminer en tournant en rond, tout seul, dans son grand bureau.

Là où il faisait sa ronde téléphonique, sa belle moquette grise était usée jusqu'à la corde. Il l'avait pourtant choisie parce que résistante aux passages ultra-intenses. Mais comme il empruntait toujours le même chemin, au millimètre près, elle n'avait pas tenu le choc. Un jour, Ridjka s'était demandé si le respect absolu de ce parcours était un toc pour se rassurer. Momo lui avait rétorqué que c'était surement pour vérifier que son territoire n'avait pas rétréci.

Elle sourit en y repensant. Russel, lui, continuait sans décolérer :

- Mais t'es malade ou quoi, Ridj ? De toute façon, la maquette est bouclée : tu as deux pages, au milieu si tu veux, un point c'est tout !

- C'est pour ça qu'il faut attendre le mois prochain pour le sortir, Jack.

Son boss s'énerva encore plus. Ridjka s'amusa. Finalement, au bout d'une demi-heure de palabres, elle eut gain de cause.

Ceci dit, quand elle raccrocha, elle était vidée !

Bon, mes petites maliennes chéries, vous allez devoir attendre un peu, car moi, j'ai un mail de la plus haute importance à envoyer ...

Depuis qu'elle avait reçu la réponse de Sacha, elle était dans un état de fébrilité absolue.

En plus, elle n'avait cessé d'imaginer quelle pourrait être la sienne ? Parfaitement soft ? Empreinte d'un soupçon de douceur ? Légèrement teintée de tendresse ? Carrément passionnée ? Totalement enflammée ? Elle n'arrivait pas à se décider.

En parallèle, elle s'interrogeait sur la seconde question la plus cruciale du jour, à savoir : *quand envoyer cette réponse* ?

Pendant tout le temps où Momo lui avait décrit les changements qu'il allait apporter à son appartement, elle n'avait cessé d'y réfléchir.

C'était simple, dans son esprit la ritournelle :

« *Je suis là, Ridji. En plein boulot, mais je suis là* ☺
Bisous
Sacha », faisait son petit tour.

Ensuite Ridjka se demandait quel type de réponse elle allait y apporter. Et lorsqu'elle avait fait son choix, le « *quand envoyer cette réponse ?* » refaisait son apparition. De quoi la rendre folle !!!

Bien sûr, pour compliquer encore un peu plus les choses, le type de réponse à envoyer changeait à chaque nouveau passage de la ritournelle. Elle ne voulait pas faire fuir Sacha, avec un amour étouffant dont il ne saurait probablement que faire étant donné sa situation maritale. Elle savait qu'il n'y pas meilleur tue-l'amour. D'un autre côté, elle était tellement consumée de passion qu'elle voulait que celle-ci aille jusqu'à Sacha et l'enveloppe d'un bain de bonheur et de sourires réconfortants, sûrement bienvenus. Oui, mais commencer soft, lui permettrait d'asseoir leurs futurs échanges mailistiques dans la continuité. Ne pas rompre ce lien était ce qu'elle désirait le plus en cet instant.

Bref, elle était dans l'indécision la plus totale ...

Et le « *quand envoyer cette réponse ?* »

Ah ça alors, c'en était un truc. Ridjka n'avait jamais imaginé que le choix du quand envoyer un mail put être aussi lourd de conséquences. Elle, elle répondait toujours à chaud. Sinon, elle était sûre d'oublier. Alors, imaginer envoyer un mail dans une semaine, alors que même ses doigts frétillaient du plaisir d'écrire, lui semblait tout simplement inconcevable.

- Ouais, mais tu vas lui foutre les ch'tons si tu réponds de suite, s'était-elle entendue opposer.

- Il te connaît, Ridji. Il sait que tu es impulsive, il ne t'en voudra pas, s'était-elle aussi entendue se répondre.

- Merde ! avait-elle conclu pour se faire taire.

Et puis, elle avait appelé Jack. Jack l'avait brassée. Jack l'avait pressée. Et finalement, sans le savoir Jack l'avait décidée à répondre maintenant !

Restait encore le choix du contenu du mail ... Mais, alors que ses doigts s'approchèrent du clavier, Ridjka sourit.

Ridjka frémit. Ridjka savait, grâce à Jack, ce qu'elle écrirait à Sacha. Car maintenant, elle savait ce qu'elle désirait savoir. Alors, elle réveilla sa messagerie. Celle-ci était franchement moins encombrée depuis qu'elle avait « *indésiré* » les spameurs. Elle vérifia qu'il ne s'y trouvait pas de nouveau mail de Sacha. Bien sûr, elle n'y croyait pas un instant, mais son cœur se mit quand même à battre comme un malade en parcourant les missives numériques non lues.

Quand tout fut dépilé, trié ou poubellisé, elle cliqua sur « *Nouveau message* ». Elle était excitée comme une puce. Non mieux, elle était excitée comme une ado. Une véritable ado ! Elle savoura cet instant de juvénilité retrouvé avec un plaisir indicible. Elle se laissa envahir par lui, comme lorsqu'elle écrivait à Vincent au lycée.

C'est quand même extraordinaire le pouvoir de l'amour ..., sourit-elle. *Quel que soit l'âge, il donne toujours les mêmes ailes, le même sentiment de liberté, le même sentiment d'être entier, d'être en vie ! Tu vois Tom, pas besoin de flipper pour moi ...*

Elle sourit à nouveau et se demanda, deux secondes, comment s'était déroulée l'entrevue de son collègue américain avec Bill Gates. Mais elle n'approfondit pas, elle avait du boulot ! Dans le champ : « *A* », elle commença à écrire les premières lettres du prénom de Sacha. Rien ne se produisit. Outlook ne lui proposa aucun destinataire dont l'adresse commençait par « *sach* ».

- Merde, merde, merde, il n'est pas en mémoire !!! s'affola-t-elle.

Lorsqu'un correspondant lui envoyait un mail pour la première fois, Ridjka l'ajoutait à son carnet d'adresses électroniques systématiquement. Et dans la seconde encore. Et là, rien ! Elle avait oublié cette précaution de base. Il lui était déjà arrivé de poubelliser un message avant d'avoir enregistré l'adresse de son correspondant et elle se souvenait encore de la galère que cela avait été de la retrouver : il n'existe pas encore d'annuaire d'adresses e-mail universel. En plus, chacun a un format différent :

prénom.nom@tout-ce-que-vous-voulez, ou
nom.prénom@tout-ce-que-vous-voulez, ou encore l'un ou
l'autre assorti du nom de la société dans laquelle il, ou elle
travaille@tout-ce-que-vous-voulez. Sans parler des
majuscules et minuscules qui vous foutent tout par terre. Et
pour couronner le tout, il y a des tonnes d'homonymes dans
le monde ! Bref, Ridjka fut parcourue de frissons terrifiants
à l'idée d'avoir pris le risque inconsidéré de perdre
l'adresse électronique de Sacha. Elle ouvrit le message qu'il
lui avait envoyé, cliqua sur l'émetteur et le rangea
immédiatement dans son carnet d'adresse mailistique.
- Ouf ! souffla-t-elle quand se fut fait.

Elle se recula, alors, pour profiter du si réconfortant
appui du dossier de son siège, les mains croisées sur le
ventre, en relaxation totale et ventilation maximale. Son
dos s'était complètement crispé sous l'angoisse. Il y avait
bien droit à un peu de détente, tout de même. Elle resta là
deux bonnes minutes à contempler son œuvre. Puis une
petite voix intérieure lui rappela qu'elle avait flippé pour
rien, puisqu'elle avait déjà envoyé un mail à Sacha, donc elle
connaissait son adresse. Enfin, quand son cerveau n'était
pas lobotomisé par l'amour. Alors, définitivement
rassérénée, Ridjka se secoua :
- Ma biche, que dirais-tu d'un petit thé, bien chaud pour
te calmer, avant d'écrire au dieu de l'amour et de la
sensualité ? se demanda-t-elle cérémonieusement.
- Mais avec plaisir, ma chérie. Au Lotus, s'il te plait ..., se
répondit-elle, non moins cérémonieusement.
Et elle fonça vers sa cuisine, définitivement reboostée.
Au passage, elle alluma sa chaîne et invita Georges Michael
à envahir son appartement de sa suave énergie. Quand l'eau
commença à frémir, elle remplit la passoire de sa théière
des brunes feuilles séchées de l'antique breuvage chinois.
Puis, elle se saisit de la queue de la casserole et versa le
liquide bouillant dessus jusqu'à les recouvrir
complètement. Elle les regarda gonfler au fur et à mesure

que les secondes s'écoulaient et cela l'apaisa. Elle sortit ensuite du placard mural sa plus belle tasse - celle aux motifs néo-incas aux couleurs si vives - et la soucoupe assortie. Puis, elle disposa le tout sur un plateau, avant de sortir dans la cour. Le soleil était encore haut et chaud. Elle sourit. Elle posa sa charge sur sa table de bistrot en zinc et retourna dans la cuisine : un thé au Lotus, sans Paille d'Or à la framboise, c'était un crime de lèse-majesté ! Elle revint avec un paquet, se demandant si elle n'aurait pas mieux fait d'en prendre deux, tout de suite.

- Non, le second ce sera pour après le mail à Sacha. Une récompense quand tu auras bien travaillé ma chérie !

Elle prit possession de sa chaise en zinc, versa le thé avec application, le huma avec délectation et le but avec satisfaction. La vie était belle, belle, belle. Belle et parfaite ! Georges chantait toujours et le soleil la réchauffait de ses rayons généreux. Que demander de plus ? Elle savoura ce moment précieux à sa juste valeur.

Dès elle eut descendu tout le contenu de sa théière et englouti toutes les Pailles d'or, elle rentra dans son antre gonflée à bloc.

Bon, petit mail, c'est maintenant ou jamais ...

Elle approcha ses doigts de la souris, réveilla son écran somnolent. Et quand se fut fait, elle pianota ce que l'astre du jour et cette pause régénérante venaient de lui apporter en gage. Court le message, très court. Soft, le message très soft. Mais il était le reflet de ce qu'elle voulait le plus savoir en cet instant. De ce qu'elle voulait partager avec Sacha. Quatre mots. Quatre mots seulement. Mais quatre mots bien suffisants pour exprimer ce qu'elle ressentait pour lui en cette belle journée de mai !

Tu vas bien ?
Ridji

Elle le lut et relut une bonne dizaine de fois pour s'en imprégner. Pour être sûre aussi qu'il n'était ni trop peu, ni *too much*. Et surtout, pour le remplir de son sourire et de tout son amour, pour son si merveilleux destinataire. Quand elle fut persuadée qu'elle avait réussi, elle cliqua sur « *envoyer* » et le mail partit traverser la France en diagonale pour atteindre la si belle ville de Bordeaux et le cœur de Sacha.

Du moins, l'espérait-elle ...

Chapitre 26
Toc toc

Pour la première fois depuis qu'elle et Sacha avait repris leur correspondance, Ridjka se sentit vide après le départ de son mail. Furieusement seule. Elle ressentit l'absence, qui la laissait trop loin de sa source d'oxygène.

Elle alla chercher du réconfort sur les cousins moelleux de son grand canapé orange et attendit que ces déplaisantes émotions veuillent bien finir de la traverser. Sur sa chaîne hi-fi, Georges Michael venait de terminer son aubade et ce fut Christophe Willem qui prit le relais de son lancinant et envoûtant « *Entre nous et le sol* ». Ridjka avait écouté cette chanson des dizaines de fois. A chaque fois, ses hanches s'étaient mises à ondoyer lascivement, sans qu'elle n'ait eu envie de reprendre le contrôle. Et ça, c'était avant Sacha !

Mais là, il se produisit quelque chose de plus. Un truc étrange. Un bidule plus profond. Les paroles, portées par la voix sensuelle de Christophe, vinrent frapper l'esprit de Ridjka. Ce fut comme une révélation. Elles la soulevèrent pour la ramener en douceur dans le monde de volupté que San Francisco lui avait offert. Tout y était. Tout ce qu'elle avait ressenti quand Sacha et elle s'étaient retrouvés là-bas. Tout ce qu'elle avait vécu outre-Atlantique, sans avoir réussi, ou voulu, le comprendre. Quelqu'un d'autre avait ressenti la même chose qu'elle. Quelqu'un d'autre avait mis les mots justes dessus. Et Christophe Willem le lui traduisait, maintenant, avec cette douceur dans le timbre qui amplifiait la révélation :

« *Sur mon corps ta paume ..., sur ta peau l'arôme ..., je respire avec toi ...* »

Oui, c'était cela qui s'était passé à San Francisco. Oui, le corps de Ridjka s'était réveillé sous la paume de Sacha. Oui, l'arôme de Sacha avait enivré Ridjka. Oui, Ridjka s'était remise à respirer sous les baisers de Sacha.

« *Dieu que l'envie est belle* », continuait Christophe.

Oh oui, Dieu : l'envie est belle ! sourit-elle. *Même si on n'y a pas droit, l'envie reste belle ...*

Ridjka sourit encore un peu plus et se laissa emporter. Quand la chanson fut terminée, elle se leva, alla jusqu'à sa chaîne d'un pas flottant à cinquante centimètres au-dessus du sol, appuya sur « *repeat* » et revint à son canapé en ondoyant, car Christophe avait recommencé à chanter. Elle regarda son masque du Pays Dogon, il lui souriait. Alors, elle s'allongea, ferma les yeux et se laissa porter par la vague. C'était bon.

Ridjka n'aurait su dire combien de temps elle était restée là, étendue, lascive, portée par ses songes, par le souvenir de la douceur des mains de Sacha, la chaleur de son corps contre le sien, l'oxygène de leurs baisers. Mais cela devait quand bien représenter une bonne paire d'heures, parce que la nuit était tombée. Elle voyait très nettement les étoiles à travers les vitres de sa véranda propre. Elle serait bien restée ainsi infiniment, bercée par l'or de Christophe Willem, mais un bruit répétitif était venu troubler sa quiétude. Comme si quelqu'un toquait sur quelque chose en bois. Elle remonta d'un cran dans son niveau de conscience et oui, elle fut sûre que quelqu'un frappait sur quelque chose en bois. Elle remonta encore d'un cran et se rendit compte que ce *quelqu'un* frappait à *sa* porte d'entrée. Elle regarda l'heure. Neuf heures du soir !

Tu parles d'une paire d'heures, se morigéna-t-elle en faisant un rapide calcul du temps qu'elle avait passé à dormir. *Tu as fait le légume pendant DEUX paires d'heures, ma fille. Va falloir te reprendre.*

Qui peut bien toquer à ma porte aussi tard ? s'étonna-t-elle ensuite. *Momo est avec Jeff ce soir.*

Mais, elle se leva sans attendre de réponse, coupa la musique et alla ouvrir.

Personne ! Ah, si là-bas, ce vieil homme tout voûté. Il repart. Mais ... ? Mais, c'est Touré ! Tu te goures surement Ridji, Touré n'est pas voûté.

Un frisson incontrôlable la parcourut. Elle voulut en avoir le cœur net :

- Touré !!! héla-t-elle.

Mais la silhouette continuait de s'éloigner.

Elle se mit à courir pour la rattraper avant qu'elle ne franchisse le seuil de la cour et se perde dans la foule de l'Avenue Laumière. La silhouette se retourna, elle reconnut le grand burkinabé aux cheveux blancs. Oui, c'était bien lui ! Pourtant, où était passée sa fière allure ?

- Touré, vous êtes seul ? Où est Emeline ? Nous devions nous retrouver ce soir ? hasarda-t-elle plus trop sûre de son planning. Elle va vous rejoindre ici ?

- Ma petite Ridjka, n'aurais-tu pas un siège bien confortable pour un vieil homme comme moi ?

- Un vieil homme comme vous, Touré ? Vous plaisantez ?

Touré soupira et Ridjka se sentit envahie d'une crainte aussi diffuse que violente. Elle ne pipa plus mot et invita son visiteur nocturne à pénétrer dans son antre.

- Ah, il fait meilleur à l'intérieur, savoura-t-il. Ça fait un sacré petit bout de temps que je frappe et je commençais à me refroidir. Il ne fait pas si chaud que ça en France au mois de mai, Ridjka Naya.

Ridjka, dont les orteils étaient glacés parce qu'elle était sortie pieds nus pour rattraper Touré, acquiesça.

- Un café bien chaud ? lui proposa-t-elle.

- Pourquoi pas ? soupira-t-il.

- Vous avez mangé ?

- Non ...

- Vous allez manger avec Emeline ?

- Je ne sais pas ...

- Je vais préparer une bonne petite salade avocats du Burkina-Faso, crabes de Mauritanie et ananas ivoiriens ! Ça ira ?

Touré approuva du chef, sans parler, sans sourire, sans plaisanter. La crainte de Ridjka s'empara à nouveau d'elle. En encore un peu plus intense. Son visiteur dégageait une sorte de grand désespoir larvé. Un de ceux qui sont si contagieux qu'ils vous prennent aux tripes, sans que vous ayez le temps de dire ouf. Ridj l'avait reçu de plein fouet et chancelait maintenant.

- Vous avez vu, c'est un masque du Pays Dogon, lui lança-t-elle pour le distraire de ses visiblement trop sombres pensées.

- Oui, je l'ai tout de suite remarqué en entrant. Les maliens sont nos voisins, mais Burkinabé veut dire « *homme intègre* ».

Ridjka se rappela qu'effectivement les relations entre les deux pays n'étaient pas toujours au beau fixe. Ceci dit, au lieu de regretter ses paroles, elle s'en félicita : au moins, avait-il mis un peu de passion dans ses propos ... L'éclaircie fut de courte durée. Dans la seconde qui suivit, son hôte se laissa à nouveau envahir par une mélancolie qui laissa Ridjka encore plus mal à l'aise. Il émit un petit claquement de langue, si caractéristique de l'africain au comble de la contrariété. Il était une ombre. Un ressort cassé. Il n'avait plus cette majesté tranquille qui avait attirée Ridjka à l'aéroport de Ouagadougou. Ni cette confiance sereine qu'il affichait quand il parlait de son avenir avec Emeline. Même son rire, son beau rire africain, semblait s'être envolé...

Un petit Bordeaux de derrière les fagots pour arroser tout ça et il ira mieux ensuite ..., tenta-t-elle de se convaincre.

- Touré, vous me suivez en cuisine ? On pourra papoter, pendant que je préparerai la salade.

- Oui.

Mais ce « *oui* » manqua sérieusement de conviction.

Merde, ce n'est pas possible ! s'alarma Ridjka. *Pas eux ?*
Pas eux ! Touré y croyait tellement en cet amour ! Il ne peut
pas s'être évaporé comme ça ... En à peine quelques jours, ce
n'est pas possible. Que dis-je quelques jours ? Hier encore, ils
roucoulaient comme un couple de tourterelles au printemps.
Non, ce n'est pas possible ! Il s'est passé quelque chose
aujourd'hui. Quelque chose dont Touré veut me parler.
Emeline est peut-être tombée malade ?

- Comment va la femme de votre vie ? s'entendit-elle
demander avec un ton beaucoup plus inquiet qu'elle
n'aurait voulu laisser transparaître.

- Son corps va bien, mais son esprit est troublé ...

- Ah ? Comment ça troublé ?

Touré garda le silence et leva les mains vers le ciel en
signe de totale impuissance. La cafetière se mit à émettre
ses insupportables éructations pour crachouiller le café,
petits jets par petits jets. En contrepartie, l'arôme de la
noire boisson envahit la pièce de sa rassurante présence.

- *Ah, l'arôme* ..., rêvassa deux secondes Ridjka, avant de
se reconcentrer sur Touré et Emeline.

- Du sucre ?

- Oui, quatre ...

- Quatre, mais la tasse va être trop petite !

Loin de le faire rire, cette remarque provoqua chez le
vieil homme un haussement d'épaules qui semblait signifier
« De toute façon, maintenant, je me fiche de tout ... »

- Touré, que se passe-t-il ? craqua Ridjka.

Il la regarda de ses beaux yeux noirs.

Il chercha, dans ceux de la petite française, le signe qu'il
pouvait parler. Qu'il pouvait lui parler d'Emeline et de lui.
Qu'il pouvait lui raconter de ce qui était en train de leur
tomber sur la tête. Qu'il pouvait, en toute confiance, se
décharger de ce fardeau qui lui pesait tant et faisait tomber
ses épaules.

Visiblement, il le trouva parce qu'il lui annonça d'une
voix d'outre-tombe :

- Emeline ne veut plus partir avec moi ...

La cafetière se tut.
Ridjka se tut.
Touré se tut.

Chapitre 27
Boule de désespoir

- Touré, ce n'est pas possible. Vous n'avez pas dû bien comprendre ce qu'Emeline a voulu vous dire !

Touré fouilla à nouveau dans les yeux de Ridjka. Il voulait mesurer à quel point elle croyait à ce qu'elle venait d'énoncer. Il y lut plus d'inquiétude que de certitude. Cela le dévasta. Alors, il soupira et ferma les yeux en attendant que quelque chose se passe. Il ne savait pas quoi, mais il savait qu'il était l'heure d'attendre.

Ridjka, elle, ne l'entendait pas du tout de cette oreille. Depuis toujours, lorsqu'un truc lui tombait sur la tête, elle ne pouvait pas rester passive : il fallait que ça bouge ! Et il fallait que ça bouge en constructif ! Bon, ça bougeait à plus ou moins longue échéance bien sûr ! Sacha, par exemple, elle l'avait laissé partir il y avait un quart de siècle. Résultat : elle n'était toujours pas mariée, vivait seule le plus souvent et n'aurait sans doute jamais d'enfants ... Mais, pendant ces vingt-cinq ans, elle s'était éclatée comme une folle ! Du moins, se le répétait-elle tous les matins.

Bref, si Touré restait apathique comme du manioc attendant d'être pilé, elle ne saurait jamais s'il s'était fourvoyé sur les propos d'Emeline ou pas ! Comme il était hors de question que leur love story pluri-décennales se termine en eau de boudin, le cerveau de Ridjka entra en ébullition. Elle analysa le peu de données que « *Boule de désespoir* » lui avait jeté en pâture. Puis, elle essaya de déterminer ce qu'elle pouvait en tirer. Tout d'abord, ses neurones - au taquet - trouvèrent que ce : « *Emeline ne veut plus partir avec moi* », était bien trop court, pour se permettre d'en tirer telle ou telle conclusion. Et puis, la transmission orale, Ridjka s'en méfiait comme de la peste.

De nombreuses fois elle en avait fait l'expérience : il n'y avait pas pire pour déformer la pensée de celui ou celle qui s'était exprimé. Vraiment rien de pire ... Son esprit continua donc de gamberger pour trouver la faille dans ce que son ami africain venait de lui rapporter. Ensuite, elle élaborerait un plan d'attaque pour faire basculer le bobodiolassien vers des pensées moins sombres et catégoriques.

Touré Bénicité, lui, ressemblait maintenant à un buffle abattu. Il ne bougeait plus, ne regardait pas autour de lui de ses yeux inquisiteurs et ne parlait plus. Bref, le méga apathique dans toute sa splendeur. Ridjka se saisit de la désormais muette cafetière et leur versa une tasse rase à chacun. Elle n'en buvait jamais et s'inquiéta, vu l'heure tardive, de l'effet potentiel sur son sommeil. Mais, elle ne voulait pas laisser Touré boire seul. Alors, elle alla chercher la sucrière et versa les quatre sucres promis dans la tasse de son noir - dans tous les sens du terme - ami. Il prit la petite cuillère qu'elle lui tendit et touilla. Bon signe, pensa Ridjka, il bouge encore !

Elle alla ensuite chercher les avocats, l'ananas, la boîte de crabes, un opinel version Indiana Jones, une planche à découper et un saladier et posa le tout sur la table, devant elle. Devant lui aussi. Elle commença par préparer les avocats. Touré, lui, regardait le tourbillon que faisait sa boisson touillée. Il le regardait à s'hypnotiser. Mais, plus il le regardait, plus il pensait qu'il aimerait beaucoup être suffisamment petit pour pouvoir plonger dedans et être englouti dans le néant.

Ridjka jeta les avocats découpés dans le saladier et ouvrit la boîte de crabes.

- Touré, l'apostropha-t-elle soudain pour éviter de le voir tomber dans sa tasse, que vous a dit Emeline exactement ?

Il claqua à nouveau la langue contre son palais, mais ne répondit pas.

- Touré ?

Il hocha la tête pour signifier à Ridjka qu'il n'avait pas envie d'en parler.

- Touré, insista-t-elle opiniâtre, rappelez-vous dans l'avion qui nous a conduits de Ouaga jusqu'ici, vous m'avez dit que vous saviez désormais qui était la femme de votre vie.

Il se redressa tel un écureuil aux aguets :

- Oui, c'est vrai.

Et il sourit à cette évocation.

- Et de qui vous aviez l'image en tête ?

- D'Emeline, évidement !

Il tapa des deux poings sur la table, furieux que Ridjka puisse lui poser cette question idiote.

C'est bon il est piqué au vif, pensa-t-elle.

- Et aujourd'hui, si je vous demande qui est la femme de votre vie, vous me dites quoi ?

- Emeline, évidemment !!!

Il lui avait répondu sans la moindre hésitation. Il était toujours aussi sûr de lui. Ridjka sourit, au moins ce n'était pas foutu-foutu.

Elle jeta les miettes de crabes dans le saladier et s'empara de son ananas. Elle empoigna le palmier de feuilles qui le surmontait de sa main gauche. Sa main forte.

De sa main droite, elle saisit le corps de l'ananas. Et, finalement, fit tourner les deux en sens inverse. L'ananas perdit sa perruque en moins de deux secondes. Touré regardait Ridjka comme s'il s'agissait d'un guérisseur aux pouvoirs surnaturels. Non pas à cause de sa technique pour décoiffer les ananas. Non. Mais, parce qu'elle avait réussi à lui montrer un chemin au milieu des doutes qui l'avaient tétanisé depuis qu'Emeline l'avait pris à part, dans sa chambre, afin de lui parler. Ses yeux encore profondément inquiets - mais un peu plus confiants - dévoraient maintenant son hôtesse. Ils étaient en attente de la vision de ses lèvres bougeant pour lui énoncer la suite.

Seulement, Ridjka avait l'ananas à découper et ce n'est jamais chose aisée. Même avec un Opinel géant. Elle resta donc muette, toute concentrée sur sa tâche. Quand les triangles d'ananas rejoignirent les cubes d'avocats et les miettes de crabe dans le saladier, elle alla chercher de quoi faire une petite sauce au yaourt, huile d'olive et ciboulette. Une fois tout sous la main, elle revint à table et réattaqua en douceur :

- Touré, ne m'aviez-vous pas dit aussi que vous alliez chercher Emeline à Paris « *pour vivre avec elle pour la vie* » ?

Les traits de son vis-à-vis s'affaissèrent d'un coup, d'un seul. Il se vit repartant sans Emeline. La force le quitta. Ridjka ne s'affola pas, il aurait été surprenant que Touré réagisse autrement. Elle versa le yaourt dans un ramequin rond, coupa la ciboulette fraîche avec son Opinel, jeta sa production dans le yaourt, ajouta une cuillère à soupe d'huile d'olive à sa mixture, du sel, du poivre et battit le tout jusqu'à obtenir un mélange onctueux.

- Touré ? reprit-elle une fois satisfaisante de la texture de sa préparation.

- Oui, Ridjka ?

- Une petite réponse me ferait bien plaisir ... Vous vous souvenez de ma question, hein ? Elle est très simple : veniez-vous à Paris dans l'idée de venir chercher Emeline « *pour vivre avec elle pour la vie* » ?

- Oui, eh bien, c'est vrai, j'étais venu pour chercher Emeline et la ramener avec moi. Chez nous au Burkina. Chez nous à Bobo. Pour que nous passions le reste de notre vie ensemble, côte à côte ...

- Et maintenant, vous avez décidé de changer d'avis.

Ridjka avait utilisé l'affirmative pour pousser Touré à réagir. Cela fonctionna à merveille puisqu'il monta immédiatement sur ses grands chevaux :

- Mais non, bien sûr que non ! Je ne changerai jamais d'avis !!!

- Alors, où est le problème, Touré ?

- Mais, ma petite Ridjka, Emeline vient de me dire qu'elle ne voulait plus partir avec moi ...

Ridjka versa sa sauce dans le saladier et mélangea le tout avec application. Il n'y a rien de plus fragile qu'un avocat bien mûr et les siens l'étaient presque trop. Quand l'aspect visuel de sa salade la satisfit, elle pensa que Touré, lui aussi, était prêt. Elle passa donc, à la première phase d'attaque du *« j'ébranle les certitudes de la transmission orale »* :

- Emeline vous a dit qu'elle ne *voulait plus* partir avec vous, ou qu'elle ne *pouvait plus* partir avec vous ?

Les yeux de l'ancêtre s'arrondirent de surprise.

- C'est important Touré ...

Oui, bien sûr que c'était important ! Touré le savait bien. Le problème était qu'il avait juste entendu « *plus partir* ». Il n'avait pas du tout fait attention au verbe qui avait précédé ces deux maudits mots ... En fait, depuis la seconde même où il avait posté sa lettre pour annoncer à Emeline qu'il venait la chercher pour la vie, tout son être s'était mis à redouter que sa douce ne les prononce ces deux maudits mots ! C'est bien simple, à chaque moment d'euphorie succédaient des moments d'angoisse. Juste dans la hantise de les lire ou de les entendre. Alors, bien sûr que dès qu'Emeline les avaient prononcés, ils avaient agi sur lui tels une bombe à retardement atteignant enfin sa cible. Ils avaient explosé dans sa tête. Et lui, Touré Bénicité, avait été pulvérisé en plein vol.

Il s'en voulait maintenant ! Il aurait dû rester et demander à sa merveilleuse Emeline de répéter sa phrase. Il réalisait qu'il avait été trop vif ! Quel imbécile, tout de même ! Faire des milliers de kilomètres à travers toute la planète pour aller chercher une femme et ne pas être capable de l'écouter plus de deux secondes quand elle vous parle sérieusement !!! Il hocha la tête de droite à gauche, en signe de mécontentement contre l'idiot qu'il était.

- Donc, vous ne savez pas, si elle vous a dit « *pouvait* » ou « *voulait* » ?

Il hocha à nouveau la tête pour indiquer à Ridjka que oui, le grand benêt qu'il était ne savait pas.

- Ce n'est pas grave. C'est même plutôt encourageant, au moins le doute persiste.

Touré regarda Ridjka comme le messie. Oui, le doute persistait ! Le doute persistait !!! Et son sourire illumina la cuisine. Naya se leva pour aller chercher les couverts et le Bordeaux, elle disposa le tout devant eux, puis ouvrit la bouteille. Quand ils furent servis, Touré piqua dans l'avocat ensaucé et l'engloutit d'un coup, d'un seul.

Bon, ça ! Très bon, ça, pensa son hôtesse. *C'est le moment de passer à la phase deux, l'attaque du référentiel temporel ... J'attends encore qu'il ait mangé deux, trois bouchées : le ventre plein, l'esprit est plus serein.*

Donc elle attendit et tous deux, parfaitement silencieux, dévorèrent la salade.

Au moment où son commensal marqua une pause dans sa sustentation, elle réattaqua :

- Touré, Emeline vous a dit « *qu'elle ne pouvait plus partir* » ou plutôt « *qu'elle ne pouvait plus partir TOUT DE SUITE* » ?

La mâchoire de Touré tomba de surprise. Heureusement, il avait avalé sa dernière bouchée depuis plus de deux minutes ... Cette fois-ci non plus, Ridjka n'eut pas besoin de lui préciser que c'était important. Il le savait très bien. Mais, en grand couillon qu'il avait été, dès qu'il avait entendu « *plus partir* », il avait crié à Emeline quelle ne le reverrait plus jamais de sa vie. Il avait immédiatement claqué la porte de la chambre et était parti. De sorte que, même si Emeline avait dit « *qu'elle ne pouvait plus partir TOUT DE SUITE* », il n'aurait pas plus entendu le « *tout de suite* » que « *pouvait* » ...

- Mais quel crétin, je fais !!! s'apostropha-t-il.

Ridjka soupira de soulagement.

- L'amour rend parfois idiot ... Et croyez-moi, je sais de quoi je parle !

Il approuva. Alors, Ridjka décida qu'il était temps de porter le coup d'estocade aux miettes de craintes qui pouvaient encore subsister dans l'esprit de son invité :

- Touré, je me souviens encore de vos paroles dans l'avion. Vous m'avez dit : *Oui, elle m'attend. Elle m'attend depuis soixante ans.*

- C'est vrai, sourit-il.

- Alors, si elle a été si patiente, peut-être que vous-même, vous pourriez attendre un peu avant de vous persuader qu'elle ne veut pas partir avec vous ?

- Oui, c'est vrai, sourit-il un peu plus.

- Elle a peut-être juste besoin d'un peu plus de temps pour s'habituer à l'idée de quitter sa vie actuelle. Vous pouvez le comprendre ?

- Oui, je peux le comprendre ...

- Alors, attendre soixante ans ou soixante et un ans pour vivre ensemble jusqu'à la fin de vos jours à Bobo, ça ne fait pas une grosse différence, non ?

- Non !

Touré souriait maintenant au monde entier de ses belles dents blanches de devant.

Quand il redescendit sur terre, ce fut pour de bon.

Pour LE bon :

- Ma petite Ridjka, je reprendrais bien un peu de ce rouge breuvage ...

Ridjka approuva et les resservit généreusement tous les deux.

Chapitre 28
Il est là ?

Au moment où Touré et Ridjka levèrent leurs verres pour trinquer, la sonnette fit entendre son mélodieux carillon. Il était près de dix heures du soir.

Qui cela peut-il bien être ? se demanda à nouveau Ridjka.

Pas Jack, pas Jack, se mit-elle à prier secrètement.

Son boss lui avait déjà fait le coup à plusieurs reprises : la journée, il cédait à ses requêtes et le soir, dévoré par sa foutue maladie du tout, tout de suite, il revenait à la charge ! Elle croisa les doigts sous la table à s'en faire blanchir les phalanges.

Touré, lui, se prit à espérer que ce fut Emeline. Il était prêt, maintenant. Il claqua la langue contre son palais, cette fois-ci en signe d'acceptation de la discussion.

- Vous n'y allez pas Ridjka ? s'inquiéta-t-il voyant son hôtesse vissée sur sa chaise.

- Si, si. J'y vais, j'y vais.

Et elle se leva en soupirant.

Quand elle ouvrit la porte d'entrée, son esprit bascula au beau fixe. Madame Jardin en chair et en os se tenait là, droit devant elle. Elle s'était mise sur son trente-et-un. Ridj comprit pourquoi Touré n'avait pu l'oublier.

- Il est là ?

Le ton était inquiet. La voix grave.

- Oui, il est là, la rassura-t-elle d'un chuchotement.

- Il est comment ?

- Une oreille prête à vous entendre ...

Les deux femmes se sourirent. Ridjka l'invita à entrer de la main. Emeline la suivit en silence jusqu'à l'homme de sa vie.

- Alors, Touré Bénicité, à la moindre contrariété, on fonce dans les bras d'une autre ?

Sa voix avait fait vibrer toute la cuisine, tel un coup de tonnerre à la fin d'une journée de canicule du mois d'août. L'apostrophé en resta muet.

- Et une jeunesse, encore ! continua-t-elle. Et après un coup comme celui-là, tu veux me faire croire que je suis la femme de ta vie, Touré Bénicité ?

- Mais tu es la femme de ma vie, Emeline Jardin ! Tu le sais bien que tu es la femme de ma vie !!!

Elle éclata de rire. Encore une fois la technique de la mauvaise foi fonctionnait. Ce grand benêt d'amour continuait à courir dès qu'elle le houspillait, en l'accusant de choses qu'elle savait parfaitement qu'il n'aurait jamais commises. Touré la regarda étonné, puis voyant qu'elle continuait à rire à gorge déployée, fonça l'entourer des grands bras gorgés d'une tendresse infinie. Toute la pièce toute entière fut emplie de leur bonheur, leur joie, leur amour. Plus une particule de tristesse ou de cafard ne subsistait. Alors, ils se dirigèrent d'un pas assuré vers la sortie.

- Vous venez demain soir chez nous pour la grande fête, Ridjka ? lança Emeline sur le pas de la porte. Je ferai du foufou banane. Prévenez aussi votre ami Momo, il y aura du Ndolé de bœuf. Il m'a dit adorer ça.

- Nous serons là !

Ceci dit une fois seule, l'estomac de Ridjka lui rappela que le foufou n'était pas son plat africain préféré. La première fois qu'elle en avait mangé, on le lui avait décrit comme une sorte de purée de banane en très épicée. Elle en avait salivé à l'avance, car elle adorait ce fruit plus que tout autre. Et se serait damnée pour des bananes cuites ... Sauf que personne ne l'avait prévenue qu'il ne s'agissait pas de celles au généreux goût sucré. Non, il s'agissait de bananes Plantains. Celles qui collent au palais en vous laissant un affreux arrière-goût d'amidon amer.

Pas grave, se dit-elle. *Ils envisagent encore l'avenir ensemble, c'est l'essentiel ... Et puis, je pourrai tout refiler à Momo, il adore. Bon, qu'est-ce que je fais, moi, maintenant ? Je me couche ? Une bonne nuit de sommeil pour être fraîche demain matin et m'attaquer aux maliennes, c'est plutôt une bonne idée, non ? Ouais, c'est même une excellente idée !*

Alors qu'elle se dirigeait vers la chambre, laissant tout en plan dans la cuisine, ses mains se rebellèrent. Ses pieds se rebellèrent. Son esprit se rebella.

- Oh oui, traduisit-elle, allons voir si Sacha m'a répondu !

Ses pensées s'envolèrent joyeusement vers sa messagerie électronique, qu'elle imagina regorgeant de doux mails de Sacha. Ses jambes s'envolèrent à leur tour, suivies de peu par son cœur qui rythma cet envol nocturne de ses battements frénétiques.

- La joie d'être en vie ! s'extasia Ridjka en franchissant le seuil du bureau.

- La joie de redevenir une vraie gamine ! s'enthousiasma-t-elle en se saisissant de la souris et l'agitant comme une malade.

- La joie de désirer ! se laissa-t-elle enivrer.

Seulement, voilà, quand la fameuse boîte lui offrit la vision des courriers non lus, il n'y avait pas de mail de Sacha. Tout juste un mail grommelant de Jack, se reprochant de lui avoir cédé. Mais rien en provenance de Sacha ! Le cœur de Ridjka tomba sur le sol de la hauteur vertigineuse qu'il avait atteinte durant son envol. Il se fracassa en mille morceaux, tout comme l'aurait fait une boule en verre de Murano abandonnée de la même hauteur ... Ridjka accusa le coup. Elle resta immobile, juste à regarder la fenêtre des courriers non lus, mais force était de constater que celle-ci ne contenait rien en provenance de Sacha.

- Merde, oralisa-t-elle. Merde, merde et merde ! s'énerva-t-elle.

Ceci dit, une Ridjka, ça rebondit, alors elle reprit la souris en main et cliqua frénétiquement sur l'icône « *Envoyer-recevoir* » pour forcer le destin à lui transmettre une missive du Professeur Berry. Si frénétiques et volontaires que furent ses clics, ils restèrent sans effet. Pas même un spam ne vint s'agglutiner aux courriers déjà présents !

- Merde ! lâcha-t-elle à nouveau. Je n'aurais pas dû venir voir ! Demain matin, j'aurais eu la surprise en me levant. Et cette nuit aurait été douce … Merde !

Elle resta à grommeler devant son écran bien cinq minutes. Puis, elle se calma. Elle ouvrit le mail de Sacha qu'elle avait rangé dans LE dossier créé spécialement pour lui, à son prénom. Elle l'ouvrit et le lut.

Je suis là, Ridji. En plein boulot, mais je suis là ☺
Bisous
Sacha

Et le smiley du mail de Sacha lui sourit à nouveau. Si, si, Ridjka voyait bien qu'il lui envoyait des sourires pleins du bonheur de leur nuit de San Francisco. Alors, elle lui sourit au smiley. Puis son estomac la rappela à l'ordre. Alors, elle ferma sa boîte aux lettres en lançant un joyeux :

- A demain Sacha !

Ensuite, elle éteignit son ordinateur. Juste histoire qu'il ne chope pas de virus pendant la nuit et refuse de fonctionner demain matin, quand le mail de Sacha serait arrivé !

Une fois l'écran devenu noir, Ridjka fonça vers la cuisine pour engloutir le reste de sa salade « avocats, crabes et ananas », poussée par le reste de Bordeaux.

Chapitre 29
Auto-torpillage de petit-déjeuner

Le lendemain matin Ridjka était en forme.

De toute façon, Ridjka était toujours en forme au réveil. C'était après que parfois ça se gâtait ... Et encore, cela restait quand même assez rare. Elle avait hérité, dès la naissance, d'un heureux caractère. Du moins, c'est que lui disait son père, qui en était bien pourvu lui-même.

Bref, Ridjka se réveilla avec le sourire, se redressa dans son lit et s'étira avec délectation. S'étirer, bailler, étaient pour elle les deux choses les plus importantes à faire dans une matinée. Après, tout coulait de source ! Quand elle se fut bien étirée et qu'elle eut bien baillé, elle se leva et se regarda dans la glace. Elle se reconnut, elle se plut : tout allait bien. Elle gagna la fenêtre pour ouvrir les rideaux. Le soleil entra à flots. Elle sourit de ce cadeau météorologique. Sa chambre s'en trouva illuminée, révélant toutes les petites particules légères qui flottaient dans l'air, telles de la poussière de fée. Elle se rassit sur le bord de son lit pour les observer virevolter au gré des courants. Elle adorait ça et pouvait rester des heures entières ainsi. Enfin, presque des heures entières, faut pas exagérer non plus ! Heureusement pour elle, le soleil tournait et quand il quittait l'axe direct de sa fenêtre, la poussière de fée semblait partir avec lui. Elle tapa donc une ou deux fois sur sa couette pour en faire sortir un peu plus et créer des mouvements tourbillonnants, avant l'extinction des feux. Ce fut un succès !

La journée s'annonce radieuse ! se convainquit-elle.

Elle se leva, quitta sa chambre, atteignit le couloir et c'est là que le premier problème métaphysique vint lui tomber dessus. Devait-elle aller consulter ses courriers électroniques maintenant ? Au risque de torpiller son petit-déjeuner si Sacha n'avait pas écrit ? Ou devait-elle assurer et se contraindre à n'y aller qu'une fois parfaitement sustentée ?

- Ridj, se raisonna-t-elle tout haut, il est à peine sept heures du mat, Sacha n'aura sûrement pas eu le temps d'écrire cette nuit, entre dix heures du soir et l'aube.

- *Oui, mais s'il a écrit cette nuit, tu vas petit-déjeuner sans le savoir*, lui opposa sa petite voix optimiste.

- *Il ne peut pas avoir écrit cette nuit : son mail est un mail de boulot*, répondit son moi raisonnable.

- *Il peut avoir un PC portable et l'avoir emporté à la maison pour consulter ses mails. Pour consulter TES mails*, répliqua la petite voix optimiste.

Son moi raisonnable ne sut quoi répondre.

Ridjka resta donc indécise, au milieu de son couloir, en attendant que l'une de ses deux voix intérieures soit plus convaincante que l'autre. Ce fut celle de son moi raisonnable qui l'emporta. Il lui suffit de rappeler à Ridjka l'état dans lequel elle était la veille au soir, quand son cœur avait explosé en plein vol à la vue de la boîte vide. Son corps frissonna au souvenir de ce fâcheux incident. Alors elle fonça dans la cuisine, sans même jeter un œil à la porte - pourtant ouverte - de son bureau.

La cuisine aussi bénéficiait du toit en verre de sa véranda. Il y faisait bon et la lumière y entrait aussi à flots. Exactement ce qu'il fallait à Ridjka ce matin. Boostée par le soleil, elle choisit la grande casserole de son tiroir, y versa de l'eau et la posa sur sa plaque à induction. Du doigt, elle activa cette dernière et son « *zon-zon* » caractéristique envahit l'espace. Ridjka se dirigea, alors, vers ses petites boîtes en fer décorées et choisit celle qui contenait du thé à la rose.

- C'est parfait pour une matinée pleine de promesses, sourit-elle.

Elle se dirigea ensuite vers le frigo et en sortit une barquette de fraise et un yaourt. Elle les posa sur la table.

Elle prit les biscottes du placard, en préleva deux du sachet, les disposa harmonieusement sur une petite assiette orange, qu'elle posa, elle aussi, sur la table. Elle se saisit des Marabella et leur offrit l'asile dans la petite assiette orange. Voilà, c'était bien comme ça. Elle recula pour avoir une meilleure vue d'ensemble et s'aperçut qu'il manquait sa tasse et sa soucoupe néo-inca. Plus la petite cuillère pour le yaourt. Elle y remédia dans la foulée. L'eau frémissait maintenant, elle éteignit la plaque et versa le liquide bouillant sur les feuilles parfumées. C'est à ce moment précis, alors que son esprit rationnel était tout à la concentration de la préparation du petit-déjeuner parfait, que sa petite voix optimiste intervint :

- *Pendant que le thé infuse, tu as largement le temps d'aller jeter un œil à tes mails ma biche ...*

- *N'y vas pas, ce serait de l'auto-torpillage de petit-déjeuner*, lui opposa son moi raisonnable.

Seulement voilà, Ridjka était rarement raisonnable. Alors, elle jeta un dernier regard à sa théière en fonte, se saisit de son couvercle, l'en coiffa comme pour faire taire les feuilles de thé raisonnables et fonça vers son bureau.

Juste le temps que ma boisson du matin infuse ..., se promit-elle.

Arrivée dans la pièce, elle n'hésita pas un instant, elle fonça s'asseoir sur son fauteuil pivotant et, dans la foulée, appuya sur le bouton de mise en marche du PC. Windows se mit en branle avec lenteur, un peu comme si lui aussi avait envie de s'étirer et de bailler avant de se mettre à l'œuvre pour de bon. Une fois que son bureau numérique s'afficha sur son écran, Ridjka cliqua sur le raccourcit d'Outlook, qui prit son temps à son tour avant de s'ouvrir... La tension monta d'un cran dans la pièce. Ridjka trépignait sur son siège. Ses mains pianotaient nerveusement sur la souris. Ses yeux parcouraient l'écran dans tous les sens, comme pour l'adjoindre d'aller plus vite. Quant à son cœur, il rythmait tout cela au pas accéléré. Quand la boîte daigna s'ouvrir, il fallut attendre qu'elle se charge des nouvelles fraîches. La tension monta encore d'un cran, électrisant toute la petite personne de Ridjka. Son moi raisonnable lui suggéra d'aller reprendre son petit-déjeuner où il en était. Le temps qu'Outlook soit opérationnel, du moins. Ridjka hésita. Elle avait l'impression qu'en partant avant de savoir, ce serait un peu comme trahir Sacha.

- *Tu rigoles ou quoi ?* lui opposa son moi raisonnable. *De toute façon, si tu ne voulais pas le « trahir » ton Sacha, il te faudrait rester jours et nuits devant ton écran et ne plus rien faire d'autre. Ça ne tient pas une seconde cette histoire de trahison !*

Ridjka se rendit à l'argument. Elle quitta à regret, mais quitta quand même son écran, puis son bureau, pour retourner dans sa cuisine et s'attaquer aux fraises.

- *Hummmmm,* savoura-t-elle dès la première bouchée. *J'ai eu raison d'abandonner le froid monde numérique pour ces merveilles vermillons,* se félicita-t-elle.

Elles étaient divines !

Un peu craquantes quand elle mordait dedans, délicieusement fondantes une fois dans la bouche, parfumées à souhait et si délicieusement rafraîchissantes. Une merveille ! Elle en prit une seconde et se leva pour retirer la passoire de la théière. Ridjka aimait le thé à peine infusé, sinon le tanin prenait le dessus et tuait le goût subtil des fleurs. Elle posa la passoire dans l'évier pour qu'elle s'égoutte. Elle s'était raisonnée et avait décidé que son petit-déj devait passer avant tout. Donc, elle s'assit à sa table quasi-sereine et remplit sa tasse Néo-inca. Seulement voilà, l'avertisseur Outlookien se mit à sonner comme un fou, depuis le fond du couloir. La prévenant ainsi de l'arrivée de pléthore de mails. Ridjka ne résista pas plus d'un millième de seconde à cette invitation sonore. Non. Elle fonça direct vers son bureau, la moitié d'une fraise dans la main droite. Une fois arrivée, elle engloutit le reste du fruit, jeta la queue dans la poubelle et réveilla nerveusement - de sa main redevenue libre - souris et écran. Un milliard de spams semblaient vouloir saturer son dossier de courriers non lus.

- Comment est-ce possible, avec la quantité de destinataires que j'ai foutus en indésirables hier ? Ils auront ma peau ces spameurs à la con ! grogna-t-elle.

- *Tu vois que tu aurais dû finir ton petit-déjeuner avant,* commenta sentencieux son moi raisonnable.

- Silence, je bosse ! lui répondit Ridjka, concentrée.

Elle dépila, dépila, mais, une fois le tri effectué Ridjka ne put que constater que rien de Sacha n'était arrivé. Son excitation retomba comme un soufflé.

Elle se leva pour repartir déjeuner, quand son regard fut attiré par la barre des tâches. Il lui restait encore vingt-cinq mails à recevoir. Un espoir fou s'empara à nouveau d'elle : dans ces vingt-cinq mails, il y en avait forcément un de Sacha ! Elle le savait !!! Elle sourit à nouveau. Elle sourit et se rassit pour attendre l'arrivée de ces missives. Seulement voilà, six minutes et trente secondes plus tard, le premier courriel n'avait toujours pas basculé dans la rubrique « *non lus* ». Elle regarda la barre des tâches avec plus d'attention et constata qu'il pesait plus de douze méga octets.

- Il va bloquer ma messagerie ce fichier ! Il est beaucoup trop gros ! s'énerva-t-elle à nouveau.

Elle grommela, tempêta, mais attendit. Et lorsque, finalement il tomba, elle poussa un juron. Il provenait de Guido ! Visiblement, celui-ci avait décidé de lui envoyer les photos du reportage sur les maliennes, via Outlook. C'était un truc qu'il ne faisait jamais d'ordinaire, parce qu'il savait pertinemment que cela saturait les serveurs de ses correspondants. Ceci dit, Ridjka ne lui en voulut pas : il n'avait sûrement pas envie de la revoir tout de suite. Elle soupira en pensant que si pour que Sacha arrive, il fallait laisser passer Guido, alors elle attendrait qu'il passe ...

Et bien sagement, sans remords, ni trop grosse contrariété, elle retourna à son petit-déjeuner.

- Ridj, je peux venir de suite ?

Huit heures du mat et Momo l'appelait au téléphone, pour lui demander s'il pouvait venir de suite. Il se passait quelque chose, c'était couru !

- Oui, bien sûr ! Qu'est-ce qu'il t'arrive gros ?
- Rien, rien. J'avais juste envie de prendre le petit-déj avec toi, comme on ne se voit plus ...
- Je te rappelle que tu es venu écluser chez moi, hier aprèm. Tu te souviens ? C'était juste après ta cuite à la petite prune de Mémère Verronière.
- Ouais, ouais. Mais justement, je n'étais pas totalement présent.
- Raconte Momo : qu'est-ce qu'il t'arrive ?
- Rien ... Mais je t'embête sûrement de si bon matin ?
- Non, non, viens, je t'attends.

Jamais Momo ne s'était soucié de savoir s'il embêtait Ridjka avant de débarquer chez elle. Il avait envie de venir ? Alors, il venait ! Quelle que fut l'heure de la journée ou de la nuit. Et surtout quelle que fut l'envie de Ridjka de le recevoir.

- Tu fais quoi en ce moment ? tergiversa-t-il au lieu de raccrocher.
- Je laisse passer Guido, lui répondit-elle laconique.
- Hein ? Guido ? Il est chez toi ? Mais je croyais que c'était fini ? Je croyais que maintenant tu étais sur la planète Sacha !
- Rapplique et on en discute.

Momo raccrocha et Ridjka l'imagina attrapant en catastrophe une de ces vestes hors-norme, pour se précipiter chez elle. Du coup, elle fonça à son bureau pour voir si Guido était « *passé* ». Mais non. Seulement deux de ses mails l'étaient. Douze méga octets chacun ! Et visiblement, il en restait encore une dizaine à venir.

- Merde, merde, s'énerva-t-elle. Empaffé de Guido ! Tu aurais dû rester avec cette empaffée de Jessica, vous faites bien la paire.

Elle traîna les pieds jusqu'à la cuisine et lança le café pour son visiteur. S'il était debout à cette heure matinale, c'est probablement parce qu'il ne s'était pas couché ...

Maurice Hebel pointa le bout de son nez au moment même où la machine cessait de crachouiller.

- Ah, du café frais, s'extasia-t-il en pénétrant dans la maison.

Ridjka avait tout installé dans le salon : le canapé était l'endroit des confidences. Et là, elle devinait que son pote venait avec du lourd. Comme à l'accoutumée, il était d'abord passé à la boulangerie.

Si l'appétit va, c'est que ce n'est pas dramatique, dramatique ..., sourit-elle en découvrant le sachet papier dans sa main.

- Je t'ai pris des pains au lait avec les gros grains de sucre dessus, Ridj. C'est ce que tu préfères, non ?

- Ouais, Momo, c'est ce que je préfère. C'est si grave que ça, ce qu'il t'arrive, pour que tu t'inquiètes de mes préférences viennoiseristiques ?

Il leva la tête au ciel, pour lui indiquer que c'était bien au-delà, mais aucun son ne sortit de sa bouche. Naya savait qu'il lui suffisait d'attendre qu'il ait enfourné la première bouchée pour que sa langue se délie. Alors, elle prit un pain au lait - avec les gros grains de sucre dessus - et pensa, qu'entraîné par le mouvement, il se servirait dans la foulée. Mais Momo ne se servit pas.

Bizarre ..., s'étonna-t-elle.

182

Quand elle mordit dans la viennoiserie, là non plus, Momo ne se servit pas.

Bizarre ..., s'inquiéta-t-elle.

A la deuxième bouchée de Ridjka, Momo ouvrit la bouche. Il allait parler.

Enfin ! pensa-t-elle.

Mais au lieu de lui raconter ce qui le tracassait, Momo lui demanda où était Guido !

- Ce con pollue ma boîte aux lettres, répondit-elle laconique.

- Ne me dis pas qu'il se lance dans les mails grivois ?

- Non, non. Il m'envoie les photos du reportage. Douze mégas à chaque fois ! Plus rien d'autre ne peut passer.

- Ah, c'est pour ça que Jessica se marrait comme une baleine avec lui, hier. Si tu veux mon avis, l'idée vient d'elle. Guido a juste suivi.

- Putain, si je la chope cette empaffée, elle va voir de quel bois je me chauffe ...

- Tu n'as qu'à lui forwarder les photos, à ta Jessica d'amour. Et en commentaire, tu lui demandes son avis *si pertinent*, sur lesquelles choisir pour ton article. Elle sera très emmerdée, crois-moi. Mais, elle ne pourra pas moufter.

- Momo, tu es un génie !

- Parfois, oui, sourit-il.

Et, ravi, il s'empara d'un croissant - celui qui était plus grillé que les autres - il mordit dedans. Ridjka attendit la suite. Mais au lieu de se lancer, Momo se servit du café. Il le but avec lenteur, pour finalement lui demander si elle avait répondu à Sacha. Ridjka en resta baba. Bien sûr, Momo s'était toujours préoccupé de sa santé, de son bien-être et de son bonheur à elle. Mais en général, si un truc le turlupinait, il en parlait en premier. En tout cas, bien avant de lui parler d'elle, de sa vie ou de son œuvre.

Ça doit être vraiment du très, très lourd pour qu'il n'ait pas encore craché le morceau, s'inquiéta-t-elle franchement. *Putain pourvu qu'il n'ait pas chopé le SIDA !*

A cette pensée, elle devint fébrile :

- Gros, je te raconte tout sur mes échanges mailistiques avec Sacha, si tu me dis d'abord pourquoi tu es là.

Momo se statufia.

Il n'y avait pas d'autres termes : sa main, celle qui tenait le croissant, se figea en l'air à deux seulement centimètres de sa bouche. Sa bouche, elle, resta en position ouverte, attendant sa pitance. Son autre main se cramponna à l'anse de sa grande tasse à café. Cet arrêt net du temps dura bien vingt secondes. Après quoi, dans un mutisme absolu, il posa son croissant sans avoir mordu dedans. Sa bouche, dépitée, se referma dans un claquement désapprobateur. Et sa main gauche libéra la tasse de son emprise. Il se tassa ensuite, dans le fauteuil en nubuck bleu. Ridjka, elle, se cala bien confortablement dans son grand canapé orange. Ils étaient prêts, Momo pouvait enfin larguer sa bombe ! Il inspira un grand coup pour se donner du courage et lâcha dans l'expiration :

- Jeff veut qu'on vive ensemble ...

Ridjka éclata de rire tant elle était soulagée que le spectre du SIDA s'envole.

- Tu trouves ça drôle, toi ?

Il était vexé. Très vexé. Elle le rassura toute de suite en lui expliquant ce qu'elle était allée s'imaginer.

- Je suis un grand garçon tu sais, Ridj ! s'offusqua-t-il. Je sors toujours couvert ...

Elle n'insista pas, quand Momo était tracassé, son taux de susceptibilité grimpait en flèche.

- Et Jeff te l'a demandé quand ? embraya-t-elle.

Momo sourit de plaisir au souvenir de ce moment.

- Ce matin, dans sa salle de bains. Je me lavais les dents et lui se rasait.

- Et tu lui as répondu quoi ?

Mais, au lieu d'enchainer, Momo s'avachit un peu plus dans le fauteuil. Il était tout ratatiné. C'est bien simple, il semblait avoir diminué de moitié. Un peu comme si quelqu'un avait ôté le bouchon d'un gros machin gonflable.

- Momo ! le tança Ridjka. Tu lui as répondu quoi ?

Il leva vers elle des yeux de cocker si triste qu'il faillit lui tirer des larmes.

- Tu lui as dit quoi !!! le morigéna-telle.
- La question exacte, Ridj, serait plutôt : tu as fait quoi ?
- Putain, Momo, tu as fait quoi ?

Il regarda le bout de ses chaussures dans un mutisme étudié.

- Ne me dis pas que tu t'es sauvé, surtout ne me le dis pas !
- Si ne veux pas que je te le dise, Ridj, je ne te le dirai pas. Mais pourtant, ça y ressemble fort ...
- Momo, tu es une bille !!!
- Ouais, je sais. Mais ça ne me réconforte pas du tout.
- Momo ...

Mais Ridjka ne trouva pas les mots pour développer ce qui la traversait comme sentiment en cette seconde. Ils burent tous les deux, elle son thé à la rose, lui son café sucré, dans un silence prostré.

- Mais, toi, tu as envie de vivre avec lui ? lâcha-t-elle finalement, une fois tout son pain au lait croqué, mastiqué et avalé.
- Ben, oui ..., lui répondit-il penaud.
- Mais quel con !
- Ouais, je sais ...
- Mais qu'est ce qui t'a pris ?
- La panique, Ridj ! La panique !!! On se retrouve une semaine et la suivante, il veut qu'on vive ensemble jusqu'à la mort. J'ai paniqué !
- Et maintenant, tu ne paniques plus ?
- Non. J'angoisse, mais je ne panique plus.
- Tu angoisses pourquoi ?
- J'angoisse de vivre au quotidien avec quelqu'un. Même si ce quelqu'un est Jeff.
- Momo ...
- Ouais, je sais ... Mais tu vois, j'angoisse des milliers de petits trucs que je ne pourrais plus faire.

185

- Comme ?

- Comme, par exemple, de ne plus pouvoir me balader à poil dans l'appart quand ça me chante, par exemple ...

- Ça m'étonnerait que Jeff n'apprécie pas de te voir te balader à poil dans l'appart ...

- Tu crois ? s'étonna Momo.

- T'es vraiment con quand tu es amoureux. Bien sûr, que je le crois ! Et toi aussi d'ailleurs !

- Ouais ... Mais j'angoisse aussi qu'il veuille changer mes habitudes. Tu sais, je suis un vieux garçon, j'ai mes petites manies.

- S'il t'aime, il acceptera.

- Tu crois ?

- Oui, je crois. Quoi d'autre ?

- Eh bien, il y a toi ...

- Quoi, moi ? s'étonna Ridjka. Je ne compte pas me mettre en ménage avec vous !

- C'est pas ça, mais si je vis avec lui, je serai beaucoup moins disponible. Et toi et moi, on se verra moins ...

Ridj fut touchée en plein cœur par ses mots.

Elle savait qu'elle avait une place à part dans la vie de Momo, mais elle ne se doutait pas que ce fut autant. Elle lui prit les mains en silence et leurs yeux exprimèrent tout l'amour qu'ils éprouvaient l'un pour l'autre. Quand elle les lâcha, se fut pour lui dire qu'à trois buveurs, sa pyramide de cannettes de bières des soirées pizzas serait bien plus haute. Il sourit. Ils restèrent encore longtemps silencieux. Puis finalement, Momo grommela qu'il avait été vraiment con de s'enfuir, parce qu'il avait foutrement envie de vivre avec Jeff.

- Il te l'a demandé il y a combien de temps ?

- Il n'y a pas une demi-heure ! J'ai filé de suite et je t'ai appelée dans la foulée. Depuis en bas de chez lui ...

Ridjka regarda sa montre.

- Momo, tu es sûr que tu veux vivre avec lui ?

- Oui, tout à fait sûr, maintenant.

- Alors, c'est pas foutu !

- Tu rêves, ma poulette ! Même si je reviens avec un bouquet de fleurs, il va me jeter !!!

- Mais, tu ne vas pas revenir avec un bouquet de fleurs, Momo. Tu vas revenir avec ces pâtisseries et ...

- Et quoi ?

- ... et ton sac de voyage bourré de tes fringues préférées, de ta brosse à dents et de ton dentifrice !!! Tu t'installes dans ses murs, Momo ! Fonce !!!

Une fois la surprise passée, il se leva d'un bond, plaqua une bise retentissante sur chacune des joues de Ridjka.

Puis, il détala comme un lapin, à la recherche de son sac de voyage, de ses fringues préférées, de sa brosse à dents et de son dentifrice pour gencives sensibles. Le sachet des viennoiseries restantes à la main, bien sûr.

Quand elle se retrouva seule, Ridjka Naya eut un sacré coup de blues.

Momo allait vivre avec Jeff et c'est vrai qu'elle le verrait moins. Sans compter que leurs rapports allaient forcément changer. Le confident de Momo serait désormais son amant. Logique. Elle, il l'appellerait quand Jeff ne serait pas là. C'en était fini de leur complicité diabolique. Elle ressentit un grand vide l'envahir. Elle eut si froid soudain. Si froid ... Elle prit sa couverture de Fez et s'enroula dedans. Elle eut à peine plus chaud.

Et puis, il y avait Sacha. Sacha qu'elle aimait à en mourir. Ça c'était sûr. Mais Sacha qui était loin. Sacha qui n'était pas libre. Sacha qui n'était pas là. Et, surtout Sacha qui ne répondait pas à son mail.
- Non, ce n'est pas un petit coup de blues, ma fille, s'apostropha-t-elle, c'en est un, version mégatonne.
Du coup, Ridjka ne se risqua même pas à aller vérifier si un message en provenance de Bordeaux était arrivé. Elle n'avait pas besoin d'en rajouter une couche ! Elle finit donc son thé sans entrain aucun, débarrassa le petit-déjeuner et l'emporta à la cuisine, pour occuper ses fichues mains. Là, elle se mit à débarrasser les reliefs du repas de la veille avec Touré. Toujours sans entrain, mais avec une certaine application tout de même. Une fois que la cuisine fut nickel, elle alla dans sa chambre pour enfiler sa tenue de vélo. Pédaler lui ferait du bien. Ça lui rafraîchirait les idées. Peut-être même que ça lui ramènerait les pieds sur terre. Et puis, ça lui donnerait surement l'énergie dont elle avait besoin pour finir l'article des maliennes.

De retour dans son home, sweet home, après deux heures de pédalage à un rythme d'enfer, elle était très satisfaite d'elle. Une fois n'était pas coutume. C'était la deuxième virée cycliste de malade qu'elle faisait et ce, deux jours d'affilés et elle n'était même pas crevée ! Elle n'avait même pas de courbatures ! Elle pétait la forme, tout simplement ! Elle se lança, quand même, dans la panoplie complète des étirements post-sport et termina par l'ingestion d'un immense verre d'eau tempérée. Juste histoire de pouvoir bouger, sans gémir de douleur à chaque mouvement, le lendemain. Sous l'apport de ce frais liquide extérieur, son corps se mit alors à transpirer comme une fontaine.

Je ne peux pas prendre ma douche maintenant, je me liquéfierai aussitôt que j'en sortirai, constata-t-elle.

Elle alla donc s'asseoir dans la cour, au soleil, pour attendre la fin de la fonte des glaces, sans empuantir toute la maison. Mais, bien sûr, c'était sans compter sur le dictat de son esprit amoureux, de ses mains en manque et de ses pieds en forme. Bref, c'était oublier l'autoritarisme de son corps tout entier. Chaque parcelle d'elle-même vibrait à l'unisson pour l'exhorter à aller vérifier si, par hasard, Sacha n'avait pas répondu. Elle mourait d'envie d'obéir à ses tyrans corporels, mais était-ce vraiment le bon moment ?

- *Oui ! C'est le moment !* l'incita sa petite voix optimiste.

- *Non. Tu devrais d'abord avancer sur les maliennes avant de te plomber le moral,* s'opposa son moi raisonnable.

- *Et s'il a répondu, elle aura perdu du temps à se morfondre.*

- Chut les filles, les fit-elles taire. J'y vais ! Mais, je jette juste un œil ! Un seul ! Le gauche, c'est celui du cœur …

Elle retourna donc à son bureau, d'un pas hésitant certes, mais sans halte aucune. Une fois installée devant son ordinateur, elle agita encore une fois la souris, qui encore une fois réveilla son écran, qui encore une fois fit apparaître sa messagerie. Le dernier mail de Guido était en train de finir de se charger : *temps restant : 10 sec.*

Qu'est-ce que je fais ? Je reste ou pas ? se demanda-t-elle.

Ridjka vit dans ce délai imposé, le signe qu'il valait mieux finalement aller prendre sa douche.

- *Reste,* l'intima sa petite voix optimiste surexcitée.

- *Pars vite !* l'intima son moi raisonnable.

- Il va vraiment falloir que j'arrête d'entendre des voix, se dit-elle, consciente de débloquer ferme.

Ceci dit, le temps que tout le monde se cause dans son cerveau, le mail de Guido avait fini son trajet à travers le réseau numérique. Du coup, la sonnette l'avertissant de l'arrivée de nouveaux messages ne cessa de teinter. La plupart atterrirent directement dans les courriers indésirables, sans passer par la case départ. Ridjka trouva cela presque frustrant : elle avait moins de choses à dépiler. Mais elle cessa bien vite de cogiter sur le sujet, car elle venait de d'apercevoir « *sacha.berry* » passer subrepticement, entre deux missives. Son cœur faillit exploser dans sa poitrine. Son cerveau se mit à bouillonner d'allégresse. Ses pores se réveillèrent de désir. Elle sourit aux anges, au ciel et aux étourneaux qui passèrent en bande compacte, juste à ce moment-là, dans un bruissement d'ailes caressant. Surtout, elle sourit à Sacha qui lui avait répondu ! Inconsciemment, et sans même s'en rendre compte, elle se mit à fredonner le refrain de la chanson de Christophe Willem : « *L'or est tombé du ciel ... »*

- *Tu vois que j'avais raison,* fanfaronna sa petite voix optimiste.

- La ferme, je me concentre, lui répondit-elle fort peu aimablement.

Car la tendance n'était pas à l'amabilité en cet instant, elle était à la concentration ! Reprendre la souris, cliquer sur le mail pour qu'il s'affiche pleine page et le savourer, voilà ce que Ridjka voulait faire. Seulement voilà, elle venait de lire dans le raccourci les premiers mots de Sacha :

Il allait bien. Il allait bien ! Elle était transportée de joie ! Finalement et tout bien réfléchi, elle n'avait rien besoin de savoir de plus, puisque tout ce qui lui importait depuis qu'elle lui avait envoyé sa missive, était de savoir comment allait Sacha. Or, maintenant, elle le savait : il allait bien !

Alors, pourquoi ne pas aller te doucher et lire la suite, une fois propre, pomponnée et parfumée ? En un mot : présentable, se convainquit-elle.

- *Excellente idée !* l'encouragea son moi raisonnable.

Et avant que sa petite voix optimiste et tentatrice n'intervienne, elle fila vers sa salle de bains au pas de course. Elle chantait, elle riait, elle était en vie, elle était bien ! Trop bien !!!

Ce fut sous la douche que Ridjka Naya prit la pleine mesure de l'attraction que Sacha exerçait sur elle. Elle ne saisit pas tout de suite ce qui lui arrivait. Pourtant, elle était sûre d'une chose, il se passait un truc bizarre. Chacun des millimètres carrés de son corps qu'elle touchait, de sa main pleine de mousse, se mettait aussitôt à vibrer. La simple douceur du contact de sa main glissant sur son corps, la mettait en émoi. Elle attendit pour voir si cela passait. Mais cela ne passa pas. Elle vibrait ! Alors, elle ferma les yeux et doucement, tendrement, passionnément, l'image de Sacha s'imposa à elle, plongeant son corps dans le souvenir de leurs caresses. Cela avait commencé par les doigts de pieds. Ses orteils d'ordinaire si sages et si placides, furent envahis d'une énergie sauvage. Comme une vague. Celle-ci submergea ensuite ses chevilles, ses jambes, ses hanches, son ventre, ses seins que Sacha caressait avec tant de sensualité. Elle envahissait Ridjka, sans qu'elle puisse réagir. Sans qu'elle veuille réagir, non plus, d'ailleurs. Elle se laissait faire. Et plus elle se laissait faire, plus elle adorait ce qui se passait en elle. Elle redécouvrait des sensations qu'elle avait crues oubliées depuis longtemps. Si longtemps ... Et finalement, elle admit qu'elle adorait cette énergie qui la traversait, bouleversant chaque parcelles son être. La vague finit sa fulgurante ascension sur ses lèvres et les enflamma. Ridjka ne fut plus alors qu'une boule sensuelle et torride que l'eau de la douche, au lieu de calmer, sublimait. Elle resta longtemps, longtemps, longtemps ainsi, à se savonner et à savourer l'état de transe absolue dans laquelle elle baignait. Si longtemps que sa peau se fripa et que l'eau devint froide. Elle avait entièrement vidé le ballon du chauffe-eau ! 300 litres le ballon ! Elle n'en revenait pas ! Alors, sachant qu'une douche à l'eau froide n'avait jamais été sa tasse de thé, elle se précipita, hors de l'habitacle carrelé et s'empara de son peignoir moelleux. Elle s'y blottit. La vague torride l'envahit à nouveau. Chaque boucle du tissu éponge, en contact avec sa peau, était comme une caresse de Sacha. Elle s'allongea, toute mouillée sur son lit pour savourer à nouveau cet état de grâce absolue.

Comment ce mec pouvait-il, à distance, la mettre dans des états pareils ? Comment le seul souvenir de ses caresses pouvait-il provoquer tant d'émoi en elle ? Elle se le demandait bien. Mais en se remémorant ses mains glissant sur sa peau, elle comprit que Sacha était juste la sensualité faite homme.

Ridjka frémit de plaisir ...
... et s'endormit d'épuisement.

A son réveil, elle ne savait plus trop où elle était. Ses rêves l'avaient emmenée tellement loin ...

Ceci dit, la petite voix optimiste de Ridjka ne mit pas longtemps avant de se rappeler à son bon souvenir. Elle lui laissa juste le temps de réaliser qu'elle était dans sa chambre aux murs jaune d'or qui la rendait si lumineuse - même les plus sombres jours de pluie - et à la frise bleue mexicaine sertie de cactus verts qui lui apportait la sérénité du bleu profond de l'océan et la gaîté des végétations exotiques. Elle eut aussi le temps de constater qu'il faisait grand jour dehors et que le soleil brillait toujours haut dans le ciel. Elle s'aperçut enfin, avec délectation, que durant son sommeil, elle s'était lovée dans sa couette. Celle-ci était encore toute chaude de ses rêves. Elle s'y sentit bien. Elle s'y blottit même encore un peu plus. Comme si les bras de Sacha y étaient cachés et qu'en s'enserrant dedans, ils pouvaient la toucher. Elle sourit et soupira de plaisir.

Quand la petite voix optimiste fut sûre que Ridjka était maintenant parfaitement réveillée, elle décida qu'il était grand temps de l'inciter à se lever. Elle n'eut pas beaucoup de mal, il lui suffit juste de lui susurrer qu'un mail de son prince charmant l'attendait de l'autre côté du mur ... Ridjka ne la fit pas taire. Elle ne lui répondit rien. Elle bondit hors de son lit et fonça à son bureau.

Le message de Sacha était toujours là, attendant sagement dans la rubrique « *non lus* » d'être ...,

... lu !

Et d'ailleurs, comment aurait-il pu en être autrement ? Les mails ne sont pas doués d'autonomie ! Mais Ridjka sourit à cette constatation, comme s'il s'agissait d'une aubaine incroyable. Fébrile, elle approcha la souris du lien, respira un bon coup pour s'emplir du bonheur de la lecture à venir et cliqua déterminée. Elle l'avait tellement désiré ce mail. Tellement espéré. Tellement attendu. Qu'est-ce que cela aurait été si Sacha avait mis une semaine à lui répondre ... Rétrospectivement, elle en frémit de frayeur. Et pendant qu'elle frémissait, la technologie - étant heureusement hermétique aux sentiments - ne se posa aucune question et affiča le message sur la totalité de l'écran dix-sept pouces :

Je vais bien. Suis toujours en pleine course ...
Et bisous quand même ... ☺
Sacha

Mille sentiments la traversèrent de part en part. Chacun l'attachant encore un peu plus à Sacha. Tous la bouleversèrent un peu plus. L'ensemble la conduisit inexorablement à une addiction, aussi rare, qu'ardente. Elle en eut bien conscience, mais se laissa faire avec délice.

Heureusement que Tom Getway n'est pas là, sinon, il me passerait un sacré savon ..., sourit-elle. *Et Momo ? Qu'est-ce qu'il en dirait, Momo ?*

Elle soupira, parce qu'elle savait que ce n'était pas le moment d'appeler son pote. Il devait être en grande discussion avec Jeff. Ou pire, Jeff l'avait viré et Momo errait seul, comme une âme en peine dans Paris, pour tenter d'oublier sa seconde rupture avec l'inconstant Jeff. Bref, quel que soit le cas, ce n'était pas le moment de l'appeler. Alors, elle se concentra, toute seule, sur son mail et en savoura chaque mots, chaque phrases, chaque tournure de phrase. Et plus que tout, elle savoura le smiley !

« *Je vais bien* », relut-elle dix fois.

- Il va bien, il va bien, il va bien ! se répétait-elle à haute voix.

Naya était aux anges.

Elle le savait déjà qu'il allait bien, puisqu'elle l'avait lu avant de prendre sa douche. Mais de le lire en grand, sur cette page uniquement dédiée au mail de Sacha, lui fit encore plus de bien. Elle sentit que chacun des muscles - qui avaient quand même un peu durci pendant sa sieste post-cyclisme - était en train de se détendre. Ils se relaxaient fibres après fibres, lentement mais surement. Comme Sacha allait bien, eux aussi pouvaient se permettre d'aller bien. C'était magique !

« *Suis toujours en pleine course ...* »

Ridjka n'en revenait pas ! Sacha était dans le rush au boulot, il avait la charge mentale de la maladie de sa femme dans la tête, il devait s'occuper de ses filles et malgré tout ça, il prenait quand même le temps de lui écrire ! Non, Ridjka n'en revenait pas !

- Ce mec est un demi-dieu. Non, un Dieu tout court !

Elle était scotchée !

Alors, Ridjka relut encore une fois : « *Suis toujours en pleine course ...* »

Et là, un fol espoir l'envahit : s'il prenait le temps de lui écrire, alors qu'il était toujours en peine course, c'était sans doute parce qu'il l'aimait ? Au moins un peu ? Sûrement beaucoup même ... Oui, il l'aimait, c'était quasi-sûr !!! Et elle fut à nouveau scotchée ! Ivre de joie, elle s'accrocha au bras de son brave fauteuil, prit une impulsion de ses deux pieds et lui fit exécuter trois tours sur lui-même.

- Oui, je sais mon fauteuil chéri, je suis une gamine ! Et alors ? Je sais que toi aussi tu adores tourner, alors tournons !!!

Et elle lui fit exécuter trois tours dans l'autre sens, juste histoire d'équilibrer le Yin et le Yang ...

Mais ce qui mit le plus Ridjka en émoi, fut sans conteste la dernière phrase de Sacha :

« Et bisous quand même ... ☺»

En dehors du smiley qui la mettait en joie à chaque fois qu'elle en voyait - qu'il fût de Sacha ou de n'importe qui d'autre d'ailleurs - Sacha avait écrit : *« Et bisous quand même ... »*

Pourquoi avait-il écrit : *« quand même »* ? Un affreux doute l'assaillit. Elle fonça en bas de la page. Comme il avait utilisé la fonction « réponse », leur correspondance s'empilait et donc ce qu'elle lui avait envoyé à l'origine devait logiquement encore se trouver en bas de cette foutue page.

- Merde, s'exclama-t-elle à haute voix, j'ai oublié de lui mettre *« bisous »* ! Comment est-ce possible ? Comment est-ce possible ???

Elle n'en revenait pas ! Depuis qu'ils s'étaient quittés, là-bas, à San Francisco, tout en haut de la colline, elle ne rêvait que de ça pouvoir s'oxygéner de ses baisers. Le dévorer de ses lèvres redevenues si gourmandes. Le couvrir de kisses, kisses, kisses ! Et là, dès le second mail, à peine, elle oubliait de lui envoyer des bisous.

- Ma fille, t'es à l'ouest ! Et ferme encore !

- *Normal, à l'ouest, il y a Sacha,* lui souffla sa petite voix malicieuse.

- Oui, tu as raison, il y a Sacha à l'ouest. Mais tu te rends compte, petite voix ? Il a mis : *« Et bisous quand même ... »* C'est que lui aussi est en manque. C'est que lui aussi pense à moi. C'est que lui aussi m'aime. Ah, putain, que la vie est belle ! Que je t'aime la vie ! Que je t'aime Sacha !!!

Mais elle n'eut pas le temps de savourer l'état de béatitude absolue dans lequel elle était en train de plonger, car son moi raisonnable lui rappela que son article sur les maliennes ne s'écrirait pas tout seul. Que Jack allait sûrement revenir à la charge dans la journée. Et qu'elle devait dépiler les photos de Guido pour pouvoir lui répondre. Alors, Ridjka savoura une dernière fois, juste pour le fun, le mail de Sacha et, toute emplie du bonheur dans lequel il la transporta, plongea au Mali, avec ses femmes, leurs émotions, leurs amours et leurs rires !

Trois heures plus tard, elle relut ce qu'elle avait écrit. Elle était satisfaite : c'était du beau, c'était du lourd, c'était du bon. Du très bon même. Jack serait content. Et Jack lui foutrait la paix pour un bon moment.

Rien de tel que d'être heureuse, pour bien écrire ! se félicita-t-elle, en faisant craquer ses doigts les uns contre les autres pour les détendre.

Chapitre 33
Foufou banane

Emeline était en grands préparatifs. Ce soir, elle avait invité quasiment tous ses amis. Et je peux vous dire que cela représentait du monde !

Elle avait retenu la salle de l'Union de Quartier. Ses garçons étaient en train de la décorer. Mais vous connaissez les hommes et la déco : c'est pas du tout leur truc ... Alors, toutes les cinq minutes, il y en avait un qui faisait irruption dans sa cuisine, qui avec une guirlande, qui avec une nappe, qui avec un lampion, pour lui demander où placer l'objet qu'il tenait en main. A la dixième intervention Emeline avait craqué et avait enjoint Marianna, sa fille cadette, d'aller les aider.

Quand Jacques, son fils aîné, avait adressé un clin d'œil complice à la petite, Emeline comprit qu'elle s'était faite avoir. Mais il était trop tard ... Marianna détestait cuisiner de toute façon. Ça ne datait pas d'aujourd'hui. De tous temps, elle avait inventé mille et une ruses pour éviter de se retrouver autour d'une marmite avec sa mère, sa grand-mère, ou même ses cousines. Pourtant Emeline continuait de nourrir le secret espoir de lui transmettre un jour le virus de la cuisine. Elle avait bien réussi avec ses deux sœurs. Ça avait été si facile avec elles. Même Emery, son dernier fils, adorait cuisiner. Il était assez doué, d'ailleurs ... Seulement voilà, Marianna était un vrai garçon manqué et préférait de loin bricoler, peindre, réparer n'importe quoi dans la maison, ou sur un moteur de mobylette, que de cuisiner !

Emeline soupira et Touré sourit. Il avait une fille comme ça lui aussi.

- Touré Bénicité, pourquoi tu rigoles comme ça ? gronda-t-elle.

- Je rigole, Emeline Jardin, parce que ta Marianna est très maline. Elle sait parfaitement comment manipuler ses frères pour arriver à ses fins. Elle a du caractère cette petite. Comme sa mère, d'ailleurs ...

Emeline rougit.

- Elle a du caractère, mais surtout, elle a trouvé sa voie. Alors, pourquoi veux-tu l'en faire changer ? ajouta-t-il.

Emeline ne sut quoi répondre, du coup Touré embraya :

- Un jour, elle trouvera un grand et beau garçon qui, lui, adorera cuisiner et ils vivront heureux ensemble, car chacun aura trouvé sa place dans leur couple et qu'aucun d'entre eux ne songera à prendre celle de l'autre ...

Emeline posa la banane plantain qu'elle était en train d'éplucher, posa ses deux mains à plat sur la table et regarda son homme avec attention. Elle lut dans ses yeux qu'il croyait en ce qu'il disait. Elle trouva cela rassurant.

Il lui sourit à nouveau, car il savait qu'elle était en train d'avancer. Emeline lut cela aussi dans ses yeux, cela ne lui plut pas du tout :

- Et toi, Touré Bénicité, ça t'ennuierait de m'aider à éplucher toutes ses bananes ? Moi, ça ne me gêne pas que mon futur époux prenne un peu de ma place. Même si c'est en cuisine ! Parce qu'il ne va pas se faire tout seul le foufou. En plus, j'ai aussi le Ndolé au bœuf à préparer. Et quand les invités vont arriver ce soir, rien ne sera prêt !

L'apostrophé sourit aux anges : Emeline avait dit « *mon futur époux* » ! La petite Ridjka avait eu raison de le rassurer. Il était évident que sa douce ne voulait pas le quitter. Sans doute appréhendait-elle seulement de partir ? Tout simplement. Alors, il prit les bananes les moins mûres, parce qu'elles étaient plus difficiles à éplucher et qu'elles abîmeraient les mains de son adorée. Puis, il commença à déshabiller les plus grosses d'entre elles. Emeline se détendit et s'attaqua à celles qu'il lui semblait vouloir laisser.

- Emeline ? l'interpella-t-il de sa plus douce voix, quand il en fut à la moitié de son tas.

- Oui, Touré ? lui répondit-elle sur le même ton.

- Que voulais-tu dire, hier quand tu m'as annoncé que tu ne voulais plus partir ?

Depuis qu'ils avaient quitté la maison de Ridjka Naya, ils avaient soigneusement évité toute discussion.

Ils s'étaient prudemment concentrés sur des retrouvailles langoureuses, muettes, juste traduites par le langage des mains, du regard et du corps.

Et puis, ce matin, ils étaient allés ensemble au marché, ainsi que dans toutes les épiceries afro du quartier, afin de rassembler tous les ingrédients nécessaires à la préparation du repas de ce soir.

Touré avait alors admiré Emeline. Elle avait choisi les meilleures bananes, les meilleures pièces de bœuf et les meilleures crevettes. Elle avait aussi choisi les plus belles feuilles de Ndolé. Elle n'avait rien oublié. Elle avait même pensé au gingembre pour le plat de viande, car elle savait que Touré en était friand. Pourtant, tout le monde n'en mettait pas dans le Ndolé de bœuf. C'était même un sacré sujet de discussion entre les puristes. Sa dernière épouse le lui avait expliqué !

Depuis qu'ils étaient rentrés, Emeline s'affairait en cuisine et Touré la regardait faire. Elle l'épatait ! Elle avait un sens de l'organisation hors du commun. Ils en avaient ramené des choses du marché, pensez donc un repas pour cinquante personnes ! Et pourtant, tout était déjà trié, rangé, regroupé, suivant une logique implacable.

Pendant tout ce temps, où son adorée bourdonnait au rangement, il l'avait regardée en silence. Il n'avait pas osé lui parler. Il ne voulait pas briser sa concentration.

Ensuite, elle avait mis l'eau à chauffer pour faire cuire les bananes et avait commencé à éplucher les fruits l'un après l'autre. Comme ses fils n'arrêtaient pas d'interrompre leur mère dans sa tâche culinaire et que Touré voyait bien que cela avait le don de lui mettre les nerfs en pelote, il avait encore attendu. Depuis que les garçons étaient drivés par Marianna et lui fichaient la paix, Emeline s'était un peu calmée. Et puis, maintenant que lui l'aidait dans la confection du repas du soir, il sentit qu'elle était enfin disponible. Disponible pour crever l'abcès. C'est pour ça qu'il avait attaqué.

Emeline se saisit de la moitié de ses bananes épluchées et autant dans le tas de Touré pour les jeter dans l'eau frémissante. Elle touilla pour chacune d'entre elles fut bien immergée et revint s'asseoir en face de lui. Elle fouilla alors dans les yeux de son homme, fut rassurée et lui répondit mutine :

- Touré Bénicité, tu ne m'as pas bien écoutée ...

Et Touré pensa que c'était bien vrai, mais ne lui en fit pas part.

- ..., je ne t'ai pas dit que je ne voulais plus partir, je t'ai dit que je ne *pouvais pas partir si vite* ...

Les pensées de Touré volèrent avec reconnaissance vers Ridjka.

- Explique-moi, Emeline, se contenta-t-il nonobstant de répondre.

Alors, Emeline Jardin lui expliqua tout : ses enfants qu'elle ne voulait pas quitter si vite. Sa ville, son quartier qui lui manqueraient si elle n'avait pas le temps de faire de vrais adieux. Les amies qui seraient sans doute difficiles à remplacer. Son appartement ... Bref, tous ses « *et puis* » y passèrent. Touré écouta tout. Et Touré comprit tout. Alors, il devint perplexe. Que faire ? Emeline avait raison : ce qu'il lui demandait en si peu de temps était carrément inhumain !!! Il soupira, il aurait bien aimé qu'Amédée soit là pour en discuter avec lui. Mais Amédée était là-bas, au loin, à Bobo. Et Amédée n'avait jamais bien aimé parler au téléphone, alors que faire ?

Touré continua à éplucher le reste de ses bananes en silence, tout en hochant la tête en signe de perplexité profonde. Emeline continua à éplucher le reste de ses bananes en silence, tout en observant Touré du coin de l'œil. Elle voyait que ce déchirement qui la traversait, était en train de pénétrer dans l'esprit de son homme. Elle n'en fut pas du tout étonnée. C'était même pour cela qu'elle avait l'aimé dès le premier jour où elle l'avait vu, là-bas, à Bobo.

Il n'était pas bien grand, il était même un tout jeune enfant, mais il avait déjà cette compréhension de la vie et des sentiments d'autrui, si rare chez la gente masculine. Et ce don, il ne l'avait pas perdu. Non, elle le voyait bien à sa façon de hocher la tête qu'il ne l'avait pas perdu ! Alors, ce vilain déchirement la traversa encore un peu plus. Lui fit encore plus mal. L'ébranla vilainement.

Comment Dieu avait-il permis qu'ils se rencontrent ? Puis, comment Dieu avait-il permis qu'ils se perdent ? Et surtout, comment Dieu avait-il permis qu'ils se retrouvent, alors que tout les séparaient, se demanda-t-elle soudain très lasse.

Touré soupira. Il se posait les mêmes questions et n'y trouvait pas plus de réponses que sa douce n'en trouvait.

Quand Emeline sortit du faitout la première tournée des bananes afin de les égoutter, Touré se leva et jeta les suivantes dans l'eau frémissante. Elle apprécia ce geste à sa juste valeur : ils travaillaient ensemble, dans le même sens. Ce n'était pas un symbole, c'était ce qui les avait unis petits et continuait de les unir aujourd'hui. Elle sourit. Alors, Touré se saisit de l'un des mortiers et commença à écraser ses bananes. Emeline en prit un second dans un placard et officia de même en silence. Il sourit. Oui, ils étaient faits pour vivre ensemble ! La seconde suivante, il grimaça : mais oui, leurs vies actuelles, si opposées, voulaient les séparer.

Au fur et à mesure que la purée de bananes prenait la bonne consistance, Emeline rajoutait tantôt de l'huile de palme, tantôt de la farine de manioc. Quand elle y adjoint du sel, tous deux malaxèrent leur foufou une dernière fois, pour incorporer parfaitement ce dernier et indispensable ingrédient. Puis, sans se concerter et pourtant au même instant, ils trempèrent leur index dans leur mixture pour en attraper une petite quantité. Ils portèrent cet extrait du fruit de leur travail à leurs lèvres pour le goûter et en apprécier la qualité. Tous deux sourirent : c'était du vrai foufou banane !

Alors, ils commencèrent à fabriquer, avec cette pâte, des boulettes parfaitement rondes et furieusement appétissantes. Ils travaillaient en silence, ils travaillaient ensemble, ils travaillaient en symbiose. Exactement comme leurs esprits, pourtant en ébullition totale.

Le foufou fut terminé, Emeline s'attaqua au Ndolé. Elle mit les arachides à tremper dans un grand saladier sur son plan de travail. Une fois cette première étape réalisée, elle revint au centre de la pièce, plaça le bœuf au milieu de la table et une planche à découper et un couteau de cuisine devant chacun d'eux. Alors, toujours en silence, ils s'appliquèrent à découper la viande en carrés de même taille. Ils s'occupèrent ensuite des oignons, piments, gingembre et crevettes. Ensuite, Emeline égoutta les arachides et commença à les piler. Touré, lui, versa de l'huile dans un second faitout et commença à y faire frire les oignons. Ils se sourirent, emplis de l'harmonie de leur entente silencieuse et pourtant absolue. Les oignons étaient maintenant blonds à souhait, alors Touré ajouta le bœuf pour le faire dorer à son tour. Emeline écrasait toujours ses cacahuètes et sa purée commençait à prendre bonne forme. Touré ajouta les piments, le gingembre, les crevettes et de l'huile. Emeline y incorpora sa pâte d'arachide. Ils touillèrent ensemble, chacun muni d'une grosse cuillère en bois. Tous deux collés l'un à l'autre devant la marmite. Ils étaient bien. Leur plat sentait bon. Ils sourirent. Touré ajouta le bouillon qu'Emeline avait préparé en arrivant des courses. Elle baissa le feu et émietta une à une les feuilles de Ndolé. Aussitôt, leur plat vira au vert. Leur concentration atteint son apogée : il était hors de question que le Ndolé fasse des grumeaux ! Quand ils furent satisfaits de la consistance de leur plat de viande, ils portèrent chacun leur cuillère à leur bouche et goûtèrent. Au gémissement de plaisir qu'ils émirent l'un et l'autre, ils surent que c'était là le meilleur Ndolé que la terre ait vu naître.

C'est à ce moment-là que Touré se tourna vers Emeline, prit ses mains grassouillettes dans les siennes osseuses, planta son sourire dans ses yeux et lui chuchota :

- Emeline Jardin, je crois qu'il est temps pour moi d'apprendre à vraiment connaître ton pays, ta vie, tes enfants et tes amis. Voudrais-tu que nous restions un peu ici, pour que tu me montres tout ça ?

Emeline en pleura de joie !

- Mais, Jeff, puisque je te dis qu'on va se régaler ! Du Ndolé à la cacahuète, tu en as déjà mangé ?
- Je m'en fous de ton Ndolé à la cacahuète, Maurice ! Je ne veux pas y aller, un point c'est tout !

Jeff s'énervait de plus en plus. Momo le voyait bien : son amoureux virait à l'écarlate. Mais il ne savait pas comment faire pour désamorcer la consternante colère montante de son amant. Cela faisait plus d'une demi-heure qu'ils discutaient du sujet. La fête commençait dans à peine une heure, or Jeff et lui continuaient à tourner en rond dans cette discussion stérile : « *Ndolé, foufou banane, soirée afro de folie* » et « *Je ne veux pas y aller !* »

Momo se souvenait maintenant pourquoi ça avait cassé entre eux l'année dernière. C'était à cause de cette foutue colère larvée que Jean-François portait en lui. Elle le submergeait sans crier gare, toujours aux moments les plus inopportuns. Ensuite, elle le transformait en une sorte d'animal blessé, prêt à mordre tout ce qui bougeait à portée de mâchoire. Surtout lorsque la chose en question était en train de lui tendre la main ... Cette foutue colère ôtait à Jeff toute faculté de raisonnement. Même basique. Et irrémédiablement, elle les faisait sombrer dans un aussi pitoyable que destructeur mélodrame. Bref, tout ce dont Momo avait horreur !
- Jeff, on va s'éclater, là-bas ! Emeline et Touré sont des gens sympathiques, drôles. Et surtout, ils sont aussi amoureux, l'un de l'autre, que nous le sommes.

Jeff regarda Momo avec intérêt. Était-il en train de flancher ?

Momo embraya :

- Un couple d'amoureux qui se retrouve après soixante ans de séparation et qui s'aime comme au premier jour, ça ne te tente pas ???

Jeff exprima son tiraillement dans un grognement sourd. Mais cet instant de grâce ne dura pas bien longtemps. Deux secondes plus tard, il reprenait sa litanie colérique :

- Je ne veux pas y aller, Maurice ! Je ne veux pas y aller !!!
- Merde, tu fais chier, Jeff !!!
- C'est toi qui me fais chier, Maurice !!! éructa-t-il en réponse. Tu me fais chier ! Tu me fais chier !! Tu me fais chier !!! JE NE VEUX PAS Y ALLER !!!! hurla-t-il à plein poumons.

Ses vibratos de rage emplirent tout le volume de l'appartement. Jeff serait bien allé se réfugier dans une autre pièce, en attendant que sa colère passe. Seulement voilà, il vivait dans un studio et la salle de bain, qui était la seule et unique autre pièce avec porte, était bien trop petite pour abriter toute la violence qui bouillonnait en lui en cet instant.

Pourquoi n'avait-il jamais cherché à se loger dans du plus   grand ? se demanda-t-il. Il en avait les moyens, pourtant. Indubitablement, il aurait été bien mieux dans du plus grand. Moins à l'étroit. Mais non, depuis qu'il était arrivé à Paris, il s'était contenté de louer studios sur studios. Au départ, il y avait trente ans de cela, il était étudiant, alors, ça se comprenait. Mais maintenant qu'il était établi, qu'il gagnait confortablement sa croûte et qu'il recevait souvent, ça ne tenait plus la route ! Et tout ça pour ne pas trahir Perpignan, sa ville natale ! Sa colère monta encore d'un cran ...

- Merde, merde, merde, rumina-t-il.

Momo, impuissant, regardait Jeff se battre avec ses démons. Il le regardait sans comprendre. Cet homme lui avait tout de suite plu parce qu'il était une sorte de giga force riante incarnée. Un repère tranquille et plein de joie pour tous ses potes. Et pourtant, avant de devenir un galeriste révélateur de peintres à succès, il en avait vécu des galères, Jeff ! Mais il avait toujours pris ça à la rigolade. Il en faisait même rire les autres ! Rien ne semblait le toucher. A peine l'égratigner le temps d'une valse. C'était pour ça que Momo l'avait admiré dès leur première rencontre.

Seulement là, Momo avait devant lui un autre Jeff que l'être sociable, drôle et plein de ressources qui fédérait les foules autour de lui. Et Momo ne comprenait pas. Il avait beau chercher, toute cette colère gratuite que son homme lui envoyait en pleine figure le dépassait. Momo se prit la tête dans les mains et soupira à nouveau. C'est à ce moment précis qu'une angoissante question se fraya un sombre chemin dans les circonvolutions tortueuses de son cerveau. Une effrayante question, eu égard au fait qu'ils venaient d'emménager ensemble le matin même : *Pourquoi était-ce toujours quand ils étaient ensemble que Jeff partait en vrille ?*

Momo secoua la tête pour chasser cette pensée. Non, Jeff devait aussi partir en vrille avec les autres. Ce n'était pas possible autrement. Leur relation elle-même ne serait pas possible autrement. Momo sut qu'il fallait absolument qu'il chasse cette putain de pensée de sa tête. Et il fallait le faire au plus vite, parce qu'elle était en train de le conduire tout droit à une autre, bien pire. Une pensée extrêmement plus destructrice :

Tu lui es néfaste, alors fuis, mon gars ! Fuis au plus vite !!!

Momo sentit une grande lassitude l'envahir. Allaient-ils se séparer le premier jour de leur vie commune ?

- Je vais te laisser, soupira-t-il soudain fatigué.

Curieusement, ce soupir non caché de l'homme de ses rêves, calma Jeff, aussi sûrement qu'une bonne douche glacée. Il s'assit sur le Futon de son séjour-chambre. Lorsqu'il fut bien installé, il lança à Momo des yeux l'invitant à le rejoindre. Comme celui-ci hésitait ferme, Jean-François joignit la parole au regard :

- Non, Momo, s'il te plait reste ...

C'était la première fois que Jeff l'appelait Momo, alors Momo, bonne pâte, accéda à sa demande. Il s'assit à côté de lui. Mais poussa quand même un second soupir. Encore plus profond que le précédent. Le soupir d'impuissance par excellence.

- Je suis un vrai con, hein, Maurice ?
- Ouais, Jeff, un vrai con !
- Tu sais, je ne le fais pas exprès.
- J'espère bien que tu ne le fais pas exprès !
- C'est plus fort que moi, tu sais. Ça monte, ça monte, ça monte, ça m'envahit et après je sais plus quoi faire pour que ça sorte ... A part m'énerver, bien sûr ...

Momo soupira encore.

Lui, quand ça bouillait, il allait voir Ridjka. Ils plaisantaient sur le sujet pendant des heures, en montant une pyramide de cannettes de bières qu'ils avaient descendues au préalable, il shootait dedans et ça partait ! Il avait toujours fait comme ça. Et ça avait toujours marché ! Alors bien sûr, qu'il piquait des crises quand quelque chose l'énervait. Mais c'était du passager, du bienfaisant, du libérateur. Et après ça allait mieux. Ridjka lui manqua terriblement en cet instant. Elle, elle, aurait sûrement trouvé comment dédramatiser. Seulement, voilà, Momo n'allait pas annoncer à sa boule de colère qu'ils devaient aller parler avec sa Ridj, juste parce qu'elle seule saurait régler leur différend. Il n'y avait pas photo, il ne pouvait pas balancer sa copine dans les pattes de son amant, dès le premier jour de leur vie commune.

Merde ! s'énerva Momo intérieurement. *Merde, merde et merde !!!* bouillonna-t-il à son tour.

- Tu ne dis rien, Maurice ? s'inquiéta Jeff.
- Je ne dis rien, mais je pense, lui sourit-il pour masquer ses sentiments. J'essaye de comprendre ce qui te fait monter dans les tours comme ça.

Jeff se tut. De toute façon, il ne savait pas quoi répondre.

- C'est moi ?
- Non, bien sûr que non, Maurice, ce n'est pas toi !

- Tu en es sûr ? Parce que ça arrive chaque fois qu'on est seuls ensemble.

Jeff réfléchit. Cette assertion lui était arrivée au cœur, comme une flèche enduite d'un poisson mortel. Il réfléchit longuement, pour lâcher finalement :

- Si c'est toi, alors ce n'est pas comme tu le crois.

- Merde, explique-toi, Jeff !

Là, Maurice Hebel sentit que la furieuse colère de Jeff l'avait investi. Il se força à respirer lentement. Mais la colère était là ! Et ce n'était pas de petites respirations de rien du tout qui la ferait partir comme ça !!! Jeff avait réussi à le foutre en colère ! Dans une vraie colère !! Momo n'en revenait pas ! Mais Jeff, lui continuait de suivre sa pensée, alors, il ne nota pas la nervosité qui s'emparait désormais de Momo. Il se contenta de répondre par un sibyllin :

- Ce n'est pas facile à exprimer ...

Momo explosa :

- Cherche, Jeff ! Cherche !!!

Jeff se tut. Il cherchait, ça oui ! Il se creusait la cervelle pour trouver les mots adéquats. Ceux qui rassureraient Maurice. Pensez donc, c'était la première fois que quelqu'un lui demandait de parler de sa colère ! Alors il voulait parler juste. Et puis Momo était le bon. Il méritait mieux qu'un silence. Seulement Jeff ne maîtrisait pas du tout le sujet ! D'ailleurs, il n'avait jamais cherché à le faire, puisqu'après, une fois que cette putain de colère intérieure était sortie, il allait mieux. Enfin, tant que le tout nouveau chapelet de remords - qu'il avait gagné en échange - ne venait pas l'assaillir pour le faire replonger encore et encore. Bref aujourd'hui c'était différent, il devait faire un effort. Il devait chercher, parce qu'il était sûr de vouloir vivre avec Maurice. Aussi sûr, que cette foutue colère allait plomber leur couple en moins de temps qu'il n'en faut pour le dire. Alors, Jeff se força à la concentration. Il devait chercher et il devait trouver.

Maurice, lui, respecta son silence. Il se tut et attendit patiemment. Bon, bien sûr, pas si patiemment que ça, vu que l'heure tournait et que le Ndolé de bœuf à la cacahuète et aux crevettes s'éloignait de lui et de ses papilles gustatives en émoi. Mais Jeff était en train de faire un gros effort pour lui, alors, il attendit. Il ne fut pas déçu, car quand Jean-François sortit de sa réflexion, se fut pour avancer timidement :

- En fait, ..., je crois, .., enfin, .., peut-être que si ma colère monte plus vite quand tu es là, c'est parce que je t'aime.

- Ben, nous voilà bien, soupira Momo désarçonné.

- Non, en fait, je crois que comme je t'aime, j'abaisse toutes mes barrières de protection ...

Momo attendit la suite, parce qu'il ne comprenait pas trop où son Jeff voulait en venir. Il se contenta de faire tourner sa main droite sur elle-même pour l'inciter à continuer. Alors, Jeff continua :

- J'ai confiance en toi, alors, je n'ai pas besoin de me protéger ...

Momo continua son moulinet en souriant sous le compliment. Alors Jeff avança :

- Du coup, tout ce que j'éprouve pour toi sort en démultiplié.

- Et donc, tu es en colère contre moi ? bondit Momo estomaqué.

- Non, Maurice, je ne suis pas en colère contre toi, tenta-t-il de le calmer.

Mais Momo n'en pouvait plus. Il ne reconnaissait plus son Jeff. Il ne le comprenait plus. Ce qu'il comprit en revanche, c'était pourquoi inconsciemment, il avait fui ce matin, quand Jeff lui avait proposé la vie commune. Lui, Momo, savait qu'il avait besoin de se protéger ! Son instinct le lui avait soufflé et l'avait poussé à se protéger en fuyant. Et, là, en cet instant précis, son instinct le poussait à nouveau à fuir :

- Je ne comprends rien à tes salades, Jeff ! Tu me saoules, Jeff ! Quand tu sauras contre qui exactement tu es en colère,

tu m'appelles. Moi, je n'en veux pas de ta colère à la noix !
Elle me bouffe ta colère !! Elle me fait chier ta colère !!!
Alors moi, je vais aller me gaver de Ndolé au bœuf et à la
cacahuète, accompagné d'un bon foufou banane et basta !!!

Sur ce, il prit sa veste à petits carreaux noirs et blancs et
fuit Jeff, son studio et sa colère, en claquant la porte.

Une fois tout seul, Jeff bondit hors de son Futon et
s'époumona :

- Je suis en colère contre moi, Maurice ! Contre moi !! Je
te jure que ce n'est pas contre toi !!!

Mais Maurice était déjà loin.
En colère, mais loin.

Et bisous quand même …☺
Sacha

Depuis que Ridjka avait lu ces cinq mots, ils avaient investi son être tout entier. Et ne voulaient plus le lâcher !

Alors, pendant qu'elle se concentrait sur l'écriture de l'article sur les maliennes, ou qu'elle étudiait les photos de Guido - ou même quand elle prenait une pause et qu'elle regardait par la fenêtre pour délasser ses yeux - son corps vibrait ! C'était comme si chaque atome de sa personne frémissait sous les « *et bisous quand même* » de Sacha. Comme si, un à un, chacun de ces baisers virtuels - puisque numériques - s'étaient détachés de l'écran Bordelais, pour se transporter jusqu'aux lèvres de son âme sœur, y avaient puisé l'oxygène vital, pour voler ensuite jusqu'aux siennes et y répandre une vague de bien-être sensuellisime.

Ridjka avait mis les ZZ-Top à fond. Rien de tel que le trio magique avec ses deux barbus improbables et leur guitare de folie pour accompagner une transe corporelle … Tout en peaufinant son article, elle chantait et dansait sur son siège. Qui lui gémissait sous la pression. De temps à autre, elle marquait une pause pour repenser aux couples que ce printemps de rêve avait autorisé à se retrouver : Emeline et Touré d'abord; Jeff et Momo ensuite; et enfin Sacha et elle.
La passion se bousculait en ce joli mois de mai. Et ce tourbillon était diaboliquement enivrant !

Depuis son nuage, elle réexamina les photos de Guido. Elles étaient très bonnes. Son ex avait vraiment donné le meilleur de lui-même sur ce coup ! Elle les inséra dans son article et sourit : elle aussi avait donné le meilleur d'elle-même sur ce coup !!!

- Et point final !!! jubila-t-elle.

Alors, une fringale incontrôlable s'empara d'elle. Bon d'accord, cette fringale n'était pas réellement orientée bouffe, quoi que ... Mais, aujourd'hui, sous l'influence de ces amours renaissants, de ces JPEG magnifiques, et de ces maliennes si pleines de rires, elle avait envie de dévorer à nouveau la vie à pleines dents !

Des fringues par exemple, ça faisait au moins trois ans qu'elle n'avait rien acheté. Pas envie. Pas le temps. Mais aujourd'hui, c'était différent ! Elle rêvait de neuf, un rien extravagant, mais affriolant ça c'était sûr. Elle allait s'en acheter des fringues ! Des tonnes, de toutes les couleurs, de toutes les formes. Enfin, des formes qui mettraient les siennes en valeur, bien sûr ! Il ne s'agirait pas que Sacha trouve qu'elle était devenue un petit tas, tout de même ...

Ah, et puis une moto ! Demain matin, à la première heure, elle irait s'en racheter une ! Putain, comme c'était bon quand Sacha et elle roulaient vers le Pila, le soir, pour aller dormir sur la dune ! Les bras de Sacha enroulés autour de sa taille, ou l'inverse, selon qui conduisait.

Huuumm, que du bonheur !!!

Pauvre petite 125. Quand elle y repensa, elle en eut un pincement au cœur. Elle avait claqué à la seconde où Ridjka avait quitté le périf et tenté l'aventure dans le premier rond-point parisien qui s'était trouvé sur sa route. C'était le jour où elle avait quitté Bordeaux pour s'installer à   Paris. Sa Honda avait, sans doute, eu peur de cette circulation de déments pousse-toi-de-là-que-je-m'y-mette. Pourtant, à Bordeaux, ça bouchonnait ferme ! Ça circulait dur, aussi. Mais, du moins les ronds-points étaient-ils anglais et les conducteurs avaient-ils du flegme. Enfin, presque tous ... Le nombre de virées qu'ils avaient faites, Sacha et elle, sur sa Honda ! Elle reprendrait la même ! Ou son arrière-arrière-petite-fille. Parce que tant d'années après, il ne devait plus avoir beaucoup de XR en état de marche. Ou alors, elle prendrait une Harley. Oui, cela faisait trop longtemps qu'elle en rêvait ! Une rose fille, tiens ! Et vaille !

Et puis, la cuisine : elle allait la changer complétement ! Du cosy, du beau, du propre ! Il fallait bien ça, pour mitonner correctement, non ? Sacha adorait la bouffe. N'importe quoi comme bouffe, d'ailleurs, se rappela-t-elle en souriant.

Et puis et puis ... Mille envies l'assaillaient, mais son moi raisonnable la rappela à l'ordre :

- *En attendant, Toutoune, ça serait bien que tu t'habilles pour ce soir, car il faut encore que tu achètes une caisse de vin pour la fiesta d'Emeline et Touré et tu es encore en peignoir !*

Ridjka adhéra, oui, il fallait qu'elle se change :

- Une mini-jupe, il fait chaud. Ouais, la petite kaki, avec les poches sur les côtés. Elle est bien celle-là, elle vole quand je tourne !

Ce soir, il y avait bal après le raout. Ridjka n'avait qu'une envie : que son corps s'exprime, s'extériorise. En un mot, qu'il exulte. Au moins ça le détendrait et il lui ficherait peut-être la paix ...

- Le T-shirt ? Le vert pomme. Kaki et vert pomme, ça se marie à merveille !

Quand elle se regarda dans le miroir, parée des pieds à la tête, elle sourit et chuchota : *et bisous quand même, mon Sacha* ... Dans le creux de sa main, elle déposa un baiser léger qu'elle souffla par la fenêtre ouverte, en direction du sud-ouest. Elle resta quelque secondes à regarder ce baiser invisible partant vers Sacha, puis sourit à nouveau : elle était prête ! Elle fit taire à regret les ZZ-Top et sortit de chez elle, à la recherche d'un caviste.

Bisous ..., bisous ..., bisous ! ☺
Ridji

C'était la réponse qu'elle avait envoyée à Sacha.

Les avaient-ils déjà reçus ? Etaient-ils déjà sur sa peau ? Etaient-ils déjà sur ses lèvres ? Etaient-ils déjà dans son cœur ? Celui de Ridjka, en tout cas, battait à tout rompre en tout cas. Et elle était si bien. Si furieusement bien. Ses pieds volaient sur le sol parisien, tandis que son esprit volait vers l'Aquitaine ensoleillée.

- Du vin, j'en trouverais du très bon à Bordeaux ! sourit-elle à l'idée d'y aller et d'y retrouver Sacha.

- *Ça fait un peu loin pour ce soir ...*, lui opposa son moi raisonnable.

Mais Ridjka ne l'écouta pas. Elle savait que c'était loin, elle n'était pas sotte tout de même. Mais elle aurait donné n'importe quoi, en cet instant, pour y être. Pour retrouver la chaleur des bras de Sacha. Et pour fondre sous ses baisers.

Le caviste chez qui elle entra pour se ravitailler roulait les « *R* » et mangeait les « *B* ».

- Vous êtes Bordelais ? lui demanda-t-elle le cœur vibrant.

Ce soir, tout ce qui la pouvait la rapprocher de la Gironde était comme un cadeau du ciel.

- Bordeaux ? Le seul véritable pays du vin ? Oui, bien sûr, que je suis de Bordeaux, ma petite dame !

- Moi aussi !

- Ah, alors, si vous êtes de la famille, laissez-moi vous montrer ma cave secrète.

Et le rondouillet marchand guida Ridjka vers l'arrière-boutique. Ils descendirent un large escalier en pierre de taille et se retrouvèrent dans la fraîcheur des anciennes carrières de Paris. Là, s'étendaient, sur une bonne centaine de mètres, des dizaines de rangées de rayonnages à bouteilles.

- Là, ma petite dame, il n'y a que de l'excellence liquide ! Des merveilles viticoles !! Du divin en bouteille !!!

Ridjka en resta comme deux ronds de flan. Elle connaissait l'existence de ces carrières, mais n'en n'avait jamais visitées. Contempler ces coups de pioche, portés au millénaire dernier par des hommes qui n'étaient plus et pourtant imprimés à jamais sur les parois de calcaire, l'émut. Découvrir ses piliers blancs, énormes qui portaient Paris sur leurs épaules, l'épata. Observer la rigueur dans la symétrie conférée aux allées de la cave et le parallélisme parfait du plafond et du sol, la scia. Son silence admiratif combla d'aise le commerçant.

- C'est pour accompagner quel plat, ma petite dame ? la réveilla-t-il.

- Du Ndolé au bœuf et du foufou banane, répondit-elle à moitié absente.

- De l'africain ? De l'épicé ?

Elle le lui confirma d'un hochement de tête.

- Alors, il vous faut du lourd, du puissant, du profond. Mais, du fruité tout même pour sublimer les saveurs ...

Sublimez, sublimez, pensa Ridjka qui était dans la mouvance sublimatoire depuis : « *et bisous quand même ... »*

- Laissez-moi voir ..., continuait le caviste insensible à son trouble.

Il descendit les dernières marches qui le séparaient de ses précieuses bouteilles pour arpenter son domaine à la recherche du cru adéquat. Ridjka le suivit, elle était à Bordeaux ! A mi-longueur, le jovial petit homme s'arrêta devant une rangée en meumeummant. Il tourna plusieurs bouteilles solennellement, puis meumeumma ce qu'il lisait sur l'étiquette. Mais toutes furent repoussées avec amour. Il changea de rangée et passa en mode « *commentaires meumeummés explicatifs* » :

- Meumeumm, trop léger ...

- Meumeumm, trop vieux ...

- Meumeumm, trop tannique ...

Ridjka le regardait faire avec admiration. Elle s'y connaissait un peu en vin. Un tout petit peu ... Par exemple, ce soir, elle aurait bien pris un Syrah, parce que justement il était à la fois fruité et puissant. Mais, elle savait qu'avec ce bonhomme et tout le savoir œnologique qu'il possédait, elle aurait le vin idéal. Elle attendit donc que la bonne bouteille veuille bien se laisser attraper et continuait à l'observer évoluer avec délice.

- Ah ! La voilà ! Ce ne sera pas un Bordeaux, ma petite dame. Vous m'en voyez désolé. Mais vous m'en direz quand même des nouvelles de ce petit Gigondas.

Ridjka le remercia en se saisissant de la bouteille qu'il lui tendait.

Hum, Syrah-Grenache, lut-elle sur la bouteille. *Tu n'es pas trop mauvaise ma fille !*

Au seul souvenir de ce breuvage coulant dans sa gorge, il explosa dans son palais en un profond bouquet floral. Elle se laissa faire et par la pensée envoya un peu de ce plaisir à Sacha.

Chapitre 36
Chaussures Scholl

Maurice Hebel en était à la quatrième assiette de Ndolé-foufou. Emeline était ravie. Touré épaté. Et Ridjka inquiète.

La fête battait son plein, mais Momo restait près du buffet, à se goinfrer. Quand il se bourrait autant, ce n'était jamais bon signe ... Ridjka avait bien tenté de le conduire à l'écart, histoire de le faire parler au calme. Mais il restait assis à sa table et refusait catégoriquement d'en bouger. Alors elle s'était assise à côté de lui pour papoter. Résultat, il passa en passa en mode boulimie surmultipliée. Donc à chaque nouvelle question, il lui répondait, la bouche pleine, qu'on ne pouvait pas parler la bouche pleine !

Ridjka s'énerva :

- Merde, Momo, tu ne vas me pourrir mon groove ce soir, quand même ?

- Et qu'est-ce qu'il a de spécial *CE* soir, Ridjka Naya, s'il te plait ?

Ce ne fut qu'à la fin de sa phrase qu'il finit d'avaler sa boulette de foufou. Ridjka grimaça, mais lui répondit quand même :

- Sacha m'a répondu ...

Elle frémissait de plaisir et ça se voyait. Nonobstant, Momo se contenta de relever une tête apathique de son assiette. Sa main, armée d'une fourchette pleine de viande, resta en suspens. Sa bouche pleine, se bloqua en position ouverte, offrant, à qui le regardait, une vision très précise de ce que devenait la nourriture une fois broyée, avant d'être ingurgitée ... Il n'émit aucun son, ne prononça aucun mot, ne fit aucun geste pour encourager sa copine à continuer. Il était en attente. Une attente immobile qui pourrait passer pour attentive aux yeux de certains, mais qui pour Ridjka se révélait être une effrayante une attente passive. Elle ne reconnaissait plus son Momo ... Elle fut alors irradiée par une méchante douleur au cœur. Affreuse et terrassante. Une de celle qui vous fout KO à l'annonce d'un décès.

D'habitude, pensa-t-elle, *il aurait bondit sur son siège en entendant ces mots. Il aurait éructé un : « vas-y, raconte » impatient. Il aurait fait de grands moulinets avec ses mains pour me pousser à continuer. Mais là, rien. Une vache qui regarde un train passer. Une chouette Harfang endormie sous le soleil de midi. Un écureuil empaillé posé sur une commode de salon.*

Son excitation s'envola d'un coup d'un seul, à cette constatation. Elle avait retrouvé Sacha et ses baisers. Miam ! Mais, un peu comme si la vie était économe en bonheur, elle était en train de lui reprendre le corps, l'âme et toute la complicité de son confident de toujours. Son cœur se mit à saigner ferme. Il était hors de question qu'elle perde son Momo, son pote, son pilier ! Alors, elle ne lui montra rien de son abattement. Juste pour ne pas l'effrayer. Non, elle le regarda droit dans les yeux tout sourire, afin de capter son attention. Rien ! Elle le poussa du coude pour lui faire lever les yeux de son assiette. Rien ! Quelles que fussent ses tentatives pour le faire revenir dans le présent, elles n'avaient aucun effet sur lui. Le train n'avait sans doute pas fini de passer, car Momo gardait son regard bovin.

Furieuse, elle se leva et alla retrouver Jacques, le fils ainé d'Emeline. Il était au milieu de la piste et dansait comme un Dieu, alors elle se mit à chalouper à côté de lui. Elle se laissa envahir par la musique afro et, généreusement, celle-ci lui vida la tête. La torpeur dans laquelle Momo venait de la plonger, se dirigea vers la sortie le temps d'une mesure à quatre temps. Elle ferma les yeux et se laissa porter par la mélodie d'une chanteuse Ivoirienne. Elle reconnut Nayanka Bell. Elle l'adorait ! Ses chansons étaient si pleines d'énergie et de douceur mêlées que Ridjka sentit l'harmonie de l'Afrique la détendre. Elle se laissa faire sans résister. Ressourcée, elle ne mit pas longtemps à retrouver le sentiment de liberté absolue que danser lui procurait. Quand le corps s'exprime, le mental se tait. Elle se laissa faire un peu plus. Elle était à nouveau bien. Alors, les baisers de Sacha - même s'ils restaient strictement numériques - purent à nouveau se poser sur elle. Exactement là où ils en avaient envie ...

- Crétin de Momo, grinça-t-elle entre ses dents pour se défouler.

Et là, elle se sentit encore mieux !

Quand Ridjka tourna la clef dans sa serrure, il n'était pas loin de cinq heures du matin. Elle était ivre de sa soirée.

Le Gigondas s'était marié à la perfection avec le Ndolé au bœuf et le Foufou banane d'Emeline. Touré allait rester jusqu'à la fin des vacances de Noël pour apprendre à connaître le pays de la femme de sa vie. Momo avait fini par lâcher que c'était déjà terminé avec Jeff et qu'il n'avait donc plus de brosse à dent, parce qu'elle était restée dans le studio de ce crétin des Alpes. Bon, bien sûr, il n'avait pas voulu développer et cela avait quelque peu blessé Ridjka. Mais, ils étaient rentrés ensemble. Et sur le trajet, il avait même fini par s'intéresser, puis se réjouir des mails de Sacha. Quand ils s'étaient quittés, il lui avait promis de passer le lendemain pour tout lui raconter sur Jeff et lui.

- Cinq heures du mat, mes petites mains chéries, n'est-ce pas une bonne heure pour consulter ses mails ?

Ses mains fourmillèrent en signe d'acceptation. Alors Ridjka fonça sur son ordinateur, tel un aigle sur sa proie.

- Mon petit, tu as intérêt à lâcher tout ce que tu as dans le ventre. Ce soir, je veux tout et tout de suite ! Et surtout, ne fait pas ton prude, je veux des bisous, des bisous et encore des bisous ...

Son PC obéit à chacun de ses ordres, mais pas tout à fait comme Ridjka l'espérait. Il y avait bien un mail de Sacha, mais au lieu de l'émouvoir, il la fit éclater de rire :

Ma secrétaire a pris la moitié de tes bisous ... ;-)
Bonne nuit et bisous
Sacha

Sa secrétaire ... Sa secrétaire ... Elle éclata à nouveau de rire. Il avait donc une secrétaire qui lisait ses mails ?
- Pétasse de secrétaire ! rigola-t-elle en brandissant le poing en direction de Bordeaux.
Il avait une secrétaire, mais il ne lui en voulait pas d'avoir égratigné son image de mari fidèle avec son mail. Ridjka ferma les yeux et inspira profondément pour savourer cette découverte. Commençait-elle à faire partie de sa vie ? Cependant, si heureuse qu'elle fut, ses pensées, elles, revenaient inlassablement à cette fichue secrétaire. Pour les calmer, elle imagina une grosse femme, la cinquantaine bien tassée, le poil court en boucles éparses sur le sommet du crâne, la teinture roux sombre tirant sur le violet, portant des chaussures Scholl déformées par un hallux valgus et bien sûr, vêtue d'une blouse proche de l'explosion, à cause de son embonpoint à faire pâlir le bonhomme Michelin.
- Pétasse de secrétaire ! rigola-t-elle à nouveau. Ils étaient à Sacha ces bisous, rends-les lui !!! la menaça-t-elle en effectuant une fente pour la mettre en joue d'une épée factice. Et d'ailleurs, que pourrais-tu en faire de ces bisous ? Une grosse mocheté comme toi ? Grosse mocheté, rends ces bisous à Sacha ! Ils sont bien trop divins pour toi !!!
Et Ridjka frissonna de plaisir, en pensant à toute la sensualité qu'elle avait envoyée dans ces bisous pour Sacha. Pas pour sa secrétaire. Elle s'assit pour la savourer pleinement, se cala bien profondément dans le dossier de son fauteuil à roulettes, pour qu'il enveloppe tout son dos. Elle se sentait bien là, avec sa sensualité exacerbée, les bras

et le torse de Sacha virtuellement autour d'elle, leurs bisous partagés et en plus, la lune bienveillante qui lui adressait un clin d'œil par la fenêtre.

- Pétasse de secrétaire, tu vas voir ce que tu vas voir !!! se redressa-t-elle.

Ridjka s'empara de la souris et cliqua sur « *répondre* ».

Cher Professeur Berry,
Auriez-vous un instant, demain dans la journée, pour une consultation téléphonique ?
Bisous,
Ridji

Elle était morte de rire à l'idée d'envoyer ce mail. Elle était surtout morte de rire en imaginant la tête de la secrétaire sur-bedonnante, à sa lecture. Allait-elle chercher un créneau horaire dans le planning de Sacha ? Le réserverait-elle pour lui ? Se consumerait-elle de jalousie ? Quelle que fut l'hypothèse retenue, Ridjka était morte de rire ! C'est donc hilare qu'elle cliqua sur « *envoyer* ». Et quand elle vit le message disparaître, elle n'eut même pas de pincement au cœur de le laisser partir. Non, elle visionna les petits doigts boudinées de la secrétaire de Sacha, qui demain matin s'activeraient - sur sa souris à elle - et découvriraient ce rendez-vous en règle de *son* professeur Berry, avec une certaine Ridji. Elle imagina alors, la grosse secrétaire menant l'enquête pour découvrir si par hasard son patron ne s'offrait pas une petite aventure. Là, Ridjka pensa qu'elle avait peut-être déconné ... Elle se rongea l'ongle de l'index gauche nerveusement. Heureusement pour elle, avant qu'elle n'attaque le doigt, son moi raisonnable la rassura :

- *Que peut-il y avoir de plus compromettant que : « bisous, bisous, bisous, Ridj » ?*

- Tu as raison mon grand, approuva-t-elle, le mal était déjà fait. Et visiblement, cela a fait rire Sacha ... Alors, no souci ...

Ridjka se calma un peu.

Pour achever de se détendre totalement avant d'aller se coucher, elle transféra quand même les photos de Guido à cette empaffée de Jessica. Elle aussi avait bien le droit de s'amuser un peu. Il faudrait qu'elle prévienne Momo de passer à la rédac tout à l'heure, pour mesurer l'effet de son revers mailistique.

Elle consulta sa pendule : Six heures du mat ? Déjà ? Non, c'est sûr, Momo ne serait pas à Come Com à temps ...

Chapitre 37

« *Don't get me wrong* »

Le refrain des Pretenders « *Don't get me wrong* » chanta dans la chambre de Ridjka Naya. Mais, elle avait la tête lourde, alors elle la cacha sous son oreiller pour faire taire la musique.

Le refrain des Pretenders « *Don't get me wrong* » rechanta dans la chambre de Ridjka. Sa tête était toujours aussi lourde, mais un neurone se décida à bouger.

Le refrain des Pretenders « *Don't get me wrong* » chanta une troisième fois dans la chambre de Ridjka. Sa tête était toujours aussi lourde, mais tous ses neurones s'entrechoquèrent dans une agitation brownienne démentielle. Elle se redressa d'un bond, tous les sens en alerte :

- Putain, c'est mon portable ! s'angoissa-t-elle.

Elle le chercha des yeux partout dans la pièce. Pas de portable en vue.

- Putain, où es-tu crétin de téléphone, à la con ?

Elle fouilla de ses mains fébriles partout dans son lit. Elle avait dormi habillée, il était probablement tombé avec elle quand elle s'était effondrée hier soir.

Non, ce matin, corrigea-t-elle mentalement.

Le refrain des Pretenders « *Don't get me wrong* » chanta une quatrième fois dans la chambre de Ridjka. Sous l'oreiller, ça venait de sous son oreiller. Elle s'en souvenait maintenant, elle l'avait placé là, pour le retrouver plus vite quand Sacha appellerait ! Elle l'ouvrit et vacilla :

- Putain, c'est Sacha et je ne lui ai pas répondu ! fit-elle au comble de la panique.

Dix heures, elle lut dix heures sur l'écran. Elle fit rapidement le calcul dans sa tête, elle n'avait dormi que quatre heures cette nuit. Ceci expliquait sans doute cela ...

- *Réponds !* lui ordonnèrent en simultané sa petite voix et son moi raisonnable.

- Ah, oui, mon portable sonne encore ...

Elle souleva à nouveau le clapet en cuir : « *Sacha* » s'affichait sur l'écran. Au comble de la fébrilité, elle appuya tremblante sur le bouton de prise de ligne pour lancer un timide « *Allo ?* ».

- Allo, lui transmit le haut-parleur de son mobile en retour.

Oh, putain, cette voix qu'il a ..., cette voix ..., trembla-t-elle d'émoi, à en tomber à la renverse.

Ceci dit, vu qu'en cet instant, elle était encore sous sa couette, elle ne se serait pas fait trop mal ... Comme elle ne répondait pas, son interlocuteur insista :

- Allo ? Il y a quelqu'un au bout du fil ? C'est pour une consultation téléphonique ...

Aaahhh, sa voix ..., la voix de Sacha ... Ridjka craquait. Ridjka fondait.

- Oui, oui, je suis là professeur Berry ... Je suis là, roucoula-t-elle avec toute la douceur et la tendresse qui l'habitaient en cet instant.

Sans doute Sacha le perçut-il, car il soupira d'aise. Ce soupir finit de bouleverser Ridjka. Son corps tout entier soupira à son tour.

- Vous aviez besoin d'une consultation téléphonique, me disiez-vous ?

- Oui, Professeur. C'est très grave, je suis en manque ...

- En manque de quoi, chère patiente ?

- Je ne sais pas trop ... Comment vous dire ? Je crois que je suis en manque d'oxygène ...

Sacha respira à l'autre bout du fil. Rien d'exceptionnel en soi. Une respiration des plus classiques. Celle de l'homme en vie quoi ! Mais Ridjka arrêta de penser en entendant cette respiration. Celle de Sacha, sa bonbonne d'oxygène pur. Alors, sans qu'elle le contrôle le moins du monde, ses oreilles se dressèrent pour écouter encore et encore cette divine respiration. Ses tympans, en activité maximale, transmirent l'information aux divers autres sens de Ridjka. Ils transformèrent, en moins d'une milliseconde tout son corps en une espèce de cocotte-minute géante. Elle ne respirait plus, pas besoin Sacha respirait pour elle ! Elle n'entendait plus rien non plus, hormis bien évidemment la respiration de Sacha. Seulement, Sacha, lui, en plus de respirer, il parlait.

Il *lui* parlait.

Et il attendait une réponse ...

- Ridji, tu es là ? répéta-t-il pour la troisième fois.

- Oui, oui, Sacha, je suis là ...

Non, mais c'était quoi ce truc de dingue ? Elle, Ridjka Naya, la nana la plus volubile de la terre, n'arrivait pas à parler ! Plus exactement, elle n'arrivait pas à aligner une pensée qui puisse sortir avec cohérence de sa bouche. Sans doute parce que son esprit ne l'était plus du tout, cohérent, en cet instant. Squeezé qu'il était par ses oreilles ...

- Je disais donc que pour l'oxygène, la seule solution est la pratique de soins intensifs ...

Ridjka partit en vrille !!! Déjà, rien que quand elle entendait sa voix, elle fondait comme du chocolat chaud sur une boule de glace ... Mais là, il avait prononcé « *pratique de soins intensifs* » avec tant de douceur, tant de sensualité, tant de désir, qu'elle sentit leurs deux corps se toucher et leurs bouches se coller, se prendre de plaisir et s'embrasser à en mourir.

- Ridji, tu es là ? s'inquiéta Sacha.

- Oui, oui, Sacha, je suis là ...

Elle fondit un peu plus, mais tenta quand même de répondre :

- Voyez-vous professeur, mon nouveau médecin traitant est loin ... Trop loin, pour me pratiquer ces soins intensifs ...

Sacha soupira, alors Ridjka respira.

- Et quand je lui envoie de l'oxygène par mail, continua-t-elle, c'est sa grosse vache de secrétaire qui intercepte tout !

- Elodie n'est pas une grosse vache, sourit-il à travers le combiné. C'est même une petite bombe, blonde à souhait, sapée tout ce qu'il y a de plus sexy affriolant et surtout, plus féminine qu'une chatte ...

Merde ! pensa Ridjka. *C'est quoi ce canon qui tourne autour de lui ?*

- Et, elle a droit à des séances de soins intensifs, votre Elodie ?

- Non, je réserve cela à mes patientes parisiennes ...

Ridjka ne sut quoi répondre.

- A *MA* patiente parisienne, ajouta Sacha mutin.

Ridjka soupira de soulagement.

- Ceci dit, Ridji, on ne peut pas continuer à échanger sur cette adresse mail, trop de monde lit mon courrier ...

- Oui ...

- Tu as une idée ?

- Oui, se réveilla-t-elle. Je te fais un compte sur Gmail. Tu veux quoi comme nom ?

Sacha prit une inspiration pour réfléchir. Ridjka reçut l'oxygène de son inspiration, elle fondit encore un peu plus, mais réussit tout de même à l'écouter.

- Sachari, c'est possible ?

- Comme Sacha-Ridji ?

- Comme Sacha-Ridji, oui. Et comme sucre en grec, aussi.

Ah, sa voix ...

Ah, le choix de ses mots : Sacha-Ridji ...

Il n'y avait que lui pour toujours trouver ceux qui atteignent direct le cœur d'une midinette en pamoison ... Ridjka sauta au plafond !

- Oui, bien sûr que c'est possible, s'émoustilla-t-elle quand elle redescendit sur terre. Et comme mot de passe ?

- Oxygène ?

Ridjka reçut, jusque dans les plus minuscules de ses bronchioles, toutes les molécules d'O_2 contenues dans ce password. Sa poitrine doubla de volume. Elle en eut parfaitement conscience. Transformée en ballon d'hélium qu'elle était !

Quel Dieu ..., pensa-t-elle.

- Je te fais ça de suite, réussit-elle quand même à articuler. Enfin, je te fais ça, dès je suis debout ...

- Tu es encore au lit ? l'interrogea-t-il d'une voix gourmande.

- Oui, je suis sous ma couette. Toute seule ... Toute nue ...

Là, ce fut Sacha qui soupira.

Ah, ce soupir !!!

- Professeur Berry, professeur Berry ? questionnait une voix au loin.

Ridjka reconnut Robin Martin. Elle fut contente de l'entendre, il avait l'air en forme. Mais, dans la seconde suivante, la contrariété l'envahit, au ton que l'interne employait, il allait sûrement lui piquer son oxygène privatif. Et cela ne manqua pas :

- Ridji, je dois te laisser. Je compte sur toi ?

- Oui, Sacha, ce sera fait dans deux minutes et trente secondes ...

- Bisous, Ridji ...

- Bisous, Sacha ...

Et le silence se fit sur la ligne. Sacha était déjà parti emporté vers son tourbillon d'activités avec Robin. Et Ridjka, elle, était seule avec sa couette !

Non, ma fille, tu n'es pas seule : tu as un compte à créer ...

Alors d'un bond, d'un seul, elle se leva pour réaliser sa mission. Sa tête ne se mit même pas à tourner, ses jambes ne flageolèrent même pas, son regard ne se troubla même pas, suite à cette réaction si vive, après une nuit quelque peu alcoolisée. Non, tout le monde était d'accord pour aller créer un compte à Sacha. C'est pourquoi - deux minutes et vingt-neuf secondes plus tard - celui-ci était ouvert. Ridjka retourna alors sur sa propre boîte mail et envoya son premier message à *Sachari*:

Bisous ..., bisous ..., bisous ..., Sacha.
Des bisous que pour toi, alors ne donne rien à ta pétasse de secrétaire ... ☺
Bisous privés,
Ridji

Elle lut et relut son brouillon de mail, dix fois, vingt fois. Pouvait-elle envoyer ça ? Elle était taraudée d'incertitude. C'était le premier message qu'elle envoyait à Sacha, sur sa nouvelle boîte. Il était en droit d'espérer mieux. Sacha s'attendait sûrement à mieux !

- Ouais, mais Sacha me connaît, il sait que j'aime bien déconner ...

- *Oui, mais quand même, objecta son moi raisonnable, il va croire que tu es jalouse. Or, je te le rappelle, tu n'es rien pour lui.*

- Comment ça, je ne suis rien pour lui ? Tu rigoles ou quoi ? Trouve-toi quelqu'un qui t'embrasse comme ça et on en reparle crétin !

Ma fille, tu débloques de plus en plus, se dit-elle. *Que tu aies ce genre de discussion avec Momo, OK, c'est normal ... Mais avec toi-même ?*

- *Ouais, mais Momo n'est pas là*, la nargua son moi je-te-fous-le-moral-en-l'air.

Ridjka ne répondit rien, ne soupira même pas. Momo n'était pas là et il lui manquait terriblement ... Elle regarda le téléphone à côté d'elle, comme pour l'inviter à sonner d'un appel du N°1 de son répertoire. Mais évidemment, son terminal refusa d'obéir.

- *Appelle-le*, l'incita son moi raisonnable.

Ridjka regarda l'heure sur son portable : dix heures vingt.

- A cette heure-ci, il dort encore, se surprit-elle à répondre.

- *Avant, ça ne t'aurais pas gênée*, continua sa petite voix optimiste.

- Oui, c'est vrai, soupira Ridjka, avant ça ne m'aurait pas gênée. Mais, maintenant il y a Jeff.

- *Ils ont rompu.*

- Tu as raison, petite voix, ils ont rompu et Momo, est mon conseiller privé, alors je me dois de le réveiller quand j'ai besoin d'aide !

Dire que Momo n'était pas frais à l'autre bout du fil, ressemblait à une lapalissade. Néanmoins, il écouta sa collègue et amie avec attention, puis lâcha un « *j'arrive !* », plein d'impétuosité qui fit chaud au cœur de Ridjka. Vingt minutes plus tard, il débarquait avec des viennoiseries. Elle avait déjà préparé le café et le thé. Mais ils foncèrent tous les deux dans le bureau et s'assirent autour de l'ordinateur. Comme autrefois les familles le faisaient autour de la cheminée, c'est-à-dire fascinés.

Ils avaient passé plus d'une heure à délirer sur ce premier mail. Momo était très en forme. Sa dernière trouvaille étant : « *Mon bichon, tu peux demander à ta grognasse blonde de te rendre mes bisous, où je lui pète la gueule ?* »

Quand finalement Ridjka réussit à faire entendre à son complice qu'elle s'en foutait de la secrétaire de Sacha et qu'elle voulait juste échanger de l'oxygène avec l'homme de sa vie, Momo lui opposa :

- Alors pourquoi tu parles d'elle dans ta *première* missive sur Sachari ?

- Je sais bien, Momo ! grogna-t-elle tiraillée. C'est bien pour ça que je t'ai fait venir. Moi aussi, je trouve ça limite … Mais je l'ai écrit pour le faire rire.

- Il va se pisser dessus de rire, ton Sacha, grimaça Momo.

- Notre humour est très spécial …

- Il semblerait, oui, Ridj !

- Et puis, tu sais, peut-être aussi que je l'ai écrit pour lui dire, sans lui dire, à quel point je tiens à lui …

- Et tu crois qu'il va savoir décoder ?

- C'est toi le mec de nous deux, Momo.
- Oh, tu sais, rien n'est moins sûr ...

Et ses épais sourcils se soulevèrent, pour confirmer sa profonde incertitude.

- Bon, mais qu'est-ce que je fais, moi, alors ?
- Il te fait rire ton mail, Ridj ?
- Oui !
- Tu es sûre qu'il le fera rire ?
- Il y a vingt-cinq ans, il l'aurait fait rire et l'aurait poussé à me prendre dans ses bras pour me rassurer ...
- Ouais ... Ben écoute, tente le coup et tu verras s'il a changé.
- Momo, tu ne m'aides pas du tout, là, grimaça-t-elle tiraillée.
- Faut dire que tu ne t'aides pas non plus ...

Elle grimaça encore plus.

- Bon, refais-moi lire ton putain de mail à la con, Ridj, lui sourit Momo.

Elle obtempéra en silence :

Bisous ..., bisous ..., bisous ... Sacha.
Des bisous que pour toi, alors ne donne rien à ta pétasse de secrétaire ... ☺
Bisous privés,
Ridji

- C'est vrai qu'il y a du comique là-dedans ...
- Oui, hein ?
- Oui, allez, vas-y, envoie !
- Tu es sûr, Momo ?
- Je suis sûr, Ridj. En plus, j'ai la dalle, alors grouille !!!

Et, d'un simple clic, le mail partit vers Sacha, sans passer par la case secrétaire.

Chapitre 38
J'ai la trouille, Momo

Pendant tout le petit-déjeuner, les multiples voix et mois intérieurs de Ridjka se bagarrèrent au sujet de ce premier foutu mail.

- *Si, elle a eu raison !* disait la petite voix optimiste.
- *Non, elle va au plantage direct*, lui opposait son moi raisonnable.

Ridjka essayait de les faire taire, parce qu'elle et Momo était encore sur le sujet. Et qu'il est beaucoup plus rassurant d'en parler à quelqu'un de vivant, qu'à des voix intérieures. Mais c'était la grande anarchie dans son cerveau et elle n'arrivait pas à faire taire ses dictatoriales voix ! Ce fut Maurice, finalement, qui trouva les mots justes pour la rassurer :

- De ce que tu me racontes Ridj, ce mec a lui aussi gardé sa tête à conneries.
- Oui. Pas de doutes là-dessus.
- Alors, ne te fais pas de bile, il va le lire comme tu l'as écrit, c'est-à-dire avec humour.
- Tu en es sûr, Momo ?
- Maintenant que j'ai l'estomac plein, oui, j'en suis sûr, Ridj !
- Merci ! soupira-t-elle réellement soulagée.

Elle aurait été folle de désespoir si tout avait fait capoter entre elle et Sacha pour un bête trait d'humour à la noix ... La grosse voix de Momo tonna à nouveau. Il avait fini tous les croissants et ses deux tasses de café, donc il était en forme :

- Viens, on va voir si ton Sacha a répondu ...

Momo était déjà debout, mais Ridjka resta assise :

- Remue-toi, la grosse !!!
- J'ai la trouille, Momo ...

- Tu ne veux quand même pas que j'y aille à ta place, si ?

- Non …, répondit-elle instinctivement, tout en pensant fermement le contraire.

- Bon alors, lève-toi, espèce de larve énamourée et viens voir.

Ridjka obéit dans un effort surhumain et suivit Momo comme s'il la conduisait à l'abattoir. Puisse qu'elle ne semblait pas vouloir s'approcher de l'ordinateur, Momo prit le fauteuil à roulettes et agita la souris nerveusement. Ridjka sourit, elle avait retrouvé son poto.

- Ma biche, tu as déjà une réponse ! jubila-t-il.

- Non ?

- Si, regarde …

Et Momo pointa du doigt un mail en provenance de « *Sachari*». Ridjka ferma un œil, parce qu'elle avait trop peur de voir net, mais elle s'approcha quand même d'Outlook pour lire le raccourci du mail de Sacha, dans la petite fenêtre du bas.

- Ça commence mal, commenta-t-elle d'une voix catastrophée une fois qu'elle l'eut lu.

- Moi, je trouve que « *Message bien reçu* », c'est plutôt pas mal pour un début de mail, Ridj. Je n'aurais pas fait mieux …

- Huuummm …, soupira-t-elle désespérée.

- Si, si, c'est positif !

- Huuummm …, soupira Ridjka encore plus désespérée.

- Il aurait pu écrire : « *Message mal reçu* ». Là, je me serais fait de la bile … Mais il te dit qu'il a bien reçu ton message, alors on regarde la suite ?

- Hein ?

Ridjka n'était pas là. Elle était mentalement cachée au fond de son lit, la tête sous ses oreillers, en attendant que ça passe.

- Je clique, Ridj ?

- Hein ?

- Bon, je clique !

- Non, non …, le supplia-t-elle.

- Tu me broies le dos, là !
- Excuse-moi, Momo, je ne sais plus ce que je fais ...
- Bon, alors, je clique ou pas ?
- Sais pas ...
- Décide-toi ...
- Ne clique pas ! Forcément qu'il l'a mal pris ...
- Tu ne fais pas assez confiance aux autres, Ridj.
- Tu crois ?
- Oui, je crois !
- Bon, alors clique.

Mais comme le doigt de Momo s'approchait de la touche gauche de la souris, Ridjka le bloqua.

- Non, c'est à moi de cliquer ...
- OK, acquiesça-t-il en lui laissait le fauteuil. Mais magne, je dois aller au journal.
- Ah ?
- Oui, mais ne change pas le sujet de la conversation, Ridjka Naya ...
- C'est pas ça, mais j'ai transféré les photos de notre bon ami Guido à cette empaffée de Jessica. Toutes les photos ...
- Non ? sourit-il aux anges.
- Si ... Alors, si tu pouvais voir si ça l'amuse d'avoir sa boîte saturée de bon matin, ça me ferait plaisir ...
- Là, tu m'intéresses, ma biche. En attendant que j'aille à Come com : clique !!!

Et, surprise par l'impératif contenu dans le ton de Momo, Ridjka cliqua :

Message bien reçu !
Nouvelle boîte mail fonctionne à merveille !!!
Oxygène bien reçu aussi et rien donné à ma pétasse de secrétaire ... ☺
Bisous privés too,
Sacha
PS : Elodie te fait la bise ...

- Eh ben, voilà ! s'enthousiasma Momo. Maintenant, tu le sais, ton Sacha a bien gardé sa tête à conneries et il a le même humour que toi !!!

- Ouais !!! plastronna Ridjka. Et puis, tu as vu, là, ce qui est écrit ?

Momo lut à haute voix :

- « *Votre correspondant a reçu votre message sur son IPhone* ». Il veut être sûr de ne pas te louper.

- Oui, hein ? C'est de l'amour ça, non ?

Momo rigola, sa Ridjka était en train de virer collégienne :

- Oui, indubitablement, c'est de l'amour Ridj.

- Ouaaiiiis !!!!

- Tout roule, alors ? lui sourit-il, ravi de la voir en forme.

- Tout roule, Momo !!!

- Je peux te laisser et aller voir comment notre Jessica adorée se débrouille avec les photos de Guido ?

- Vas-y Momo ! Vas, courre, vole et nous venge !!!

- N'exagérons rien, tout de même, Ridj. Mais j'y vais, histoire de me poiler un peu. Je te laisse avec ton Sacha, moi je vais me frotter à Jack, j'ai besoin d'un peu plus de temps pour finir mon papier sur les banlieues hots ...

- Ouille !!!

- Ouais : ouille ! Je crois que je vais ramasser ...

Et Momo fila, laissant Ridjka scotchée à son écran, un sourire de béatitude absolue éclairant son visage. Maurice s'assombrit : lui aussi aurait bien aimé afficher ce sourire-là. Mais Jeff en avait décidé autrement ...

Ridjka resta longtemps à regarder son mail. Elle le connaissait par cœur maintenant, mais c'était une telle joie de lire : « *Oxygène bien reçu aussi »,* ou : « *rien donné à ma pétasse de secrétaire ... »,* ou encore : « *Bisous privés too »,* qu'elle le lisait, le relisait et le re-relisait à s'enivrer. Quand elle fut rassasiée de toutes les promesses d'amour contenues, elle ouvrit son dossier maliennes. Elle relut une dernière fois, son article du début à la fin et jubila :

- Non, là, Jack je t'ai fait du lourd !!! J'ai droit à quelques jours de congés ...

Elle ferma les yeux et s'imagina à Bordeaux, sur les quais des Chartrons, délicieusement lovée sous l'aile protectrice de Sacha tout en prenant de nouvelles réserves d'oxygène à la source de ses lèvres.

- *Non, ça, ça ne va pas être possible ...,* lui opposa son moi raisonnable.

- *Et pourquoi donc, s'il te plait ?,* s'offusqua la petite voix optimiste.

- *Parce que le professeur Berry est connu et marié à Bordeaux ...*

- C'est vrai ..., soupira Ridjka soudain lasse.

Alors, comme s'il prenait soin d'elle à distance, la sensualité de la voix de Sacha, les paroles qu'il avait prononcées ce matin, tout cela lui revint en tête. Surtout « *soins intensifs* »...Ridjka ressentit alors un immense besoin d'aller se recoucher. Se recoucher pour finir sa nuit. Pour récupérer de la fatigue de l'écriture de son papier. Mais surtout, pour profiter des soins intensifs de Sacha et revivre leur échange téléphonique à l'infini ... Au passage, elle alla chercher des Pailles d'Or : tant de tension l'avait creusée ...

- J'ai été nulle au téléphone ..., se gourmanda-t-elle à la première bouchée du premier biscuit.

Heureusement, la confiture de framboise coula dans gorge et l'adoucit un tout petit peu. De rage contre elle-même - ou pour se détendre peut-être - elle avala le reste du gâteau d'un coup d'un seul et attrapa le suivant dans la foulée. Elle l'enfourna aussi sec.

- Incapable de prononcer une phrase cohérente ... Tu as été incapable de prononcer une phrase cohérente, ma fille ! Ma pauvre Ridji, tu as été nullissime ...

Et paf, trois Pailles d'or périrent à nouveau dans sa bouche, laissant à peine quelques traces de miettes sur la couette. Ridjka les balaya négligemment de la main pour les faire tomber au sol : elle n'aimait pas avoir de miettes dans son lit, ça grattait !!!

- Oui, mais comment aurais-je pu parler, alors que le seul fait de l'entendre respirer à l'autre bout du fil me mettait en transe ? C'était comme un cadeau tombé du ciel ... Une aubaine divine ... La plus belle chose qui m'ait été offerte depuis des siècles ...

Et tout son corps respira au souvenir des respirations de Sacha. Ridjka venait de se saisir d'une nouvelle gaufrette, mais elle attendit que toutes ses respirations l'aient traversée pour mordiller dedans.

- *Soins intensifs* ..., lui rappela sa petite voix optimiste.

- Oui, tu as raison, petite voix : qu'a-t-il dit à propos des soins intensifs ?

Elle tenta de se le rappeler, mais sa tête fonctionnait au ralenti ...

- Ah putain, si je m'étais un peu concentrée sur les mots qu'il prononçait, au lieu de manquer de tomber dans les pommes à chaque trémolos de sa voix résonnant dans mon oreille ...

Elle mordilla encore un peu dans sa gaufrette.

- Une vraie gamine !!! ragea-t-elle.

Et paf, la gaufrette disparut dans son estomac.

- Et toi, saleté d'oreille, qu'est-ce qui t'a pris de me foutre dans des états pareils, hein ?

De colère, elle saisit deux gâteaux, les accola ensemble, bien parallèle et les croqua sans tendresse, de ses prémolaires les plus musclées. La quantité de miettes qui en résulta frôla l'innommable. Mais Ridjka essayait de trouver ce que Sacha avait associé à « *soins intensifs* », sa concentration était maximale. Elle cherchait l'inspiration très loin, dans le bleu du ciel que sa fenêtre lui offrait en spectacle. Alors, les miettes sur sa couette pouvaient bien faire ce qu'elles voulaient, elle n'en avait cure ...

- Ah, oui ! Ça y est !!! exulta-t-elle, « *Pour l'oxygène, la seule solution est la pratique de soins intensifs ...* » Tu as raison, Sacha, soupira-t-elle consumée de désir, la seule solution est la pratique de soins intensifs ... Il faudra quand même que je lui dise que de l'entendre respirer, ça me fait perdre tous mes moyens, sinon, il va croire que j'ai été lobotomisée récemment ...

- *Sûrement pas*, lui opposa son moi raisonnable : *il te prendrait pour une folle.*

- *N'importe quoi*, fit sa petite voix optimiste. *On comprend tout quand on aime ...*

Ridjka ne sut plus quoi penser.

- Putain de miettes à la con ! grogna-t-elle de mauvais poil quand elle se réveilla. Je le sais pourtant qu'il ne faut pas manger au lit !!!

- *Ouais, mais à chaque fois que tu es amoureuse, tu craques ...,* siffla sa petite voix moqueuse.

Et, effectivement, Ridjka se rappela qu'elle était amoureuse, alors cela ne la gratta plus du tout. Elle s'étira langoureusement et quand tous ses muscles furent détendus - aussi détendus que son visage rayonnait -, elle se leva pour aller se doucher. Sous sa douche, les soins intensifs de Sacha vinrent se déposer sur ses lèvres chaque fois qu'une goutte d'eau tombait dessus. Elle savoura. Quand elle en sortit, elle était ivre, en sur-ventilation totale, plus besoin d'oxygène jusqu'au mail suivant, c'était sûr !

- Mails, mails, mails ! s'excita-t-elle en peignoir devant son miroir.

Et elle fonça vers son bureau. Bien sûr, aucun mail de Sacha ne l'attendait. Comment aurait-il pu en être autrement : elle ne lui avait pas répondu ...

Je ne lui ai pas répondu ? s'apostropha-t-elle inquiète. *Sacha lui, l'a fait dans la foulée ! Dès qu'il a reçu mon premier message d'amour, sur notre boîte rien qu'à nous ! Et moi ? Rien !!! Qu'à cela ne tienne, homme de ma vie : me voilà !!!* conclut-elle surexcitée.

Elle retroussa les longues manches de son peignoir éponge blanc et se mit à réfléchir. Qu'allait-elle lui dire ? Allait-elle lui parler de ses mains volubiles qu'elle appelait de tout son être ? Du contact de leurs deux corps l'un contre l'autre qu'elle désirait avec passion ? De la douceur de sa peau qu'elle avait tant envie de caresser ? Des baisers dont elle souhaiter le couvrir, pour l'enrober d'une magique protection d'amour ? Non, il pourrait prendre peur ... Alors, quoi ? Elle se cala sur le dossier de son siège et son esprit vola vers cette soirée à San Francisco. Elle savoura cette extase, de longs instants, immobile, les yeux fermés. Nonobstant, pendant juste deux secondes, deux toutes petites secondes, sa félicité disparut : Ridjka se demanda combien de temps durerait l'effet magique de cette soirée ? Mais sa petite voix optimiste la rassura aussitôt en lui assénant un affirmatif :

- *Toute la vie !*

- Oui, toute la vie, répéta Ridjka sûre d'elle.

Et elle se laissa à nouveau envahir de ce bonheur parfait.

- Non, je ne peux pas lui écrire ça ! se raisonna-t-elle quand, elle fut repue de ses souvenirs. Quoique : « *soins intensifs* » par téléphone et ensuite « *Oxygène bien reçu* » par mail, ça se pose là comme suggestif ... Oui, mais non ! Au mail suivant peut-être, selon la tournure des événements ...

Sa petite voix et son moi raisonnable tentèrent bien une incursion pour l'orienter dans le contenu de sa réponse, mais elle les fit taire aussi sec.

- Non, aujourd'hui, je voudrais juste savoir comment il s'est remis de Frisco. Voyons, voyons ... Ridjka approcha ses doigts du clavier et tapa timidement, avec hésitation des mots qu'elle effaçait aussitôt pour les remplacer par d'autres, parfaitement synonymes, et qui, bien sûr, ne convenaient pas non plus. Elle n'y arrivait pas ! Elle tournait en rond dans ses libellés, faisait tantôt court, tantôt long, tantôt drôle, tantôt limite mélo. Enfin bref, l'inspiration n'était pas là.

Un mail de Momo vint la distraire de sa prise de tête :

Empaffée de Jessica au bord de l'apoplexie. Ne savais pas qu'elle avait autant de vocabulaire ordurier : succès total ! Jack te cherche : tu as saturé le serveur et l'empaffée t'a dénoncée ... Planque-toi et finis ton article au plus vite ...
Biz Momo

Ridjka éclata de rire et regretta de ne pas être avec l'équipe pour vivre cet instant. Mais comme elle était désormais parfaitement décidée à négocier quelques jours de congé avec Jack, ce n'était vraiment pas le moment de montrer le bout de son nez. Non, elle préféra répondre par mail à Momo :

Ce soir Mexicain-Téquila pour délirer sur l'événement ? Chez moi ? Viens tôt, j'ai faim ... Article maliennes fini, c'est du bon ... Et Jack, il a été comment avec toi ???

Biz,

Ridj

La réponse de Momo ne se fit pas attendre :

OK. OK. OK. Super. Teigneux ...

Biz

Ridjka sourit, quand Momo utilisait le style télégraphique, c'était que le boss était sur son dos. Elle avait de la chance, finalement que Russel l'ait autorisée à écrire chez elle. Ah non, elle s'en souvenait maintenant, c'était elle qui s'était accordé ce privilège. Cela faisait dix ans déjà. Jack avait beuglé comme un veau, mais elle n'avait pas cédé. A l'évocation de cet agréable souvenir, l'inspiration pour le mail de Sacha lui vint d'un coup, d'un seul :

Je frétille encore sous l'émotion de tes soins intensifs téléphoniques et de ton oxygène mailistique conjugués ...

Mais et toi, j'ai oublié de te demander : comment vas-tu depuis SF ?

Bisous too, just for you ...

Ridji

Voilà, c'était simple, c'était court, mais c'était bien. Ridjka cliqua sur « *envoyer* » et souffla son sourire sur l'écran pour qu'il parte avec.

- Un petit tour à vélo ? se demanda-t-elle alors.

- Un petit tour et ensuite j'appellerai Emeline pour la remercier d'hier, se répondit-elle.

Seulement voilà, quand Ridjka avait fini par revenir de sa balade, elle n'avait plus du tout la tête à téléphoner à Emeline. Non, car bêtement, elle avait foncé sur son ordinateur et ...

... Sacha lui avait déjà répondu ...

Oh, c'était du court, du très court ! Mais c'était du tellement dense. Elle faillit en tomber à la renverse. Hormis les bisous, le mail ne comptait que deux mots. Mais alors quels mots ! Ridjka les relut, elle n'arrivait plus à respirer ...

Momo arriva sur ces entrefaites. Il était rentré sans frapper, comme à son habitude, et se tenait derrière elle. Aussi immobile et silencieux qu'un chat. Quand il lut le mail à son tour, il commenta :

- Ben dis donc, il est accro le Sacha. Tout baigne pour toi, Ridj !

Ridjka sursauta en poussa un cri de frayeur. Elle ne s'était même pas rendue compte de sa présence, tant absorbée qu'elle était par sa lecture en boucle.

- Il faudra qu'un jour tu songes à sonner avant d'entrer, grogna-t-elle. J'ai failli claquer, Momo !

- Ça aurait été dommage avec ce que pépère t'écrit tout de même ...

- Il ne s'appelle pas *pépère*, mais Sacha !!! se rebiffa-t-elle.

- Ouais, pépère ou Sacha, c'est bien comme tu veux ... Mais ce qui est sûr, c'est qu'il est accro !

- Tu crois ?

- A moi, personne ne me répond :

En apnée ...
Bisous,
Sacha.

- Ah, ouais ? s'étonna Ridjka.

- Ah, ouais, lui confirma Momo. Bon, c'est pas le tout, le Mexicain et la Téquila, ils sont où ????

Mais elle ne l'écoutait pas. Enfin, si, elle l'avait écouté tout à l'heure, quand il disait que Sacha était accro. Mais elle ne l'écoutait plus maintenant qu'il parlait de Mexicain et de Téquila. Elle réfléchissait.

- Tu crois vraiment qu'il est accro ?

- Ah, ouais, sûr de sûr, ma poulette !!!

- Ouaaahhhh ...

Le visage de Tom Getway lui apparut, en songe. Elle lui sourit et lui envoya, par la pensée, un triomphal :

Lui aussi est accro, Tom ! Pas de quoi se faire de la bile ...

- Ouais, mais te réjouis pas trop, continuait Momo, bien présent, lui dans le bureau de Ridjka. Ton Sacha est un homme marié, qui ne peut pas quitter sa femme, qui vit et travaille à Bordeaux et qui est ficelé par son job. Bref, tu es dans une impasse, ma puce ...

Le visage de Tom Getway réapparut dans la tête de Ridjka, pour approuver du chef.

Cela la mit en colère.

- Momo, fini le Mexicain-Téquila : tu m'invites au resto, pour m'avoir plombé le moral, alors que j'étais au Nirvana du Nirvana !!!

Chapitre 40
Marie-Jo plastronne

Marie-Jo plastronnait ! Il n'y avait pas d'autres mots, elle plastronnait !

Ce n'était pas seulement à cause du succès total de la soirée d'Emeline. En grande partie lié, pensa-t-elle, aux accras qu'elle-même avait confectionnés de ses blanches mains. Non, elle plastronnait parce que sa copine avait suivi ses conseils et qu'elle s'était finalement décidée à parler à Touré. Elle plastronnait parce que Touré, en réponse, s'était finalement décidé à proposer à Emeline de rester un peu en France. Elle plastronnait parce qu'elle, Marie-Jo Boudu, l'avait prédit et que tout ce que Marie-Jo Boudu prédisait se réalisait ! Et donc, Marie-Jo plastronnait parce qu'une fois encore, elle avait eu raison ! Marie-Jo adorait avoir raison. C'était sa drogue, son moteur, sa source d'énergie !

Bien sûr, Marie-Jo avait totalement rayé de sa mémoire, le souvenir d'Emeline déboulant chez elle en larmes, lorsque Touré l'avait plaquée quand elle lui avait annoncé qu'elle ne voulait pas partir tout de suite. Cet épisode ne pouvait pas rester dans la mémoire de Marie-Jo, non, car ladite Marie-Jo, sur le coup, n'avait pas su comment réagir. Elle avait la grande et grosse masse d'Emeline dans son salon, qui tressautait et tressautait et tressautait sous la densité de ses pleurs. Et elle, Marie-Jo Boudu, n'avait pas su quoi faire. Elle l'avait regardée tressauter. Certes avec compassion. Mais elle n'avait pas pu trouver les mots pour la consoler. Alors, elle avait espéré qu'elle se calme toute seule. Comme par magie. Pour finir, elle avait trouvé très sage d'attendre qu'Emeline trouve d'elle-même la solution à *SON* problème. Quand, après avoir pleuré tout son saoul,

Emeline s'était levée pour partir, Marie-Jo l'avait laissée faire, sans un mot, sans un bruit. De toute façon, elle aussi était découragée, laminée, éteinte ...

Mais hier soir, c'était différent ! Elle s'en souviendrait longtemps d'hier soir !!! Dès qu'elle était arrivée avec ses accras, Emeline lui avait foncé dessus pour lui apprendre que Touré restait jusqu'à Noël au moins.

- Je te l'avais bien dit, se souvenait-elle lui avoir répondu.
- Oui, tu me l'avais bien dit, avait approuvé Emeline, des étoiles dans les yeux.

Ah, ce souvenir ! Marie-Jo se le passait et repassait encore et encore dans sa tête.

- Je suis trop forte !!! oralisait-elle à chaque fois.

C'est pourquoi, aujourd'hui, au lendemain de la fête en l'honneur d'Emeline Jardin et Touré Bénicité, Marie-Jo s'était levée tôt, très tôt, pour faire la tournée de ses amis, voisins et commerçants et plastronner !

Elle était allée voir Bernadette en premier. En dehors d'être l'une des copines de leur quatuor infernal, Bernadette avait l'avantage d'habiter sur le même palier qu'elle. Et ce matin, elle devait procéder avec ordre et méthode : elle avait tellement de monde à visiter ... Donc Marie-Jo Boudu avait appuyé, de son long et maigre doigt blanc, sur la sonnette de la porte palière d'à côté. Il était huit heures du matin. A cette heure-là, elle savait qu'Astrid, la quatrième de la bande, serait encore en train de buller, et que la réveiller était une prise de risque inconsidérée. Elle avait toutes les chances de se faire éconduire. Donc, elle avait opté pour « *je commence par la passive Bernadette, ensuite je m'attaquerai à Astrid* ». Cependant, Bernadette, ce matin, tardait à lui ouvrir, ce qui énerva fortement Marie-Jo. Elle avait tellement de monde à aller voir ! Alors, elle s'excita sur la sonnette de sa pacifique voisine. Le résultat ne se fit pas attendre : elle entendit, à travers la porte, des petits pas de souris courant dans son couloir. Signe qu'on venait lui ouvrir. Son excitation monta d'un cran.

Bernadette doit être en train de regarder à travers son judas, pensa-t-elle, puisqu'elle n'entendait plus de pas et que la porte ne s'ouvrait pas.

- Marie-Jo qu'est-ce que tu veux à cette heure ? grogna la pourtant si aimable Bernadette.

Elle avait gardé porte close et lui parlait à travers ce foutu panneau de bois qui les séparaient. Marie-Jo en fut troublée. Jamais Bernadette ne lui avait refusé l'hospitalité.

- Bernadette, je viens te parler de la réussite totale de *MON* plan pour rapprocher Touré d'Emeline !

- Ah, c'est ça ? Eh bien écoute, repasse cet après-midi. Moi, je retourne me coucher. Il y a une demi-heure, je les aidais encore à ranger la salle des fêtes. Je suis sur les rotules ...

- Mais, Bernadette, c'est de la plus haute importance !!! regimba Marie-Jo qui n'en croyait pas ses oreilles.

- C'est sûr, bailla l'interpelée à travers la porte. Reviens à deux heures. A deux heures, mais surtout pas avant : je vais mettre des boules Quies.

Marie-Jo était sur le cul ! Une amie de vingt ans ! De trente ans même ! La planter comme ça, alors qu'elle avait tant de choses à lui expliquer. Incroyable ! La superbe de Marie-Jo en prit un coup ... Elle se retourna pour prendre l'escalier et vit la porte d'Astrid qui lui faisait de l'œil. Elle se ravisa aussitôt : si Bernadette avait refusé de lui ouvrir, qu'est-ce que ça serait avec Astrid ? C'est donc déçue, qu'elle descendit les deux volées de marches qui la séparait de la sortie. Déçue, mais tout de même à l'affût d'âmes qui vivent et possédent des oreilles potentiellement attentives. Personne !

- Tout le monde dort ou quoi ce matin ? s'énerva-t-elle. Les commerçants ! Ça ne dort jamais, un commerçant ! Ça a une boutique à tenir ... Eux, ils sauront m'écouter !!! s'excita-t-elle.

Et d'un pas décidé, elle fonça chez Nasser. Les cornes de gazelles qu'il avait apportées, hier soir à la fête, avaient eu un tel succès que Marie-Jo n'avait pu en manger que trois. Lui laissant un furieux goût de revenez-y. Et puis, Nasser avait l'oreille complaisante, celles dont héritent chaque Tunisiens dès la naissance. Il prendrait du plaisir à écouter le succès de Marie-Jo. C'était certain ! Elle avança donc à plus grand pas. Seulement voilà, Nasser aussi s'était couché il y avait peu. Alors, Marie-Jo trouva le magasin fermé, son rideau entièrement baissé avec une pauvre feuille A4 scotchée dessus.

Elle lut :

« *Magasin fermé jusqu'à midi pour cause de fête mémorable en l'honneur d'Emeline et Touré.* »

- C'est pas possible ! C'est pas possible !! C'est pas possible !!!

Marie-Jo n'en revenait pas, Nasser avait osé lui faire ça, à elle ! Elle n'irait plus jamais chez lui pour acheter ses pâtisseries orientales. Non, c'est sûr, elle irait chez Mohamed, en face ! C'était moins bon, mais lui saurait sûrement lui accorder un peu de son temps pour écouter ce qu'elle avait à raconter ... Elle effectua donc une rotation de cent-quatre-vingt degrés, afin de se trouver en position pour traverser la rue et aller converser avec Mohamed. Seulement voilà, elle n'eut même pas à faire un pas en direction du concurrent de Nasser : le rideau de Mohamed aussi était baissé ! Marie-Jo fut prise d'une paralysie soudaine. Le sort s'acharnait contre elle et elle ne savait comment réagir. Alors, lentement, très lentement - afin que le choc potentiel de ses futures constatations ne soit pas trop violent - elle tourna la tête pour voir quels commerçants dans la rue avaient ouvert ce matin. Mais le choc fut quand même violent : aucun n'avait ouvert ce matin ! Sur chaque rideau de fer, une affichette avait été collée et Marie-Jo y lut la même chose, à chaque fois :

« *Magasin fermé jusqu'à midi pour cause de fête mémorable en l'honneur d'Emeline et Touré.* »

- Il y en a un qui a trouvé le texte et les autres l'ont photocopié ou quoi ? s'énerva-t-elle toute seule dans ce désert urbain.

Elle se sentit mal soudain. D'une main faible, elle s'accrocha au lampadaire juste à côté d'elle, comme un naufragé s'accroche à une bouée dans une mer démontée. Elle flageolait. Elle, Marie-Jo Boudu, elle flageolait !!! La tête commençait à lui tourner. Elle n'était pas bien. Pas bien du tout ... Cette ville morte, cette absence totale de passants, cette absence totale d'oreilles attentives surtout, tout cela lui foutait le vertige. Elle flageola encore plus. D'ordinaire, ce quartier était grouillant de vie. Au début, elle avait même eut du mal à s'y faire. Mais maintenant, et surtout aujourd'hui, elle appréciait son tourbillon humain permanant. Cette compagnie toujours disponible. Cette ..., cette ... Elle ne trouvait plus ses mots, tiens, tellement elle était troublée. Marie-Jo comprit alors que le mieux à faire, en cette funeste matinée, était de rentrer chez elle tout doucement. Petits pas par petits pas. Puis, de prendre l'ascenseur. Même si elle habitait au premier. Juste pour ne pas se fatiguer inutilement à monter les marches. Et enfin, d'aller dormir au moins jusqu'à midi. Comme tous ses amis, voisins et commerçants ... D'une démarche digne d'une procession mortuaire, elle prit donc la direction de son appartement. En priant que le ciel veuille bien cesser de lui tomber sur la tête.

- Ben, alors ma grande, l'apostropha une voix féminine derrière elle. Tu n'as pas pris ton supradyne ce matin ?

Marie-Jo se redressa d'un coup. Elle connaissait cette voix. Cette voix, c'était celle de ...

- Astrid ?

- Eh ouais, Astrid, la seule et l'unique, ma belle ! Quelle fête hier soir, hein ?

- Mais tu es déjà debout ?

- Ah non, nuance, je ne suis pas encore couchée !

- Ah bon ?

Marie-Jo sentit qu'il y avait du croustillant là-dessous. Elle essaya d'en apprendre plus. Mais Astrid n'avait pas envie de développer, alors elle fit ce qu'il fallait faire quand on voulait que Marie-Jo change de sujet : elle lui parla d'elle.

- Mais et toi ? Tu te couches aussi, ou tu es déjà debout ?

Marie-Jo se mit à reprendre vie, elle avait trouvé la personne idéale à qui expliquer son rôle dans le succès amoureux de Touré et Emeline. Elle lui détailla tout de long en large, alors qu'elles cheminaient tranquillement, vers chez elles. Astrid, se taisait parce qu'elle écoutait. Marie-Jo jubilait. Quand elles furent sur le palier, Marie-Jo avait tout passé en revue. Tout, sauf l'essentiel, le grandiose, le sublime : c'est-à-dire son rôle à elle ! Elle se tourna vers Astrid qui cherchait ses clefs dans son sac. Elle, elle, avait déjà les siennes en main. Quand sa grande et blonde amie trouva ce qu'elle cherchait et les fit jouer sa serrure, Marie-Jo sut que c'était *LE* moment pour lui servir l'aboutissement de son discours, la quintessence même de son œuvre :

- Et donc, c'est grâce à moi s'ils s'aiment toujours ! C'est grâce à moi, Marie-Jo Boudu !!!

- Ils n'avaient pas besoin de toi pour ça Marie-Jo Boudu. Ils s'aiment un point c'est tout. Bon, sur ce, bonne nuit, ma belle.

Et Astrid pénétra chez elle, en laissant sur le palier une Marie-Jo décomposée.

- Alors ma cocotte, quoi de neuf en provenance de Bordeaux aujourd'hui ?

Ridjka sursauta à nouveau sous le coup de la surprise. Momo était encore rentré chez elle sans prévenir. Il s'était *encore* glissé derrière son dos en mode furtif. Et maintenant, il lisait *encore* ses mails par-dessus son épaule, sans lui en demander la permission.

Cela faisait un mois que cela durait ! Cela durait depuis que Ridjka lui avait demandé conseil pour sa première missive sur la nouvelle boîte aux lettres de Sacha. Quelle truffe elle avait été ce jour-là !!! Depuis, Momo semblait être devenu complètement addict à leur correspondance. Il se pointait chez elle, à n'importe quelle heure du jour et de la nuit, pour prendre connaissance des derniers échanges Sud-Ouest - Ile de France. Et il se tapait l'incruste jusqu'à ce que Ridjka, épuisée, craque et le foute dehors.

Au début, bien sûr, elle avait adoré cette complicité retrouvée. Elle l'avait même appelé, de temps à autre, pour lui demander de l'aide, quand elle pensait qu'elle allait écrire une connerie. Et parfois, même, elle avait suivi ses conseils. Enfin, parfois ... Parce que ses mails avec Sacha, c'était quand même et malgré tout perso. Merveilleusement perso. Seulement voilà, maintenant que Sacha et elle avaient retrouvé leurs marques, maintenant qu'ils se comprenaient à nouveau à demi-mots, maintenant qu'ils échangeaient jusqu'à cinq, six e-mails par jours, elle trouvait les incursions à répétition de Maurice Hebel pesantes. Chaque fois qu'elle entendait la clochette d'Outlook sonner, son pouls s'accélérait. Chaque fois qu'elle voyait « *Sachari*» s'afficher, son cœur bondissait dans sa poitrine. Il virait limite explosion. Mais chaque fois que Momo surgissait de derrière son dos et lisait son mail - le mail de son Sacha à elle - en même temps qu'elle, voire parfois avant elle, parce qu'il avait des radars à la place des yeux, son cœur cessait de battre.

En plus, leur correspondance restait politiquement correcte dans l'ensemble. Mais dans l'ensemble seulement, parce qu'il y avait, de temps en temps, quelques accrocs à la règle ... Surtout le soir, où la nuit, quand l'absence du corps de l'autre se faisait plus cruelle. Or ces messages-là, Ridjka les voulait pour elle toute seule. Hors de question de les partager avec Momo. Ni avec personne d'ailleurs ... Alors, elle restait éveillée parfois toute la nuit, pour être sûre qu'elle serait la première, la seule et l'unique à les compulser. Dès qu'elle les avait savourés, elle les cachait dans son dossier secret spécial Sacha. Un dossier qu'elle avait renommé « *tandoori* ». En souvenir de leur resto à San Francisco. Ensuite, elle rédigeait elle-même une réponse, censément en provenance de Sacha. Complexe la gymnastique, car ce texte devait satisfaire la curiosité de Momo, mais ne ressembler en rien à celui qu'elle avait réellement reçu ... Mais bon, pour protéger leur intimité, elle aurait fait n'importe quoi ! Et puis, cerise sur le gâteau, ses mails de nuits restaient strictement entre Sacha et elle. Et cela, c'était délicieux ! Bref, une fois le leurre tapé, elle se l'envoyait depuis le compte « *sacchari* », un compte qu'elle avait créé spécialement pour bidonner son trop curieux ami. C'est fou combien peu de gens remarquent une lettre en plus ou en moins dans un mot. Du moment que le début et la fin sont les mêmes, pffittt, ça passe inaperçu ! Elle l'avait remarqué chaque fois qu'elle faisait une faute de frappe dans ses articles et que celle-ci - malgré des correcteurs avertis - passait quand même à travers les mailles du filet. Ridjka avait donc tenté le coup avec ce compte bidon d'un *Sacchari* avec deux « c » au lieu d'un seul et ça marchait à merveille ! Il faut dire qu'elle n'avait pas pris trop de risques : Momo était dyslexique ...

Seulement voilà, à force de rester éveillée, vingt-quatre heures sur vingt-quatre, pour contrer les incursions Momoesques dans ses ébats mailistiques, Ridjka était carpette ! Transcendée, exaltée certes, mais totalement carpette !!

- Gros, arrête de faire ça, tu me saoules ! lui répondit-elle en refermant sa messagerie, d'un click exaspéré.
- Hééé !!! se rebella-t-il.
- Quoi, hééé ?
- Hééé, je veux lire la suite ...
- Momo, ne le prends pas mal, mais maintenant, je voudrais bien être la seule à dépiler mon courrier.
- Tu déconnes, Ridj ?
- J'en ai l'air ?
- Non, pas vraiment ...
- Alors, on est d'accord ?
- D'accord sur quoi ? répondit Momo absent.

En fait, il ne l'écoutait pas. Bien trop occupé qu'il était à d'essayer de lui piquer la souris des mains, pour de-iconiser la source courrielistique. Pas du tout dans ses priorités que d'essayer de comprendre le message que sa copine tentait de lui faire passer. Le hic pour Momo, fut que Ridjka ne voulait pas du tout lui laisser la souris. Sacha avait répondu cette nuit ... Un mail de nuit, il était hors de question que Momo puisse en prendre connaissance ... Il s'en suivit donc une lutte sans merci. Un peu comme deux gamins se partageant la même gomme. Ridjka tirait sur la manche du T-shirt de Momo pour l'empêcher d'atteinte le périphérique mobile. Momo utilisait toute la rondeur de son corps pour repousser Ridjka, loin du poste de commande. La bagarre vira vite au sérieux. Comprenant qu'il était beaucoup plus fort qu'elle, Ridjka réussit à étendre le bras gauche et appuya sur le bouton « on/off » de son ordinateur.

- T'es folle ou quoi, Ridj ? On n'éteint jamais un PC comme ça : tu vas perdre toutes tes données !

- Momo, viens dans le salon.

- Quoi ? Mais non, Ridj ! Je veux savoir ce que Sacha t'a écrit cette nuit.

- Momo, je ne veux pas que tu lises ce mail.

Le ton de Ridjka était si calme et déterminé qu'il fit froid dans le dos de Maurice. Les rouages dans sa tête se mirent à tourner, lentement d'abord, puis un peu plus vite, puis à fond les ballons. Alors, la petite phrase de Ridjka : « *Momo, je ne veux pas que tu lises ce mail* », se fraya alors un chemin dans son esprit. Un chemin tortueux, parce que jamais ils n'avaient eu de secret l'un pour l'autre. Un chemin qui trouvait difficilement sa voie, parce qu'il impliquait sans conteste que Ridjka était en train de l'exclure de son intimité. Et conduisait indubitablement au bouleversement total de leur mode de fonctionnement. Ce fut donc un Momo troublé qui suivit Ridjka. Il refusa d'aller dans le salon. Là où ils s'étaient confié tant de secrets justement ... Non, Momo pointa la cuisine du doigt et Ridjka, silencieusement, bifurqua vers l'endroit indiqué. Aussi enfermés dans leur mutisme l'un que l'autre, ils s'assirent, puis réfléchirent. Finalement, ils souffrirent car quelque chose était en train de se passer aujourd'hui. Un vilain truc qui était en train d'ébranler leur belle amitié. Et ils savaient qu'ils ne pouvaient rien y faire, car c'était inexorable.

- Momo, commença finalement Ridjka, comprends bien que ce n'est pas contre toi.

Il haussa les épaules.

- Mais ces mails sont à moi ...

Il se vouta.

Elle prit une inspiration et continua :

- Sacha les a écrits pour moi. Pour moi toute seule. Alors, je veux pouvoir les lire toute seule. Les déchiffrer toute seule. Les comprendre toute seule. Les vivre toute seule. Et m'exalter toute seule. Tu comprends Momo ?

Sa voix avait été douce, le ton avait été empli d'empathie, son regard avait été chargé de tendresse. N'empêche que le cœur de Momo vacilla dans le vide. Il hochait de la tête de bas en haut pour exprimer qu'il avait compris. Seulement, entre deux hochements verticaux, il en glissait un, horizontal. Celui qui contenait tout ce qui le bouleversait en cet instant : Ridjka avait des secrets pour lui ! Ridjka ne voulait plus les partager avec lui ! Ridjka prenait son autonomie ! Ridjka l'abandonnait !!! Oui, c'était ça qui bouleversait tant Momo, en cet instant : Ridjka Naya était en train de l'abandonner !!! Elle le plantait là, parce qu'elle recevait des mails de ce connard de Sacha. Elle l'oubliait parce que ce crétin bordelais lui écrivait des mails. Pire, elle le rayait de sa vie pour pouvoir les lire *toute seule !* Une rage folle submergea alors Momo. Une rage orientée contre ce connard de Sacha qui lui piquait son amie, sa complice, son soleil, sa force, son oxygène à lui !!! Comment ferait-il pour vivre, lui, Momo, si Ridjka n'était plus là, à ses côtés, à chaque secondes ? Comment ferait-il pour vivre, si Ridjka avait des secrets pour lui ? Comment ferait-il pour vivre, si Ridjka ne le mettait plus dans la confidence ?

La rage de Momo contre ce connard de Sacha monta encore d'un cran. Il s'imagina errant seul dans la vie, sans Ridjka pour le faire rire quand ça n'irait pas. Il se vit en train d'être obligé de prendre rendez-vous avec son amie pour pouvoir aller lui raconter ses misères. Il se visualisa face à une femme rayonnante de bonheur, alors que lui serait seul et malheureux. Et qu'elle s'en foutrait. Non, ce n'était pas possible ...

- Momo, ça ne veut pas dire que je ne t'aime plus, lui susurra-t-elle en se rapprochant de lui.

D'un mouvement brutal, il s'éloigna d'elle. Un « *Tu parles !* », d'une violence inouïe, avait jailli dans sa tête et lui avait fait si mal, qu'il l'avait poussé à la repousser. Malgré la douleur, il ne lui dirait pas qu'il ne la croyait pas. Lui aussi aurait des secrets pour elle !

- Momo, tu peux comprendre que Sacha et moi, ça doit rester juste *Sacha et moi* ? Pas Sacha, *MOMO* et moi ? C'est glauque cette pseudo relation virtuelle à trois, tu ne trouves pas ?

« *Connard de Sacha !!!* » explosa dans la tête de Momo. Et sa rage s'amplifia encore et encore.

- Momo, parle ! le supplia-t-elle.

Mais Momo était trop en colère pour parler.

- Momo, le soir du raout chez Emeline et Touré, tu n'as pas voulu me dire ce qui c'était passé entre Jeff et toi. Ça m'a fait mal, mais c'était ta vie, alors je t'ai laissé t'enfermer dans ton mutisme ...

Momo regarda Ridjka étonné.

Oui, c'est vrai que je ne voulais pas parler de Jeff et moi, avec toi, pensa-t-il confus.

Il s'adoucit un peu.

- Eh, bien, tu vois, moi c'est pareil : Sacha, c'est mon histoire. Et je veux la garder pour moi. Tu comprends ?

« *Connard de Sacha !!!* » explosa en sur-démultiplié dans la tête de Momo. Sans doute parce que la seconde d'avant, il avait cru que leur complicité de toujours était revenue et qu'il avait baissé la garde. Alors il perdit tout contrôle. Il se mit à hurler. Il était rouge. Il faisait de grands gestes menaçants. Il devint blessant :

- Mais ma pauvre Ridj, ton connard de Sacha, il t'aime par mails. Et par mails uniquement ! T'a-t-il proposé une seule fois depuis un mois de vous retrouver ? Physiquement j'entends.

Ridjka resta muette de surprise. Non, c'était vrai que Sacha ne lui avait pas proposé de se retrouver. Mais elle, non plus, ne le lui avait pas proposé. Ils étaient bien comme ça, dans le virtuel, dans le platonique mailistique, dans le suggestif numérique. Pour l'instant, ils n'avaient pas besoin de plus ...

Seulement au lieu de calmer Momo, le mutisme de sa consœur l'énerva encore plus :

- Et tu sais pourquoi il ne t'a pas proposé de vous retrouver ton Professeur Berry, Ridjka Naya ?

Comme elle ne lui répondait pas, il lui cria avec un mauvais sourire :

- Il ne t'a pas proposé de vous retrouver, parce qu'il est marié et qu'il n'en a rien à foutre de toi !!!

- C'est pas vrai ! bondit Ridjka hors d'elle.

- Mais si c'est vrai Ridjka ! Ton connard de Sacha, il aime sa femme bien plus qu'il ne veut te le dire. Il l'aime à la folie, puisque toutes ses recherches n'ont qu'un seul but : la guérir. Et toi dans tout ça, toi, tu l'amuses. Tu l'amuses, alors il joue avec toi !!! Mais, jamais, ô grand jamais, il ne te proposera de cinq à sept. Parce qu'il n'en a rien à péter de toi, ton connard de Sacha !!!

- Tu mens Momo. Tu mens parce que tu es jaloux !!!

- Moi, jaloux ?

- Oui, tu es jaloux, parce qu'avec Jeff ça n'a pas collé. Parce qu'avec Jeff, vous vous êtes quittés quelques heures seulement, peut-être même quelques minutes seulement, après avoir amorcé un embryon de virage de vie commune. Tu mens parce que tu es incapable d'aimer suffisamment quelqu'un pour vivre avec. Et tu penses que tout le monde est comme toi ? Mais Sacha n'est pas comme toi, Momo ! Sacha, on peut compter sur lui ! Sacha, on peut lui faire confiance ! Sacha a toujours été là pour moi !!!

- Ouais tellement là, qu'il a préféré sa spécialité de médecine à toi ! Et maintenant, il préfère sa femme à toi !

- Momo, casse-toi et ne reviens jamais !!!

Ridjka attrapa Maurice par son col de chemise et le traîna vers la sortie en tremblant de tous ses membres.

Lui, tenta bien des « *je m'excuse* » aussi contrits que sincères. Mais Ridjka n'était plus à l'heure de l'écoute, elle était à l'heure du grand ménage de printemps !

Elle ouvrit la porte et propulsa Momo à l'extérieur avec tant de force, qu'il faillit s'étaler sur les pavés de la cour ...

Ridjka resta pantelante sur le pas de sa porte, s'accrochant à la poignée : la houle était forte.

Elle avait vu Momo tenter de reprendre son équilibre sans succès et se vautrer au sol de toute sa rondeur. Le méga splash ! Et elle n'avait rien fait pour l'aider. De toute façon, elle n'arrivait plus à bouger, elle n'aurait rien pu faire. Même si elle l'avait voulu. C'était bien simple : elle était figée. Figée de colère et de haine. Figée de peur aussi, parce que peut-être que Momo n'avait pas dit que des conneries, dans toute sa longue logorrhée verbale. Alors, toute son empathie pour le genre humain en général - et Maurice Hebel en particulier - était partie, laissant place à cette colère, cette haine et cette peur. Et tant pis si ce crétin se cassait la gueule : il l'avait bien mérité !

Quand il s'était redressé, elle s'était surprise à penser :
Très bien, t'es debout, alors maintenant, casse-toi !
Elle frémit. Et ce n'était pas de bonnes vibrations, comme lorsqu'elle recevait un mail de Sacha.
Elle eut encore un peu plus peur, lorsqu'elle réalisa qu'elle avait autant de haine pour Momo.
Il se mit à pleuvoir des cordes. Pourtant, quand elle s'était levée, il avait à peine une heure de cela, la matinée s'annonçait belle, un soleil radieux illuminait la journée naissante. Mais maintenant, le ciel était d'un noir de geai, l'air glacial, le vent tempétueux et il pleuvait des trombes. Momo releva le col de sa veste à petits carreaux noirs et blancs et se mit à courir jusqu'au porche qui séparait la cour de la ville.
- Bon vent ! fit Ridjka mauvaise.

Elle le regarda ouvrir le grand battant en bois et quitter - d'une seule enjambée et sans se retourner - son royaume à elle. Où pourtant ils avaient été si heureux tous les deux. Elle n'éprouva rien, ni déchirement, ni joie. Sa colère s'était envolée au moment même où la porte s'était refermée sur la cour, désormais vide de Momo.

Naya sentit alors la pluie la mouiller de ses grosses gouttes géantes poussées par le vent. Elle frissonna à nouveau. Mais maintenant, c'était de froid. Alors, elle rentra, referma la porte, tourna la clef deux fois dans la serrure. Et la laissa dedans, pour être sûre que l'éjecté ne puisse pas revenir ... Elle alla s'allonger sur son grand canapé orange, pour que ça passe. Pour que tout passe ... Seulement voilà, quand elle se fut allongée, ses nerfs l'abandonnèrent et un torrent de larmes s'échappa de ses yeux. Un peu comme pour faire écho à la pluie extérieure qui venait de redoubler et tombait maintenant par seaux sur le toit vitré de sa véranda. Ridjka pleura longtemps et beaucoup. En fait, jusqu'à l'épuisement.

Elle aurait sans doute pu pleurer encore des heures et des heures, mais Jack Russel, lui, avait un journal à faire tourner. Et comme sa petite Jessica était encore malade - alors qu'elle devait couvrir un nouveau congrès - il composa le numéro de sa fidèle Naya. En croisant les doigts. Quand son mobile sonna, celle-ci ne souleva même pas une paupière.

- Tu peux te les mettre où je pense, tes excuses Momo ! grogna-t-elle.

Mais comme son téléphone chantait toujours et encore, et que son correspondant continuait de rappeler et de rappeler, malgré le fait qu'elle ne décroche pas, sa petite voix optimiste reprit les commandes :

- *Et si c'était Sacha au bout du fil ? Tu vas le laisser rappeler longtemps sans lui répondre ?*

Une décharge électrique salvatrice la parcourut des pieds à la tête. Une milliseconde plus tard, elle se redressait pour attraper son portable. Quand elle l'eut en main, elle n'ouvrit pas le clapet tout de suite. Non, elle le serra contre son cœur et pria :

Oh oui, Sacha, appelle-moi. J'ai besoin d'entendre ta belle voix. J'ai besoin qu'elle m'entoure de toute sa douceur. J'ai besoin de t'entendre rire. Sacha, tu me manques tant ...

Elle prit l'appel sans même regarder le nom de son correspondant. Nom, qui s'était pourtant bien affiché en blanc sur fond bleu.

- Oui, Sacha ? répondit-elle suave.

- Ah, non. Moi, c'est Jack ! Jack Russel. Ton boss !!

Ridjka ne répondit rien, mais un : « *merde !* » traversa son esprit.

- Tu te souviens que tu as un boulot, Ridjka Naya ? Je ne te vois plus beaucoup à l'usine depuis un mois ... Tu as peur de bosser, peut-être ?

L'esprit et la verve de son interlocutrice se mobilisèrent aussitôt, pour répondre à la suspicion non masquée de Russel :

- Alors, Jack, qu'ont donné les ventes du dernier numéro de Come Com ? Celui avec mon article, de cinq pages, sur les maliennes, au milieu ...

- Les ventes ont progressé de dix pourcents, Ridj. Mais rien ne prouve que ce soit grâce à ton papier.

- Sûr, Jack ! Mais reconnais quand même qu'il y a bien contribué.

Russel émit une sorte de borborygme qui eut valeur de oui pour Ridjka. Elle esquissa un sourire.

- Et celui que je t'ai fini la semaine dernière sur les nouveaux moyens de communication entre ados, hein ? Ce n'était pas de la bombe, ça peut-être ?

- Si. Et justement, c'est pour ça que j'ai pensé à toi.

- Merde, Jack, tu m'avais promis trois jours de break. Ne me dis pas que tu vas m'envoyer à l'autre bout du monde, tout de même ?

- Oh, mais tu vas adorer : le Danemark, Copenhague, un congrès sur ...

Ridjka ne l'écoutait plus, elle avait entendu « *congrès* » ! Elle était folle de joie : Jack l'envoyait encore rencontrer l'élite médicale mondiale ! Elle pourrait demander à Sacha de l'y rejoindre. Comme ça, ils se retrouveraient encore une fois ! Sans que sa femme en pâtisse, puisqu'elle n'en saurait rien ! Le pied !!!

- Ridjka, tu m'as entendue ?
- Hein, Jack ?
- Tu m'as entendue pour le congrès ?
- Oui, oui, c'est un congrès de toubibs, à Copenhague, au Danemark.
- Ridj, Ridj, Ridj ! Tu as quoi en ce moment ? C'est bien un congrès. Ça OK. Il se déroule bien à Copenhague, OK. Et, je te confirme que Copenhague est bien la capitale du Danemark. Mais c'est un congrès de sociologie, sur les addicts de vies virtuelles : jeux, Facebook, Twitter, blogs, chats, mails et tutti quanti...
- Hein ? Quoi ?

L'esprit de la journaliste retomba sur terre dans un grand fracas.

Et tous ses plans de retrouver Sacha avec.

- Mais, se rebella-t-elle, c'est un sujet pour Jessica ça !
- Je sais bien, mais elle a rechuté.

Ridjka sentit Russel mal à l'aise. Elle attendit qu'il reprenne la parole tout seul. Elle, les maladies à répétition de cette empaffée de Jessica qui mettaient tout le monde dans la panade, ça commençait à la brasser ferme. Et ce n'était pas le jour !

- Ma grande, je te jure sur tout ce que j'ai de plus cher au monde que dès que tu m'auras rendu cet article, je te donne trois gros jours entiers. Non comptabilisés dans tes congés.

Elle réfléchit à toute allure, ce n'était pas dans les habitudes de Jack de filer des congrès gratis. Il devait y avoir un piège :

- Je parie que tu comptes un week-end dedans ? grinça-t-elle quand il lui sembla deviner le truc.

A peine sa phrase prononcée, qu'elle entendit Jack marteler le sol un peu plus fort de ses pieds dans sa ronde circulaire. Elle avait donc vu juste !

- Jack ?

- Bon, OK. Hors weekend, Ridj. Mais tu pars demain pour Copenhague !

- Et les billets et la résa d'hôtel sont où ?

- Sur le bureau de ta secrétaire préférée, Joss. Je peux demander à Momo de te les apporter, si tu veux ?

- Non, non, surtout pas. J'arrive !

- Tu t'es brouillée avec ton siamois, Ridjka ?

- Jack, si par hasard quelqu'un te le demande, tu diras que tu ne sais pas ...

Et elle raccrocha. Mais dans le silence de sa maison, son moi conciliateur lui reposa la question :

- *Tu t'es brouillée avec ton siamois, Ridjka ?*

- Je crois bien que oui ..., soupira-t-elle.

Quand elle repensa à la violence de leur dispute, elle grimaça de souffrance. Une de celles qui vous laissent un amer goût de regrets et de « *je n'aurais pas dû ...* » coincés en boule au creux de la gorge. Et tous ses mois et petites voix soupirèrent tout aussi désespérés. Ridjka comprit alors qu'elle avait fait une grosse connerie. Mais elle savait qu'elle était allée bien trop loin pour qu'un simple coup de fil d'excuse résolve tout. Alors, bien qu'encore furieuse contre Momo, elle chercha comment rattraper le coup. Lui écrire un mail ? Non, elle n'avait plus envie de retourner sur ce satané Outlook, qui finalement avait été à l'origine du drame. L'inviter à manger ce soir ? Il était plus qu'évident que Momo l'enverrait paître ... Les inviter Jeff et lui à manger ce soir ? Là pour le coup, il la découperait en rondelles menues, menues ... Faire venir chez lui, Philippe Demougeaux de « *Question maison* », pour qu'il humanise son appart ?

Là, Momo me tue sur place !

- Merde, mais qu'est-ce que je peux faire ? hurla-t-elle dans son salon.

- *Attendre,* lui répondit son moi raisonnable.

- *Attendre et aller lire le mail de Sacha,* s'excita sa petite voix joueuse.

Le mail de Sacha ? Oui, le mail de Sacha, c'est vrai que j'ai un mail de Sacha qui m'attend bien au chaud, sourit-elle.

Mais le souvenir du drame qu'avait entraîné l'arrivée de ce message, lui brouilla à nouveau le regard.

- Non pas tout de suite, petites voix. Je ne pourrai pas le savourer pleinement. Or c'est quand même un mail de nuit ! C'est précieux un mail de nuit !

Ridjka se souvint alors avec émoi du premier qu'elle avait envoyé à Sacha :

Mes mains cherchent les tiennes partout ...

Il lui avait répondu dans la foulée :

Les miennes sont là et attendent de pouvoir caresser les tiennes tendrement ...

C'était il y avait peu près quinze jours, à 4h31 du mat. Les mains de Ridjka se mirent à palpiter au simple souvenir de cet échange, comme si elles étaient douées de compréhension. Les messages de la journée du lendemain, avaient été drôles, voire tendres. Mais en aucun cas, ils n'avaient été emplis de la passion cachée de ces deux premiers échanges de nuit. Une semaine plus tard, c'était Sacha qui avait réattaqué :

Mes yeux cherchent les tiens partout, dans chaque regard, dans chaque sourire, dans chaque rire ...

Et Ridjka s'était alors rappelé la passion et la joie qu'elle avait lues dans les beaux yeux bleus océan de Sacha, là-bas, à San Francisco. La chaleur qui l'avait ensuite envahie, la confiance en la vie qui l'avait submergée, la passion qui s'était réveillée. Après avoir lu ce second mail de nuit, elle avait regardé son plafond avec le même sourire dans les yeux que celui qu'elle avait affiché pendant toute cette soirée américaine. Et, elle était presque sûre que son plafond lui avait rendu son sourire ...

Mes yeux se cachent dans chaque regard, dans chaque sourire, dans chaque rire que tu croises ... Ils se cachent dans chaque coin de ciel bleu que tu vois, dans chaque feuille qui pousse, dans chaque fleur qui parfume ton chemin. Ils sont partout et sont remplis d'amour pour les tiens ..., lui avait-elle répondu.

Depuis, leurs échanges avaient été plutôt sages. Enfin tout est relatif ... C'est pourquoi, Ridjka sentait que celui de cette nuit serait le troisième mail torride de leur correspondance. Mais pourquoi s'était-elle endormie au lieu de le lire ? Cela lui aurait évité toutes ses emmerdes ! Elle ne se serait pas fâchée avec Momo. Elle n'aurait pas perdu Momo.

Et elle ne serait pas seule, dans ce grand Paris qu'elle n'aimait plus, parce qu'il la séparait de Sacha et de tout l'oxygène qu'il lui offrait quand il était auprès d'elle ...

Momo, lui, était fou de rage.

Il marchait tout seul dans la rue en grognant qu'*Elle* n'aurait pas dû. Qu'il ne la comprenait plus. Qu'*Elle* était devenue un monstre aussi froid qu'insensible.

Elle étant Ridjka, bien entendu ...

Il s'était mis à pleuvoir dès qu'il avait franchi le seuil de sa maison. Ou, pour être plus précis, dès qu'*Elle* l'avait expulsé hors de sa maison. Maintenant, il était trempé jusqu'aux os. Il y avait du vent, l'air était glacial et il avait froid. Il faut dire que cela faisait plus d'une heure qu'il tournait en rond dans ce quartier. Alors forcément, la totalité du gros nuage noir qui stationnait juste au-dessus, l'avait totalement inondé de ses bienfaits.

Momo savait parfaitement pourquoi il tournait en rond dans *ce quartier*, précisément. Ce quartier qui n'était ni le sien, ni celui de Ridjka. Ce quartier vivant qu'il aimait bien. Ce quartier où ça bougeait tant et où il flottait comme une atmosphère de vacances. Tout au long de l'année ... Mais ce n'était pour aucune de ces raisons, qu'il y tournait en rond. Non, il était là, parce qu'une certaine galerie d'art s'y trouvait pile poil au centre. Quand il avait franchi le porche de la cour de Ridjka, l'image de Jeff s'était immédiatement imposée à lui. Plus exactement, c'était l'image des colères tonitruantes de Jeff qui s'était immédiatement imposée à lui. Alors, Momo avait sauté de joie :

- Eh oui, bien sûr, il est le roi de la colère non maîtrisée, il saura m'expliquer pourquoi *Elle* est partie en sucette comme ça. Il me dira pourquoi *Elle* est devenue si violente, d'un coup d'un seul, pour un crétin de mail à la noix. Et pourquoi *Elle* m'a rejeté en bloc, alors que j'ai toujours été là pour *Elle*. Il trouvera peut-être même pourquoi je la hais tant en cet instant, s'était-il convaincu en tournant en rond sur le pavé mouillé.

Momo en était sûr : Jeff était *LA* solution à son problème. Seulement, vu comment ils s'étaient quittés la dernière fois, il lui était impossible d'entrer tranquilou dans sa galerie, de lui claquer deux bises pour lui balancer :

« Dis-donc mon cœur, je viens de me fritter ferme avec Ridjka. Alors, toi qui es un Dieu de la colère dévastatrice sur des sujets totalement débiles, tu ne veux pas m'aider à comprendre ce qui lui a pris à cette c... ? »

- Ouais, c'est sûr, fit-il à voix haute, ça ne le fait pas ...

- Qu'est-ce qui ne le fait pas Maurice ? gouailla une voix derrière lui.

Momo se retourna abasourdi :

- Jeff, c'est toi ? C'est bien toi ?

Le galeriste fit mine de se palper pour vérifier qu'il était bien lui et répondit tout sourire :

- Oui, je crois que c'est bien moi, Maurice. J'ai tant changé que cela en un mois ?

- Non, non, pas du tout. Tu es même resplendissant ! Diaboliquement resplendissant !!!

- Alors, qu'est-ce qui ne le fait pas ?

Le regard de Jeff était exsangue de toute animosité, cela rassura un peu Momo. Il lui avait même semblé que son ex-amant avait un peu rosi sous le compliment qu'il venait de lui adresser ... C'est bon signe, décida-t-il d'en conclure. Alors, il se lança :

- Oui, alors, voilà, en fait, Jeff, je te cherchais. Mais je ne savais pas où te trouver.

- Oui, c'est sûr que tu n'es jamais venu dans ma galerie, Maurice.

Maurice vira panique. Alors Jeff sourit et Momo comprit qu'il avait juste voulu détendre l'atmosphère de leurs retrouvailles. Il lui sourit à son tour, du coup Jeff embraya :

- Et tu me cherchais pourquoi, Maurice ?

C'est là que Momo commit la boulette du siècle. Celle qu'il voulait absolument éviter depuis qu'il avait eu l'idée de venir lui parler. Seulement voilà, il était trempé, il avait froid et il était fâché à vie avec Ridjka Naya. *SA* Ridjka Naya ! Alors forcément, il y avait de quoi perdre les pédales. Bref, il les avait perdues :

- Jeff, je me suis engueulé à mort avec Ridj pour une connerie de gamin de maternelle. Toi qui es un spécialiste coutumier du fait, tu dois m'aider !!!

Au sourire bizarre qu'il eut en réponse, Momo réalisa ce qu'il venait de dire.

- Oh, merde, Jeff, je suis désolé ... C'est sorti tout seul ! Jeff, pardon !

Et là, Jeff scotcha Momo : il éclata de rire. Pas moqueur, ni même amer. Non, il éclata d'un vrai rire d'hilarité et de bonheur.

- Allez, viens te sécher. Tu es tout trempé. Tu dois être congelé, frileux comme tu es. Je dois avoir au moins un T-shirt qui devrait t'aller, peut-être même un pantalon. D'ailleurs, ils sont sûrement à toi. De plus, je fais du très bon café.

Momo n'en revenait pas ! Jeff ne s'était pas fâché contre lui ! Il n'était même pas parti en toupie en hurlant des conneries, dont lui seul avait le secret ! Mieux : il l'invitait à boire du café en riant ! Il se mit à rire aussi, tant il était soulagé de cette réaction inattendue. Et mut par son instinct, il enserra son ex-amoureux de ses gros bras costauds pour que leurs rires se mélangent.

- Tu es vraiment trempé, fit mine de grogner l'enserré. Viens, on y va et au pas de course, s'il te plait !

Tout en courant, ils se regardaient et éclataient à nouveau de rire. Leurs foulées étaient de la même longueur. Leur bonheur de se retrouver était plein et entier. Ils le savouraient, sans parler, juste en riant et en se regardant.

- Et tu oses me dire que tu ne comprends pourquoi Ridjka est partie en vrille ?

- Ben, oui ...

- Fais un petit effort ...

- Bon, peut-être que j'ai été un tantinet envahissant sur le finish. Mais, tu réalises qu'elle m'a foutu dehors manu militari !

- *Un tantinet envahissant ? Peut-être ?* Mais tu rigoles ou quoi ? Tu me racontes que tu étais tout le temps fourré chez elle, depuis un mois, à lire sa correspondance amoureuse, parfois avant elle, et tu t'étonnes qu'elle t'ait foutu dehors manu militari ???

- Ouais, mais, ce que tu ne comprends pas Jeff, c'est qu'on a toujours fonctionné comme ça avec Ridj. Toujours ! se défendit-il.

- Tu veux me faire croire que tu as déjà joué les super glue à ce point-là avec elle et qu'elle ne s'en était jamais plainte auparavant ?

Momo gesticula sur sa chaise, il était mal à l'aise et préféra rester muet.

- A ce point-là, Maurice ?

- Non, bien sûr ... Pas à ce point-là ... Mais leurs mails étaient si ..., si ..., si ...

- Justement, s'ils étaient si ..., si ..., si ..., c'est qu'il fallait lui laisser un peu, beaucoup d'air, pour qu'elle puisse en jouir seule.

- Tu crois ?

- Maurice ...

- Ouais, c'est sûr, tu as raison.

Jeff souleva un sourcil en signe d'aval.

- N'empêche qu'elle n'avait quand même pas le droit de me foutre dehors !!!

Momo était à nouveau furieux. Il s'était levé de sa chaise et faisait le tour de la galerie en jetant un œil agressif aux tableaux exposés. Un peu comme s'ils étaient responsables de ses malheurs actuels. Jeff le laissa faire. Quand Momo se rassit en face de lui, une partie de sa colère était tombée, alors Jeff réattaqua d'une voix douce :

- Au moins, as-tu pensé la féliciter pour son reportage sur le quotidien des femmes au Mali ? Je l'ai lu, c'est quelque chose ...

Momo regarda Jeff éberlué, puis regarda la pointe de ses chaussures, étonné.

- Maurice ?

- Ouais ?

- Tu l'as félicitée ?

- Et comment j'aurais pu la féliciter, puisque je n'ai pas lu son reportage à la con ?

Jeff claqua ses bras contre ses jambes en signe de profond désespoir.

- J'aurais dû ?

- Maurice, il me semblait que c'était une habitude entre vous. Un rituel. Je me souviens combien vous adoriez écouter l'autre commenter vos écrits.

- C'est vrai qu'on adorait ça ...

Momo replongea dans ce passé heureux, où effectivement, même leurs papiers étaient source d'échanges passionnés.

- Mais là, elle m'a foutue dehors, alors je n'ai pas pu le lire son foutu reportage !!!

- Maurice, il est sorti il y a plus d'une semaine et tu le sais très bien.

- Mummph ...

- Et, je crois me souvenir qu'elle y tenait vachement à cet article ...

- Ouais, ouais, ouais, c'est vrai ! Mais est-ce une raison pour me foutre dehors ?

- Rassure-moi, tu connais la réponse, hein ?

Momo grogna sans répondre.

- Maurice ?

Momo grogna à nouveau, sans répondre plus.

- En fait, je ne comprends pas bien ce que tu attends de moi : tu veux que je t'explique l'origine de la colère de Ridjka ou l'origine de la tienne ?

- Moi ? Moi en colère ? Mais je ne suis pas en colère, Jeff ! Qu'est-ce que tu vas t'imaginer ? éructa Momo en agitant les bras comme le Beach Party, de la foire, le fait avec ses nacelles.

- Oh, rien du tout Maurice, rien du tout ...

Momo ne remarqua même pas le ton goguenard de son confident. Il était tellement en ébullition qu'il n'était plus dans l'écoute. D'ailleurs, c'est avec la même agressivité qu'il continua :

- Non, moi je suis juste furieux et fou de rage !!! Mais je ne suis pas en colère le moins du monde !!!

- Bien sûr ..., railla Jeff dans sa barbe.

- Moi, ce que je veux connaître, c'est l'origine de sa colère à *Elle*. Cette colère si incompréhensible qui me force ..., tu m'écoutes Jeff ?

- Oui, je t'écoute, Maurice ...

- ... sa colère qui me force à la haïr !!! conclut Momo mélodramatique.

Cette fois, ce fut Jeff qui se mit à hurler :

- Je n'en crois même pas mes oreilles !!!

Momo le regarda surpris. Comment lui, un être si fin et si sensible, se refusait-il à comprendre ? Ridjka l'avait chassé de sa vie comme un baltringue. Sans lui donner la moindre explication. Et Jeff ne comprenait pas que lui, Momo, soit obligé de la haïr pour cette souffrance gratuite qu'elle lui infligeait sans raison aucune ? Tous deux se murèrent dans un mutuel silence réprobateur et une parfaite immobilité. Sans doute pour éviter d'agiter les molécules de colères qui avaient maintenant envahi la totalité de la pièce.

Le chant mélodieux du carillon chinois résonna dans la galerie pour annoncer l'ouverture de la porte d'entrée. Donc l'arrivée d'un visiteur. Jeff se leva d'un bond en voyant un petit papi jovial se diriger vers lui. Cet intermède était inespéré et le galeriste l'accueillit à sa juste valeur.

- Monsieur Dupré, alors ! Ça y est, votre choix est fait ? tonna-t-il en lui tendant une main ferme.

- Oui, mon petit Jeff, mon choix est fait ! Je vais prendre la grosse femme.

- Monsieur Dupré, cet artiste ne peint *que* des grosses femmes.

- Oui, mais je veux la plus grosse, mon petit Jeff. Celle qui est peinte en très, très gros plan.

- Ah, celle-ci, alors ? sourit-il en conduisant son client vers une toile au centre de la galerie.

- Oui, celle-là, lui répondit le vieil homme avec gourmandise.

- Vous avez parfaitement raison, monsieur Dupré, c'est la plus réussie. Regardez cette gamme de couleurs à faire pâlir le soleil. La vie dans son regard. Cette souplesse sensuelle dans ses hanches.

- C'est sûr, mon petit Jeff qu'il y a tout ça dans ce tableau. Et sûrement plus encore ... Mais moi, ce qui m'intéresse, c'est que cette belle femme prend toute la toile !

- Ah ?

- Oui, cet hiver, elle me tiendra chaud ...

- Je comprends, sourit Jeff.

Et c'était vrai qu'il comprenait. Toutes ces grosses femmes, avec leurs rondeurs généreuses et leurs sourires en coin, lui avaient tenu chaud quand Maurice l'avait plaqué le mois dernier. Son cœur avait saigné chaque fois qu'un client était parti avec l'une d'elles, soigneusement emballée, sous le bras. Il s'était senti orphelin à chaque départ. Ensuite, il avait eu beaucoup de mal à regarder le pan de mur où un vide prenait désormais la place de la grosse dame envolée.

- Pendant que je vous l'emballe, asseyez-vous là, monsieur Dupré. Vous désirez un café ou un thé ?

- Non, non, rien, merci mon petit Jeff. Si vous pouviez juste vous dépêcher. Il me tarde d'installer Noémie à la maison, sourit le vieil homme.

- Elle s'appellera donc Noémie ?

- Elle *s'appelle* Noémie, mon petit Jeff ! regimba le papi. Vous ne le saviez pas ?

- Non, elle ne me l'avait pas dit, monsieur Dupré. Elle est très secrète vous savez, chuchota-t-il en réponse.

Et le papi approuva du chef.

Quand il fut parti, Jeff resta un long moment sur le pas de sa porte, à regarder à l'extérieur et surtout à tourner le dos à son visiteur.

Momo ne lui en voulut pas, il comprenait.

- J'ai été un vrai con avec Ridjka ? lâcha-t-il finalement du fond de la galerie.

Jeff referma la porte, se retourna avec lenteur, revint vers celui qu'il aimait toujours, planta ses yeux dans les siens et approuva :

- Oui, un vrai con !

- Il faudrait que j'aille m'excuser ?

- Oui, il faudrait.

- Seulement voilà, je ne peux pas. Enfin, pas tout de suite ...

- Pourquoi ?

- Elle m'a fait trop mal ...

- Je comprends, Maurice. Je comprends.

Chapitre 44
Noyaux de pêche blanche

Touré regarda Emeline encore endormie à ses côtés. Elle était belle, si belle !

Il sourit. Son corps était rond, comme sa vie. Sa peau était aussi brillante que chacune de ses idées. Sa poitrine était aussi généreuse que chacune de ses actions.

Sa poitrine, justement, qui se soulevait en douceur à chaque inspirations et retombait en douceur à chaque expirations et entraînait celle de Touré à suivre son rythme. Cette femme était parfaite. Si parfaitement parfaite. Il avait eu raison de l'attendre ...

Alors pourquoi Touré avait-il cet étau qui lui serrait la poitrine ce matin ? Il ne comprenait pas. La femme de sa vie était allongée à côté de lui. Elle l'aimait. Il l'aimait. Depuis un mois, ils avaient passé ensemble des journées exceptionnelles. Si époustouflantes qu'elles dépassaient de loin tout ce qu'ils avaient espéré l'un et l'autre. Alors pourquoi ce fichu étau lui serait-il la poitrine ? Touré souleva les draps le plus délicatement et le plus silencieusement qu'il put. Il les souleva, mais pas trop haut, parce qu'il ne voulait pas réveiller sa belle endormie. Il souhaitait juste pouvoir dégager son grand corps mince de leur couche. Quand se fut fait, il tendit lentement une jambe hors du lit. Emeline ne réagit pas et sa poitrine continua de se mouvoir au rythme tranquille de sa respiration. Touré tendit l'autre jambe, puis commença à se redresser lentement, doucement. Il posa un pied à terre sans bruit, puis l'autre. La moquette était douce sous ses orteils, il apprécia. Inquiet, il se retourna pour vérifier que sa doudou dormait toujours. C'était le cas, alors, il se leva sans faire de bruit et repositionna les draps sur son aimée. Il ne s'agissait pas qu'elle attrape froid. Touré retint sa respiration et tourna la poignée de la porte de la chambre avec deux doigts seulement. Les gonds se mirent à grincer quand il tira le battant à lui. Comme pour lui intimer l'ordre de retourner se coucher. Mais il continua à ouvrir la porte, il ne pouvait pas rester : il devait réfléchir ...

Une fois hors de la pièce, il se dirigea à pas de loup vers la cuisine. Là, il eut envie d'un café chaud, mais pensa aussitôt que le bruit du robinet pour remplir le réservoir de la machine, celui des placards qu'il ouvrirait pour trouver le paquet d'arabica moulu, plus les crachouillis de l'eau bouillante, tout cela ne manquerait pas de réveiller sa compagne. Sans compter l'odeur du café chaud qui, plus sûrement que n'importe quel bruit, la sortirait inexorablement de ses rêves.

- Non pas de café, se résolut-il.

Sur la table, il y avait une coupe de fruits. De beaux fruits, bien mûrs, qu'ils avaient achetés ensemble hier en rentrant de Beaubourg. Oui, un fruit, ça le rafraîchirait sûrement. Et plus sûrement encore, ça ferait partir cette saleté d'étau qui continuait de lui enserrer la poitrine ... Touré choisit une pêche blanche. Il y en avait rarement à Bobo des pêches blanches. Et pourtant, c'était un fruit délicieux. Il mordit dedans et le jus coula, de chaque côté, à la commissure de ses lèvres. Il le rattrapa de ses doigts fins et les lécha pour ne pas perdre une goutte du nectar. Quand il eut fini son fruit, il ne sut que faire du noyau. Il l'avait dans les doigts et n'osait le poser sur la toile cirée : Emeline était assez maniaque sur le sujet ... Il ne pouvait pas non plus le jeter à la poubelle : c'était une poubelle automatique qui faisait un bruit d'enfer dès qu'elle s'ouvrait, comme pour provoquer les félicitations de celui qui l'avait activée.

- Qu'en faire ? se demanda-t-il perplexe.

Il soupira soudain très las, décidément, cette journée s'annonçait des plus complexe ... Finalement, il opta pour remettre le noyau dans sa bouche, il le mâchouillerait comme une noix de cola.

Ah, les noix de cola ..., pensa-t-il nostalgique, *j'en aurais bien besoin ce matin pour retrouver mon énergie et faire fuir ce sale étau ...*

Alors, il commença à mâchouiller. Mais un noyau de pêche blanche et une noix de cola, ça n'a pas du tout la même consistance. Du coup, ses molaires du fond - celles qui lui restait du côté droit - le lui signalèrent très vite, en lui vrillant la mâchoire d'une douleur fulgurante.

- Wouaïe ! couina-t-il.

Il recracha le noyau sur la belle toile cirée rouge d'Emeline et se massa le visage pour faire partir la douleur.

- Saleté de saleté ! jura-t-il tout bas.

Et soudain, il se sentit envahi d'une grande mélancolie. Oui, c'était ça l'étau qui lui enserrait la poitrine : la mélancolie.

- Non, c'est plus que ça mon pauvre Touré, dit-il. C'est plus que la mélancolie, c'est ... C'est ... C'est du déchirement.

Il soupira.

Finalement, il était soulagé d'avoir pu donner un qualificatif à cet étau. Ceci dit, son problème n'en restait pas moins entier ...

J'aime ce pays, où vit mon Emeline, sourit-il. *J'aime ses pêches blanches, j'aime ses habitants, j'aime ses maisons, j'aime la vie que ma douce me propose. Mais Bobo me manque tant. Oui, ses noix de cola me manquent. Ses mangues, ses avocats, ses bananes, qui n'ont pas le même goût qu'ici, me manquent. Amédée et Batiste me manquent. Ma maison me manque.*

Touré soupira à nouveau. Mais, ce n'était plus de soulagement, c'était de ce foutu déchirement. Comment faire, maintenant qu'il connaissait deux paradis, pour ne vivre que dans un seul le restant de sa vie ? Son étau s'intensifia encore. Il ne pouvait pas quitter Bobo, il en était sûr. Mais il aurait un mal fou à quitter Paris, il en était sûr aussi. Il soupira.

Et son Emeline ! Il comprenait maintenant pourquoi elle n'avait pas pu partir avec lui, tout de suite. Ce n'était pas qu'elle ne l'aimait pas. Non ! C'était tout simplement, qu'elle était déchirée ! Comment pouvait-il vouloir lui faire subir ça ? Amédée, il fallait qu'il appelle Amédée ! Mais s'il l'appelait, il allait réveiller sa promise, c'était couru. Amédée commençait à devenir dur d'oreille et il fallait hurler dans le combiné pour qu'il comprenne ce qu'on voulait lui dire. Touré soupira. Il était tout seul dans cette grande et belle cuisine, à se battre contre cet étau et ce déchirement qui n'avaient pas de solution. Alors, bien sûr qu'il soupirait. Machinalement, il se saisit d'une seconde pêche blanche et mordit dedans avec rage. Celle-ci, pas contente du tout, expulsa tout son jus avec force et inonda le visage de Touré.

- Saleté de pêche ! fulmina-t-il. Ce n'est pas une noix de cola qui m'aurait fait ça !!!

Du revers de son bras nu, il tenta de se sécher. Mais des petits morceaux de chair filandreuse - qui avaient décidé d'accompagner le jus du fruit - venaient de se coller à ses poils crépus.

- Saleté de saleté de pêche ! s'énerva-t-il en essayant de les enlever.

Chaque fois qu'il réussissait à en attraper un, il le plaçait à côté du noyau qu'il avait éjecté quand il ne savait pas encore ce qui le tracassait. La toile cirée d'Emeline commençait à perdre vraiment de sa superbe, mais il n'y prêta pas attention, il était trop occupé à finir de massacrer sa pêche à grand coup d'incisives. Quand se fut fait, il recracha le noyau en visant bien le premier. Il réussit son coup à la perfection, puisque les deux projectiles se percutèrent et allèrent répandre la salive de Touré restée collée dessus, chacun d'un côté de la table.

- Bingo ! savoura-t-il à sa juste valeur.

Il attrapa une troisième pêche et recommença son massacre maraîcher et son recrachage de noyau. Il visa celui qui était parti à droite et réussit à nouveau son coup. Mais, à la quatrième pêche, il toucha celui qui était parti à gauche. Comme ça, il n'avait pas fait de jaloux ... Touré n'arrivait plus à s'arrêter : il prenait une pêche dans la corbeille à fruits, la massacrait de ses puissantes mâchoires et recrachait son noyau, un coup à droite, un coup à gauche. A chaque fois qu'il touchait l'un de ceux qui avait déjà atterrit sur la toile cirée, il poussait un petit cri jubilatoire. Et il se sentait mieux ! Quand il touchait l'un des deux premiers, son petit cri était encore plus intense. Et il se sentait encore mieux !

Finalement, arriva ce qui devait arriver : ses onomatopées victorieuses, bien que fugaces, vinrent à bout du sommeil tranquille d'Emeline. A chaque nouvelle clameur, elle se retournait dans un demi-sommeil à la recherche du corps de Touré. Mais à chaque fois son bras ne rencontrait que l'oreiller froid et déserté. Quand elle comprit que son aimé n'était plus à ses côtés, elle s'inquiéta Cela la réveilla. Alors, elle se redressa à son tour dans le lit et tendit l'oreille.

- Bingo ! entendit-elle en provenance de la cuisine.

Elle se leva d'un bond et fonça dans son antre de la confection de plats mitonnés. Touré venait de cracher son dixième noyau et jubilait parce qu'il avait encore une fois touché l'originel de gauche. La toile cirée rouge n'était plus que gouttelettes de jus, fibres de fruit éparpillées, sans parler des deux tas de noyaux dégoulinant de salive.

D'ordinaire, Emeline serait montée dans les tours à la vue d'un tel spectacle, mais là, elle était touchée. Elle voyait son grand imbécile de Touré qui farfouillait dans sa corbeille de fruits, sûrement à la recherche d'une nouvelle pêche et qui s'énervait parce qu'il n'en trouvait plus.

- Saleté, de saleté, de saleté de pêche !!!, grogna-t-il en plongeant sa main droite un peu plus profondément dans la coupe.

- Tu n'en trouveras plus Touré Bénicité. Tu les as toutes mangées !

Il sursauta de peur.

- Et c'est tant mieux, continua-t-elle, parce que tu ne vas pas tarder à être malade comme un chien. Ici, comme ailleurs, trop de fruits d'un coup ce n'est pas très bon pour le transit intestinal ...

Touré regarda Emeline, puis regarda ce qu'il avait fait de sa toile cirée. Il regretta aussitôt sa folie meurtrière pêchicide qui l'avait conduit à un tel saccage.

- Je vais tout nettoyer Emeline, s'excusa-t-il aussitôt.

- Ne t'inquiète pas pour ça, on a le temps ...

Elle prit une chaise qu'elle plaça tout contre celle de son massacreur de fruits, puis s'assit en silence et glissa sa main droite dans la main gauche de Touré. Il la regarda, attendant une engueulade qu'il avait bien méritée. Mais l'engueulade ne vint pas. Elle le regardait et souriait. Alors timidement, il lui sourit à son tour. Quand Emeline sentit qu'il était rassuré, elle regarda alternativement les deux piles de noyaux de pêches blanches. Alors Touré les regarda lui aussi. Emeline soupira, alors Touré soupira. Emeline ouvrit la bouche, alors Touré ouvrit ses oreilles. Mais ce qu'il entendit le laissa sans voix :

- Toi aussi, Touré Bénicité, maintenant tu ne sais plus où vivre, hein ?

Chapitre 45
Doutes

Ridjka avait vite fait l'aller-retour à Come Com.

Elle y était allée la boule au ventre, à l'idée de croiser son ex-siamois. Une fois là-bas, elle avait été soulagée d'apprendre que celui-ci n'avait pas pointé le bout de son nez de la matinée. Néanmoins, elle avait fait fissa-fissa pour récupérer billets et réservations au secrétariat. Et ne s'y était pas attardée quand elle les avait eus en main. Evidemment, Jack Russel avait bien tenté de la retenir pour l'inonder de ses recommandations habituelles. Elle lui avait répondu par un haussement d'épaules détaché et avait foncé vers l'ascenseur en lui assurant qu'elle était une grande fille et que lui ferait mieux de préparer sa feuille de congé pour son retour. Son boss avait vociféré tout un chapelet d'injures du matin, mais elle était déjà loin. Seuls Pierre et Alain, qui peaufinaient bien sagement la couverture du mois prochain, avaient profité de ce débordement verbal et gestuel.

Une fois, dans la rue, le cœur de Ridjka s'était mis à battre en accéléré :

Et si Momo arrivait pile poil maintenant ? se demanda-t-elle angoissée.

Lui, adorait passer ses journées au journal. Qu'il ne soit pas encore arrivé était surprenant.

Enfin, peut-être pas. Avec ce que je lui ai envoyé ce matin, il ne doit pas être au top ..., se raisonna-t-elle.

Et son ventre se serra à nouveau.

Ceci dit ne traînons pas, il peut se pointer d'une seconde à l'autre, du coup elle accéléra le pas et fonça chez elle à pied

Il ne s'agissait pas de le croiser dans le métro.

Pendant tout le trajet, elle garda la tête baissée. Histoire de ne pas rencontrer les yeux verts de Momo, au cas où le destin - toujours farceur dans de telles situations - les mettrait face à face. Quand elle referma sa porte d'entrée elle soupira de soulagement. Elle n'avait pas croisé l'indésirable. Elle avait ses réservations. Il lui restait juste à préparer sa valise.

- Merde et mes plantes ? Qui va arroser mes plantes cette semaine ? jura-t-elle.

D'habitude c'était Maurice qui passait pour les arroser. Un sentiment de vide sidéral l'envahit. Elle s'assit. Elle ne pouvait demander à personne de la rédac, parce que tout le monde lui opposerait, avec raison, qu'Hebel pouvait bien le faire. Et là, présentement, elle n'avait nulle envie d'épiloguer sur l'état lamentable dans lequel pataugeait leur relation.

- Merde, mes plantes ! soupira-t-elle de nouveau. Je n'y avais pas pensé. Sinon, bien sûr, je ne me serais jamais fâchée avec ce crétin.

Elle se leva et alla voir son Taro. Cette grande plante, dont les feuilles ressemblaient à des oreilles d'éléphant, était ultra gourmande en eau. Elle toucha la terre, elle était sèche. Elle alla à la cuisine et remplit le pichet à ras bord d'eau tempérée. Quand elle retourna au salon, elle en versa la moitié sur les racines.

- Demain, je lui en remettrais une couche, il devrait bien tenir une semaine avec ça.

Elle continua son tour d'inspection florale et versa le reste de son pichet sur le bananier, le palmier et le bougainvillier violet. Ce dernier était fleur, Ridjka savait que ce n'était pas le moment de le priver de soins, alors, elle se dirigea vers le téléphone et tendit la main pour l'attraper. Son bougainvillier valait bien qu'elle s'excuse auprès de ce crétin de Momo après tout ... Seulement, voilà, sa main refusa d'attraper le combiné. Elle resta en suspens, tout comme ses pensées, d'ailleurs. Non, elle ne pouvait pas l'appeler. Ça lui était impossible. Il avait osé traiter Sacha de

connard, or personne n'avait le droit de toucher à Sacha !!!
Ensuite, il en avait rajouté une couche en vociférant que son
âme sœur lui préférait sa femme : n'importe quoi !!! Et ce
crétin avait conclu que son dieu redescendu sur terre ne lui
proposerait jamais de cinq à sept. Qui était-il avec ses
amours merdiques pour proférer de telles absurdités ????
La main de Ridjka recula en tremblant. Non personne
n'avait le droit de toucher à Sacha. Et Momo moins que tout
autre ! Il était allé trop loin ... Elle ne pouvait pas lui
pardonner comme ça. Ou du moins pas maintenant. Pas si
vite. Pas tout de suite. Elle s'effondra sur le canapé : son
corps tremblait de rage et de colère. Pourquoi lui avait-il dit
toutes ces horreurs ? Pourquoi lui avait-il balancé tout ça ?
Gratuitement en plus !

- Connard de Momo, hurla-t-elle en brandissant un point
vengeur vers le ciel.

Des larmes se mirent alors à rouler sur ses joues. De
chaudes larmes qui la calmèrent. Ridjka laissa alors, son
moi raisonnable lui poser la question qu'elle se posait
toujours en fin de compte. Celle qui la poussait à réfléchir et
à avancer :

- *Pourquoi ce qu'il t'a dit te perturbe tant ?*

- Oui, c'est vrai, pourquoi ce que ce gros crétin m'a dit
me perturbe tant ? Il lui est déjà arrivé de lâcher pique-
pendre sur mes Jules. D'ordinaire, on en rigolait ensemble !
Alors, pourquoi là, ça m'a foutue tellement hors de moi ?

- *Parce que tu aimes Sacha plus que tous tes autres Jules ?*
l'interrogea son moi raisonnable.

- C'est évident que j'aime Sacha plus que tous mes autres
Jules ! se rebella-t-elle. Mais Momo, c'est Momo. Il est au-
dessus de tous mes Jules ! Enfin, il l'était ...

- *Alors, est-ce vraiment à cause de lui que tu es tant en
colère Ridjka ?*

Elle fouilla au plus profond de ses sentiments pour
essayer de comprendre. Mais à l'instar de sa volonté
d'avancer, de nouvelles questions remontèrent à la surface
et la déstabilisèrent encore plus. Des trucs idiots comme :

Sacha, Momo, qu'éprouvait-elle pour l'un et pour l'autre ? Ou bien encore : Momo, que pouvait-il comprendre de Sacha et elle ? Son esprit tournait maintenant à pleine vitesse, faisant défiler l'image de leur trio dans une ronde infernale. Leurs relations aux uns et aux autres. L'amour qu'ils partageaient les uns pour les autres. C'est bien simple, elle en eut le vertige ! Mais loin de se laisser désarçonner et elle continua à explorer toutes les facettes de cette bizarre relation à trois. Bon, invariablement, elle aboutissait à l'éjection de Momo de la grande centrifugeuse.

Il ne restait plus que Sacha et elle. Leurs merveilleux instants de vie commune partagés un quart de siècle plus tôt. La poignée d'heures de passion folle, à San Francisco. Et même, les états de transe qu'elle vivait depuis son retour à Paris. Et soudain, dans un grand fracas mental, elle sut. Elle toucha du doigt pourquoi ce que Momo lui avait hurlé, quelques heures plus tôt, la turlupinait autant. Elle le comprit, mais n'apprécia pas du tout sa découverte. Non, pas du tout. Car tout ceci était de la peur à l'état brut ... Oui, elle, Ridjka Naya, la boule de joie de vivre, le sourire sur pattes, l'optimisme fait femme, avait peur que ce crétin de Maurice Hebel ait dit vrai. Elle se souvint de ces saletés de doutes qui l'avaient assaillie, fugacement, mais très sournoisement, depuis son retour des States. A chaque fois, elle les avait refoulés au plus profond de son inconscient, pour être sûre qu'ils ne viendraient pas lui gâcher le bonheur dans lequel elle nageait depuis un mois.

Je sais que Sacha m'aime, je sais que je l'aime. Alors qu'il aime aussi sa femme et veuille rester vivre à Bordeaux avec elle, c'est tout à fait secondaire ..., se répétait-elle, dès que ces saletés de doutes tentaient une incursion dans son nuage d'amour.

Néanmoins, la peur que Sacha l'abandonne une seconde fois, celle-là elle ne réussissait pas à la juguler. Cette peur était même en train de se muer en panique ... C'était cela que Momo, dans tout le fatras de sa diarrhée verbale, avait

281

révélé au grand jour et qui avait tant ébranlé Ridjka. Voilà pourquoi sa colère contre lui avait été si violente.

- Crétin de Momo !!! rugit-elle, même si maintenant, elle savait qu'il n'était pour rien dans cette rage dévastatrice.

Elle était en colère, ça c'était acquis. Mais c'était contre ses foutus doutes. Contre la vie aussi, qui les avait cruellement et gratuitement séparés Sacha et elle. Bref contre tout un tas de choses, mais sûrement pas contre son complice de toujours. Seulement voilà, lui, Momo avait fait remonter tout cela à la lumière de sa conscience. Il ne s'était pas gêné, même ! Et, il ne se priverait de le refaire chaque fois qu'il le jugerait utile !!! Pour la protéger, à n'en pas douter. Mais Ridjka n'avait pas envie d'être protégée. Elle avait juste envie de vivre pleinement, totalement, passionnément, son histoire avec Sacha. Et pour cela, il ne pouvait pas y avoir de doutes, ni même de protection !

Et puis après tout, si Sacha la quittait, au moins aurait-elle vécu à mille à l'heure pendant tout le temps de leurs retrouvailles éphémères ! Elle aurait éprouvé des joies que peu de personnes rencontrent au cours de toute une vie !! Quant à son corps, son corps si indiscipliné depuis San Francisco, il aurait à nouveau vibré comme un fou !!!

- Alors au diable Momo !!! conclut-elle.

Chapitre 46
L'or est tombé du ciel

- *Au diable Momo et bonjour petit mail de nuit*, lui souffla sa petite voix, ravie qu'elle se reprenne enfin.

- Oui, mon mail de nuit ... Mon mail de nuit ! Tu as raison petite voix, allons tuer dans l'œuf tous les doutes de Momo et nous enivrer de ce mail de nuit !

La simple idée de l'existence de ce message, attendant sagement dans sa boite, réveilla tous les désirs de sensualité de Ridjka. Ses poumons se remplirent à en éclater. Le moindre embryon de sa pilosité se dressa d'excitation. Sa peau se fit douce. Et son sourire retrouva sa place sur ses lèvres gourmandes.

Mais que c'est bon d'être amoureuse ! Que c'est bon de se sentir si pleine d'amour ! Que c'est bon d'espérer ! exulta-t-elle en se levant.

- Tu vois Momo, rien que pour vivre des secondes comme celles-ci, c'est bon de prendre des risques ! oralisat-elle pour être sûre que son message parvienne bien aux oreilles de l'interpellé.

Elle épousseta son T-shirt d'un geste machinal. Il était propre. Mais Ridjka l'avait secoué juste histoire d'en faire partir les miettes de doute que Momo aurait pu y coller. Aucune ombre ne devait entacher sa lecture. C'était important. Quand elle fut sûre d'être nickel, l'intensité de son désir monta encore d'un cran. Alors, elle marcha - ou plutôt elle flotta - jusqu'à son bureau en fredonnant la chanson de Christophe Willem. Elle sentit, à chaque note émise, une fine pluie de paillettes d'or tomber sur et tout autour d'elle. Elle sut que l'amour était toujours là, en elle et qu'il était toujours là-bas, en Sacha. Elle s'assit sur son fauteuil à roulette, laissant la pluie d'or continuer à l'arroser de ses bienfaits totalement enivrants. Elle fermait les yeux et respirait par grandes bouffées : elle était si bien. Elle allait lire un mail de nuit de Sacha et Momo ne surgirait pas par-dessus son épaule. Ridjka découvrit, en cet instant, combien les incursions de Momo avaient rétréci son espace vital. Son appartement lui apparut soudain immense, parce que débarrassé de tout voyeur. C'était fou ! Pourtant, elle l'aimait son pote. Sacrément même ! Mais ces derniers mois, son inconscient ne s'y sentait plus chez lui. Elle n'y était plus qu'une invitée. Une passante presque. Car le véritable possesseur de ses murs avait été Momo. Là, tout cet espace vital reconquis lui donna un sentiment absolu de liberté et de sécurité.

- Waouh quel truc de ouf ! Comment j'ai pu me laisser enfermer là-dedans ? se demanda-t-elle tout haut.

- *Bon, on y va quand ?* s'insurgea sa petite voix impatiente.

Ridjka repris place sur terre :

- Savoure ma chérie ! Savoure cet instant de certitude d'avoir reçu un message de Sacha. D'évidence qu'il sera une merveille. D'assurance qu'il va te mettre en émoi, pour la journée entière. Et surtout savoure le bonheur de le lire seule.

Et tout l'être de Ridjka se mit à frissonner de désir et ...,
... de la liberté retrouvée.

En revanche sa petite voix, elle, ne l'entendait pas du tout de cette oreille. Elle tenta donc de prendre la commande de ses mains. Avec succès d'ailleurs, puisque celles-ci s'emparèrent très vite de la souris. Ridjka se laissa faire, car elle aussi - même si elle n'osait se l'avouer - était impatiente de lire ce mail de nuit. Son corps se banda, prêt à recevoir toute la douceur que la missive numérique pourrait contenir. Ses yeux brillèrent à l'idée de découvrir de nouveaux caractères New Roman former des mots proches de l'idéogramme. Son esprit, quant à lui, vagabondait bien au-dessus des plus hauts sommets de l'Himalaya ... Quand son index droit cliqua sur le lien du message pour en autoriser l'ouverture, elle soupira de plaisir. Et le miracle de la technologie moderne s'accomplit. Comme à chaque fois : le texte apparut en pleine page sur l'écran. Et lui explosa en plein cœur.

- Pour un mail de nuit, ça c'est un mail de nuit ! roucoula-t-elle.

Ridjka était folle de joie. Tout y était, tout ce qu'elle avait espéré. Et même bien au-delà. Tout était écrit là, en noir sur fond blanc. Sacha l'aimait, elle en était parfaitement sûre maintenant ! Avec un tel mail comment était-ce encore possible d'avoir le moindre doute ? Même une once de doute ?

- Vade retro saletés de doutes, murmura-t-elle en agitant les bras devant elle.

Elle voulait être sûre que ceux-ci ne caressent aucun espoir de changement d'avis de sa part.

Puis, elle relut son mail :

La douceur de ton corps me manque. La chaleur de ton corps me manque. Le contact de ton corps me manque. Chaque parcelle du mien réclame le tien pour se coller contre lui, Ridji ...
Que faire ?
Bisous hautement corporels,
Sacha

Elle avait fondu littéralement en lisant chacune de ses phrases, adjectifs et mots. Il était évident que ses doutes pouvaient toujours aller se brosser : il n'y avait aucune place pour eux dans son histoire ! Elle se mit à croustiller d'excitation de toutes parts.

- Ah, Sacha pourquoi es-tu si loin ? soupira-t-elle.

Et pourtant, dans le même temps, elle sentit sa sensuelle présence flotter partout dans la pièce. Elle sentit ses lèvres se poser sur les siennes. Elle sentit ses baisers l'oxygéner. Non, Sacha n'était pas si loin. Il était là avec elle. Tout contre elle ! Evidemment, elle eut un mal fou à redescendre de sa transe. Il faut dire qu'elle n'en n'avait pas du tout envie ... Elle était si bien dans le silence de sa maison, avec le soleil qui entrait à flot et cette passion dévorante qui la portait aux nues.

Alors, pourquoi aurait-elle dû redescendre ?

- *Pour faire ta valise peut-être ? Tu te souviens que demain tu pars en mission ?* lui avait rétorqué son moi raisonnable.

Mais elle ne l'avait pas écouté : un mail de nuit de Sacha ça se savoure, ça se déguste, ça se vit. Une valise, ça se remplit en trois secondes. En plus, elle avait toute la soirée et toute la nuit devant elle ... Et puis, maintenant, elle devait répondre à Sacha !

Mais que répondre à une poésie pareille ?

Elle relut le message à haute voix, pour décupler encore le charme de sa chanson :

« *La douceur de ton corps me manque. La chaleur de ton corps me manque. Le contact de ton corps me manque. Chaque parcelle du mien réclame le tien pour se coller contre lui, Ridji ...*

Que faire ?

Bisous hautement corporels,

Sacha »

Oui, Sacha, la douceur de ton corps me manque. O Sacha !!! Oui, la chaleur de ton corps me manque aussi. Et le contact de ton corps, humm, c'est inhumain ... Bien sûr que chaque parcelle du mien réclame le tien pour se coller contre lui Sacha ... Comment pourrait-il en être autrement ? Et elle bascula à nouveau dans un torrent de sensualité, où leurs deux corps se touchaient, se collaient, s'aimaient.

- Que faire ? Oui, Sacha, que faire ?

Son moi raisonnable tenta encore le coup des valises, mais sa petite voix mutine eut une bien meilleure idée :

- *Invite-le à te rejoindre à Copenhague ...*

Ridjka se dressa tel un lémurien à qui l'on promet un fruit gorgé de jus.

- Tu sais que c'est pas con du tout, ça, petite voix ! s'enthousiasma-t-elle. Vraiment pas con du tout ...

- Eh tiens ! Bon alors tu lui réponds ?

Et les doigts de Ridjka volèrent sur le clavier :

Sacha, le mien est ivre à l'idée de se retrouver en contact avec la moindre parcelle du tien ...

Que faire ?

Je pars en congrès à Copenhague demain, pour cinq jours, tu pourrais m'y rejoindre ?

J'en frétille déjà !!! ☺

Je t'attends ☺ ☺

Je t'aime ...

Bisous bien au-delà du corporel,

Ridji

Ridjka relut son mail pour être sûre de ne pas y aller trop fort. Quand même, elle l'invitait à fuguer ... Comment allait-il le prendre, comme une menace ou comme un cadeau ? Pour elle, bien sûr qu'il s'agissait d'un cadeau. Il n'y avait nulle embrouille là-dedans. Il n'était nullement question qu'il doive abandonner femme et enfants pour la vie. Enfin, un peu quand même. Juste durant ces cinq tous petits jours ... Après, il reprendrait sa vie normale à Bordeaux et elle la sienne à Paris. Rien ne changerait ... Seulement, ils auraient fait, tous les deux, le plein d'amour, de passion, d'oxygène. Si essentiels à leur équilibre actuel.

Oui, c'est un cadeau que je nous propose Sacha. Surtout ne prends pas peur. Je t'en supplie, ne prends pas peur ...

La tête moqueuse de Momo surgit du fin fond du néant jusque dans les plus intérieures de ses pensées. Il riait et lui répétait en boucle :

- Tu vois que tu as des doutes, Ridjka Naya ! Tu vois que tu as des doutes !!!

Alors elle cliqua sur « *envoyer* » pour faire taire ce crétin de Momo. Non, elle n'avait pas de doutes. Elle croyait en Sacha. Et elle croyait en l'amour qu'il éprouvait pour elle.

En plus, elle avait une valise à faire. Une valise regorgeant de toutes les fringues neuves et sexy affriolantes qu'elle avait achetées pour lui plaire. Sans même être sûre qu'elle le reverrait un jour. Aujourd'hui, elle savait qu'elle le retrouverait demain, alors elle fonça préparer son package d'amour !!!

- Bye, bye, Momo !!!

Et elle fonça dans son salon et mit Bruno Mars et sa « *Lazy song* », à fond !

L'arrivée dans sa chambre d'hôtel à Copenhague, fut très différente de toutes celles qu'elle avait vécues auparavant.

Ce soir, quand la nuit tomberait et que d'habitude Ridjka se serait tapé un fâcheux et rituel coup de spleen, Sacha serait là, avec elle, tout contre elle et ils s'aimeraient à en faire baver d'envie Bruce Willis et Demi Moore ! Ce soir et pour quatre nuits entières, ils seraient l'un à l'autre !

- Ah, le pied !!!

Elle frémissait, elle souriait, elle virevoltait. Une centrale nucléaire japonaise n'était pas plus bouillonnante qu'elle en ce moment ...

- *Ouais, mais en attendant, tu dois aller au congrès, ma poulette*, la sermonna son moi raisonnable.

Elle soupira, car comment assister à une conf sur des relations purement virtuelles, alors qu'elle allait vivre la passion en vrai cette nuit ?

- *Oui, c'est sûr ... Mais en attendant, rien ne dit qu'il arrive ce soir ton prince charmant. Il ne t'a pas encore répondu, il me semble ?*

- Momo sort de mon corps !

Elle fulminait, nonobstant il était trop tard : ce crétin de moi raisonnable avait fissuré sa belle confiance. Car, il était vrai que Sacha ne lui avait pas encore répondu. Et pire que tout, il était vrai que Ridjka ne comprenait pas ce silence. Le mail de nuit qu'il lui avait envoyé hier était si plein de promesses ... Plus que des promesses d'ailleurs, des certitudes d'un amour fou à partager sans retenue aucune. Alors que ce passait-il ? Elle fulminait, mais consulta quand même sa messagerie sur le minuscule écran de son téléphone. Toujours rien en provenance de Bordeaux ! Son cœur se fendit. Sa réponse, à elle, n'avait été que l'écho de ses certitudes quant à leur amour partagé. Pas de quoi faire fuir un gars courageux comme Sacha ... Alors, oui, que se passait-il ? Pourquoi ne lui répondait-il pas ? Pourquoi n'était-il déjà pas là dans ses bras ? Elle consulta à nouveau son mobile : rien, le néant intersidéral, le vide absolu ! Son cœur se fendit un peu plus.

- Pourquoi ? Pourquoi ? Pourquoi ? se désespérait-elle tout haut.

Elle tournait en rond dans la pièce - comme seul Jack Russel savait le faire - en traînant rageusement les pieds sur la moquette, en gesticulant à chaque « *Pourquoi ?* » prononcé et en implorant le ciel à l'aide, de ses yeux rivés vers le plafond.

- *On s'en fout du pourquoi, ma biche,* lui objecta son moi raisonnable, *tu as un congrès à couvrir. Change-toi et vas-y !*

- *Il a raison,* embraya sa petite voix optimiste, *vas à la conf et quand tu reviendras, Sacha sera là !*

- Tu crois ? oralisa-t-elle.

Ça y est, ce coup-ci c'est absolument sûr : je débloque !

Et elle s'effondra désespérée. Elle consulta quand même une nouvelle fois sa boîte, mais toujours pas de mail de Sacha ! Malgré tout, sa petite voix avait su trouver les mots justes, alors elle se doucha, se maquilla et s'habilla de ses plus colorés vêtements.

- Un peu de gaîté que diable ! se sermonna-t-elle. Le temps est gris dehors, cette chambre est grise, alors à nous d'apporter de la couleur dans ce monde sans joie !

Elle consulta à nouveau Outlook, persuadée que cette pensée positive aurait fait venir une réponse bordelaise. Mais non, toujours pas de message de Sacha ! Ridjka contempla alors sa chambre. Force lui fut de constater que c'était vrai : sa chambre était grise. Et minuscule en plus ! Etonnant, d'ailleurs, vu qu'au départ c'était une mission pour cette empaffée de Jessica. La chouchoute de Jack choisissait avec soin ses hôtels. Ils étaient toujours raffinés, très cocoon, avec de très grandes chambres. Et surtout hors de prix, parce que placés sur *LE* spot branché de la ville. « Le Little Mermaid », au contraire, se cachait au fond d'une minuscule ruelle lugubre. Sise au cœur de la ville, pas loin des halles et assez proche du quartier piétonnier, certes. Mais il n'en restait pas moins qu'elle était lugubre.

- *Oui, ou alors c'est toi qui as l'âme à tendance lugubre, ma biche,* lui opposa son moi raisonnable.

Ridjka répondit par un haussement d'épaules dédaigneux. Elle fonça à nouveau sur son téléphone, mais fi d'un mail de Sacha !

- Et puis cette chambre ne rime à rien ! s'énerva-t-elle alors.

Elle, elle aurait voulu du douillet pour sa fugue avec Sacha. Pensez-donc : ce serait peut-être leur seule et unique escapade ensemble. Peu lui importait que la chambre fût petite ou grande, mais ils devaient s'y sentir bien ! Or, là, les murs étaient gris-vert. Elle avait en horreur tout ce qui appartenait à la palette des gris, fussent-ils verts, bleus ou roses. Et puis la fenêtre était ridiculement petite. Si petite que la lumière peinait à y pénétrer.

- En même temps avec ce temps pourri dehors ..., soupira-t-elle.

Elle réveilla à nouveau son écran, mais toujours pas de mail de Sacha !

- Et puis, elle ne donne sur rien cette fenêtre ! grogna-t-elle.

Elle s'approcha prudemment des carreaux et jeta un œil critique dehors. Une cour intérieure, qui servait de lieu de stockage pour les poubelles de tout le voisinage, voilà ce qui s'offrit à son regard ! Une toute petite cour, minuscule, cernée de trois murs gris aveugles et peuplée de poubelles couleur taupe.

- *Au moins personne ne pourra vous voir pendant vos ébats ...,* lui souffla sa petite voix optimiste.

- Oui ..., sourit-elle faiblement en réponse.

Persuadée que ces bonnes paroles avaient changé le cours du destin, elle consulta encore sa messagerie. Sans plus de succès que chacune des fois précédentes ! Des effluves de nourriture à l'huile rance remontèrent alors sans vergogne, jusqu'à ses narines. Elle se pencha un peu plus et constata que cette cour servait aussi de ventilation arrière pour les cuisines du restaurant attenant.

- Le pied ! ragea-t-elle.

Elle qui rêvait d'un nid d'amour pour Sacha, voilà qu'elle était tombée sur la plus glauque et sinistre des chambres de tout Copenhague !!! Le rictus mauvais de Jessica se dessina clairement dans son esprit. Depuis, le coup des photos de Guido, leurs rapports s'étaient encore dégradés d'un cran. Il y avait de la guerre ouverte dans l'air. Cette chambre devait être le dernier missile   de son empaffée de collègue à la noix ... Il y aurait du réglage de compte violent à son retour !!! En attendant Ridjka embrassa à nouveau la chambre et la cour. D'un seul regard, tant l'ensemble était petit :

- Ça va pas le faire ..., s'angoissa-t-elle.

- *Ecoute,* lui répondit son moi raisonnable, *tu vas à la conférence à pied, tu repères un bel hôtel et tu réserves. Tu as des sous, tu peux te le permettre.*

- Ah, ouais, c'est bon ça ! Excellent même !!!

- *Alors, tu y vas à cette conférence Ridjka Naya ?*

- De ce pas, mon moi intérieur le plus intelligent de la terre !!!

Elle saisit son imperméable pour sortir, un sourire vainqueur aux lèvres. Seulement, deux secondes plus tard, alors que l'ascenseur la conduisait au rez-de-chaussée, elle fit la bêtise de consulter à nouveau sa messagerie. Comme il n'y avait toujours pas de réponse de Sacha, son cœur se fendit à nouveau, effaçant son sourire dans l'instant.

Ridjka ne connaissait pas Copenhague. Alors, elle s'arrêta à l'accueil de l'hôtel pour se renseigner auprès de la patronne. Celle-ci s'avéra très encline à lui faire découvrir les joyaux de sa ville. Avec de petits gestes courts - eu égard à son embonpoint - elle sortit un plan de sous son comptoir, puis le plaça grand ouvert entre elles. Elle entreprit alors de lui tracer au stylo le chemin qu'elle devait emprunter depuis l'hôtel, pour gagner le Palais des Congrès. Ensuite, elle surligna de couleurs différentes - selon le degré d'intérêt à ses yeux - les sites touristiques que Ridjka devait absolument visiter durant son séjour. A chaque nouveau surlignage, l'enthousiasme chauvin de la tonique boule danoise agitait tant son corps, qu'une mèche blonde lui tombait sur les yeux, brouillant sa vision. D'un geste sûr, elle tentait alors de la bloquer derrière son oreille rougeaude. Mais c'était peine perdue : cette mèche était rebelle et refusait de rester en place. La patronne le savait, mais recommençait quand même à chaque nouvelle incartade de sa touffe récalcitrante. Ce jeu capillaire redonna le sourire à Ridjka. Du coup, elle observa le hall avec plus d'impartialité.

Finalement, il n'est pas si mal cet hôtel ..., se réconforta-t-elle.

Les murs étaient lambrissés en pin clair, avec de nombreuses pièces aux volutes ouvragées version nordique. De celles qui, par leurs circonvolutions aériennes, détendent l'âme et les cœurs fendus. De grandes fenêtres à petits carreaux laissaient la lumière entrer. Et ce malgré le temps qui ne voulait toujours pas se mettre au beau. Le salon était chaleureux, avec ses fauteuils et canapés en épais tissus couleur sable, décorés de diverses scènes de sport d'hiver au fil rouge grenat. Une grande cheminée en pierre réchauffait encore plus l'atmosphère de son feu crépitant. Ridjka mue par une incontrôlable curiosité, se dirigea vers la salle du petit-déjeuner. Le même lambrissage ouvragé en habillait les murs. De grandes tables, en bois épais d'au moins cinq centimètres, étaient cernées par des bancs de même facture. Des nappes blanches et rouges faisaient écho aux bouquets de tulipes disposés sur chacune d'elles. L'ensemble était simple, mais chaleureux.

- De toute façon on prendra notre petit-déj au lit, frissonna-t-elle d'excitation mêlée de plaisir.

Elle imagina les bras sécurisant de Sacha autour de ses épaules, alors que leurs dos seraient confortement calés sur leur oreiller respectif. Elle sentit ses doigts se mêler aux siens pour partager un croissant. Elle se vit mordant à pleine dents dans une pomme qu'il aurait entamée. Alors, elle jeta à nouveau un œil à sa boîte mail. Sa boîte mail qui resta encore si désespérément vide de réponse de Sacha ! Là, son cœur se fendit à lui faire monter les larmes aux yeux. Elle effectua un demi-tour nerveux, afin de chasser cette mélancolie ridicule. Puis sortit, déterminée à ne plus consulter cette foutue messagerie jusqu'à son retour à l'issue de la conf. Voire même, seulement après avoir rédigé la totalité de son article sur les présentations auxquelles elle aurait assisté ! Voilà, c'était ça son challenge de la journée !

La patronne danoise la voyant si paquet de nerfs, pensa que, décidemment, ces parisiens étaient bien speed. Elle sourit, car elle, elle avait le temps. Et en plus, il lui restait tous les croissants de la matinée à manger. Faut pas gâcher la nourriture !

Chapitre 48
Combat de mois et voix

- *Ça ne veut rien dire que Sacha ne soit pas arrivé hier soir. Il devait avoir un boulot de folie. Il est professeur ne l'oublie pas ... Mais attends que le jour se lève et tu le verras ton prince charmant adoré !*

Sa petite voix optimiste était bien gentille, mais Ridjka n'arrivait quand même pas à dormir. Dès qu'elle commençait à sombrer, un bruit, même le plus inaudible, la faisait remonter dans l'espace immensément vide et glacial, bien connu des insomniaques torturés. Alors, elle soupirait pour essayer de chasser son désarroi très loin. Sans succès, elle devait bien en convenir. Puis, malgré l'épuisement qui la submergeait, elle se redressait à l'aide de ses coudes pour caler son dos las, sur les oreillers moelleux. Ensuite, dans le noir absolu de sa chambre - car il était hors de question d'allumer la lumière pour en revoir le décor sinistre - elle se saisissait à tâtons de son portable posé sur sa table de nuit et lançait l'application d'ouverture de sa messagerie. A chaque fois, pendant que l'icône des deux flèches circulaires tournait sur elle-même - lui prouvant ainsi que la connexion tentait bien de s'établir -, elle implorait silencieusement tous les dieux qu'elle connaissait qu'une réponse de Sacha s'affiche.

Nonobstant, sa ferveur ne devait pas être assez puissante, puisqu'Outlook restait plus vide que le désert de Gobi ... A chaque fois, son cœur se fendait à nouveau et la plongeait dans un désarroi toujours plus profond. Puis, de rage et d'impuissance, elle rejetait son maudit téléphone sur la table de nuit. Finalement, elle replongeait sous sa couette pour oublier ce vide mailistique qui, par simple contagion, vidait son être de toute joie. Il était à peine trois heures du matin quand sa petite voix optimiste se demanda quel était le degré de résistance à la douleur du cœur de Ridjka. Comme, après quelques sondages discrets, elle constata qu'il n'était plus très loin du break-down, elle décida à nouveau de prendre la parole pour empêcher sa maitresse de sombrer dans un désespoir si sombre qu'elle aurait du mal à l'en faire ressortir.

- *Maintenant, il te faut dormir pour être en forme pour demain. Demain avec Sacha !*

Ridjka secoua la tête en signe de dénégation :

- Il ne viendra pas, je le sais, je le sens ...

En entendant ces paroles qui ne lui ressemblaient pas, même son moi raisonnable décida de faire écho à la petite voix optimiste. Une fois n'était pas coutume. D'ordinaire, ils étaient plutôt comme chiens et chats ... Cependant, là, il pressentait un énorme danger à venir et il n'aimait pas du tout cela. Alors lui aussi, envoya à Ridjka une pensée qu'il voulait réconfortante :

- *La petite voix a raison : tu devrais dormir un peu avant la conférence, sinon tu vas avoir une tête à faire peur et Sacha ne va pas aimer du tout ...*

Le moi raisonnable de Ridjka devait être masculin, sinon il aurait su qu'il ne faut jamais dire à une femme que son physique risque de déplaire à l'homme de sa vie ... Ridjka, n'étant faite différemment des autres femmes, s'effondra en larmes.

- C'est sûre que je vais être moche comme un cul aujourd'hui, après une telle nuit d'angoisse ! Et bien sûr que si Sacha arrive et qu'il me voit comme ça, il va repartir aussi sec !

- *Ma poulette*, intervint sa petite voix optimiste, *le congrès commence à dix heures. Si tu te détends et que tu t'endors de suite, il te reste au bas mot cinq énormes heures de sommeil devant toi. Six, si tu zappes le petit-déj. Alors dors pour te composer un visage de rêve !*

A cette perspective, Ridjka se visualisa rayonnante, le teint frais, accueillant Sacha au pied de l'hôtel, sous un ciel bleu azur. Leurs yeux se souriaient, leurs corps se collaient, leurs lèvres se scellaient. Et l'oxygène revenait à flot remplir leurs poumons, leur cerveau et tout leur être. Alors elle se détendit. Elle tendit la main pour attraper son portable et consulter une dernière fois ses mails, mais d'une même force sa petite voix optimiste et son moi raisonnable lui hurlèrent un « *non !* » sans appel. Alors, elle reposa son portable sans le consulter et s'endormit en rêvant au lendemain.

A huit heures trente, ce matin-là, Ridjka entendit toquer à sa porte. Tambouriner serait plus juste. La soubrette de l'hôtel Little Mermaid poireautait depuis cinq bonnes minutes, attendant que la cliente du 306 veuille bien lui ouvrir. Mais une mission étant une mission, Aylin ne partirait pas sans avoir déposé son plateau sur la table de cette cliente endormie! Dût-elle défoncer le panneau de bois les séparant l'une de l'autre !!! Ridjka émergea donc devant la détermination qu'elle perçut dans les coups frappés à sa porte. Elle articula un « *Come in* » vasouillant. Une jeune-femme fit alors son apparition dans son antre. Elle rayonnait de cette victoire matinale. Elle prononça alors quelques mots en danois qui devaient signifier quelque chose comme : « *Bonjour, je vous souhaite une excellente journée !* ». Ridjka lui sourit et pensa dans le même temps :
Oui, j'espère que ça va être une bonne journée …
Elle croisa les doigts et ses pensées s'envolèrent vers Sacha. Quand la jeune soubrette fut ressortie, Ridjka se leva avec entrain pour aller contempler son reflet dans la glace. Elle poussa un hurlement. Ses yeux étaient bouffés par d'énormes cernes, son teint était vitreux et son visage mou.
- Merde ! jura-t-elle en se tapotant le visage pour tenter de lui redonner un peu de peps. Dieux de l'amour, faites que Sacha n'arrive que demain pour que j'aie le temps de me recomposer une tête présentable.
- *Qu'est-ce que tu racontes, Ridj ?* se réveilla sa petite voix optimiste.

- Oui, tu as raison, je débloque ! Dieux de l'amour faites que Sacha soit déjà dans l'avion !

Et elle fonça vers son portable, certaine que durant la nuit un miracle s'était accompli.

- *Stop !* hurla son moi raisonnable. *Petit-déjeune avant. Tu as besoin de reprendre des forces après cette nuit blanche.*

Ridjka attendit que sa petite voix optimiste contredise son moi raisonnable, mais la contradiction ne vint pas. Alors, bien que ses doigts fussent à moins de deux centimètres de son portable, elle ne s'en saisit pas. Elle resta en suspens comme ça une minute et puis, devant le silence persistant de son subconscient, elle préféra effectuer un demi-tour prudent en direction du plateau fumant. Elle s'assit devant la table et profita des quelques rayons de soleil qui voulaient bien pénétrer jusqu'à elle et à son petit-déjeuner.

- Huuummm, un peu de chaleur de bon matin, ça fait du bien ! savoura-t-elle.

Elle souleva la théière et huma l'arôme de la vapeur qui s'en échappa.

- Bergamote ! reconnu-t-elle.

Ridjka préférait les thés aux fruits ou au Jasmin, mais la bergamote lui convenait tout à fait aujourd'hui. Elle regarda alors ce qui accompagnait sa boisson : des croissants, qui semblaient plus s'apparenter à la famille des brioches à la cannelle et au miel, qu'aux viennoiseries françaises. Nonobstant, ils sentaient bons et étaient d'un doré tentateur, alors elle en prit un et mordit dedans avec gloutonnerie. Quand elle l'eut englouti, elle s'attaqua à une pomme rouge tout aussi luisante. Comme celle de la belle-mère de Blanche Neige.

De toute façon si elle est empoisonnée, Sacha va arriver et me réveiller d'un baiser de malade, sourit-elle.

Le yaourt et le second croissant ne résistèrent pas plus à son appétit retrouvé. Bientôt le plateau fut totalement vidé de son contenu. Tant liquide que solide. Ridjka soupira, elle avait repris du poil de la bête et en était très satisfaite. C'est pourquoi, elle se dirigea d'un pas assuré vers son mobile. Elle souriait, elle vibrait, elle était sûre que Sacha lui avait répondu ! Son moi et sa petite voix aussi. C'est pourquoi le cœur de Ridjka se mit à s'envoler haut, très haut dans le ciel bleu danois. Pourtant, quand les flèches cessèrent de tourner sur elles-mêmes et que la page apparut, force leur fut de constater que celle-ci était immaculée ! Pas même un petit spam pour donner le change. Zéro mail de Jack, de Momo ou de Tom. Ridjka s'effondra à la renverse sur son lit, bras et jambes en croix.

- Dieux de l'amour qu'est-ce que vous faites ? Vous voulez que je meure ? Pourquoi tant de haine ???

Et elle lâcha son portable qui lui brûlait les doigts, à ne pas vouloir lui afficher ce qu'elle désirait voir. Elle resta ainsi bien un quart d'heure, à attendre que quelque chose se passe. Quelque chose du genre un mail annonciateur d'une arrivée imminente d'un voyageur de marque en provenance de Bordeaux. Seulement voilà, même un quart d'heure plus tard, sa boîte n'affichait toujours rien. Encore cinq minutes et toujours rien.

- *Ma biche*, la recadra son moi raisonnable, *il s'agirait de s'apprêter pour la conf. C'est dans une demi-heure maintenant.*

- Puff, la conf ? Cette empaffée de Jessica n'a qu'à y aller à ma place. Moi, je suis malade ...

Et elle se cacha au fond de son lit. Son téléphone sonna, brisant d'un coup le silence assourdissant de la pièce. Le cœur de Ridjka bondit dans sa poitrine, c'était Sacha, elle en était sûre ! Elle rechercha son mobile dans les méandres de sa couette et répondit un *« oouuiii »*, de sa voix la plus tentatrice.

- Dis donc, t'es amoureuse ou quoi Ridj ? gronda la voix de son interlocuteur.

- Jack ?

- Et ouais, désolé, mais c'est encore moi !!!

- Jack, mais qu'est-ce que tu me veux de si bon matin ? Me rajouter des jours de congés, peut-être ?

Au grognement qu'elle entendit à l'autre bout du fil, Ridjka sut que le boss n'était pas d'humeur à apprécier son humour matinal. Tant mieux, elle venait de lâcher tout ce qu'elle avait en réserve ...

- Non, je t'appelle pour être sûr que tu es bien réveillée !

- Qu'est-ce qui te prends aujourd'hui ? Ai-je déjà loupé une seule conf, moi ?

- Non, c'est pas ça, mais ce matin à dix heures pétantes, il y a le papier d'Erwan Legall, un sociologue de la nouvelle vague. Je veux absolument que tu y assistes.

- C'était prévu, mentit-elle. Quoi d'autre ?

- Rien, rien ..., tempéra Jack Russel.

Son ton l'avait trahi. Jack en était conscient. Mais Erwan était le cousin de sa femme, alors si son canard ne publiait pas d'article sur lui, il y aurait du grabuge chez les Russel. Tu genre « *sauve qui peut, maman s'énerve* ».

- Tu me fais un super papier sur lui, hein ?

- Qui est-ce pour vous, chef ? le sonda Ridjka flairant l'embrouille.

- Si on te demande, tu diras que tu ne le sais pas ! En entendant, fonce !!!

Et Jack Russel raccrocha sans plus de cérémonie.

Ridjka se rua sur son programme et chercha le curriculum vitae de cet d'Erwan Legall. Quand elle découvrit qu'il était né à Rennes et y avait poursuivi ses études, elle songea tout de suite qu'il y avait du Jacqueline Russel là-dessous.

- Papa a peur de se faire gourmander par maman ... Il va falloir que je le peaufine ce putain d'article ...

« *Comment vivre pleinement dans la virtualité ?* » était le sujet de sa présentation.

Ridjka fondit.

Inconsciemment son regard se porta vers son mobile et elle se mit à pleurer tout doucement. Sans faire de bruit. Les larmes s'échappaient de ses yeux, sans même qu'elle ne les ait senties monter dans ses canaux lacrymaux. Elles devaient être là depuis longtemps, à attendre le moment propice pour effectuer leur sortie. Ridjka les laissa couler, regarda sa messagerie, sachant parfaitement qu'elle serait toujours aussi désespérément vide. Et comme elle l'était effectivement, ses larmes redoublèrent, toujours sans bruit. Toute la fatigue accumulée se libéra et finit de l'assommer.

- On peut vivre pleinement dans la virtualité, Erwan, souffla-t-elle, tout en continuant à pleurer. On peut aimer jusqu'à l'extase dans la virtualité. On peut même y rêver au-delà de l'imaginable ! Et on peut aussi souffrir à en mourir, Erwan ...

Ridjka se tordit de douleur à cette pensée. Alors elle jeta son portable au fond de son sac et se dirigea vers la douche. De l'eau bien glacée lui remettrait les idées en place.

Une fois n'était pas coutume !

- Tom ! Mais qu'est-ce que tu fais là ?

Tom Getway venait de rejoindre Ridjka au buffet du petit-déjeuner de la conférence.

- Je t'espionne ma poulette !!! lui sourit-il de ses belles dents blanches.

- Je suis une grande fille, maintenant tu sais ? Il m'arrive de sortir sans chaperon.

- Oui, mais moi, je suis bien mieux qu'un chaperon. Je peux aussi servir de couette en cas de besoin ...

Les yeux de Tom se firent inquisiteurs et cela dérangea Ridjka. Elle savait qu'il était capable de lire à travers elle, comme dans un livre. Or aujourd'hui, elle n'en n'avait pas envie. Enfin, ce matin seulement, parce que ce soir, quand Sacha serait avec elle, Tom pourrait se permettre toutes les lectures qu'il désirait ...

Même si l'américain décela quelque chose de troublant dans l'attitude de sa french collègue, il n'en fit pas état. Non, il préféra lui raconter ses aventures avec Bill Gates. Elles étaient devenues son seul et unique sujet de conversation depuis qu'il avait eu l'honneur de le rencontrer. Ridjka s'enthousiasma avec lui. Tom parut satisfait. Quand il eut fini son récit et qu'elle le félicita, il lui proposa de dîner ensemble ce soir.

- Ah non, Tom adoré, ce soir ça ne va pas être possible.

- Ton professeur de Frisco ?

- Va-t'en savoir ..., sourit-elle.

Mais dans le même temps le cœur de Ridjka se serra, car Sacha n'avait toujours pas répondu. Devait-elle dire non à Tom, alors que Bordeaux ne donnait pas signe de vie ? Devait-elle lâcher la proie pour l'ombre ? Son for intérieur se rebella aussi sec : Sacha n'était pas une ombre, son corps se souvenait encore de ses étreintes ... Oui, mais, devait-elle refuser un dîner avec l'un des américains les plus drôles d'outre-Atlantique ? Et ce, pour attendre d'hypothétiques retrouvailles avec un girondin actuellement aux abonnés absents ? Son for intérieur se rebella à nouveau : on était lundi, le lundi est généralement un jour surchargé à Come Com et ce devait être la même chose au CHU pour un praticien aussi réputé que le Professeur Berry. Il y avait des vols Bordeaux-Copenhague jusqu'à tard le soir. Sacha finirait sa journée et viendrait ensuite. Oui, mais s'il ne pouvait pas venir ce soir ? Tom lui éviterait de ressasser sa solitude dans sa chambre sans âme ...

- Je te sens hésitante Ridj.

- Non, non, pas du tout, mentit-elle.

- De toute façon, je ne te quitte pas de la journée, comme ça, si tu changes d'avis, tu n'auras qu'à me faire signe.

Et Ridjka se demanda avec angoisse comment elle pourrait consulter sa messagerie, si Getway était tout le temps au-dessus de son épaule.

L'image de Momo s'incrusta dans son esprit. Elle grogna.

- Je pensais que tu serais plus contente de me revoir, fit-il mine de s'offusquer.

- Je suis ravie de revoir mon Yankee adoré, chanta-t-elle en glissant son bras sous le sien pour le guider vers l'amphi où la cloche sonnait déjà. Mais, tu ne me demandes rien, si je passe mon temps à regarder mon téléphone ?

- Promis Ridj, je serais muet comme une carpe !

Et ils pénétrèrent dans l'amphi avant que Ridjka n'ait eu le temps de consulter sa boite. Nonobstant, la conf d'Erwan Legall était si captivante qu'elle oublia presque Sacha et son absence. Tout ce que racontait ce sociologue, elle le vivait actuellement au centuple !

Oui, on pouvait vivre intensément ses sentiments en s'investissant dans une relation purement virtuelle. On pouvait aimer, rire, vibrer, palpiter et même pleurer avec la même intensité que dans le monde réel. Et oui, bien sûr qu'on pouvait aussi oublier de vivre sa vraie vie, en s'investissant dans une relation purement virtuelle. Ridjka sortit de là perturbée. Était-elle en train de foutre sa vie en l'air pour quelque chose qui ne serait jamais du concret ? Elle secoua la tête pour chasser cette pensée ô combien déprimante.

- Quelque chose ne va pas, baby ? s'inquiéta Tom.

Il n'aimait pas du tout le feeling qu'il avait. Pire, il ne comprenait pas pourquoi cette boule d'énergie positive avait été aussi perturbée par les propos de ce Legall.

Elle lui semblait pantelante. Vraiment il n'aimait pas ça !

- Non, non, rassure-toi, tout va bien.

Il lui sourit.

- Tom, tu crois vraiment que l'on peut passer à côté de sa vie à cause des NTICs ?

- J'en suis un vivant exemple, ma poulette ! Regarde-moi, je passe tellement de temps sur mes ordis, mon Black Berry, mon Ipad et compagnie, que je n'ai même pas pris le temps de me trouver une gentille petite femme et de lui faire de beaux enfants !!!

Ridjka regarda sa grosse baraque d'ami sous un jour nouveau.

- Et tu en souffres ?

La bouche de l'américain se tordit de perplexité, pour finalement laisser passer un :

- Ça dépend des jours ..., des moins encourageants.

Ridjka en resta sur le cul.

Elle qui croyait que Getway était parfaitement heureux dans son monde de haute technologie. Et là, elle le vit comme un gros nounours perdu, tout seul, dans la montagne, sans tribu pour le réchauffer. Était-elle comme lui ? Était-elle perdue, elle aussi ? Toute seule dans sa montagne ??? Elle réfléchit. La réponse ne mit pas bien longtemps à s'imposer. Oui, elle aussi était toute seule, sans mari, sans enfants, maintenant sans Momo. Et peut-être bientôt sans Sacha, qui ne lui répondait toujours pas ! Son cœur se serra, son téléphone lui brûla les doigts, mais elle résista, elle ne le regarda même pas.

- Ce soir, mon Yankee préféré, si mon rendez-vous ne donne pas signe de vie, je t'invite. Et dans le resto de ton choix !

- J'espère alors que ton rendez-vous ne donnera pas de signe de vie, Ridj ..., sourit-il.

Elle croisa les doigts dans ses poches pour conjurer ses paroles, mais sourit à son tour. L'atmosphère avait viré au rose.

Quand, cinq jours plus tard Ridjka referma sa valise pour quitter le Little Mermaid et regagner Paris, elle remercia secrètement Dieu, d'avoir placé Tom Getway sur son chemin. Sans lui, qui sait quelle connerie elle aurait été capable de faire ? Sacha n'avait pas répondu à son mail de nuit. Sacha n'avait pas envoyé de Texto. Sacha n'avait pas appelé une seule fois durant ces cinq longs jours passés à Copenhague. Chaque minute sans nouvelles de lui étaient des minutes de fugue à deux perdues. Et plus le temps s'écoulait, plus la probabilité qu'ils se retrouvent s'amenuisait. Le dernier jour Ridjka avait atteint un état proche du navet bouilli : elle n'avait plus de force, plus de volonté. Elle n'arrivait même plus à sourire. Mais Tom était là, à ses côtés. Et Tom lui disait les mots qu'elle voulait entendre. Il la cajolait. Et mieux, il la gavait de spécialités danoises ahurissantes. Alors, elle se « dénavettisait » un peu. Quand elle ouvrit la porte pour quitter cette chambre, elle jeta y jeta un ultime coup d'œil.

- Tu es définitivement très moche chambre du Little Mermaid, lui lança-t-elle sans animosité. Mais j'aurais pu y être très heureuse avec Sacha ...

Elle soupira et son téléphone sonna.

- Allo, Tom, tu es prêt ? On y va ? répondit-elle avant que son correspondant n'ait émis un son.

- Non, désolé Ridji, ce n'est pas Tom. Ce n'est que moi, Sacha.

Oh putain, cette voix ...

Chapitre 50
Bobo-Dioulasso

- Maurice, Maurice, devine qui je viens de voir tout seul à l'aéroport d'Orly ? cria Jeff depuis le pas de la porte.

Jeff revenait juste de New York. Il s'y était rendu pour sa galerie, car il manquait cruellement de toiles pour l'expo de décembre. Celle qui débutait dans à peine un mois. Or cette expo-là était un moment clef pour son chiffre d'affaire. Les touristes affluaient du monde entier pour « *passer les fêtes à Paris* » et rentraient volontiers chez eux avec un tableau comme cadeau de Noël ou du jour de l'an. Il était donc parti rencontrer de jeunes artistes peintres américains. Ceux dont il avait repéré le talent cet été, place du Tertre à Montmartre et qui, l'automne venu, étaient retournés bien au chaud dans leur patrie. Jeff revenait ravi de son voyage, puisque trois d'entre eux lui avait confié chacun une demi-douzaine d'œuvres. Les styles étaient différents, certes, mais se complétaient harmonieusement. Il ferait un tabac ! C'est pourtant sans ménagement qu'il posa ses affaires, toiles comprises, en vrac sur la table du salon de Momo.

Momo, lui, était en plein tentative de mitonnage de ragoût de mouton. Il perçut, néanmoins, que la voix de son mec était anormalement fébrile. Et n'était pas dans sa nature, alors le cuisinier en herbe posa viande et couteau, pour foncer en direction de l'entrée. Comme Jeff, de son côté, se dirigeait en courant vers la cuisine, ils se télescopèrent violemment.

- Putain, fais gaffe où tu mets les pieds la prochaine fois !! grogna Momo en se massant le nez.

Il l'avait fort proéminant et celui-ci avait été la première victime de leur rencontre impromptue. Quelques gouttes de sang commençaient même à en perler.

- Viens dans la salle de bain, il faut arrêter ça, s'inquiéta Jeff.

- Mais non, c'est rien ...

- Quand même : tu saignes.

- Regarde, un point de compression et ça s'arrête de suite. Pas de quoi s'affoler mon cœur !

Jeff sortit un mouchoir de sa poche et essuya les gouttes qui s'étaient agglutinées sur la pointe de la narine droite de sa victime. Momo se laissa faire sans broncher, tout en maintenant son doigt appuyé sur l'aile de son nez.

- Voilà, c'est arrêté, conclut-il, quand il ne sentit plus rien venant lui chatouiller les cloisons nasales.

Jeff inspecta le visage de son compagnon et dû se rendre à l'évidence : l'hémorragie était bel et bien stoppée. Il soupira de soulagement. Momo en profita pour satisfaire sa curiosité :

- Bon alors, Jeff, qui as-tu vu tout seul à l'aéroport d'Orly ?

- Ah, oui ! Ça m'était sorti de la tête avec tout ce sang. Tout *ton* sang ...

- Jeff, je ne saigne plus maintenant, alors si tu me racontais plutôt qui tu as vu tout seul à l'aéroport d'Orly ?

- Oui, oui ! Eh bien, Maurice, tiens-toi bien : j'y ai entraperçu Touré qui partait, tout seul, avec armes et bagages !

Les yeux de Momo s'arrondirent de surprise. Une perle de sang en profita pour s'échapper de son nez.

- Mais, on est en novembre ! Il nous a bien dit qu'il passait les fêtes de Noël avec Emeline et ses enfants, non ?

- Tout à fait. Et Emeline devait fêter le nouvel an avec lui à Bobo. C'est ce qui était convenu.

- Merde ! Ridj ne va pas aimer ça ...

- Tu l'appelles ?

- Non, je préfère le lui apprendre de vive voix. Depuis cet été, elle est très space ... Il est quelle heure ?

- Vingt et une heure.

- Elle m'avait dit qu'elle resterait tard au journal ce soir pour boucler la mise en page de son papier avec Pierre : je fonce ...

Momo se dirigeait vers la sortie, quand Jean-François l'interpella :

- Tu comptes y aller avec ton tablier de cuisine ?

- Merde, je voulais te concocter un ragoût d'enfer. Je le lance et je file !

- Vas-y, vas. Je m'occupe du ragoût ...

Momo l'embrassa ravi. Mais quand il fut de l'autre côté de la porte palière, il grimaça : Jeff était le pire de tous les cuisiniers que la terre ait jamais portés. Pire que lui, c'était dire !

- Ridj, ah, tu es là !

Ridjka était à son bureau de Come Com, bien sagement assise devant son ordinateur.

Elle peaufine sa conclusion, sourit-il en voyant la barre qui plissait le front de sa collègue et à nouveau amie.

- Momo, mais qu'est-ce que tu viens faire ici ? A cette heure-ci en plus ? Jeff ne devait pas rentrer ce soir ?

- Si, si, il vient d'arriver. Et justement, j'ai un truc important à te dire.

Il prit la chaise vide de Pierre et s'installa à côté d'elle. Son œil glissa subrepticement vers l'écran devant eux. Par pur réflexe. Mais aussitôt, il regarda ailleurs : elle était sur sa messagerie donc pas question de provoquer un nouveau black day.

- C'est quoi ce truc, gros ? Tu as l'air bouleversé, lui répondit-elle en essayant de détourner son dix-neuf pouces du regard de Momo.

- Bouleversé n'est peut-être pas le mot exact, parce que rien n'est irrémédiable. Mais turlupiné, ça c'est vrai, Ridj.

- Momo, tu la craches ta Valda ?

- Ouais, ouais ! Bon, voilà, Jeff a vu Touré, avec armes et bagages, à l'aéroport d'Orly. Il était seul et rentrait sur Bobo.

Ridjka s'effondra sur le dossier de sa chaise. Momo en profita pour jeter, un œil discret à la messagerie ouverte. On ne se refait pas ...

- Ce n'est pas possible ? Tout allait si bien entre eux. Hier encore ...

- On ne sait peut-être pas tout. Tu pourrais aller en discuter avec Emeline ?

- Ouais, tu as raison, il est hors de question que je laisse un tel désastre se produire !

- C'est leurs vies Ridj, pas la tienne. Ne l'oublie pas.

- Oui, mais tout de même, un amour comme celui-là, on ne laisse pas filer comme ça ...

- Ridj, tu t'impliques trop.

- Je sais, Momo, mais tu m'aimerais si j'étais différente ?

- Bien sûr que je t'aimerais ! Mais, tu as raison, sûrement un peu moins ...

- Ah ! Tu vois ! Tu éteints mon PC pour moi ? Je fonce !

Elle était déjà aux portes de l'ascenseur quand elle lui hurla, à travers tout l'open-space :

- Non, ne touche à rien, je vais le faire moi-même !!!

Seulement voilà, le Momo est un être doté d'une curiosité maladive. En même temps, il vaut mieux quand on est journaliste ... Ainsi, malgré la rapidité avec laquelle Ridjka avait rallié son bureau, son incorrigible pote avait déjà lu tout ce qui était affiché sur l'écran. Quand elle fut au-dessus de lui, il tourna vers elle des yeux chargés d'incompréhension. Elle le repoussa violemment pour reprendre sa chaise et éteignit son ordinateur à l'aide de l'interrupteur marche-arrêt.

- Tu vas perdre toutes les données de ta session en faisant comme ça Ridj ..., lui opposa-t-il dans un souffle, pour la troisième fois en six mois.

Elle chercha le contact de ses yeux. Ce qu'elle y vit, lui confirma qu'il savait tout. Ils se turent un long moment. Lui visiblement choqué. Elle attendant le couperet.

Il ne tarda pas :

- Pourquoi tu t'envoies des mails depuis la boîte de Sacha, Ridj ?

- Ce n'est pas la boîte de Sacha, Momo, s'énerva-t-elle. Celle de Sacha c'est « *Sacchari*» !

- Ooouuiiii, réfléchit-il à haute voix.

Il essaya de visualiser à nouveau ce qu'il avait vu sur ce fichu écran. C'était pourtant bien vrai ce n'était pas « *Sachari*».

- C'était « *saCchari* », avec deux « *c* » ! hurla-t-il étonné d'avoir réussi à s'en souvenir. Tu t'es créé une boîte « *saCchari* » et tu t'envoies des mails pour nous faire croire que Sacha existe !

Momo était abasourdi. Sa Ridjka, la fille qui avait la vie la plus passionnante qu'il connaisse, s'écrivait à elle-même des mails pour se faire croire - et leur faire croire - qu'elle avait un amant ! Ridjka se tenait devant lui et bravait son regard. Le sang de Momo ne fit qu'un tour :

- Et ton mot de passe c'est : « *mythomane* » ?

Elle ne répondit pas.

- Et ton Sacha n'a jamais existé, hein ?

- Si, Sacha existe, Momo ! Il existe bel et bien ! Il existe et il m'aime d'un amour que tu ne pourras jamais comprendre !!!!

- Ridj, assieds-toi et raconte-moi ...

Le ton qu'il employa était si doux. Il se voulait si apaisant. Et pourtant la pitié y était tellement présente, que ce fut trop pour Naya : des larmes se mirent à rouler sur ses joues. Alors, elle prit son sac, effectua un demi-tour et se précipita vers l'ascenseur. Momo ne sut que faire, il resta là, pétrifié. Figé par la douleur que son amie avait laissée en partant. Interdit par l'incompréhension. Et surtout glacé de peur.

Deux minutes plus tard, il entendit le vrombissement de la Harley Davidson de Ridj rugir dans la cour de Come Com.

- Elle est beaucoup trop nerveuse sur l'accélérateur, elle va se planter, c'est sûr ! paniqua-t-il.

310

Alors, il bondit pour essayer de la rattraper. Il fonça vers l'ascenseur l'appela. Mais celui-ci semblait occupé et refusait de monter jusqu'à lui. Il s'énerva sur le bouton d'appel pour faire comprendre à celui qui bloquait l'ascenseur qu'il était grand temps de le libérer. Mais rien n'y fit.

- Putain, quelle conne cette Ridjka Naya ! éructa-t-il. Je suis sûr qu'elle a bloqué la porte ! Alors, il rassembla tout son courage et entreprit de descendre les six étages à pieds. Quand il arriva en bas - à bout de souffle et en sueur -, il constata qu'effectivement elle avait bloqué l'ascenseur à l'aide d'une chaise. Mais plus grave, il put aussi constater qu'elle et sa moto étaient déjà loin. Momo soupira, frissonna et, en fin de compte, paniqua. Il sortit son téléphone :

- Allo, Jeff ?

- Oui, Maurice, alors comment elle a pris la nouvelle ?

- Pas le temps de t'expliquer : fonce chez elle et retiens-la le temps que j'arrive ...

- Maurice, qu'est-ce qu'il y a ?

- Fonce Jeff, fonce !!! C'est tout ce que je te demande, fonce !!!

Jeff se mit à paniquer à son tour.

Quand il raccrocha, Momo rechercha un taxi parmi le flot de voitures incessant qui circulait devant lui. Seulement voilà, c'est toujours quand on en a le plus besoin qu'ils sont tous pris ...

Chapitre 51
Ridjka Naya est une enfant

- Ecoutez, puisque je vous dis qu'elle va faire une connerie. Il faut que vous fassiez quelque chose, non de Dieu !!!

- Monsieur Hebel, vous me dites que cette dame ...

- Cette *enfant*, lieutenant ! Ridjka Naya est une *enfant* !

- Oui, enfin moi à quarante-huit ans, je commence à considérer que les gens sont devenus des adultes.

- Pas Ridj, si vous saviez ... Non, Ridj n'est pas une adulte ! Et ne le sera sans doute jamais !

Momo était à bout de force. Cela faisait plus d'une heure qu'il essayait de convaincre Albert Pontel - lieutenant de police de son état - de lancer des recherches pour retrouver Ridjka. Mais celui-ci refusait de se laisser infléchir. Il affichait même la tranquille obstination de ceux qui en ont vu d'autre.

- Je crois qu'elle pourrait vous surprendre si vous la laissiez faire monsieur Hebel.

Momo leva vers le policier des yeux stupéfaits. Que pouvait-il connaître de Ridj ? pensa-t-il furieux devant ce mur humain confortablement enrobé de placidité. Comment ce veau pourrait deviner une seconde les réactions de Ridj ? Lui, Momo, savait ce qu'elle se préparait à faire ! Il avait vu les extrémités qu'elle pouvait atteindre quand elle était malheureuse ! Il était sûr qu'il ne devait pas simplement attendre qu'elle revienne, car elle ne reviendrait que les pieds devant, couchée dans un cercueil. C'était couru !!!

- Oui, elle pourrait vous étonner si vous lui faisiez un peu plus confiance, continua quand même Albert Pontel.

- Mais je lui fais toujours confiance ! Seulement, pas là ... Là, je sais qu'elle va déconner ... Je vous jure, il faut absolument que vous la retrouviez avant qu'elle n'ait déconné ...

Le policier resta impassible. Momo ne sachant plus que faire le supplia :

- Je vous en prie ...

- Monsieur Hebel, mademoiselle Naya n'a disparu que depuis trois heures. Il est beaucoup trop tôt pour s'affoler. De toute façon, la loi nous oblige à attendre quarante-huit heures avant de lancer les recherches.

- Elle sera morte dans quarante-huit heures !!! hurla Momo.

- Non, croyez-moi, dans quarante-huit heures, tout ceci ne sera plus qu'un mauvais souvenir.

- Mais vous ne vous rendez pas compte, lieutenant : elle n'est pas repassée chez elle !

- Elle est peut-être allée chez une amie ?

- Merde ! éructa Momo.

- Quoi ? l'apostropha le policier.

- Eh ben, Jeff étant chez elle à l'attendre et moi ici, à vous pousser à faire votre boulot correctement ...

Albert Pontel se leva, posa ses deux poings serrés sur la table et le tança :

- Insultes à agent dans l'exercice de ses fonctions, ça peut vous coûter cher mon petit bonhomme !

Il était plus de minuit, il faisait froid, très froid dans l'hôtel de police - le chauffage est toujours au minimum la nuit - et en plus normalement Albert Pontel aurait dû être de repos ce soir. Mais Jean-Paul était tombé malade. Crétin de Jean-Paul ! Alors, ce soir la patience d'Albert Pontel était plus que limitée. Et cette boule de nerfs à oreilles verticales, commençait sérieusement à l'échauffer ...

Momo, lui, était dans son trip. Il ne remarqua pas le moins du monde le changement d'attitude du policier à son égard. Il continuait à suivre sa pensée et l'oralisait pour que le représentant de la loi puisse suivre en direct live :

- Alors, comme Jeff et moi nous sommes ailleurs, ça signifie qu'il n'y a personne chez moi. Or c'est chez moi qu'elle ira en premier. Enfin, si elle me pardonne d'avoir découvert son secret ... Et, si elle n'a pas fait de conneries avant ... Momo était debout. Il transpirait de sueur, tant l'angoisse et le remord le tenaillaient.

- Elle ne va pas faire de conneries, je vous le dis ! s'énerva pour de bon l'inspecteur.

Il se leva et attrapa le bras de l'énergumène qui commençait à le fatiguer violent.

- Qu'est-ce que vous faites ? s'étonna Maurice.

- Je vous fous dehors : vous devez rentrer chez vous au cas où mademoiselle Naya déciderait de s'y rendre.

- Vous croyez ?

Momo ne savait plus à quel saint se vouer. Le policier le sentit et embraya :

- J'en suis tellement sûr que je vous autorise à me rappeler quand elle sera avec vous !

- OK ! Mais vous lancez les recherches en parallèle hein ?

Comme Albert Pontel n'avait rien de bien palpitant à faire d'autre ce soir-là et que ce petit bonhomme avait un peu ébranlé ses certitudes, il lui lâcha bras.

- Venez ..., bougonna-t-il en invitant l'indésiré à le suivre.

Alors Momo le suivit. Le policier s'assit face à son PC, Momo se plaça derrière lui. Albert Pontel lança un avis de recherche pour Ridjka Naya et sa Harley Davidson. Momo croisa les doigts et ferma les yeux en priant qu'on la retrouve en vie.

Quand il fut dans son appart, il rappela immédiatement Jeff sur son portable.

- Non, Maurice, Ridjka n'est pas repassée chez elle, les lumières sont éteintes. Je crois qu'elle ne rentrera pas ce soir. Elle sait qu'on l'y attend, or il est plus que probable qu'elle ne veuille voir personne. Le long silence qui suivit cette réponse fit saigner le cœur de Jean François. Il sentit tout le désespoir de son amant l'assaillir.

- Ecoute, Maurice, je rentre, reprit-il d'une voix qu'il voulait rassurante, même si elle était loin de l'être. Elle ne viendra plus maintenant, il est près d'une heure du mat. Tu as bien plus besoin de moi.

- Monsieur Hebel ?

Momo venait juste de s'endormir. Il était sept heures du matin. Toute la nuit, Jeff et lui avaient appelé, une à une, toutes les connaissances de Ridjka, espérant qu'elle s'était réfugiée chez l'une d'elles. Ils avaient même eu Emeline, qui leur avait expliqué que Touré était parti à Bobo pour la naissance de son petit-fils, mais qu'il revenait à la fin de la semaine. Momo s'en voulut encore un peu plus : quelle idée d'être allé à Come Com pour annoncer la nouvelle de départ de Bénicité, à Ridjka, alors qu'il n'en connaissait ni les tenants, ni les aboutissants !!! Le tour du carnet d'adresse de Ridjka fut bouclé dans un total insuccès. Elle restait introuvable ! Momo perdit pied : sous les yeux affolés de Jeff, il avait vacillé d'épuisement et était tombé comme une masse sur le plancher. Quand, l'instant d'après, le téléphone avait sonné, Momo s'était redressé comme un zombi et avait pris la communication. Il avait prié pour que ce fût la voix de Ridjka au bout du fil. Mais au lieu de cela, il entendit une voix masculine qui lui rappelait vaguement quelque chose de négatif.

- Monsieur Hebel ? répéta la voix devant l'absence de réponse. C'est Albert Pontel de l'hôtel de police du XIIIème.

Momo se leva d'un bond : il était hors de question d'être couché pour apprendre la mort de Ridjka. Car il était évident que si le policier l'appelait, c'était parce qu'il avait retrouvé le cadavre de Naya dans la Seine et qu'il comptait sur Momo pour identifier le corps. Maurice lança un faible, très faible « *oui* », comme pour empêcher la nouvelle d'atteindre ses oreilles.

- Ah, vous êtes réveillé ...

Mais Albert Pontel ne laissa pas son interlocuteur répondre. Il ne devait pas lui donner du temps pour gamberger.

- Alors, monsieur Hebel, j'ai deux nouvelles : une bonne et une moins bonne.

Momo ne répondit rien. Il en était incapable. Albert Pontel embraya donc :

- La bonne est que nous avons retrouvé la Harley Davidson de mademoiselle Naya.

- Où ça ?

- Au pied de de la falaise d'Etretat.

- Au pied de la falaise d'Etretat ???

Momo visualisa le corps déchiqueté de Ridjka gisant, sur les galets, au pied de la falaise d'Etretat. Des gouttes de sueurs submergèrent toutes ses pores. Jeff, à ses côtés, se mit à perler à son tour. L'atmosphère de la chambre devint soudain moite et irrespirable. Cependant Albert Pontel continuait imperturbable :

- Oui, au pied de la falaise. Il semblerait qu'elle soit tombée depuis en haut. Elle est dans un très sale état d'après les collègues.

Quand il entendit le téléphone de Maurice Hebel choir au sol, Albert regretta son commentaire, mais c'était trop tard et il le savait. Jeff bondit hors du lit, ramassa le portable et reprit la conversation. Il tenait la main de Momo à leur couper la circulation à tous les deux. Mais ils étaient là pour savoir, alors ils sauraient :

- Et Ridjka, elle va comment ?

- Excusez-moi, vous n'êtes pas monsieur Hebel ?

- Non, je suis Jean-François Muller, mais Maurice Hebel et moi, c'est pareil ! Ridjka va comment ?

- Ben, tergiversa Albert, c'est ça la mauvaise nouvelle ...

- Quoi ? hurlèrent ses deux interlocuteurs en même temps.

- Eh, ben, on ne l'a pas retrouvée ...

- Pas retrouvée ? l'apostrophèrent simultanément Jeff et Momo.

- Non, on ne l'a pas retrouvée. Mais c'est plutôt une bonne nouvelle en soi : cela peut indiquer que seule sa moto a fait le grand saut. Les collègues n'ont retrouvé que peu de sang sur le moteur.

- Vous avez retrouvé du sang sur le moteur ? hurla Momo.

Le sang de Ridjka, Momo ne voyait que ça !

Il ferma les yeux pour échapper à cette vision d'horreur absolue. Mais une fois clos, au lieu de sombrer dans le noir, son regard intérieur vira instantanément au rouge vermillon. Paniqué, il rouvrit aussitôt les paupières, seulement l'image du corps déchiqueté de Ridjka continuait de s'imposer à lui. Il verdit sous les yeux horrifiés de Jeff.

Albert, lui, se morigéna : il avait encore parlé trop vite. Il le savait qu'après une nuit de garde, il n'aurait pas dû appeler lui-même. Il se l'était bien dit qu'il aurait dû laisser les gars d'Etretat contacter ce Hebel à la noix. Quelle idée il avait eu d'appeler lui-même ! Il en était là de ses réflexions quand Momo l'interpella à nouveau :

- Vous avez retrouvé peu de sang sur le moteur ? Ça veut dire quoi : « *peu de sang* » ? Ça veut dire qu'elle est morte dans la chute ? Ou ça veut dire qu'elle est en train d'agoniser, seule, quelque part au pied de cette falaise maudite ???

- Ça veut dire qu'on a retrouvé si peu de sang sur la moto qu'il n'y a pas de quoi en fouetter un chat, monsieur Hebel.

Albert Pontel se voulait rassurant. Mais Momo était tellement terrassé à la vision du sang de Ridjka, sur une moto démantibulée, au pied d'une falaise, à Etretat, qu'il ne comprit pas pourquoi le policier lui parlait de chat.

Albert Pontel continua nonobstant :

- ... et comme son corps n'a pas été rejeté par la mer, elle est donc sûrement encore en vie. Les recherches continuent.

Jeff s'accrocha à cette idée de toutes ses forces.

Momo, lui, vira au désespoir.

- Ridjka s'est suicidée, lieutenant Pontel, lâcha-t-il noir.

- Que me dites-vous là, monsieur Hebel ?

- Elle s'est suicidée, je vous dis.

Et d'une voix sinistre, il ajouta :

- Pour en être sûr, il suffit de vérifier si elle a laissé un message d'adieu à Sacha. Mais je sais, je sens qu'elle s'est suicidée.

Albert Pontel prit les coordonnées dudit « *Sacha* » et raccrocha en leur promettant de les tenir informés de l'avancement de l'enquête.

Momo était maintenant en quasi catatonie sur le lit. Il ne cessait de répéter en boucle :

- C'est de ma faute, c'est de ma faute, c'est de ma faute ... Je lui ai dézingué notre amitié, je lui ai dézingué Touré et Emeline, je lui ai dézingué sa passion avec ce connard de Sacha ... C'est de ma faute, c'est de ma faute, c'est de ma faute ...

Jeff le regardait faire et se demanda comment le sortir de cet état d'autodestruction flagrant. Curieusement, ce fut l'image de Ridjka qui s'imposa à lui. Ridjka lorsqu'elle s'était adressée à Momo lors de leurs retrouvailles. Il revoyait ses lèvres qui bougeaient et essaya de se rappeler ce qu'elle avait dit ce jour-là. Ce qu'elle avait dit et qui leur avait permis de se réconcilier. Oui, ça y est, ça lui revenait ... Alors Jeff prit le menton de Momo dans sa main, lui sourit et commença :

- Souviens-toi Maurice de ce que Ridj t'opposait lorsque tu utilisais le « *c'est de ma faute* » ?

Momo regarda Jeff étonné. Du moins avait-il cessé de psalmodier et son compagnon en fut quelque peu rassuré. Il embraya donc :

- Elle te disait que les : « *c'est de ma faute* », « *c'est de ta faute* », « *c'est la faute à pas de chance* » étaient des pièges. Tu t'en souviens Maurice ?

Momo acquiesça timidement. Alors Jeff continua :

- Tu te souviens pourquoi elle disait ça, Maurice ?

Momo lui fit oui de la tête. Alors Jeff poursuivit :

- Elle disait que lorsqu'on utilise ces expressions on s'imagine clore l'affaire et que tout le monde peut partir content et soulagé ...

- ... alors qu'elle ne l'est pas du tout, au contraire, puisqu'on commence, dès cet instant, à s'enliser dans les sables mouvants des remords, des regrets ou des ressentiments, se réveilla Momo.

- Oui, Maurice ! Oui ! Et quelle est sa technique à elle face à l'adversité ?

- Le fatalisme rebondissant, lâcha Momo à contre cœur.

- Oui, exactement ! Elle regarde pourquoi quelque chose lui a fait mal. Ensuite, pourquoi cela s'est produit avec elle et non pas quelqu'un d'autre. Et puis, elle cherche ce que cela peut lui apprendre sur elle. Et enfin, comment ça peut la faire grandir dans ses comportements à venir. Tu t'en souviens Momo, qu'elle est comme ça Ridjka ?

- Mais là, Jeff, avec moi, dont l'amitié n'est plus ce qu'elle était, qui lui apprend la séparation de Touré et Emeline et l'instant d'après, qui découvre que Sacha n'existe que dans sa tête, comment peut-elle rebondir ? Tout son univers fleur bleue a explosé en moins de deux minutes ! La totalité !!! Elle ne peut que s'être suicidée, je la connais.

- Non, elle ne s'est pas suicidée, Maurice ! fit Jeff d'une voix forte et tranquille. Elle va rebondir ! Fatalement qu'elle va rebondir, puisqu'elle l'a toujours fait ...

- Non, gémit Momo.

- Si, elle va rebondir, Maurice ! Et nous, nous allons la chercher !

Chapitre 52
Professeur Berry

- Sacré baraque ..., siffla Hubert Héliot impressionné, quand la grille en fer forgé s'ouvrit pour laisser leur voiture pénétrer dans le domaine du professeur Berry.

Son collègue, Alain Blanc, approuva du chef.

Devant eux, au bout d'une longue allée en gravier blanc, trônait une maison toute en pierres de taille crème, sise sur un écrin de verdure, une pelouse rase d'où ne dépassait pas la moindre mauvaise herbe. Le calcaire immaculé des pierres resplendissait sous le soleil de fin de matinée. De grandes portes-fenêtres auraient permis de sortir de chaque pièces donnant sur la façade, si des barreaux en fer forgé n'avaient été fixé devant chacune d'entre-elles. Ils étaient suffisamment éloignés des volets pour permettre de les ouvrir, mais personne ne pouvait sortir par-là, même un anorexique. Ce détail architectural, peu harmonieux, perturba Hubert Héliot. Il se promit d'interroger le maître de maison sur le sujet.

- Ouais et sacré vignes aussi ! compléta-t-il, une fois sorti de ses réflexions. Un hectare ? Deux hectares ?

- Je parierais pour deux, Hub. Pente douce, coteau ensoleillé, humm, ça doit donner du gouleyant tout ça !

- Ouais, tu as raison. Dommage qu'on ne vienne pas pour une dégustation.

- Ouais, dommage. Surtout que je ne sais pas trop ce qu'on va lui demander au gars. Et imagine que sa femme soit là ...

- Elle sera sûrement là, Alain. Comment pourrait-il en être autrement ? On improvisera.

- Ouais, comme d'hab !

Mais tous deux se sentirent mal à l'aise.

Hubert Héliot gara la voiture devant le perron. Lui et son collègue prirent ensuite une grande inspiration et sortirent de leur véhicule de fonction, dans une synchro parfaite. Un peu comme si cette cohésion allait leur donner la force nécessaire pour accomplir leur mission matinale. Ils gravirent ensuite, quatre à quatre, les marches du perron les conduisant à l'entrée de la demeure. Plus vite ils en auraient fini, mieux ce serait ... Hubert sonna, la porte s'ouvrit quelques secondes plus tard sur un homme au charisme rayonnant.

- Lieutenants ! Je ne pensais jamais vous revoir, leur sourit-il.

- Oui, nous non plus Professeur Berry. Votre femme va-t-elle bien ? Plus de nouvelles fugues ?

Et, en prononçant ces paroles, Hubert Héliot comprit l'utilité des barreaux en fer forgé fixé devant chacune des portes-fenêtres.

- Non, plus de nouvelles fugues. Mais, maintenant, il y a, en permanence, au moins une personne à ses côtés.

- C'est plus raisonnable, approuva Hubert.

- Surtout qu'elle pourrait aisément se perdre dans vos vignes, compléta Alain Blanc.

Le ton était admiratif. Sacha Berry en fut flatté.

- C'est vrai que vous n'étiez jamais venus chez nous auparavant, se remémora-t-il à haute voix.

- Oui, nous avions retrouvé votre femme à la gare Saint Jean.

- Sale moment ..., s'assombrit Sacha.

Personne ne commenta et tous trois pénétrèrent à l'intérieur de la Bordelaise.

Une fois à l'abri de ses murs, Berry interrogea ses visiteurs sur l'objet de leur visite.

- Pouvons-nous nous entretenir en particulier avec vous, Professeur ? se contenta de répondre Hubert Héliot.

- Avec moi, lieutenant ? Que se passe-t-il ? Rien de grave j'espère ?

Ses yeux étaient inquiets, la parole saccadée, les gestes courts. Hubert Héliot sut alors que leur interlocuteur redoutait déjà ce qu'ils venaient lui annoncer.

- C'est au sujet de mademoiselle Ridjka Naya, répondit-il doucement.

Sacha Berry blêmit sous ses yeux. Le grand, fort et bel homme qui les avait accueillis cinq minutes plus tôt, semblait se décomposer à chaque seconde qu'égrenait l'horloge de ce grand hall.

- Ridjka ? Elle va bien ?

Sa voix souffla un vent d'inquiétude dans tout l'étage.

- Peut-être pourrions-nous trouver un autre endroit pour en discuter Professeur Berry ? lui suggéra Alain Blanc.

- Oui, oui, bien sûr. Suivez-moi.

Des livres de médecine remplissaient chacun des rayonnages de la bibliothèque en merisier, du bureau de Sacha. Pourtant celle-ci couvrait les quatre murs de la pièce. Des revues médicales s'empilaient de part et d'autre du bureau, dans un équilibre approximatif. Toutes portaient sur la maladie d'Alzheimer. Le bureau lui-même était encombré de trois PC portables et de notes griffonnées à la main.

- Pourquoi trois ordinateurs, professeur Berry ?

- Hein ?

Sacha n'était pas avec eux. Les policiers se sentirent. Malgré tout il leurs répondit. Sans doute espérait-il retarder d'autant le moment où ils lui apprendraient ce qui était arrivé à « *mademoiselle Ridjka Naya* »...

- Oui, oui, trois ordinateurs. Il y en a un sur lequel je reçois des imageries médicales du monde entier ...

Sa voix se coupa. Il se rappela que s'il avait retrouvé Ridji, c'était précisément parce qu'elle était venue à San Francisco pour écrire un article sur l'usage de la radiologie numérique. Il s'effondra de tout son poids sur son fauteuil. Les deux autres, prenant cela pour une invitation, s'assirent dans ceux qui se trouvaient de l'autre côté du bureau.

- Professeur Berry ?

- Oui, oui. Excusez-moi lieutenant Héliot.

Il était bouleversé et cela se sentait. Les policiers ne firent donc aucun commentaire.

- Donc, le PC du centre est celui sur lequel je travaille. J'y affiche aussi mes propres images numériques. Je peux ensuite les comparer avec celles de mes collègues ouvertes sur l'autre écran. Nous avons découvert pas mal de choses ensemble, en utilisant cette technologie. Quand nous sommes en conf call, ça permet de bien échanger ...

Sa voix se brisa.

Ai-je pensé à parler de la visioconférence à Ridji pour son article ? se demanda-t-il au comble de l'angoisse. *Non, je n'ai pensé à rien. Trop obnubilé par le bonheur de l'avoir retrouvée. Mais peut-être que Robin l'a fait ?*

Un espoir fou envahit Sacha. Il se leva, laissant ses interlocuteurs stupéfiés. Il se dirigea vers le mur du fond de la pièce, ouvrit un tiroir de la bibliothèque et en sortit une revue.

Come Com, nota mentalement Hubert Héliot.

C'est le journal où bosse la petite, releva Alain Blanc à qui cela n'avait pas échappé non plus.

Le professeur Berry, lui, tournait nerveusement les pages. Quand il tomba sur l'article de Ridjka, il sembla reprendre son souffle. Il le lut à une vitesse vertigineuse, jamais Alain Blanc n'avait vu des yeux glisser de gauche à droite aussi rapidement ... Soudain, le visage de Sacha s'illumina : oui tout y était dans l'article de Ridjka. Tout y était et y était magnifiquement écrit ! Comment avait-il pu l'oublier ? Comment avait-il pu oublier son style, sa verve, sa précision ? Il retourna à son bureau pour retomber, flasque, sur son fauteuil. La revue sembla alors lui brûler les doigts, il la tendit à Hubert Héliot :

- Tenez tout est écrit dedans. C'est un article de Ridjka Naya.

Sa voix de baryton emplit le bureau et ses occupants d'une tristesse infinie. Sacha n'avait pas envie que les policiers embrayent tout de suite sur le but de leur visite. Il avait peur. En plus, il n'était pas prêt. Alors il fit diversion :

- Le troisième ordinateur, continua-t-il en montrant celui qui se trouvait à l'extrême gauche, est celui dont je me sers pour mes besoins personnels. Rien de professionnel là-dedans, que du ludique ! Ceci dit, j'ai peu de temps à lui consacrer ...

Hubert Héliot fit mine de finir la lecture de l'article, puis passa la revue à Alain Blanc. Mais celui-ci la repoussa doucement du bras.

- Professeur Berry, commença-t-il. Sur ce troisième PC, avez-vous reçu, disons hier soir, un mail de mademoiselle Naya ?

Le cœur de Sacha explosa dans sa poitrine.

Pourtant, il en avait vécu des situations déchirantes depuis qu'il professait. Des familles entières qui repartaient en pleurant toutes les larmes de leur corps parce que leur père, ou leur mère, ne les avaient pas reconnues. Des épouses, des époux désœuvrés parce que leur conjoint les avaient effacés de leur mémoire. Et l'annonce du décès : ça aussi c'était un sacré sale moment à passer ... Ces patients, ces familles, au fil des rencontres, Sacha était devenu un peu comme leur frère, leur ami, leur confident. Il ne savait pas ne pas s'impliquer. Pourtant, il se souvenait qu'on leur avait matraqué qu'il ne fallait pas, en fac de médecine. Et ce dès la première année, juste histoire que cela pénètre bien dans leur cerveau ! Malgré tout, quand il devait annoncer son échec face à la maladie et qu'il lisait cette effroyable détresse dans les yeux des proches, immanquablement elle l'atteignait aussi ... Mais là c'était différent. C'était ... Sacha ne trouvaient pas les mots. La douleur était bien au-delà de ce qu'il pouvait supporter.

- Professeur ..., le relança Hubert Héliot.

- Oui ?

- Ridjka Naya vous a envoyé un mail, hier soir, n'est-ce pas ?

- Oui ...

- Que disait-il ?

Mais Sacha ne pouvait dire au lieutenant Héliot ce que contenait ce mail. Des boules d'angoisse, de détresse et de désespoir bloquaient sa gorge. Alors, il se rapprocha du PC d'extrême gauche, l'alluma, ouvrit Outlook et afficha le message en tournant la tête pour ne pas le voir. Surtout, ne pas le voir ! Il orienta fissa l'écran vers les policiers, afin qu'eux puissent le lire. Lui, pendant ce temps-là, se figea dans son fauteuil. Il était en apnée. Il attendait l'oxygène de Ridjka. Mais si Ridjka n'était plus ... ? Sacha se figea.

Alain Blanc et Hubert Héliot ne mirent pas longtemps à le lire, il était court, très court :

Tchouss,

Bisous,

Ridji

- Vous lui avez répondu ? demanda timidement Hubert Héliot.

Oui bien sûr que je lui répondu ! s'énerva-t-il intérieurement. *Comment ne pas répondre à un mail aussi sibyllin ?*

Mais comme il n'avait pas envie de parler, Sacha pointa du doigt le message suivant. Les policiers lurent :

Pourquoi « Tchouss », Ridji ?

Je suis là. Je serai toujours là pour toi ...

Appelle-moi ☺

Bisous

Sacha

- Et elle n'a pas répondu ? s'étonna Alain Blanc qui voyait que ce mail était le dernier de leur correspondance.

Sacha Berry hocha la tête pour confirmer son hypothèse.

- Il y a un gros trou dans votre correspondance, Professeur Berry : rien depuis le mois de juin. Que s'est-il passé ?

Sacha fut tout d'abord furieux de voir que cet Hubert Héliot se permettait de lire ses mots d'amour avec Ridji. Personne n'en avait le droit. Ils leurs appartenaient à tous les deux. Rien qu'à eux ! Personne ne pouvait poser les yeux dessus !!! Mais quand Héliot réitéra sa question, Sacha se souvient du pourquoi de cette nécessaire incursion dans sa vie privée. Oui, il était probablement arrivé quelque chose de grave à Ridji et ces deux policiers essayaient de découvrir quoi. Sacha Berry en prit conscience et le ciel, la terre, voire même l'univers dans son entier lui semblèrent tomber sur ses épaules.

- C'est de ma faute, vous savez, répondit-il. Ridjka m'avait invité à la rejoindre à Copenhague pour quelques jours. J'étais fou d'elle, alors j'ai craqué et j'ai annoncé à Anna que je partais à un congrès.

- Et votre femme ne vous a pas cru et a fugué, compléta Hubert Héliot dans un souffle.

- Oui ! commuta Alain Blanc, c'était bien en juin que vous nous avez appelé pour retrouver votre épouse ! Cinq jours ! Les recherches ont duré cinq jours ! Je me souviens à quel point vous étiez mort d'inquiétude.

- Il ne faut pas croire que les personnes atteintes d'Alzheimer soient coupées de la réalité, lui répondit Sacha Berry accablé. Non, ce sont même des êtres extrêmement intuitifs ...

- Alors, vous n'êtes pas parti à Copenhague ? continua Hubert Héliot.

- Non, bien sûr que non ! s'énerva Sacha. J'étais tellement pétrifié d'horreur que ma femme puisse mourir pendant cette fugue ! A cause de moi. De moi et de mon égoïsme ! Non, bien sûr que non je ne suis pas parti ! La seule chose que je pouvais faire à ce moment-là était de rester pour chercher Anna, pour la retrouver, pour la cajoler. Seulement, voilà, je pensais tellement à ma femme que j'ai oublié de prévenir Ridjka que je ne la rejoindrais pas.

- Et ? l'incita Hubert Héliot.

- Et quand votre équipe a retrouvé Anna, à la gare, en bonne santé, j'ai été soulagé au-delà de l'imaginable. Alors, j'ai pu appeler Ridjka.

- Pour lui dire que tout était fini ?

- Oui ...

Sacha Berry secoua la tête, comme pour faire fuir ses remords. Il semblait avoir du mal à respirer, son torse était bloqué, mais il continua tout de même :

- Je ne pouvais pas laisser ma femme seule et prendre le risque qu'elle remette encore une fois sa vie en danger !

Des trémolos firent vibrer sa voix :

- Anna a besoin de moi. Elle est si fragile. Elle est si seule dans ce monde où tous ses repères s'effritent un peu plus chaque jour. Ridjka, elle, a toujours été si forte !

- Jusqu'à hier en tout cas ..., commenta Alain Blanc.

Hubert Héliot lui jeta un regard assassin. Mais c'était trop tard : le pire avait été dit.

- Elle est morte ?

Les yeux de Sacha imploraient qu'on lui réponde par la négative, donc Hubert Héliot tempéra :

- On ne sait pas ... On a retrouvé sa moto au bas de la falaise d'Etretat. Il y a du sang sur le moteur, mais pas de traces de mademoiselle Naya.

- Il y a des chances qu'elle soit encore en vie, alors ?

L'espoir qui transparaissait dans la voix du Professeur Berry, incita Hubert Héliot à ne pas fermer la porte :

- Nous espérions un peu qu'elle soit venue se réfugier chez vous ...

Quand les deux policiers se retrouvèrent dans l'habitacle rassurant de leur voiture, Alain Blanc interpella son collègue :

- Pourquoi lui as-tu laissé croire qu'elle pouvait être encore en vie, Hub ?

- Pour que lui le reste, Alain. Des tonnes de gens ont besoin de cet homme ... A commencer par sa femme.

Alain Blanc approuva du chef.

- Sacha ?

- Oui Anna ?

Anna Berry était entrée dans son bureau sans qu'il ne l'entende. Elle semblait bien, comme dans chacune de ses périodes de conscience. Celles-ci étaient devenues si rares, et surtout si éphémères, que son époux se recomposa immédiatement un visage radieux. Il ne devait pas l'inquiéter.

Ensuite il s'approcha d'elle, lui prit la main avec une infinie douceur et la fit asseoir dans son grand fauteuil. Anna se laissa faire. Elle adorait quand Sacha prenait soin d'elle. Il savait si bien faire.

- Sacha ?

- Oui, Anna ?

Il lui enroba les épaules de la chaleur de ses bras. Tous deux soupirèrent du bonheur d'être ensemble.

Anna se tourna vers lui, le visage souriant. Mais, elle était venue pour lui dire quelque chose d'important et elle devait le faire avant que cela ne file.

Alors, elle lui prit la main, lui sourit encore un peu plus, puis avec infiniment de tendresse, lui dit :

- Sacha, tu sais, c'est bien dommage qu'elle se soit suicidée cette petite. Moi, j'en ai encore pour très peu de temps à vivre et tu aurais eu bien besoin d'elle après ma mort.

FIN

328

Cet ouvrage a été édité par les Editions La Bauchaille
La couverture a été réalisée par Marco Loïodice

ISBN : 978-2-9549628-3-2